ヒトコブラクダ層ぜっと

Arabian camel layer Z I

万城目学

ヒトコブラクダ層ぜっと

上

幻冬舎

ヒトコブラクダ層ぜっと（上）

序章 2022.11.14 PM11:21

上巻目次

下巻目次

ブックデザイン：bookwall
写真：© Gargolas / gettyimages

序章　2022.11.14　PM11:21

天には、かなわないな。

そう、地がつぶやいたとき、人は憚《はばか》ることなく口を開け、大あくびしていた。

別に神話のたぐいに登場する、天だの、地だの、人だのといった大きな世界の話ではない。

薄汚く、ほとんど物置のような狭苦しい部屋での一場面である。

部屋の広さは三畳ほど、天井から無造作に吊り下げられた裸電球が一つ。その真下に黄色のビールケースが置かれ、それを三人が囲んでいた。

段ボール箱をイス代わりに腰を下ろし、三人がのぞきこむのは裏返したビールケースの上に広げられた盤である。厚紙でできた長方形の盤はマス目に区切られ、その外縁部には太い川が二本、うねうねと湾曲しながら描かれている。川を除いた部分は淡い茶系の色で塗りたくられ、そこに赤と青と黒のプラスチック製の駒が所狭しと並べられていた。

「また、負けだ。これで、何連勝？」

「十三連勝だな。今年に入ってから、まだ一度も負けていない」

「少し、手加減してくれてもいいいんじゃない？」

「勝てるときに一つでも多く勝っておくのが、勝負事の基本だ。いったん、うまくいかなくなると、何をやっても駄目になる」

「まさかズルしてないよね」

「俺は先の先を読んでいるだけだ」

「それ、否定していないってこと？」

「お前はゲーム中しゃべりすぎなんだ。わざわざ、相手に先を伝えているようなもんだ」

二人のやり取りを眺めていたもう一人が、

「扉が開くぞ、来る」

とあくびといっしょに伸ばしていた両手を下ろした。

きっかり三秒後、塗装があちこち剝げた古めかしい鉄扉が開き、ひどく目つきの悪い男が顔をのぞかせた。

「天《ティエン》、地《ディ》、人《レン》」

と三人を見下ろし、短く中国語で呼びつけた。

「遅いな。約束より、二十分も遅れてる」

あくびをしていた一人が鼻声で返すと、頭の片方だけを大胆に刈り上げた男はじろりと一瞥をくれたのち、中国語を早口で連ねた。

片側刈り上げ男から見て正面、ビールケースを囲む三人の真ん中に座る、先ほど「しゃべりすぎ」と言われた男が、

「出発だってさ」

と腰に手をあて立ち上がった。

ひょろひょろとした骨格ながら、存外に背が高い。あやうく吊り下げられた裸電球に頭をぶつけそうになりながら、ふたたび始まった中国語にうなずきで返し、

「車を手配してあるから、そのまま仕事に向かうって」

と左右の二人に伝えた。

立ち上がった男は白いセーターにジーンズという格好だが、腰を下ろしている二人は鏡に映したかのように、互いに黒いジャンパーに黒いズボン、靴も黒、さらに黒のニット帽までかぶり、完全に黒ずくめの格好である。

片側刈り上げ男は駒が置かれたままの盤を見下ろし、

「誰が、勝った」

と中国語訛りがたっぷり溶けこんだ問いを発した。

俺だ、と黒ずくめのひとりが盤上の駒を集めながら面《おもて》を上げた。

「オマエ、梵天《ぼんてん》か」

「どうして、そう思うんだ？　会うのはじめてだろう」

「ボスと仕事する男、運が強くないといけない」

梵天と呼ばれた男は声を出さずに笑い、手の内に収めた駒を布袋に落とした。

「オマエ、梵地《ぼんち》だ。オレたちの言葉がわかる」

と片側刈り上げ男は正面の白セーターに視線を移した。

「オマエ、梵人《ぼんど》。ボスが用心棒の腕、日本人でいちばんと言っていた」

「早く、出発しようぜ。ここ、空気が悪いんだよ。窓がないし、油臭いし」

男と目を合わせようともせずに、梵人と呼ばれた男はビールケース上のゲーム盤を畳み、脇に転がっていたリュックサックにしまいこんだ。

「オマエたち、何歳だ」

「二十六歳だよ」

リュックサックを引き取り、背中に担いだ白セーターの男が答える。

全員か、と指で三人を示そうとして、片側刈り上げ男は急に笑いをこらえた声で、

「三つ子――、天《テイエン》、地《ディ》、人《レン》」

とつぶやいた。

準備を整えた三人に、男はあごで「出ろ」と示した。

扉の外には、狭い廊下が続いていた。

壁際にビールケースや調味料の名前が記された段ボール箱が所狭しと積まれ、隙間を縫うように四人は一列になって進む。

先頭の片側刈り上げ男が突き当たりの両開きの扉を開けると、いきなり厨房が始まっていた。白い調理服を纏《まと》った大勢が皿を手に、鍋を手に、肉のかたまりを手に動きまわっている。中国語がしなる鞭のように激しく飛び交う。誰も四人に注意を払おうとしない。油が弾ける音ののち、天井に届きそうな大きな炎がガス台の鍋から立ち上っても、一心に自分たちの仕事に没頭していた。

厨房の裏口から非常階段に出た。壁に設置された換気扇がカラカラと気怠《けだる》げな音を転がしてい

る。周囲の雑居ビルの排気口から吐き出される、飲食店の生ぬるい調理臭が建物の谷間に充満していた。通りから這い上ってくる車のエンジン音や、ときどきドッと沸く野卑な笑い声を踏みつけるように、全員が無言で非常階段を下りた。

「ここで、待つ」

一階に下り立ったところで、片側刈り上げ男が低い声を発した。

駐車場に面した薄暗い建物の壁に背を預け、片側刈り上げ男は煙草を吸い始めた。煙をふうっと吐き出し、中国語で隣に立つ白セーターの男に話しかけた。

「さっきのボードゲームの名前？」

片側刈り上げ男は煙草をくわえたまま、うなずく。

「チグリス・ユーフラテス」

「チグ……？」

「川の名前だよ。ゲーム盤に大きく描かれていた二本の川――、あれがチグリス川とユーフラテス川で、世界でもっとも古い文明のひとつ、メソポタミア文明をどう栄えさせるかを競うゲーム……って説明しても、難しいよね」

それでも少しは内容が伝わったようで、片側刈り上げ男は急に声のトーンを上げ、

「世界で、もっとも古い……？　メソ――じゃない。中国《ツオングオ》」

と暗闇に唾を飛ばした。

「ああ、なるほど」

白セーターの男は笑みを浮かべながら、

「でも、ちがうんだ」

とひょろひょろと伸びた細い首を横に振った。

「メソポタミアというのは『川に挟まれた土地』を意味するギリシャ語で、文字どおり、チグリスとユーフラテスという二つの大河の流域ではぐくまれた文明の本拠地を指すんだけど、ここにシュメール人による都市国家が生まれたのが、紀元前三千五百年。翻って、君の国でもっとも古いと言われる夏《か》王朝が成立するのが、紀元前千九百年のあたり。文字のことも言いたそうだから、先に教えておいてあげる。漢字のもとになる甲骨文字が現れるのは殷《いん》王朝の後期、紀元前千三百年ごろ。それに対し、メソポタミアに文字が生まれたのは、さらに遡ること——」

「住嘴《ジューズイ》（黙れ）」

押し殺した声とともに、片側刈り上げ男は自分よりも高い位置にある相手の顔に煙を吐きかけた。しかし、白セーターの男はお構いなしに続ける。

「何と千八百年。よしんば今日、甲骨文字がこの世に誕生したとして、メソポタミアで文字が使われたのはどのへんだと思う？　そう、卑弥呼がいたあたりになるんだよ。中国三千年、いや四千年の歴史ももちろんすばらしいよ。でも、メソポタミア五千年の歴史の前には、さすがに後塵を拝さざるを得ない。あ、でも、この比較の仕方はフェアじゃないか。メソポタミアのほうは継続性がないし、今は遺跡しか残っていないからね……」

相手のよく動く口元を苛立たしげに睨みつけながら、

「なぜ、話さない？」

と片側刈り上げ男は煙草の灰を落とした。

「え？」

「オマエ、オレの言葉、雲南の方言を知っている。なのに、なぜ中国語、話さない？」

「ああ。僕はリスニング専門なんだ。できるのは聞くことだけ。話すのは無理。君たちとのやり取りも、香港から来た英語ができる人とやっていたから」

眉間のしわをさらに深くして、片側刈り上げ男が何か言い返そうとしたとき、駐車場に黒いワゴン車が勢いよく滑りこんできた。男は慌てて煙草を地面に投げ捨て、革靴の底でねじり潰した。

停止した車の助手席から、野球帽に黒のパーカという取り合わせの身体の大きな男が降り立ち、

「油圧ジャッキ、故障だった。修理して遅れた」

とこちらも中国語訛りを存分に漂わせながら「乗れ」と手で招いた。

それまで影のようにビルの壁に張りついていた、全身を黒で固めた二人が互いに耳打ちする。

「どう、天ニイ？」

「後部座席には誰もいない。あいつの言うとおり、油圧ジャッキや機材が積んであるだけだ」

「信用していいものかな」

「今さら、何言ってる。お前の仕事相手だろ」

「用心棒をしているだけで、組織の中身にまで詳しいわけじゃない。あの刈り上げ野郎だって初対面だ。天ニイの気が進まないのならキャンセルしてもいいんだぜ」

「そんなの今さら許されないだろう」

「そりゃ、多少は揉めるだろうけど、天ニイがいないと始まらない話だ」

「そもそも、俺が言いだしたことだ」

「でも、これをやったら、もうカタギじゃいられない」

「とうにカタギなんかじゃない。それに、一度決めたことだ。お前のほうこそ、いいのか？　これまでとはまるで違――」

「いいに決まってる」

相手の言葉を途中で遮り、

「好きなんだよ、このゾクゾクする感じ」

とニヤリと笑った。

「天ニイ」と呼ばれた男は、黒ニット帽の位置を直し、大きく息を吸って足を踏み出した。無言で白セーターの男の肩に手を置いてから車へと進む。もう一人も白セーターの背中を叩いてあとに続く。

「行ってらっしゃい。怪我のないようにね」

黒ずくめの二人の後ろ姿に手を振る白セーターの男に、

「お前、行かないのか」

と片側刈り上げ男が驚いた表情を向ける。

「まさか。僕はただの通訳だよ。取り分の交渉に、段取りの調整に、ここまでが僕の仕事。これからが彼らの仕事」

二人が乗りこむなり、あっという間にワゴン車が駐車場から走り去っていくのを見届けてから、

「じゃ、お疲れさま」

と告げ、白セーターの男は駐車場から通りへと雑踏のなかに悠然と消えていった。

*

翌日、東京銀座の貴金属店に昨夜未明、窃盗団が侵入した、というニュースが流れた。ビルとビルの間の細い路地から、油圧ジャッキのようなものを使用して外壁を壊すというやり口で無人の店内に侵入した犯人は、金庫に収められていた高額の貴金属をごっそり奪い去ったのだという。

ごく一部の幹部を除き、従業員にさえ存在を知らせていない、店舗とは別のビルに入っていた部屋にも同様の方法で侵入を果たしていたことから、内部の事情に詳しい者による犯行の可能性が高いと見て警察は捜査を進めている、とニュースは伝えていた。

被害総額は五億円。

事前の取り決めどおり、そのうち一億五千万円が、梵天、梵地、梵人の榎土《えのきど》三兄弟の懐に収まった。

第一章　天

三秒という時間には、いったいどのような意味があるのか。

深く考えることがとかく苦手な梵天《ぼんてん》であっても、これまでどれほど時間を費やし、答えを求めようとしたかしれない。

だが、いくら考えても結局は堂々巡り、三秒は三秒でしかないという身も蓋もない結論にたどり着くのもまた、毎度のことだった。

唯一理解したことは、この三秒は日常生活には何の役にも立たず、日常生活から離れた場所でのみ効果を発揮するという事実である。しかも、それはすべて実行動のなかで学んだ。つまり、考えるだけ無駄だった。

同じ三つ子であっても、次弟である梵地《ぼんち》の場合はずいぶん異なる。

三秒からくる恩恵を、梵地は語学という分野で存分に活かしている。おかげでオリンピックが終わってから、以前に輪をかけて街に増えた外国人観光客相手の通訳として今も引っ張りだこだ。貴金属泥棒の一件でも、中国人の連中とのやり取りはすべて梵地が担当した。本人から聞いたところによると、中国のど田舎の方言まで聞き取ることができたとかで、こんな優秀な通訳はいないからウチの組織で働け、とその後も熱心な勧誘を受けたそうだ。

梵天が思うに、三人のなかでもっとも折り目正しく三秒と付き合ってきたのは梵地だろう。それに対し、末弟である梵人《ぼんど》は非常に割り切って折り合いをつけている。梵天が日常生活への取りこみをあっさりあきらめた、いや、そもそも思いつかなかったのに対し、梵人は無理にでも三秒を生活の一部に組みこむことを選んだ。

二年前、オリンピックが終わり、

「自分の無限の可能性に気がついた」

と言い残し、ふらりと南米放浪の旅に出かけた梵人だったが、半年で帰国し、その後は用心棒の仕事をやっていると聞いていた。しかし、まさかあんな物騒な中国人マフィアと付き合いがあるとは知らなかった。最近は用心棒だけではなく、地下の格闘技大会まで出張っているらしく、

「やっぱり、金網に囲まれたリングで戦うのか」

と梵天が訊ねたら、

「そんなたいそうなものじゃない。パイプ机に囲まれたところでやってる」

とよくわからぬ説明が返ってきた。稼ぎは相当にいいそうだが、適度に苦戦しなくてはいけないのが痛くて嫌だ、よくこのへんを叩かれる、と渋い顔で二の腕あたりをさすっていた。

本人が納得してやっているのだから、兄貴面して言うことは何もないのかもしれない。そもそも、梵天には口を挟む資格などない。よくも悪くも二人は日常生活のなかに三秒を溶けこませる道を見つけた。梵天だけがその術《すべ》を見出せなかった。挙げ句、弟二人を巻きこむかたちで、彼らを犯罪者に仕立ててしまったのはまぎれもない梵天自身である。

すべては極めて個人的な目的のためだった。

貴金属泥棒を成功させ、大金を得てからの梵天の動きは速かった。

以前より話をつけていた企業から、九十年近く塩漬けにされていた民有林を山ごと買い取った。

その山中に重機を運搬するための私道を通した。コマツの中古のブルドーザーとショベルカーを購入した。つるはしからハンマーから、すべて一流の刀鍛冶に頼んで、極めつけに頑丈な特注品を作らせた。機材を納めるプレハブ小屋を建てた。これまで外部から出入りし放題だったところを、県道からアクセスしやすい部分にはフェンスを立て、敷地入口にもゲートを建設し、最低限のセキュリティ装置を取り付けた。

四カ月かけ、これらの準備を一から整え、梵地と梵人に二千五百万円ずつ報酬を支払ったら、この一件で得た一億五千万円はあっさり消えてしまった。

かくして春の気配がそろそろ鼻先でうごめき始める三月半ば、梵天は二人の弟を彼の城へ招く。

夢にまで見た、恐竜の化石を発掘するために。

*

自分のことをいちばん知らないのは自分。

そんな気取ったフレーズに出会うことはままあれど、こと梵天に関してはこの指摘が完全に合致する。

はじめて違和感らしきものを嗅ぎ取ったのは、小学二年生の遠足で潮干狩りに行ったときだった。最初の一個すら見つけられず悲しそうな顔をしている友人たちの隣で、梵天は貝を狩りまくった。クラスの採れ高のほぼ半数を、ひとりで掘り出してしまったのを見て、

「浅蜊《あさり》の声が聞こえているんじゃないのか」

と担任の教師がからかったが、本人は困ったような笑みを浮かべ、

「あ、そこ」

と指差し、担任の長靴に踏みつけられた泥から浅蜊をほじくり出した。

三年生になり学校のクラブ活動が解禁になったとき、

「お前は探検クラブに入れ」

と潮干狩りでの大暴れを記憶していた顧問の教師に誘われた。

梵地のように勉強ができるでもなく、梵人のように運動ができるでもなかった梵天は、これといってやりたいこともなく、ふらふらと誘われるがまま探検クラブに入部した。

もっとも、「探検クラブ」といっても実質は「土掘りクラブ」だった。大学時代、地質学を専攻していた顧問の教師が、学校の近所の山に化石がよく出る場所があるのをさいわいに、己の趣味に合わせ立ち上げた、梵天含めメンバーが四人しかいない小さなクラブだった。

ここで梵天は才能を一気に開花させた。

とにかく、化石を掘りまくった。

二枚貝や異常巻きアンモナイト、植物の葉、茎、種、サメの歯、カメの甲羅など、二十年近い発掘経験がある顧問の教師が「コツを教えてくれ」と頼んでくるほど、頻繁に化石を見つけた。

「お前は将来、恐竜の化石を見つけるかもしれないな。何しろ、神の手を持ってるから」

と顧問の教師は案外、本気顔で言ったものだが、潮干狩りのとき同様、そこを掘る根拠を訊ねられても、梵天は「何となく」としか答えようがなかった。

「ひたすら地面をのぞいて集中しているのかと思ったら、案外ぼんやりしている。それでいて、見つけてしまうのだからな。本当は土の中が見えてるんじゃないのか？　大学の研究室の教授にはとにかく掘れ、岩を割れ、その数だけ見つけられるぞ、と教わったものだが、結局大事なのは運てことなのかなあ――」

期せずして、教師のぼやきは梵天本人すらまだ把握していない未来を鋭く言い当てていた。

その後、中学一年生のとき、梵天は大発見をする。

恐竜の化石を発掘したのではない。

不発弾を見つけた。

アパートの部屋でひとり、梵天は畳の上で寝転んでいた。イタチなのかネズミなのか、その頃、床下でやかましくしていた動物の気配を探ろうと何とはなしに耳を澄ましていたら、「ふわり」と身体が、正確には頭の中身が離れるような感覚に襲われた。

そのまま、畳をすり抜け、床下の暗闇に猫のようにデカいネズミを一瞬認めたのち、さらに下方へ、土の中へと自分が沈みこんでいく。

二リットル入りのペットボトルを横に倒したような、錆びついた鉄の塊が、完全な漆黒であるにもかかわらず土のなかにうずくまっているのを感じた瞬間、畳の上で「ギャッ」と叫んで跳ね起きていた。

何が起きたのかわからなかった。

だが一方で、この感覚に似たものを以前から知っている気もした。化石を掘り当てるとき、何かが身体を抜け出し、地面すれすれのあたりを浮遊しているような感触がしばしばともなうことを不意に思い返した。もっとも、化石を掘るときは実際に地面すれすれまで顔を近づけ、舐めるように調べるのが探検クラブでの梵天の流儀だったので、たとえば、文字を睨み続けているうちに対象が気味の悪い線の集合に分解される一瞬があるように、単に作業に集中しすぎて感覚がおかしな具合に陥っているだけと思っていた。

しかし、今回は違った。二秒か三秒の間、身体と意識が乖離《かいり》する感覚をはっきりと認識した。意識と言うべきか、知覚と言うべきか、ものを見て、ものを考えることができる、「己」らしき何かが畳をすり抜け、床下をすり抜け、地面にのめりこむように沈んでいくのを感じたのである。

これまで生きてきたなかで経験した、いかなる感覚とも異なるため、梵天はそれを言葉で表現することができなかった。梵地にも梵人にも教えなかった。もしも、最初の覚醒の時点で二人に相談していたなら、その後、榎土《えのきど》三兄弟が進む道もまた、大きく変わっていたかもしれない。

それから一年後のことだった。九十歳を超えた大家のばあさんが大往生したのを理由に梵天の住むアパートが取り壊されることになり、その工事の途中、地下三メートルの土中から長さ四十センチの不発弾が発見された。それはまさにあの日、梵天が畳に寝転んでいた部屋の真下だった。

当時、中学二年生の梵天はすっかり土を掘る日常から離れてしまっていた。

中学校には探検クラブのようなものはなかったし、何より、生活のために働かざるを得なかったからだ。八畳一間のアパートに梵地、梵人と三人で暮らしながら、梵天はひとり早朝の新聞配達、放課後の弁当屋の手伝いに励む毎日で、悠長に土を掘っている暇などなかった。不発弾が見つかったときも、一年前の自分の奇妙な経験と結びつけることはなく、ただ住んでいる間に爆発しないでよかったとごく自然な感想を抱いただけだった。

事実を経て真実を――すなわち、己が地面の下に埋まっているものを正確に把握していたと知るのは、さらに一年後のことである。

朝の新聞配達を終え、アパートに戻る途中、小学校へ出勤する探検クラブの顧問とひさしぶりに道ですれ違った。

「おう、神の手。恐竜の化石、見つけたか」

と声をかけられた瞬間、梵天のなかで一本の線がつながった。

なぜ、自分はあれほど容易に干潟の浅蜊を、沢沿いの化石を掘り出すことができたのか。

「見て」いたのだ。

化石を探索中、地面すれすれを浮遊するような感覚があったことはすでに承知している。加えて、そこに必ず一瞬の暗闇が訪れてはいなかったか。まるで泥のなかに顔を突っこみ、鼻先の感覚だけで埋もれたものを探るような――、奇妙な中断が発生していなかったか。探検クラブの顧問の教師にはただぼんやりと土を眺めているだけに見えても、その中断の隙に、自分は斜面の土中や岩塊の内側に埋もれた化石の存在を「直接」感知していたのではないか。

考えるよりも、実際に試すほうが早かった。

アパート取り壊し後、榎土三兄弟は同じ町内の、やはり八畳一間の安アパートに引っ越していた。梵地と梵人が学校に出発してから、遅刻覚悟で梵天は畳の上に打っ伏した。頬を畳の目にあて、二年前の再現を試みた。

十分間そのままの格好を保ってみたが、まったく変化がない。早々に仮説はゴミ箱行きか、と面を上げようとしたとき、階下からもごもごと人の話す声が聞こえてきた。梵天たちの部屋は二階である。頰を畳に戻し、耳を押しつけるようにして目をつぶった。

もう少しで声が聞き取れるくらいに集中が高まったとき、急に静けさに包まれた気配が訪れ、同時に「ふわり」という感覚が放たれた。

その日の夜である。

放課後の弁当屋の手伝いを終え、アパートの部屋に戻ってくるなり、梵天は梵人に訊ねた。

「おい梵人、下の部屋に住んでる外国人の男のことなんだけど」

「ああ、アーメッドさん？」

「何だ、知り合いか」

「夫婦で住んでるバングラデシュの人だろ」

「バングラデシュ？　どうして、そんなことまで知っているんだ？」

「部活の帰りにコンビニでときどき会うんだ。明るくて、いい人たちだよ。ねっとりした声でよくしゃべる」

「旦那のほうとはしゃべったことあるか？」

「ある」

「どんな感じだ？」

「どんな感じって」

「だから、その、外見だよ」

「そんなの、天ニイも知ってるだろ」

「会ったことないから、聞いてるんだ」

「会ったことないなら、何で外国人の男が住んでると知ってるんだ？」

「それは――。いいから、話せ」

「そうだなあ……。四十歳くらいで、腹が少し出てて、背は俺くらいかな。髪は短いね。天ニイより、もっと短い。目が大きくて、このへん、黒いクマがくっきりあって。そうそう、ヒゲが立派だ。鼻の下にたっぷりある」

「お前、バングラデシュの国旗って知ってるか」

さあ、と首をひねる梵人の隣で、梵天が持ち帰った弁当をさっさと食べ始めた梵地が、

「日本の国旗と似ているやつだよ。日の丸の白地のところが全部深緑になってる」

と話に加わってきた。

「バングラデシュ人の宗教ってわかるか？」

「ほとんどがイスラム教徒じゃないかな。何で？」

いや、別に、とかぶりを振って、梵天は弁当を持ってちゃぶ台の前に腰を下ろした。

学校に行く前に梵天が見たものは、この部屋と同じ間取りの壁面に飾られた、深緑の背景色に日の丸という組み合わせの、まさに梵地が説明したとおりの国旗のタペストリーと、床にマットを敷き、そこにひざまずいて何度も頭を上下させる、鼻下のヒゲが豊かな小太りの男性だった。お祈りの最中だったのだろう。尻を上げた格好を保ちながらマットに額をこすりつけていた。

わずか二秒か三秒の出来事だったが、気づいたときにはやはり、畳の上で「ギャッ」と跳ね起

きていた。

弁当の蓋を開け、静かな興奮とともに梵天は唐揚げを口の中に押しこんだ。

自分の見たものは「階下」だ。

実験は成功したのである。

*

唐突に梵天の人生の目標が定まった。

「恐竜の化石を発見する」

それからは中学校を卒業するまでの間、ひたすら学校の図書館から地学や恐竜にまつわる本を手当たり次第に借りまくった。

恐竜の化石はどこでも掘れば出てくるものではない。当然だが、恐竜が存在した時代の地層を掘らないことには出てこない。たとえば、学校のグラウンドを掘り続けたら、いつか恐竜と同時代の地層にたどり着くだろう（そもそも該当する時代の地層がない場合もある）。しかし、そこに恐竜の化石が眠っている可能性はほぼゼロである。なぜなら、恐竜が生きていた時代、今ある日本の土地のほとんどが海の底だったからだ。恐竜は陸の生き物だ。海にはいない。首長竜はいたかもしれないが、あれは恐竜とは別の種だ。梵天たちが住む町も当時の地図があるならば、完全に海のなかの一点だった。ゆえに探検クラブで、もっとも価値がある発見はアンモナイトだった。海の底で息絶えたアンモナイトが、何千万年もの時間を経て地表に姿を現す。それだけでも十二分にロマンあふれる話である。だが、これが恐竜の骨を発見するとなると、次元がひとつ、ふたつ、いや、みっつ跳ね上がる。アンモナイトを見つけても誰も注目しないが、恐竜なら国内はもちろん世界にそのニュースが配信される可能性がある。恐竜の骨の化石を見つけるという偉業は、探検クラブ出身者にとって、「ダイヤモンドを発見する」に等しい甘美な響きを備えていた。

つまり、それくらい難しい。

ほとんど、あり得ない。

では、絶対に恐竜の化石が出ないかと言うとそうでもない。実際に日本のあちこちで、恐竜の化石が発見されている。条件さえ整えば、太古の時代、海の底だった場所でも恐竜の化石が存在し得ることがわかってきたのだ。

恐竜の化石を見つけた人間はそれこそ英雄である。まさしくトレジャー・ハンター。場合によっては、その栄誉を讃え、発見者の名前が恐竜につけられることもあるくらいだ。

中学最後の定期テストで、梵天は答案の隅に、いつか新種を発見したときに命名されるべき学名を書き出しては余った時間を潰した。

「榎土は将来、恐竜の骨を見つける」

顧問の教師の言葉は、今や確かな予言となって光を帯びつつあった。根拠のある自信があった。なぜなら、土を掘らずとも自分ははるか下方の土中をのぞくことができるのだから。

夢想に浸っている梵天の耳に、テスト終了一分前を告げる教師の声が届く。梵天はおもむろに頬づえをついた姿勢から上体を起こし、答案の隅に記した未来の新種の名前を消し始めた。

彼は知っていた。

それが束の間の、淡い空想の時間であることを。

中学校を卒業した後、梵天は新聞販売店の親父に紹介してもらった小さな工務店で働き始めた。

決めていたことだった。

梵天は高校に進まず、就職する。

梵地は県内でもっとも優秀な公立高校に進学する。

梵人はスポーツ特待生として隣県の強豪校の寮に寄宿する。

三兄弟の間で、何度も話し合った。

梵天が働くことで、梵地と梵人の高校生活に必要な金を稼ぐという案を聞いたときは、当然のように二人は猛反対した。中学の三年間も梵天ひとりが働き、三兄弟の生活を支えたのである。それが中学を卒業してからも梵天だけが働く、しかも彼自身は進学しないとなると、ひとりが引き受ける負担と犠牲があまりに大きすぎる。そんな不公平な決定は受け入れられない、という二人の強い抗議に対し、

「もう決めたことだ」

と梵天は宣言した。

そのうえで彼は説いた。

たとえば俺たち三人のなかで、梵地は誰よりも勉強ができる。それどころか中学校では学年一位の成績だった。ならば梵地は、これからも勉強を続けなければならない。たとえば俺たち三人のなかで、梵人は誰よりも運動神経が優れている。それどころか運悪くインフルエンザにかから

なければ、年代別の日本代表にも選ばれるはずだった。ならば梵人は、スポーツ特待生として誘ってもらった立場をめいっぱい利用して、未来の日本代表を目指さなくてはならない。

お前たちがいくら反対を唱えたところで、三人同時に高校に通う金は湧いてこない。それでも三人揃って平等な進路を選ぶべきか？　誰も進学せず、三人が仲良く働く道が正しい選択か？　そんな平等を貫いたって何の意味もない――。

最後まで、二人の弟は納得しなかったが、梵天は構わず宣言どおりプランを実行した。

就職した先の工務店は、おもにビルの解体工事や改修工事を請け負っていた。人手不足の業界ゆえ仕事は絶えず舞いこみ、中卒であろうとほとんど休日なしで梵天は機材を担ぎ、朝から晩までコンクリートの壁や床や鉄骨を壊し続けた。

三年後、中学校に引き続き学年トップの成績を残し、梵地は高校を卒業し、京都の大学に入学する。すでに語学の能力は卓越したものを持っていたはずで、それを活かしつつ、高校時代から興味を持つようになった考古学について勉強するという道を選択した。

一方、梵人はつまずいた。

部活の練習中に大きな怪我をしたことで、競技人生をあきらめざるを得なかったのである。結局、年代別の日本代表にも一度も選ばれないまま高校を卒業した。

十八歳の春、榎土三兄弟はいったんバラバラになる。

梵天は変わらず工務店で働き続け、梵地は京都で大学の寮に入った。梵人は大学には進学せず、地方の期間工の仕事に就き、集中して金を貯めては、一カ月、二カ月と海外をふらふらと放浪するというパターンを繰り返すようになった。

梵地が大学に入学して三年が経った夏のことである。

「ねえ、天」

と京都から帰省した梵地が改まった表情で、風呂上がりに爪を切っている長兄の前に座った。

「もう僕、学費の援助いらない」

「何だ――、いきなり」

「天に払ってもらう必要がなくなったんだ」

「大学を辞めるのか？」

急な申し出に爪切りを握る手を止めた梵天に、

「いや、辞めない」

と梵地は穏やかな顔で首を横に振った。

「来年から、大学院に進むことに決めた」

「なおさら、金はどうする。バイトだけじゃ、全部を払うのは無理だろう」

「うん」

「うんじゃなくて」

「その、払ってくれるんだよね」

「払ってくれるって誰が」

「ええと、つまりだね」

女の人だよ、と梵地は照れたように答えた。

「何だそれ、彼女ってことか？」

「いや、彼女じゃないな。年上の人だよ」

「ヒモってことか?」

「ヒモでもない。これまでどおり、学生寮に住むもの」

ふうむ、とうなって、梵天はパチンと派手な音を立て、己の肉から生えたとは思えぬほどぶ厚い、足の親指の爪を切った。

知らないわけではなかった。

この真ん中の弟が、他の二人と違って異様なくらい女性にモテることを。

しかも、その相手はなぜか年上の女性に限られるということを。

高校時代、大学も決まり、卒業までの短い間、梵地が駅前のコーヒーショップでアルバイトをしたことがあった。ある日、二十個近いチョコレートを、「僕、甘いの苦手だから、食べて」とどっさり家に持って帰ってきたことがあった。すべてバレンタインデーに客の女性から受け取ったプレゼントなのだという。

どれも、いかにも高級そうな小さな箱の中に、丸っこいチョコレートの玉がちょこんと二つ、三つ並んでいた。メッセージカードの文字はやけに達筆で、

「何だか僕、年上の女の人に妙に好かれるんだよね」

という梵地の言葉をリアルに補強していた。

確かに梵地は背が高い。肌の色も白くて、ひょろひょろとしているせいか、線が細く、いかにも中性的な雰囲気を醸し出している——、と言えなくもない。ひょっとしたらそれが、女ごころとやらをくすぐるのかもしれない。

弟が見も知らぬ他人から世話を受けることへの心理的抵抗はもちろんある。その一方で、大学授業料の負担が消えると考えたとき、ホッとした気持ちを抱いたのもまた事実だった。二十代の収入で、弟の学費をすべて負担するのは、やはり無理が大きかった。年上女のおせっかいにわざわざ感謝の念を抱くことはない、かといって頭ごなしに反対というわけではない、しばらくは様子を見てみよう――、そんなメッセージを無言を貫くことで弟に伝えた。

「心配しないで。京都の女の人って、ときどき信じられないレベルのお金持ちがいるから。だから、天にはもっと、自分のために時間を使ってほしいんだな」

「いったい何歳なんだ、お前の相手は」

「そうだなあ……、確か八十三歳だったかな」

「八十三歳?」

「いちばん上はね。それからぱらぱらと続いて下は四十歳くらいかな」

「オイ、ひとりじゃないのか」

「人は思わぬタイミングで人と出会うものだよ」

「来る者拒まず、ってことだろ」

「支える余裕がある人が若者を支える。人口ピラミッドのかたちが逆転した今、ごく自然の流れだと思うんだな」

どこまでもけろりとしている横顔に、

「お前、結婚詐欺とかしてないだろうな」

とにわかに湧き起こる疑念をぶつけると、

「何、言ってんだ。それ完全に犯罪じゃないか。大学まで入れてくれた天を裏切ることなんて絶対にしないよ」

と案外、本気で怒る表情を見せた。

「そう言えば、天は梵人と最近会ってる？」

「二カ月に一度ってところかな。何日かここでごろごろして、またどこかへ行ってしまう。すっかり、フーテンぶりが板についてしまった」

「元気そう？」

「ずいぶん肥ったな、あいつ。むかしは並んで歩くと、身長も同じくらいだから『双子ですか』って訊かれたものだけど、この前は飲み屋で『兄弟ですか』って訊かれた」

「どっちが弟なの」

「向こうに決まってるだろ。今も幼いところが少し残ってるからな。お前は会ってないのか？」

「この前、電話で話したけど、何て言えばいいんだろう……。暗くない、彼？」

「暗い？　俺の前ではいつもケロリとして、憎たらしいことばかり言うぞ。お前とそっくりだ」

「彼、高校に行って、雰囲気が変わったところあるじゃない。そりゃ、スポーツ特待生で入学して部活やめてしまったら、学校での居心地も悪いだろうし、少しは暗くもなるかもしれない。でも、卒業してからも、ずっとあの調子だ」

「そう言われてみれば……、そうか？」

「もっとよく見てあげてよ。意外と繊細にできているんだから。中学のとき、部活の顧問が言っていたよ。あんな怪物、見たことがないって。梵人もオリンピックの代表になることをはっきりと目標にしていたし。怪我したのは本当にショックだったと思う」

「誰もが、お前みたいにうまくいくわけじゃないってことだ」

「何、言ってんの。全然うまくいってないよ。僕ひとりの努力じゃ、どうにもならないことばかりだ」

「ホウ、たとえば」

「圧倒的に平和が足りない」

「平和？」

梵天は訝《いぶか》しげな視線を弟に向けた。

「僕はもっと遺跡の発掘に行きたい」

「行けばいいだろう。あの冷蔵庫に貼りついたマグネット——、トルコの魔除けだったか？　玄関のラクダ革のサンダルは、ヨルダンみやげだよな。じゅうぶん、あちこち行ってる」

「メソポタミアなんだ、本命は。トルコやヨルダンにもたくさん古くて貴重な遺跡があるけど、僕はメソポタミアを掘りたい」

「聞いたことあるな、それ」

「そりゃ、そうだよ。教科書にも古代文明のひとつとしてたっぷり紹介されている」

さほど興味なさそうな顔で梵天は爪がのったチラシをそっと持ち上げ、

「何だかコンソメとポタージュを合わせたような煮込み系の語感だな」

と素直な感想とともに、ゴミ箱にさらさらと落とした。

「あの場所には、まだ誰にも知られていない遺跡が山ほど埋まっているんだ。世界最古の文明がね──」

チグリス、ユーフラテス、シュメール、ウル、ウルクと呪文のように梵地は唱えた。

「まったく地理関係がわからないのだが、要は中東のどこかってことか?」

「中東というより、西アジアだね」

「何だ、西アジアって」

「中東という言葉は、イギリスが世界の覇権を握っていたときに生まれた言葉なんだよ。イギリスから見たら、あのへんは東だろ? だから、イギリスから近いところ、当時のオスマン帝国が『近東』、まあまあ離れてイランあたりが『中東』、だいぶ離れて東アジアが『極東』とくくられたんだ。あくまで感覚的なものだから、最近は線引きの位置がどんどんイギリス側に寄って、エジプトあたりまで含め中東と呼ぶようになってる。ね、いい加減だろ? そんな曖昧な線引きより、アジアの西端にあるんだから、西アジアと呼ぶほうがずっと説得力がある」

西アジアねえ、とまったくピンと来ていない顔で梵天は爪切りを畳んだ。

「それで、お前が掘りたい遺跡はその西アジアのどこにあるんだ」

「イラクだよ。全部、イラクにある」

「なるほど……」

世事に疎い梵天でも、さすがにイラクと聞いて、気安く訪問できる場所とは思わない。

「だから、平和が足りないわけか」

「足りないね。まったく、足りない。最近、アラビア語の勉強を始めたんだ。イラク戦争のあと、ずいぶん長い間、日本の発掘隊はイラクに入っていないわけだけど、これから発掘隊が発足することがあったら絶対に参加しようと思って。発掘の腕はまだまだでも、語学ができたら強いだろうから」

梵天はまぶしげな眼差しを弟に向けつつ、

「オリンピックのあたりには行けるんじゃないか？」

とちゃぶ台の上のうちわを手に取った。

うちわの中央には、オリンピックのエンブレムとともに「東京オリンピックまであと三年」という文字が躍っている。

「きっと、イラクからもたくさんの選手が来るんだろうな。向こうはどんな状況なんだろう。直接、イラクの人から話が聞けたらなあ――」

「アラビア語を勉強してるなら、通訳をやればいいじゃないか。そのときになったら、ボランティアでいくらでもありそうだ」

「おもしろそうだね、それ。ちょっと調べてみようかな」

何だか急に楽しみになってきたオリンピック――、と少年のような眼差しに戻って、

「マルハバ。これ、アラビア語のこんにちは」

と急に講釈を始める梵地だったが、振り返ってみるに、このころがもっとも榎土三兄弟にとって、日々の平穏が保たれていた時期だったと思われる。

それは彼らが別々に暮らしていたからこそ成立し得た均衡であり、特に梵天にとっては幼少の頃から続いた、

「弟たちを守る」

という長兄としての重圧から解放された、はじめて心休まる安寧の時間でもあった。

しかし、無知なる彼らはまだ気づいていない。

不発弾の存在を知らずに、その真上で呑気に生活していた古アパート時代とそっくりそのまま、自分たちが今も不発弾の上に立ち続けていることを。

しかも、その不発弾は回収されることなく、まもなく爆発してしまうことを。

引き金は、そう――、東京オリンピックだった。

＊

彼らの二十四歳の夏が始まると同時に、五十六年ぶりに東京でオリンピックが始まった。

奇しくも開会式当日、七月二十四日は榎土三兄弟の誕生日だった。

オリンピックの代表になる、と公言していたのもはるか過去の話、会期中、梵人は競技施設の警備の仕事に就くことになったからと、七月に入ってふらりと姿を現し、梵天のアパートで居候を決めこんだ。

さらには、京都の大学院で考古学を専攻している梵地が、三年前の長兄のアドバイスを容れ、通訳ボランティアとして登録したからと、こちらも居候を宣言したおかげで、八畳一間のアパートは急に男臭い様相を呈するようになった。

ひさしぶりの三兄弟揃って迎えた誕生日、駅前の焼鳥屋で祝いの会が催された。といっても、参加者は当事者三人だけなので、

「俺たち、誕生日おめでとう」

というどこか間抜けな音頭とともに乾杯した。

カウンターに置かれたテレビからは開会式の様子が生中継で流されている。

「何の関係もないと思っていたのに、オリンピックのおかげで、また三人がこうして一つ屋根の下に集ったのだから不思議だな」

と梵天が赤ら顔で砂肝を串から歯で引き剝がすのを、

「相変わらず、天ニイは酒に弱いな。一杯でそんなになっちゃうんだ」

と梵人が笑った。その横で、

「こうやって近くで見ると、やっぱり天の腕は断然たくましいね。手の甲の血管もそんなにくっきり浮き上がって。何だか、さすがだな」

と梵地は妙なところに感心しながら、梅酒をちびちびと舐めている。

聖火が無事点火され、開会式のクライマックスで盛大に花火が打ち上げられるのを見終えてから三人は店を出た。

コンビニで明日の朝食を買いこみ、蒸し暑い夜の空気に包まれながら、アパートへの道をふらふらと歩いた。

梵天は明日もビルの解体作業だ。工務店に勤めてすでに九年目、今や社長に次いでの古株である。仕事の仕切りのほとんどを任され、重機の扱いもひととおりこなす。外壁のコンクリートを崩すための油圧ジャッキの扱いに関しては、特に抜きん出た腕前を持つようになった。梵人は二日後に始まる競技から警備業務に就くらしい。梵地はおとといすでに地下鉄の駅の周辺に立ち、観光客など困っている人を見かけたら話しかけるというボランティア通訳の仕事をしていると言った。

「ひょっとしたら、選手村のコンビニにヘルプで回されるかもしれない。そこでいろいろな国の人たちと話せたら楽しいだろうな――」

テレビの向こうで入場行進が始まり、イラクの選手団が登場するや、こんな大勢来ているんだ、と焼鳥屋でもひとり騒いでいた梵地だった。それとは対照的に梵人は大人しかった。目を細めてビールグラスを傾け、黙ってテレビを眺めていた。

「なあ、梵人――」

コンビニの袋を太ももの横で揺らしながら、梵天は空いている片手を末弟の肩に置いた。

以前、梵地に「もっとよく見てあげて」と言われてから、なるべく意識するよう努めてはいるのだが、やはり、「暗い」というのがわからない。元よりこの末弟は根アカな性質の人間ではないし、三兄弟それぞれに備わった「くせ」が適度に露出しただけの話ではないかとも疑っている。

そもそも、梵天は過去を振り返らない性格だ。もちろん、失敗したと思うことはしょっちゅうある。しかし、それを引きずることがない。次の日になると、ケロリと忘れてしまう。その代わり、一度やると決めたことは必ずやる。やったことに関しては決して後悔しない。

それだけに、高校時代の挫折を末弟がいまだ引きずっているという仮定自体が理解しづらい。梵人が怪我をして部活を続けられなくなったと知ったときは、梵天もつらかった。ひとり進学せず、弟たちの未来を支えていたのだから、空へとまっすぐ続く太い柱が突然、途中でぽきりと折れてしまったような喪失感を味わった。しかし、それはもう七年前の出来事だ。梵天にしてみれば「いつの話だ」という感覚である。

ただし、そんな鈍な兄でも、焼鳥屋での梵人の表情には気になるものを感じた。グラスに唇を薄く当て、まるで遠くの景色を眺めているかのような目をする。テレビの開会式を見ているようで見ていない。その横顔はどこか冷たく、これが梵地が言った「暗さ」か、と合点できる一瞬を嗅ぎ取った気がした。

その場合解《げ》せないのは、なぜ梵人が「暗さ」の根源にあるかもしれない、オリンピックがらみの仕事に就こうと思い立ったのか、という点である。一度きちんと理由を聞いておこうと思いつつ、忙しさにかまけているうちに今日を迎えてしまった。

「梵人、どうしてお前――」

と話を切り出そうとしたとき、

「ねえ、何だか茶碗が割れてない？」

と後ろから梵地の声が響いた。

「茶碗？」

「うん、茶碗が割れる音」

「何も聞こえないぞ。お前、酔ってるだろ」

と梵天が振り返り笑い飛ばそうとすると、

「あ、聞こえる」

と梵人が不意に足を止めた。

「あっちから――」

道の先に帰るべきアパートが見えているにもかかわらず、梵人はさっさと進路を変え、手前の路地へと入ってしまった。

「おい」

と声をかける梵天の横を、梵地が小走りで抜けていく。仕方がないので梵天も二人のあとを追う。

「あそこじゃないかな」

入り組んだ細い路地に面した、いかにも古そうな二階建てアパートの前で三人は足を止めた。

「ほら、聞こえる」

確かに、茶碗のような何かが「パリン、パリン」と割れる音が、立て続けに聞こえてくる。

「夫婦喧嘩でもしているのか?」

アパートの入口に置かれたゴミ収集ボックスの脇から、梵天は遠慮がちに奥をのぞきこんだ。まっすぐ延びた薄暗い通路に沿って部屋が続いている。通路の左手には剝き出しの鉄柱が並び、ほとんど接するように隣家のブロック塀が面していた。アパート一階部分はいずれも、白く塗装された木製ドア、格子でカバーされた窓、郵便受け、さらには洗濯機という組み合わせが、五つ、六つと奥に向かって連なっていた。

「あそこじゃない――?」

梵地が指差したのは、手前から数えて三つめの部屋だった。扉横の窓の内側は暗く、室内の電気が灯っている様子はない。

「おい、どうした?」

頭から降ってきた声に三人が揃って顔を上げると、白いステテコをはいたご老人が階段の手すりから顔をのぞかせていた。

「何だ、あんたら」

「いえ、ただの通りがかりの者です。ちょっと変な感じなんで――」

と梵人が返す。

「変な感じ？」

路地に面した外壁にへばりつくように設置された錆びついた階段を、コン、コン、コンと意外な速さで下りてきたご老人は、手にしたゴミ袋を収集ボックスに放りこむと、

「何だ、この音？」

と三兄弟の隣に並んで通路の奥をのぞきこんだ。

「さっきから、茶碗が割れる音が聞こえるんです」

梵地の説明を聞きながら、老人はすたすたとサンダルの音を立て、三番目の部屋の前へ進んだ。

「オオイ、いるの、トーマスさん」

といきなりの大声で呼び立てた。しばしの沈黙が訪れる。部屋からは何の反応も聞こえない。いや、まるで返事のように、茶碗の割れる音が「パリン」と鳴った。

「トーマスさん。二階の吉田だよ。ちょっと、いい？」

部屋からはやはり応答はない。その代わり、隣の部屋のドアがギイと開き、いかにも風呂から出たばかりといった様子の、頭にタオルを巻いた中年女性が顔を出した。

「トーマスさん、いるかな」

女性は気怠そうな声で何かを言った。

「わかんないよ、あんたの言葉」

梵天の耳にも中国語らしきものが届いたが、もちろん何を言っているのかわからない。

「部屋の中から、変な音が聞こえてくるんだ。トーマスさん、留守かい？」

老人の問いかけに、女性が早口で応える。

「だから、わからないんだって。日本語で頼むよ」

老人は苦笑しながら、首を横に振った。

「オオイ、トーマスさん、いないの？　さっきから変な音してるけど大丈夫？　ほら、また割れたような音が――」

呼びかけを続けながら、ドンドンと思いのほか乱暴に、老人はドアを叩いた。

「駄目だ――、じいさん」

不意に、梵人がつぶやいた。

何が。

と梵天が問い返す前に、弟はいきなり走り始めていた。

梵天が声を上げたときには、梵人は格子越しに窓をのぞこうとした老人に飛びかかっていた。

「お、おい、梵人」

突然、窓ガラスが割れた。

ボンッという衝撃波が梵天の顔を叩き、赤い光が視界を覆う。同時に、容赦のない熱が梵天の頬を撫で上げ、思わず身体をのけ反らせた。反射的に腕で目を隠す寸前、老人がまさに顔を近づけようとしていた窓から、炎がかたまりとなって噴き出すのが見えた。

「梵人ッ」

思わず駆け寄ろうとする梵天の腕がぐいとつかまれる。

「消火器！」

通路の入口に置かれた赤い格納箱を梵地が指差していた。

「出せッ」

梵天の怒声に、梵地は転がるようにしゃがみこみ、箱から消火器を取り出した。

「ああ、どうするかわからない」

「貸せ」

コンビニの袋と引き替えに、梵地の手から消火器を奪い取り、手早くピンを抜き、ホースを右手に持った。解体現場での消火訓練で何度も使ったことはあるが、いつも中身は水である。試しにレバーを強く押しこんだら、しゅわっと思いのほか強い勢いで消火剤が飛び出した。

火に向かって一歩目を踏み出そうとした途端、思わず怯《ひる》んだ。

窓からは、すでに通路の天井に届くほどの炎が噴き上がっていた。その視覚的な大きさにまず足がすくむ。さらに、熱い。こんなにも火というものは熱量を持っているのかと肌が驚き、近づいてはいけないと身体じゅうに命令を飛ばす。それでも、甲高い悲鳴を上げる女の足元に、梵人と老人が倒れているのを見た瞬間、勝手に足が動いた。レバーを握りしめ、割れた窓まで駆け寄る。火の勢いが衰えたところへ、ホースを突きだし、わめきながら白い消火剤を噴射した。

ものの十秒も経たぬうちに消火器は空になり、

「大丈夫か、梵人ッ」

と早くも顔面から玉の汗をしたたらせて梵天は叫んだ。

飛びかかった勢いそのままに、隣の部屋のドア前に転がっていた梵人が起き上がる。彼の下敷きになっていた老人が、重石《おもし》がなくなったことで、「ひ、ふぇぇ」と声にならぬ声を上げ、コンクリートの床面を慌てふためき這っていった。

「中には誰もいないのかッ？」

唾を飛ばし、梵天が問いかける。隣の部屋の中年女は、目が合うなり金切り声で何かを叫び、裸足のまま走りだした。途中で頭に巻いているタオルを落としても見向きもせず、梵天の背後を抜け、駆けていく。

「お、おい――、待って」

声をかけても女は路地まで突き進み、あっという間に姿が見えなくなってしまった。ゴミの収集ボックスに身体を寄せて、女に進路を譲った梵地が、スマホを耳から離し、「今、119に連絡したから」と切羽詰まった声で報告した。

「そ、それで、火は？　部屋の中は、も、燃えてる？」

普段は冷静な梵地も、さすがに舌がもつれている。

「煙がひどくて見えない――。人がいるのかどうかもわからん」

「人？　それなら大丈夫、中には誰もいないよ」

「何で、わかるんだ」

「その部屋でひとり暮らしをしているトーマスさんは仕事だ。いつも夜の十一時過ぎにならないと帰ってこない。だから、今その部屋は無人だよ」

「だから、何でお前がそれを――」

言葉の途中で、「パリン」と部屋の中で何かが割れる音がした。どこかから落ちたというよりも、人の手によって叩きつけられたような強い響きが籠もっている。

「やっぱり、中に誰か残っているんじゃないのか？」

一度は引っこんだ炎が割れた窓からちろちろと舌を見せ始めていた。さらに煙が火に煽られ、ぐねぐねとうねるようにして次から次へと通路に噴き出してくる。

「天ッ、そこ危ない。また火が出てきた。早くこっちへ。梵人も、ほらッ」

咳きこみながら梵地が叫ぶ。ほんの数メートルしか離れていないのに、煙にまぎれ、すでに弟の姿はおぼろになりつつあった。

「行こう、天ニイ」

声に振り返ると、いつの間にか梵人が腰が抜けてしまった様子の老人をおぶって立っていた。

「すぐに消防車が来る。あとは任せよう」

梵天はうなずき、最後に一度、

「火事だぞーッ。誰もいないかー？」

と部屋に向かって、ありったけの声で呼びかけた。

返事はない。

煙の勢いはさらに増し、強烈な焦げた臭いが否応なしに顔に押し寄せてきた。

「他の部屋は大丈夫か？」

「これだけ天ニイが大声を上げているんだ。部屋にいたら気づいて出てくる」

「よし、戻るぞ」

そのとき、梵天の声に重ねるように、

「パリン、パリン」

と続けて派手な音が室内で鳴った。

一歩目を踏み出したばかりの足を止め、梵天は首を曲げた。さらに音が続くような気がして、表面の塗装が剝げ、隅のあたりではささくれのように木片がめくれ上がっている、おんぼろドアを睨みつけた。

急に集中の気配が眉間のあたりに訪れたように感じた次の瞬間、

「ふわり」

と身体が浮いた。

そのまま梵天は勢いよくドアへと突っこんでいった。

声を上げることができなかった。

引き返すこともできなかった。

もうもうたる煙に包まれているのに、目をつぶることさえできない。壁が燃えていた。襖《ふすま》が崩れかけていた。床に、壁に、炎がめらめらと這うのを見た。そのときになってはじめて、いつの間にかドアを突破し、部屋のなかにいるのだと気づいた。しかし、熱さはいっさい感じられず、歩いている感覚そのものがない。煙に目が沁みることもなければ、息苦しさも感じられず、つまつまり、超然として浮いている。さらには、すでにめらめらと燃えている襖に勢いよくぶつかったにもかかわらず、何事もなかったかのようにすり抜けて隣の部屋に移動していた。

部屋には窓がなかった。すべての壁面が銀色のシートで覆われている。八畳ほどの部屋なのに、天井から大きなライトが三つも吊るされ、床には長方形のプランターが所狭しと並べられていた。鉢から生長した植物はとっくに炎の犠牲になっている。煽られた炎に触れ、壁の銀色のシートはひしゃげ、焦げつき、ぽっかりと穴を開けた。部屋の中央で浮いている梵天が、ぐるりと部屋を見回したとき、ちょうど真下を、プランターの合間を縫って、茶色い影がすり抜けていくのが見えた。

「猫だ――」

はじめてのどの奥から声が出た。

「天ニイッ」

背中から強い力で小突かれ、ハッとして振り返ると、煙で充血した末弟の険しい視線にぶつかった。

「何、突っ立ってんだ。逃げるぞ、天ニイッ」

目の前には閉ざされたままのドアがあった。開いた形跡はなく、自分もまた一歩たりとも足を動かしていない。

「猫がいる」

「は？」

「部屋の中に一匹、取り残されている」

「何言ってんだよ、天ニイ」

「いるんだ」

「鳴き声を聞いたのか？」

「いや――、見た」

「見た？　そこの窓から？　中なんて何も見えないぞ。煙だらけじ――」

「俺は見たんだ」

梵人が言葉を返すより早く、梵天は動いた。通路の奥へ、一目散に走る。どんつきの鉄柱の足元に、入口と同じく消火器の文字が記された赤い箱が置かれていた。

新しい消火器を手に戻ってきた梵天を見て、

「ば、馬鹿はやめろ、天ニイ」

と梵人は老人を背負ったまま慌てて通路を塞ごうとしたが、

「どけッ」

と梵天は消火器のピンを外した。

消火器を振り下ろし、底の部分でドアノブに一撃を与えた。二度目であっさりドアノブが床に転がった。間髪をいれずドアを蹴りつける。いかにもつくりが薄そうな軽い音が響いたのち、蹴った反動でドアが開き、同時に猛烈な勢いで煙が通路に広がった。

梵人が真横で何かわめいている気がしたが、もう決めたことだった。レバーを握り、消火剤が噴射されると同時に、梵天は叫びながら部屋に突っこんでいった。

第二章　人

あのときは梵人《ぼんど》も驚いた。

煙を吸って天ニイは頭がおかしくなった、と半ば本気で思った。

しかし、梵人がもっとも驚いたのは梵天《ぼんてん》が本当に猫を抱いて部屋の中から飛び出してきたことである。

咳きこむ長兄の服はあちこちが焦げていた。おそらくやけどもしていただろう。ほどなく消防車が路地を埋め尽くし、消火活動が始まるのと入れちがうように、救急隊員に無理矢理ストレッチャーに乗せられ、梵天は救急車で病院に運ばれていった。

梵人と梵地《ぼんち》は現場に残り、ステテコ姿のままの老人とともに警察に事情を説明した。部屋の中からしきりに茶碗が割れる音が聞こえたことを梵地が告げると、警察官は「ああ、それね」とメモを取る手を止めた。

「火事になると、部屋の温度が上がってガラスが割れるんです。そのときの音でしょうね。結構いい音するって聞いたことあります」

という説明に、なるほどと三人でうなずいた。

一時は二階に燃え移ったかに見えた火も消防車が放水を始めるとほどなく鎮火し、隣接する建物への延焼もなかった。

「あんたが助けてくれなければ、今ごろワシは大やけどしていた。本当にありがとうな」

自身の部屋は二階のもっとも奥に位置していたおかげで火の直接の被害からも免れた老人は、見るからにホッとした表情で梵人に感謝の言葉を贈った。

「でも、どうしてあのとき、あんた、火が外に出てくるってわかったんだ？　窓をのぞいても暗くて、火の気配なんかまったくなかったのに」

老人の問いかけをへらへらと笑ってやりすごし、梵人は「兄が病院で待ってるんで」と告げ、梵地とともに野次馬があふれる現場から立ち去った。

タクシーで駆けつけた救急病院のロビーに梵天はひとりで座っていた。

「あれ、もういいの？」

「言っただろ。病院なんか行く必要はないって。軟膏を塗ってそれで終わりだ」

と長兄は左右の頬とあごに絆創膏を貼った顔で、梵人を見上げた。

「髪の毛が焦げてるね」

後ろに立った梵地がのぞきながら指摘しても、梵天は仏頂面のまま、病院の職員が持ってきた書類に記入を終えると、

「帰るぞ」

と席を立ち、さっさと正面玄関の自動ドアへと向かった。Tシャツ・短パンと上下ともに着ているものが変わっていることを梵人が訊ねると、「臭くて捨てた。穴も空いていたしな。これは

売店のものだ」と億劫そうに返してきた。

帰りのタクシーの中で梵天は助手席に座ったまま、ほとんど口を利かなかった。いまだ興奮の火種をくすぶり続けさせている梵地が、消火の様子や怪我人が出なかったことを伝えても、聞いているのか聞いていないのかわからない顔で前方を眺めていた。

ただ、話題が猫のことに移ったときだけ、

「無事だったか?」

と首をねじって後部座席に視線を向けた。

「警察の人が保護しているよ。近所の人が動物用のケージを持ってきてくれて、それに入れてパトカーの後部座席に置いていたから大丈夫だよ。元気そうだったし」

「飼い主は戻ってきたか?」

「僕らがいたときは、まだ帰ってなかったね。誰かが連絡してもよさそうなのに。自分の部屋が燃えたんだから――」

「帰ってこないんじゃないか」

「え?」

「いや、何でもない」

「それにしても、よく天は猫が部屋にいたことがわかったね。鳴き声が聞こえたの?」

まあな、と低い声でつぶやき、梵天は元の姿勢に戻った。

梵地の隣シート、斜め後方の位置から、梵人は無言の視線を助手席の兄に投げかけた。誓ってもよかった。猫の鳴き声なんて、どこからも聞こえなかった。急に玄関の前で梵天が立ち止まるので何事かと顔をのぞいたら、まるで時間が止まったかのような表情でドアを見つめていた。兄の顔じゅうに貼りついた汗が、なかでも鼻の先端にしずくのように溜まった汗粒が、割れた窓からふたたび漏れ始めた火を映し、てらてらと光っていた。ほんの二秒か三秒の奇妙な間だった。「天ニイッ」と思わず老人を背負った体勢のまま肘で小突いたら、ビクリと上体を震わせ、いきなり「猫がいる」と言いだしたのだ。

アパートの前でタクシーを停め、梵地が運賃を精算している間に、梵天はシートベルトを外し、いかにも「ふと」といった様子で正面のグローブボックスを開けた。運転手が釣り銭の勘定をしている間、梵天はしばらくの間、固まった表情でボックスの内側を凝視していた。

「あ、すみません」

勝手にフタが開いたと勘違いした運転手が、慌ててグローブボックスを閉めようとしたとき、

「これは？」

と梵天が声を上げた。

「ああ、アンモナイトです。うちの坊主が好きでしてね。掘ってきたものを磨いてプレゼントしてくれて。お守り代わりにいいかなと思って、ここに入れているんですよ」

書類ケースとともにボックスに突っこんであった、カタツムリの殻をふたまわりほど大きくしたサイズの、光沢ある円形の物体を運転手は手に取った。梵人にとって、それはとても見慣れたかたちだった。小学生の頃、しょっちゅう部屋の隅に転がっていたからである。天ニイがクラブ活動で掘ってきたものだったか、とおぼろな記憶を掘り返しながら梵人はタクシーを降りた。

部屋に戻り、三人は順にシャワーを浴びた。

「一度洗ったくらいじゃ、取れないな。鼻の中に焦げた臭いがこびりついてる。ああ、くさい」

と顔をしかめながら、梵人が浴室から出ると、先にシャワーを済ませた梵天と梵地がちゃぶ台を挟んで座っていた。

「どうしたんだよ」

やけに静かな雰囲気に頭にタオルをかけたまま梵人が訊ねると、

「お前もここに座れ」

と長兄が妙に怖い顔で告げた。

何だよ、と梵地に訊ねるも、次兄も「急に座れと言われた」と正座の体勢で答えるばかりである。

「もう十二時を過ぎてるぞ。どうせ天ニイは明日も朝早くから仕事なんだろ？　今日はみんな疲れているはずだから、さっさと寝ようぜ。ああ、とんだ誕生日だった――」

と梵人はどかりと畳に尻を下ろした。

「なあ、梵人」

あぐらをかいた姿勢で、梵天がちゃぶ台にゆっくりと肘を置いた。

「どうしてお前、あのとき、じいさんを止めに入ったんだ」

「何、いきなり」

「訊いているんだ。何で窓が割れて火が出てくるとわかった」

「そりゃ、その――、何となくというか」

「ごまかすな、梵人」

理由を言え、と梵天は低い声で命じた。

「ごまかしてなんかいない。その、見えた……からだよ」

「見えた？　何が」

「火だよ。うん、窓に火が近づいているのが見えたんだ。だから、止めに入った」

「嘘つけ。窓ガラスが割れて、はじめて光が見えた。それまで窓は暗いままだった。きっと目隠しの布かカーテンかを内側から引いていたはずだ。窓ガラスが割れる瞬間まで、火なんていっさい見えなかった。そうだろ、梵地？」

急に話を振られ、「え」と戸惑いの表情を浮かべた梵地だったが、長兄の強い眼差しに押されるように、「う、うん」とうなずいた。

「間違いない。お前は俺たちと同じく、窓が割れる前に火を見ていない。それなのに、お前はずっと早いタイミングで助けに向かった。どうして、あのじいさんが危ないとわかった？」

梵人は頭のタオルを引き下ろし、首筋の汗を拭った。クーラーは効いているのに嫌な具合に身体が内側から熱い。

「やめろよ天ニイ、考えすぎだって。見えたんだ。嘘じゃない」

顔を拭くついでをよそおい、梵人はタオルで顔を覆い、強引に兄からの視線を遮った。

「もう今日はいいだろ？　くたくただよ。寝かせてくれ」

とひとり立ち上がろうとしたとき、

「梵地――、お前は何で、あの部屋の住人のことを知っていた？」

といきなり質問の矛先が変わり、梵人は腰を浮かせるのを止め、思わずタオルから顔をのぞかせた。

「知り合いのはずがないよな。名前はトーマスだったか？　夜の十一時過ぎまで仕事で帰ってこない――、とか教えてくれたよな」

「そう……、聞いたから」

「誰から」

「隣の部屋の人」

「叫びながら逃げていった？」

「そう」

「俺が聞いた限り、彼女が話していたのは日本語じゃなかった。だよな、梵人？」

タオルで顔を隠しつつ、様子をうかがう梵人にいきなり質問の矢が放たれる。その言葉の強さに押され、「う、うん」と梵人はうなずいてしまった。

「あれは何語で話していたんだ」

「中国語……、かな」

と梵地がうつむき加減で答える。

「お前、いつから中国語が話せるようになった。通訳ボランティアの申し込み書類を、このちゃぶ台で書いていたよな。そのとき、言っていたはずだ。いちばん需要があるのは中国語通訳だけど、中国語は勉強したことがないから無理だ、って」

梵人は口のなかで唾を集めた。無性にのどが渇いてきた。冷蔵庫で冷やしている麦茶が飲みたいと思いながら、タオルを首筋に戻し、兄たちの表情を見比べた。梵天は額に汗の粒を浮かばせている。一方の梵地はまったく汗をかいていない。しかし、ひどく蒼い顔をしていた。

「彼女、相当な早口だったぞ。あの中国語を聞き取れるなら、かなりの腕前だろ。それなのにどうして、中国語ができないことになるんだ」

ひょろひょろとした長身を無理矢理縮めて見せようとするかのように、梵地は骨張った背中を丸めたまま何も返さない。

先の読めぬ沈黙が部屋を覆うなか、梵人はじりじりと腹の底からひとつの疑問が膨らみつつあるのを感じていた。

やめろ、と心は冷静に反対していた。お前はそうやって、いつだって我慢ができない――。

しかし、気づいたときには、口を開いてしまっていた。

「それを言うなら、天ニイも――」

その瞬間、「だから、お前は失敗ばかりなんだ」という冷えた心の声を聞いた気がした。だが、止めることなく最後まで言葉を連ねた。

「どうして、あのとき部屋に猫がいるとわかった？　見たってあのとき言ったけど、煙だらけで窓の内側なんてのぞきようがなかった。じゃあ、聞こえたってことか？　あとで、じいさんが言ってたよ。バチバチ燃える音がうるさくて猫の声なんてとてもじゃないけど聞き分けられなかった、って。俺もじいさんと同じ意見だ。でも、天ニイは命の危険を冒してまで猫を助けようとした。中に猫がいると本気で信じていたから、あの部屋に飛びこんでいけたんだろ？　でも、どう考えたって、あの状況で猫がいると確信するのは不可能だ」

はじめて知った事情だったろう。梵地が驚いた表情で面を上げ、弟と兄の顔を見比べる。梵天は胸の前で腕を組み、無言でちゃぶ台を睨みつけていた。火事の直接の影響なのか、それとも疲れのせいなのか、その目はひどく充血している。

さらに重みを増して訪れた沈黙の間、梵人は褐色に染まった長兄の逞しい腕を目でたどった。日々の労働で鍛え上げた腕はこんがりと日に焼け、風呂上がりに塗られた軟膏が、皮膚の表面で撫でつけた体毛とともに白っぽいうずを巻いていた。かつては自分も、こんなふうに筋肉の在りかがはっきりとわかる、精悍な腕のつくりをしていたのだろうか。梵天よりも明らかにひとまわり太い、日焼けの気配もまったく見られない己の腕を撫でてみる。脂肪の冷たさと、汗ばんだ皮膚の感触が混ざり合い、梵人は触れた指をすぐに離した。

「なあ、梵人よ」

ゆっくりと梵天が口を開いた。

「お前、見ていたよな。俺がタクシーでグローブボックスを開けるところ」

「え？」

「俺は確かめたかったんだ。見えたものが、ちゃんとそこに入っているかどうか」

言葉の意味が理解できず、梵人は兄の顔をまじまじと見返す。

「グローブボックスの中にアンモナイトの化石があることを俺は知っていた。だから、開けて確かめた――」

いったん言葉を止め、梵天は天井を仰いだ。病院で処置してもらった絆創膏があごの裏側に貼りついている。しばらく同じ格好で動かずにいたが、意を決した様子で顔を元の位置に戻した。

「見えるんだ。帰りのタクシーでも、グローブボックスの内側にアンモナイトがあるのが見えた。

火事のときもそうだった。ドアの向こうが見えた。いや、見えたというか……、こう、いきなりドアをすり抜けて、玄関から自分が突っこんでいくんだ。奥の部屋まで進んで、止まって、ぐるりと見回して――。ああ、そうだ。トーマスって奴は帰ってこないぞ。床にプランターをいっぱい並べて、部屋で大麻を育てていたからな。そのプランターの隙間を猫が走っていったんだ。放っておいたら黒焦げだ。助けに行くしかないだろ」

梵人は肩から垂らしたタオルを両頬にあてた。滲《にじ》む汗を拭き取るついでに、肌に強く生地をこすりつけた。話の途中から長兄の声が不意に遠くなるのに合わせ、顔の下半分が痺れてくる感覚に襲われていた。皮膚近くの毛細血管に血が届かなくなっているのか、いつの間にか、両腕も他人のようなよそよそしさを伝えている。

梵地はと視線を向けると、ぽかんと大きく口を開けていた。下あごがだらりと落ち、完全に弛緩しきった表情である。ここまで間抜けな次兄の顔を梵人は見たことがなかった。

「この話をするのは生まれてはじめてだ。誰にも話したことがない。そもそも今日の今日まで、自分がそんなことができるという記憶自体、忘れていた。確か、むかし一度だけ、いや、二度だったかな――。中学生のときに経験したきりだ。それがいきなりあのアパートのドアの前で起きたんだ。何が何だか、今もわけがわからん。でも、俺は確かに部屋の中にいる猫を見た。嘘はついていない」

梵人は頰からタオルを離し、手のひらを拭った。いつの間にか、首から背中にかけてのあたりが冷えきっていた。それなのにTシャツは汗でぴったり皮膚に貼りついて、気色悪いことこの上ない。

「実は――、僕も天や梵人に言っていないことがある」

かすれながら発せられた声にギョッとして首を回すと、いっそう蒼さが増した梵地の顔にぶつかった。曲がっていた背中をまっすぐに正したせいで、急にその身体が大きくなったように感じられる。

「どう説明したらいいかわからないけど……、僕、どんな国の言葉でも聞き取れるんだ。正確にはそのまま理解できてしまうと言ったほうがいいかもしれない。あのときも――、女の人が、隣の部屋の住人はトーマスという名前で、一人暮らしをしていて、駅前のカレー屋の仕事を終えていつも十一時過ぎに帰ってくる、って言っていたんだ。だから、天にそのことを伝えた。でも、僕ができるのは聞くことだけ。話すことはできない。中国語ができないのも本当。僕も嘘はついていない」

唐突な告白に、梵人は声を漏らすことすらできなかった。たっぷり二分は沈黙が流れたのち、

「何だ、そりゃ」という、うめきのような長兄のつぶやきが聞こえた。

梵天、梵地と来たら――、次は自分の番だった。

まるで、二十四年前の今日のようじゃないか。

ふと、そんなふうに思った。

すでに日付は変わってはいるが二十四年前、この順番で俺たちは生まれてきた。そして、きっかり二十四年後、律儀に順番を守りながら、とんでもないことを伝え合おうとしている。

「俺も、天ニイと地ニイに言っていないことがある――」

永遠にこんな瞬間は訪れないと思っていた。

そう言えば、高校生のとき以来はじめて本気で走った。五メートルにも満たない距離だったが、あのじいさんに飛びかかる前によく転ばなかったものだと思う。あぐらをかいている膝の内側は、今もちりちり痛い。

オリンピックが終わったら死のうと決めていた。

でも、ちゃぶ台を中央に置き、左右対称を成す兄たちの視線に迎え入れられながら、もうしばらくの間、死ぬのはやめておこう、と梵人は思った。

＊

流れ星に願いをこめる、というフレーズが大嫌いだ。

これまであえて確かめたことはないが、きっと二人の兄も同じだろう、と梵人は勝手に考えている。

何しろ、流れ星に榎土《えのきど》三兄弟は両親を殺された。

それ自体の記憶は梵人にはない。

事故が起きたのは三歳のときだ。人によっては三歳の出来事を覚えていることもあるだろうが、榎土三兄弟は事故があった事実どころか、親の顔すら覚えていない。事故から二十年以上経過したからというわけではなく、少なくとも小学一年生の時点で覚えていなかった。家族の絵を描くという図工の課題が出たとき、梵地が「父さんと母さんの顔、忘れちゃったな」と言いだし、それに梵天も梵人も「あ、俺も」と同意したことで判明した事実である。

何があったのかというと、当時彼らの住んでいた戸建ての家に隕石が直撃し、家屋がまるごと焼失した。三つ子は何とか救出されたが両親は助からず、一夜にして三人は孤児となったのである。

母の兄にあたる人物、つまり彼らの伯父が三人を引き取り、育てることを申し出た。今も三兄弟が「不破《ふわ》のおじ」と呼ぶこの伯父は、小学校を卒業するまで彼らの面倒を責任をもって見た。その後、三兄弟は家を出た。子どもながらに間近で接しつつ、伯父の自営の仕事がうまくいっていないこと、三人の存在が家計の重い負担になっていることを感じ取っていたからである。さらには伯父自身の家族の問題もあった。伯父のほうも最悪の場合、施設に三人を預けることもあり得ると危惧していたため、三人からの申し出を不本意ながらも受け入れた。

家を出た、と言っても家出をしたわけではない。

独立したのである。

もっとも、彼らはまだ中学生だ。伯父と同居中という外見を保つ必要もあるため、それまで暮らしていた家とさほど離れていない場所にアパートを借りた。さすがにアパートに入居するための契約は伯父が交わしたが、それからは完全に三人だけの生活を始めた。中学の三年間、月二万円ほどの家賃のみ伯父が負担し、それ以外の生活費はすべて梵天がひとりで働いて稼いだ。学校側はこれらの事情を承知していたが、見て見ぬふりをした。彼らの生い立ちに対し、教師たちの誰もが極めて同情的だったからである。

中学生になったのを機に、彼らは榎土姓をふたたび名乗るようになる。

世間の注目から彼らの存在を隠すため、伯父は三兄弟に母方の姓である「不破」の名を与え、自分の子どもとして小学校に通わせた。この慎重な配慮のおかげで、事故からほぼ十年が経過し、さらには現場と三百キロ以上離れた街に住んでいることも重なり、「榎土」の名前に反応する人間は誰もいなかった。もちろん小学校からいっしょに上がってきた連中のなかには「どうして？」と訊ねてくる者もいたが、「親が離婚した」と返すと、それ以上、話が続くことはなかった。実際に彼らが家を出てまもなく事業が破綻し、伯父は離婚していた。

中学の三年間は、穏やかに過ぎ去った。

唯一、物騒と呼べる出来事は、アパート取り壊しの際、彼らが住んでいた部屋の真下から不発弾が見つかった事件くらいだったろうか。

小学生の頃から勉学に秀でていた梵地は、中学校に入っても学内随一の秀才として名を轟《とどろ》かせた。同じく運動神経のよさがずば抜けていた梵人は、年代別の日本代表の候補に名が挙がるまで部活で頭角を現した。残る梵天は、彼らの隣で学校以外の時間をほとんど働くことに費やし、生活を支えた。

同じ三つ子なのに、しかも中学生であるのに、ひとりだけが働くというアンバランスな役割分担について、不思議と当時、梵人は疑問を持つことがなかった。きっと、梵地も同じ感覚だったはずだ。なぜなら、二人にとって梵天とは兄というよりも、父に近い存在だったからである。

もちろん三つ子ゆえに普段の言葉づかいは並列の関係を保っているが、父親が家族のために働いていても、誰もその行動に疑問を抱かないように、梵天が朝は新聞配達、夕方は弁当屋の手伝い、休日は中学生と知って雇ってくれる部品工場で働き詰めでいても、何となく「そういうものだ」と思いこんでいた。また、そう自然に思いこませる力が梵天にはあった。「家を出て自分たちだけでやっていこう、金は俺が稼ぐ」と小学六年生の大みそか、除夜の鐘を聞きながら梵天が宣言したなら、それに従うのが弟として当然の選択だった。「俺はこれから働く。その代わり、お前たちは勉強して、運動しろ」と中学の入学式の帰り道に梵天が号令したなら、勉学と部活に励むのが弟として当然の責務だった。

この調子で進むと、やがて梵天が高校に進学しないと表明するのは容易に想像できそうなのに、そのときまで気づかなかった梵人と梵地は確かにおめでたいと言うしかない。それくらい、弟たちにとって梵天とは、ときに甘えられる兄であり、ときに頼れる父だった。その梵天にすら、これまで一度も伝えることができなかった。ひとり悩み続け、すべてを呑みこんだままこの世から消えてしまおうと決めた矢先に、ああもあっさりと口にできてしまったのはなぜだったか。

火事の現場で起きた出来事について梵天が語った内容は、それこそ上流のダムが突如決壊し、河川の濁流に呑まれ、目の前の風景が根こそぎ押し流されていくが如き衝撃を、梵人の脳髄に与えた。続く梵地の告白がとどめだった。「梵天ショック」のあおりを食らい、高校時代、すべてをあきらめる原因となった、大怪我をしたとき以来の生理現象を梵人は経験した。

すなわち、泣いた。

己の話を終えるなり梵人は立ち上がり、火事の現場に朝食のパンを置いてきたから、もう一度コンビニに買いにいくと言い残し、部屋を飛び出した。

階段を駆け下り、アパート前の道で詰めていた息を吐き出したとき、こらえていた涙が溢れてきた。

何かが特別に悲しいわけではなかった。

ただ、底のほうでかたくなに閉めていた栓がすこんと抜けてしまったのだ。

Tシャツの袖で涙を拭いても、夜の湿気に撫でられ、目のまわりが妙にあたたかかった。コンビニでは、パンもおにぎりもすべて売り切れていた。代わりに、意外に値が張るフルーツグラノーラの袋と牛乳パックを買った。帰り道、火事のあったアパートの方向から戻ってくる消防車三台とすれ違った。街の空気は生ぬるく、今も焦げた臭いが漂っているように感じられたが、それは単に自分の鼻の内側にこびりついた香りであるだけなのかもしれなかった。

翌朝、梵人が目を覚ますと、とうに梵天は仕事に出発し、梵地は通訳ボランティアに向かう支度をしていた。

顔を洗って、梵人がちゃぶ台の前でぼんやりと座っている間に、梵地が碗とスプーン、冷蔵庫から牛乳パックを手早く運び、

「そういえば、小学生のとき、『神の手』とか言われていたよね」

と最後にフルーツグラノーラの袋をちゃぶ台に置いた。

「天ニイのことか?」

「昨日、タクシーでアンモナイトを見て、ひさしぶりに思い出したよ。地面の下が見えていたから簡単に化石を掘り当てることができたなんて、ものすごい話だよね。ああ、これは梵人がコンビニに行っている間に聞いたんだけど」

「地ニイは、いつごろから感じていたんだ?」

「いや、まったく気づかなかったよ。単に人一倍、土掘りが好きなだけだと思っていた」

「ちがう、天ニイじゃなくて自分のほう。その、言葉がわかるってやつ」

「僕？」

部屋干ししていたボランティア用のベストを畳む手を止め、「ううん」とうなったきり、梵地は首を傾《かし》げ、固まってしまった。

「いつごろからだろうなあ……。あまり、はっきり、ここという線引きはできないんだよね。小学生のときから外国人がしゃべっている言葉が理解できるとは気づいていても、誰もができる、当たり前のことだと思っていたし――。子どもの頃を思い出してほしいんだけど、個々の単語の意味を把握していなくても、何となく大人が交わす会話が理解できることってあるじゃない。それと同じ感じのものと思っていた気がする。僕自身、たぶん、外国語を聞いているつもりはなかったんじゃないかな。ただ大人が話しているのを聞いて、わかっているような、わかっていないような――、そんな感覚だった」

梵人はフルーツグラノーラの袋に手をかけたまま、難しい顔で次兄の言葉を反芻《はんすう》していたが、

「あれ？　せっかく買ったのに、誰も食べてないのかよ」

とまだ封が切られていないことに気がついた。

「天は仕事中に腹が痛くなると嫌だから、朝は牛乳は飲まないらしい。エレベーターもない、現場のビルのてっぺんで下痢になったら地獄だって言ってた」

「地ニイもか？」

「僕はレーズンが苦手なんだよね」

梵人はパッケージ写真を見返した。確かにボウルに盛られたシリアルのところどころにレーズンが混じっている。

「知らなかったな」

「意外と兄弟でも知らないことってあるもんだよ」

「地ニイがはっきりと、その、言葉のことを自覚したのはいつだ？」

「たぶん……、中学に入ってからじゃないかな。中一のときのクラスにブラジル人の子がいて、授業中、ずっと教師の悪口をポルトガル語でぶつぶつ言ってるんだよ。席替えで彼の横になったら、その文句が全部聞こえてくるわけ。それで、いつもこんなこと言ってるよね、って彼に訊ねたら、何でわかるんだよってすごく驚かれて——。それまで外国語をしゃべる本人に発言の内容を確認する場なんてなかったから、そのときはじめて自分の能力を明確に理解したのかもしれない」

「それから、いろいろ試したのか？」

「外国人を見かけたら、取りあえず近づいて盗み聞きしたよ。大学に入ると留学生がたくさんいるから、相手の国の確認もしやすくなってさ。たぶん二十カ国語以上はこれまでリスニングしたんじゃないかな」

「それ、全部わかったのか？」

「自分が理解できる範囲の会話なら。そこは日本語と同じ。理系の留学生同士の会話はちんぷんかんぷんだった」

すごいな、とつぶやき、梵人は碗に袋の中身をがさがさと落としこみ、牛乳をかけた。

「あ、梵人はジッグラト派だ」

「ジッグ——何？」

「ジッグラト。むかし、古代メソポタミアの神域に建っていた、ピラミッドみたいなかたちの建物だよ。いや、そもそも古代エジプトに建てられたピラミッドのモデルになったのが、ジッグラトなんだけど」

ピラミッドという単語を聞いたことで、ようやく注いだ牛乳が少ないため、シリアルが山のかたちを保っている状態を言っているのだと気がついた。

「駄目なのか、これだと」

「僕は牛乳の下に、全部水没させないと嫌なんだよね。それでシナシナにさせてから食べる」

「それは何派なんだ？」

「特にないけど。強いて言うなら……、アレクサンドリア派かな。海中にクレオパトラの宮殿が沈んでいるんだ」

「兄弟でも知らないことだらけだな」

と梵人は唇の端で笑って、ひと口めをスプーンで運んだ。

「じゃあ、もしも、地ニイが宇宙人と会話する機会があったら、相手の言葉がわかるのかな」

「何、それ」

「だって、相手が何語を話していてもオッケーなんだろ」

梵地は困ったような笑みを浮かべながら、

「梵人はいつごろ気づいたの？」

と問いを返してきた。

「俺？」

梵人は咀嚼《そしゃく》するあごの動きを一瞬止めたが、

「俺のことはいいよ」

と器に向かうふりをしてうつむいてしまった。

「明日のことも、わかるの？　競馬で勝ちまくりじゃないか。株やろう、ポーカーの世界チャンピオンを狙うのもいいかも。すごいらしいよ、優勝賞金の額が――」

妙にいきいきとした声で具体例を重ねる梵地を黙らせるべく、梵人はため息をついて碗から面を上げた。

「だから、そんなたいそうなものじゃない」

「いやいや、たいそうなものでしょう。昨日の夜、この目で見たもの。間違いなく、梵人は人ひとりの命を救った」

「あれは――、ただ見えただけだって」

「見えた？　どんなふうに？」

「見えたというか、重なったというか……。同じ視界に像が二つ出てくるんだ。あのときはドアの前にいるじいさんがいて、もうひとり、窓の前に移動するじいさんが見えたんだ。そこに窓ガラスが割れて、火が噴き出てくる映像が重なって……。昨日、説明した通りだよ」

「あんな説明じゃ、わからないよ。俺は未来のことが見えるんだ――、そう言っただけで、部屋から出て行っちゃうんだから。あれって何年も先のことがわかるって意味じゃないの？」

「違う、違う。せいぜい、二秒か三秒先――。だから、俺のことはいいんだ。早く、仕事行けよ」

壁の時計を見上げ、「わ、ギリギリだ」と焦った声とともに、梵地は畳んだベストを手早くカバンにしまいこみ、立ち上がった。

「今日は水泳会場の最寄り駅で立っているんだ。きっと、暑いだろうなあ」

玄関で腰を屈め、革靴のひもを締める痩せた背中に、

「地ニイさ――。俺のこと、ズルしてきたって思うか?」

と梵人はほとんどひとり言のような、か細い声を放った。

え? と紐を結ぶ手の動きを止め、梵地は身体をねじった。

「俺が高校の部活で一年からレギュラー取ったのも、そもそも高校のスポーツ推薦もらったのも、全部これのおかげだから。そりゃ、無敵だよ。相手が次に何をしてくるか見えるから、裏をかいてやりたい放題だ。天才だって、みんなに言われた。試合の相手からも、まるで自分の考えが読まれているみたいだ、って――。正解。俺は答えを知ってるんだ。カンニングして百点取るのと変わりゃしない。全部、ただのズルさ。俺の力で成し遂げたことなんてひとつもない。だから怪我して膝が駄目になったとき、俺、何もなくなっちゃったんだよ」

身体をねじった姿勢のまま、梵地はしばらく梵人の顔を見つめていたが、カバンからスマホを取り出し、手早く指を動かしたのち、一度は靴に滑りこませた足を抜いてのそのそと戻ってきた。

「俺のことはいいって言ってるだろ。さっさと行けよ」

「何で――、梵人はオリンピックの警備の仕事をしようと思ったの?」

ちゃぶ台の正面に立ち、次兄はまっすぐ梵人の目をのぞきこんだ。

「近くで――、見たかったんだよ。どういう人間があの場所に立つことができるのか。それを確

かめたかった。ずっと、自分がオリンピックに出るのは、当たり前だと思っていた。金メダルも獲る気マンマンだった。俺が駄目になった代わりに、オリンピックに出る連中はどんなやつなんだろう。どんな顔の、どんな歩き方をするやつがメダルを獲るんだろう――。それを遠目でも、すれ違うだけでもいいから確かめられたらもういいかな、って思ったんだ。もうむかしのことを、いつまでも考える必要もなくなるような気がしたんだ。だから……。おい、そっちの時間は大丈夫なのかよ」

「今日は休む。もう、連絡したから」

梵地は流しから碗とスプーンを手に取り、梵人の隣に腰を下ろした。僕もいただこうかな、とフルーツグラノーラの袋を手に取る。

「レーズン、苦手なんだろ。食べてやろうか」

「いや、今日は我慢する」

シリアルを碗に流し、うわ、レーズンの臭いだ、とさっそく眉間にしわを寄せながら、梵地はたっぷりの牛乳を注ぎこんだ。

＊

はじめて、何かが妙だと気づいたときはいつだったのか。

梵地の質問に、改めて梵人が記憶の糸をたぐり寄せてみたところ、どうやら小学二年生の頃まで遡る。

近所に同級生の女の子がいた。

登校途中の出来事だった。左折待ちのワゴン車が、横断歩道の白線の手前で停止し、その子が通過するのを見守っていた。小柄な体格の少女だった。身体のサイズに対し、大きすぎるランドセルを背負う彼女を数メートル後方から眺めながら、そのときなぜか「あ、転ぶ」と思った。

次の瞬間、本当に少女はアスファルトの上でつまずき、こてんと前に転んだ。

フロントガラスから見えなくなったことで、子どもが通過したと思ったのだろう。ワゴン車はゆっくりと左折を再開し、横断歩道に進入した。

梵人が声を発する間もなかった。ワゴン車の左の前輪が、うつぶせの状態で倒れたままの少女のランドセルに乗り上げた。まわりには登校途中の生徒がいくらでも歩いていた。しかし、梵人以外、誰も少女のことに気づかなかった。それくらい静かに事故が起きた。

いかにもやわらかなものに乗り上げた動きで車の片側が浮き、車が止まった。少女とタイヤとの間に挟まれたランドセルが、おかしなくらい薄く潰れていた。男性が不思議そうな顔で運転席から出てくる。車の下敷きになっているものに気づくなり、「あ」と声にならぬ声を放ち、飛ぶ勢いで運転席に戻った。すぐさま車は後退し、何が起きたかようやく気がついた大人たちが少女に駆け寄り、「救急車、救急車」と叫んだ。

救急車が到着しても、ぐったりとしたまま動かなかった少女だったが、二日後にはケロリとした顔で登校していた。子どもの身体のやわらかさゆえか、ワゴン車に背中に乗られたにもかかわらず、怪我ひとつ負わなかったのだ。ひょっとして自分が転ぶと思ったから、現実の出来事となったのではないか、と人知れず心配していた梵人は、元気そうな少女を見て心からホッとした

――。

学年が進むにつれ、徐々にこの一件に似た経験が増えてくる。ふと予感したものが現実のことになる。未来を予知しているという自覚はなかった。自分が他人と違うという感覚もなかった。何せ二秒か、三秒、先回りするだけの話である。むしろ、ごちゃごちゃしたものが視覚に混ざりこんで邪魔だとさえ思っていた。

己の意志でこの知覚をコントロールできるようになったのは、中学校に入学してからのことだ。

「だんだん、やり方のようなものがわかってきて、中一のときだったな、朝から学校で会うやつ全員と、じゃんけんしてみたんだ。その日、八十三回じゃんけんして、一度も負けなかった」

一瞬の間が空いたのち、「そうか、見えるんだ」と理由を理解した梵地はしばらくころころと笑っていた。

梵地と並ぶと、相手がやせの長身であることも手伝い、ずいぶん肉づきがよく見えてしまう梵人であるが、高校までは完全に細身のアスリート体形を保っていた。もとより運動神経に関しては抜群のものを有していた。そこへ二秒、三秒というわずかな時間であっても、先の展開が見える感覚が備われば、もはや対人競技では敵なしである。インフルエンザに罹ったため辞退することになったが、中学生の時点で年代別の日本代表候補に選ばれたのも当然だった。強豪校のスポーツ推薦を得て高校に入学したときには、すでにオリンピックを目標に据えていた。一年時から絶対的なレギュラーの座をつかみ、「神童」と顧問からもそのプレーを絶賛された。

前途洋々のはずの競技生活はある日突然、終了する。

結局は、おもちゃを与えられた子どもだったのだ。

他人を出し抜ける特別な道具を渡され、何の疑問も抱くことなく使い続けた。試合で別次元の活躍を見せつけるたび、いよいよ緻密に、いよいよ大胆に操るようになった。己の実力以外のものに頼っているという感覚はなかった。ただ勝ちまくるのが楽しくて仕方がなかったのだ。

今となっては、盛大なしっぺ返しを食らった理由が手に取るようにわかる。

身体が先に拒絶反応を示したのである。

彼がいくら未来を知覚しようと、実際に重力に逆らい、相手に挑むのは彼の肉体だ。骨格も筋力もいまだ成長段階の状態であるにもかかわらず、己の身体能力をはるかに超えた動きを命じていたことに、関節が悲鳴を上げたときはじめて気がついた。

終わりは呆気ないほど簡単にやってきた。

試合でも何でもない、部活の練習の最中に、まるで膝から下が消えてしまったような、よそよそしい感覚とともに、梵人は地面に崩れ落ちた。のちに聞いた部員からの話によると、体育館じゅうに響くほどの、ゴムバンドがパチンと弾けたような音とともに、着地の瞬間、膝があり得ない方向に曲がっていたという。

プロ選手の治療も行っているというスポーツ医療専門の医院に運びこまれたが、医師がこんなに壊れた膝は見たことがない、高校生なのにどうして、と絶句するほどのひどい怪我だった。

オリンピックへの夢はあっさり途絶えた。

復帰どころではなかった。日常生活も不自由するかもしれない、という医師の診断どおり、走ることすらできなくなった。残りの高校生活は牢獄にいるようなものだった。今も雨の日は膝の内側で嫌な痛みが疼《うず》く。

「俺――、このオリンピックが終わったら、死ぬつもりだったんだ。もしも、あのとき怪我しなかったらって、七年間、毎日目が覚めたらいつも同じことを考えてた。起きる前から苦しいんだよ。何で、こんな変な力がくっついてきたんだろうって、これがなかったらきっと俺は怪我しなかったのに、普通の人生が送れたのに、十六歳ですべてが終わるなんてみじめなことにならなかったのに――って、朝から延々と呪うんだ。なら、やり直せばいいと思うだろ？　でも、それもできない。我慢が足りないんだよ。何かを一からやり直すには、我慢が必要だと頭ではわかっている。でも、無理なんだ。だって、俺は何一つ我慢しなくても、誰よりも強かったし、誰よりもうまかったんだから。今さら、正反対のことなんてできない。もう、どうしようもない、ポンコツなんだ。俺の人生はあの怪我で終わって、それからはずっと空っぽなんだよ」

高校のときとは別人のように肉がついた背中をさらに丸め、梵人がとつとつと語るのを、梵地は無言のまま聞いた。いつの間にか次兄の碗は空になっている。フルーツグラノーラのレーズンはきちんと食べきったらしい。

「ねえ、梵人」

「最悪だ、朝から何て辛気くさい話をしてんだろう。でも、心配しないでくれ。死ぬのはやめたから。さっき気づいたんだ。今日、目が覚めたとき、いつものやつを繰り返さなかった。今の今まで、まったく思い出さなかった。こんな朝、はじめてだ。きっと昨日、天ニイと地ニイの話を聞いたからだと思う。俺だけじゃないって、わかったから――」

「じゃんけん、しようか」

最初はグーと梵地が拳を振る。掛け声に合わせ、梵人も思わず手を出してしまった。

「あれ、勝っちゃった」

ちゃぶ台の上で向かい合うのは、梵地のチョキと梵人のパーである。

「誰にも負けないんじゃないの？」

「地ニイには負けるぞ。だって、俺たちの間じゃ、使えないからな」

「え、そうなの？」

「これまでだって、天ニイや、地ニイの動きが先に見えたことは一度もないな」

「じゃあ、たとえば梵人がロシア語をしゃべったとしたら、僕には聞き取れないのかな」

「どうだろう。今度、インドネシア語でも勉強して披露してやるよ」

二人は視線を合わせ、どちらからともなくふふふと笑った。

「ああ――、じゃんけん以外に、これの使い道ってないものかな。何かでっかいことをやってみたいんだ。怪我する前みたいに、こいつは勝てないぞって一瞬思うんだけど、それを鮮やかに切り抜けていくあのヒリヒリする感覚をもいっぺん味わえたら――、なんて。無理な話だけどさ」

仰向けに畳に寝転び、いかにも自嘲めいた言葉を天井に放つ末弟の顔に、

「あるんじゃない？」

と梵地はふわりとした声を投げかけた。

「え？」

「梵人ひとりじゃなくて、僕たち三人でもいいんだろ？」

「構わないけど……。何だよ、それ」

「僕たちにしか、できないこと。僕たちだから、できること。たとえば――」

「たとえば?」

訝しげな眼差しを返す末弟と目が合うと、梵地は滅多に見せない意地悪そうな表情を口元に浮かべ、

「泥棒」

とつぶやいた。

第三章　山

夜明け前に、目が覚める。

中学一年生から新聞配達の仕事を始め、十六歳のときには現場に通っていたおかげで、梵天《ぼんてん》の身体には早起きの習慣が染みついている。

寝袋から抜け出し、作業着に着替えたら、すぐさま行動を開始した。リュックを背負い、ヘルメットをかぶり、大小のつるはしとハンマーを携え出発する。三月半ばとはいえ、夜明け前はしんと寒い。白い息を吐きながら梵天は懐中電灯を手に斜面を登った。

光の輪がかすめていく土くれ、岩塊の先端、樹木の膚《はだ》、これらすべて己が所有するものだということが、いまだしっくりこない。山ごと買い取るとは、つまりそういう意味なのだが、何だかそらおそろしい気持ちになる。それ以前に五億円の貴金属泥棒という、もっとそらおそろしいことをやってのけているのだが、意外とその件に関して思い返すことは少ない。あまりに日常からかけ離れた出来事ゆえ、現実味が乏しいのかもしれない。一度決めたことは後悔しないという、梵天ルールの適用も影響しているだろう。

ようやく、空にもぼんやりと朝の気配が漂い始める。それでも木立に囲まれた山中は薄暗く、樹木にくくりつけた目印を懐中電灯で確認しながら、目的地へと向かった。何しろ九十年近く塩漬けにされていたというくらいだから、そもそも山中に道というものがない。じっとりと身体が汗ばむのを感じながら、斜面から突き出した岩を踏みつけ、進んでいく。

「01」

と記したテープが巻かれた樹木を通過した。ゴールが近いという意味だ。額ににじむ汗を、梵天はマフラー代わりに首に巻いたタオルで拭う。徐々に白みを増していく空をアケガラスが「カア」と鳴いて渡っていくのが見えた。

上下逆さまにして持つつるはしで、ぐいと地面を突く。一日を通じ、ほとんど日が当たらないのだろう。大きな岩の足もとにはまだ雪が固まったまま残っていた。プレハブ小屋を出発して二十分。そろそろ到着する頃だ。

斜面を登りきったところで、正面から木立を抜けて差しこんでくる控えめな朝の光に照らされた。一本のアカマツの根元につるはしを立てかけ、荷物を下ろす。リュックサックから取り出した折りたたみイスを広げ、ヘルメットを脱ぎ、ようやく一息ついた。水筒の熱いほうじ茶を口に含みながら頭上を仰ぐと、ゴールの印であるアカマツの枝に端を結びつけたイラク国旗が、ときどき吹き寄せる肌寒い風を受けて静かに靡《なび》いていた。

赤と白と黒の三本のライン。中央の白の部分には緑色の見慣れぬ文字が躍っている。梵地《ぼんち》が教えてくれたところによると、アラビア語で「アラーは偉大なり」と書いてあるらしい。

ほうじ茶をもうひと口味わってから、作業着の胸ポケットから取り出したものを指の間に挟み、角度を変えて眺め回す。

いくら触れても飽きることがなかった。

はじめて見たときから、己の判断に強い確信を持っていた。これは単なる石ではない。化石だ。しかも、日本では見つかるはずのない化石だ。それが見つかった。この場所で。

どこかしら石器にも似たフォルム。人差し指ほどの長さの黒い物体は、ときに水面からのぞいているサメの背びれのようにも見える。湾曲した側面に指を当てると、朝の淡い光では見分けられない、表面の細かい突起の連続が皮膚にちりちりと心地よい刺激を与えた。

ノコギリの歯と書いて鋸歯《きょし》とはよく言ったものである。梵地が転送してきた大学の教授のメールには、はっきりとこれが鋸歯である旨が記されていた。

「結論、依頼のあった標本を鑑定したところ、獣脚類の歯の化石であり、鋸歯の大きさ、傾きから、上顎骨のものと推測される。鋸歯の幅と密度はタルボサウルスの特徴に近いが、D型の断面の膨らみからも、さらに大型種に属する可能性が高い。標本が採取された地層の情報がない状況での判断になるが、北米に生息する種の鋸歯と推定して矛盾はないと考える」

梵地が通う大学で古生物学の研究室を持つ教授からの回答を要約すると、こういうことだ。

「これはティラノサウルスの歯の化石である」

このメールを受け取った翌日、梵天は五億円の貴金属泥棒の実行を決断した。

＊

時を遡ること三年。

オリンピックの開幕式と三兄弟の誕生日を祝う会が同時開催され、さらにその帰り道に火事に出くわした夜――から、さほど日にちも経っていなかったはずだ。オリンピックの通訳ボランティアに励んでいるはずの梵地が突然、泥棒をやってみないかと持ちかけてきた。すでに梵人《ぼんど》と意見のすり合わせを終え、あとは梵天が承諾しさえすれば行動に移せると言う。

むろん、即座に反対した。

「冗談だろ？　そんなことやって捕まったらどうする。忘れたのか？　あの火事も大麻栽培用の照明を使い過ぎたせいで、コンセントがショートして、そこから出火したんだ。住んでいたトーマスは当然逮捕、新聞で写真つきの紹介だ。いいか、悪事はいずれバレる。お天道様は見ているんだ」

「だから、捕まらないよう、俺たちなりの工夫をするんだよ。それに悪いことをするわけじゃない」

部屋のちゃぶ台を挟み、梵地の隣に座る梵人がケロリとした表情で返した。

「悪いことじゃない？　お前、本気で言っているのか？」

末弟の顔に勢いよく人差し指を突きつける梵天をなだめるように、

「困っているフィリピン人がいるんだ」

という落ち着いた梵地の声が届いた。

「どういうことだ」

梵地の話とは、こうだった。

オリンピックの通訳ボランティアで仲良くなったフィリピン人の留学生がいる。彼のいとこのさらにいとこにあたるという女性が、二年前から日本に出稼ぎに来ているらしい。しかし、水商売で稼ぐものを稼ぎ、いざ帰国しようとしても、それができない。店の経営者が彼女のパスポートを取り上げたまま返さないからである。彼女だけではなく、他に何人もの女性が同じように、ひどいピンハネに遭いながら泣く泣く働かされているという。留学生の友人は何とかしてやりたいと思っているのだが、方法がわからない。警察に訴えるべきかもしれないが、不法滞在で稼いでいる同郷の人間も多く、やぶへびになるかもしれないと思うと動くに動けない――。

「パスポートを返さないなんて、ひどい話だよ。何か助けになることはできないかと、留学生の彼に店の名前を教えてもらって、梵人と偵察に行ってみたんだ。明るいうちに店の前を通っただけだけど、まわりもガラの悪そうな店だらけで、責任者にお願いしても、ああ、そうですか、と素直にパスポートを返してくれそうな雰囲気じゃなかった」

「それで？」

腕を組んだまま、梵天は仏頂面を二人に向けている。

「わかるだろ。俺たちで何とかするんだよ。パスポートを取り返して、フィリピン人のいとこのいとことかに返してあげるんだ。つまり、人助けだよ」

梵天はいっさい表情を変えることなく、

「梵地が一肌脱ごうというのはまだわかる。仲間のためだからな。でも、お前は何なんだ」

と醒めた視線を梵人に送った。

「俺？　そりゃ、パスポートがなかったら困るだろう。困った人には手を差し伸べないと。おもてなしの精神だ」

「正直に理由を言え」

「だって、泥棒なんて、おもしろそうじゃないか。しかも、俺たちのわけのわからない特技――、あれを活かせるかもしれないんだぜ」

あっけらかんと語られる梵人の偽りなき本心に呆れる一方で、「活かす」という言葉の内側に、かすかにでも惹かれるものを感じてしまったのが運の尽きだった。

一度きりの約束だった。

世間がオリンピック一色に染まっているのをよそに、三人は準備に取りかかった。事務所の特定は梵地が担当した。留学生のいとこのいとこという女性に直接コンタクトを取り、彼女が勤める店の仲間に、梵人とともに聞きこみを行った。はじめは警戒され、相手の口も重かったが、英語はもちろん、フィリピンで使われるタガログ語さえも容易に聞き取る梵地に、

「気味が悪いくらいの人気だったぞ、地ニイ。隣に俺が座っていても完全に無視で、話をしてくれたフィリピンのおばさんたち全員、地ニイ目当てだった。ボディタッチが激しいの何の。いっそのこと外交官になればいいんだ。世界中に熟女はいるだろ。愛と平和を運ぶ親善大使になれる」

と梵人が太鼓判を押すほど、彼女たちも信頼を寄せるに至った。

梵地が引き出した情報から、系列の店を束ねる親事務所の位置を割り出した次は、梵天の出番だった。事務所が入った建物の外でスマホをいじるふりをしながら、背中を預けている壁をすり抜け、意識だけを建物内部に潜りこませる。角度を変えて何度も繰り返し、室内に隠されたパスポートの在りかを把握した。

八月九日、オリンピック閉会式が行われた夜に計画は最終段階に移された。事務所には梵天と梵人で向かった。解体現場から持参した機材でドアを破壊し、わずか一分間の滞在で退散した。その際、梵天が驚いたのは、梵人との連携のスムーズさだった。工務店で何年も仕事をしている相手でも、ここまで息が合うことはない。次に何をすべきか、どう動くべきか、言わずとも互いにわかる。まさにあうんの呼吸。完璧な連携とともに、二人は各所の監視カメラの視界を塞いだのち事務所に侵入し、金庫ではなくトイレの天井に隠されていた三十冊のパスポートを盗みだし、持ち主のもとへ返還した。侵入の前後、誰の目にも触れることはなかった。梵人が偵察を担当する限り、偶発的な遭遇は皆無となるからである。

これきりのはずだった。

それゆえに互いの役割についてほとんど相談することもなく、思いつくままに三人が動き、目的を遂行した。にもかかわらず、梵地が事前調査、梵天が現場探索、情報が揃ったのち梵天と梵人が現場に侵入、梵地は留守番——という、その後の定型が完全にできあがっていたのは皮肉と言うほかない。まるで自分たちが今後進むべき道が、前もって決められていたかのようだった。

一度決めたことは必ず守る梵天が唯一守らなかった例かもしれない。このパスポート奪還劇を皮切りに、榎土《えのきど》三兄弟はその後、銀座の一件を含め計九度の泥棒を成功させる。

結局のところ、梵天も「三秒」に淫してしまったということなのだ。

三秒とは泥棒稼業を繰り返すなかで判明した、榎土三兄弟が持つ特別な時間を指す。

たとえば、梵天は三秒だけのぞくことができる。自分の身体から離れた意識が、空間を漂ったのち、舞い戻ってくるまでの時間だ。実際に、梵人にストップウォッチを持たせ計らせた。どれほど粘っても、きっかり三秒で強制的に意識がもとの身体に帰還する。その際に許される移動距離は、きわめて限定的だ。はるか彼方まで勢いよく意識を飛ばせるわけではない。かつて地中に不発弾を見つけたように、土であれ、分厚いコンクリートの壁であれ、すり抜けは万事可能だが、あくまで決まったスピードでしか移動できない。ゆえに、泥棒で侵入する際は、ときに何十回と三秒を繰り返し、部屋の間取りを外部からうかがう必要があった。

　これが梵天の三秒である。

　同じく、梵人にも三秒がある。未来を知覚できるといっても、一日後、一カ月後、一年後といった長期的スパンではなく、あくまで目先の未来だけ――という本人の主張を検証するため、今度は梵天がストップウォッチを持ち実験を行った。梵人を連れ、近所の公園に向かった。小学生のサッカーチームが白熱した試合を繰り広げているグラウンドのゴール裏に陣取り、梵人が「あ、入る」とつぶやいてから、実際にゴールネットが揺らされるまでの時間を計測した。結果はきっかり三秒だった。

「たった三秒先のことしかわからないなら、俺、占い師にはなれないや」

と当人はぼやいていたが、泥棒の回数をこなすにつれ、梵天の目にもはっきりそれとわかるほど、梵人の表情に生気が戻ってきた。ついには、

「自分の無限の可能性に気がついた」

と宣《のたま》い、半年間の南米放浪の旅に出発する。南米では護身術を学んだらしい。正式に道場に入門し、トレーニングを積んだと本人はうそぶくが、その割には出発前とほとんど体形に変化は見られず、むしろ少し膨らんで帰ってきた。梵天がそのことを指摘しても、

「パンチに体重が乗るんだよ」

とどこ吹く風といった様子で、中国人マフィアのボディガードの仕事を見つけてきた梵人だった。

最後に控えるのは梵地だが、彼の場合、少々ややこしい。

兄と弟がきっかり三秒というくびきに搦《から》め捕られていることを知り、それならば自分も同じ条件に縛られているはずだと心当たりを検討した結果、

「外国語を聞き取るとき、日本語と語法がちがうのに、意味がリアルタイムでつかめるのって、何だか変だなと思っていたんだよね。たとえば、英語や中国語は主語の次に動詞がくるわけだけど、僕の頭のなかでは洋画の吹き替えみたいに日本語そのものになって届くんだ。つまり、これって相手がまだ言っていない後に続く言葉が、先に頭に流れこんでいる、という現象なのかもしれない。ひょっとしたら三秒後の言葉を先取りして、頭で自動的に組み替えて再生しているのかも――、なんて最近考えてみた」

という主張を唱え始めた。

当然、梵天も梵人もその正当性を論じることができない。そもそも、次兄が何を言っているのかよくわからない。それでも、榎土三兄弟の間で、似ても似つかぬ互いの特性を「三秒」と総称することでまとまったのは、何より使い勝手がよかったからである。

「ほら、あの車の助手席。バッグが置いたままだ。天の三秒で中身を探っちゃおう――」

「少しでも暴れたり、鳴かれたりしたら、エントランスの警備員にバレてしまう。ターゲットの猫は窓から落とす。梵人は三秒を使って下で受け取れ。落下地点の予知ってやつだ。そういう応

用もできるだろ？」

「別にいちいち訳してもらわなくても大丈夫。地ニイの三秒で全部聞いておいてくれ。俺はあとで要点だけでいいから」

符丁としても成立する。さらには三という数字もよい。三兄弟だけが知っている三秒という秘密。泥棒には秘密という言葉がよく似合う。もっとも、なぜ自分たちにこんな妙な力が備わっているのかは、さっぱりわからなかったが。

*

九度目の泥棒のきっかけとなったティラノサウルスの歯の化石を、梵天のもとにもたらしたのは梵地だった。

オリンピック開催中、通訳ボランティアとして一日だけ選手村のコンビニでヘルプとして働いた際、梵地は念願のイラク選手団のメンバーと話す機会を得た。アラビア語ができる日本人はめずらしいというのもあっただろう。棚に並んでいる「ねぎ味噌」おにぎりの中身を逐一説明してあげたところ、若い陸上選手とともに来店していた選手団の役員らしき男性が、その通訳ぶりに感激し、いつかイラクに来ることがあったら大歓迎する、と非常によろこんでくれたのだという。

オリンピックの期間中、初の泥棒挑戦に忙しく、ボランティアのシフトに当初の予定ほど入ることができなかった梵地ゆえ、あこがれの地——かつてのメソポタミアに住む人々との交流は、この一度きりで終わってしまった。

それが、オリンピックから丸二年が経った去年の七月。いきなりイラクから連絡が届いた。

メッセージの差出人は、コンビニで出会ったイラク選手団の役員らしき男性だった。

何でも、自分の友人である、バグダッドにある商社のCEOが九月に日本を訪問することになった。滞在中はアラビア語通訳を用意してほしいと要望したが、商談相手の日本企業から英語通訳しか用意できないとの返事がきた。英語のわからないメンバーも同行するので、ぜひアラビア語通訳をつけたいという友人の話を聞き、君のことを思い出した。二年前、オリンピックの選手村で、君は私のイラク南部の訛りを難なく聞き取った。あの日のオリンピックでの出会いはきっとアラーの思し召しだろうから、ぜひ通訳としてサポートしてほしい——、こんな内容だった。

コンビニでの一度きりの出会いだったにもかかわらず、ボランティアスタッフの名前を覚えていて、わざわざSNSのアカウントを探しだし、梵地に連絡をくれたのである。

はるばるイラクから舞いこんだオファーを梵地は快諾した。オリンピック後も、京都で通訳アルバイトを続けている梵地が言うには、相場の十倍という破格の条件を先方は提示してきたらしい。

「お金はもちろん、イラクの人たちとたくさん話せるのがありがたいよ。向こうはどんな状況なんだろ。チェックはしているけど欧米系のニュース配信ばかりで何だか遠いんだ。仕事のこと以外にも、いろいろ訊けたらいいいな」

と梵天のアパートに立ち寄り、意気ごみを語ったのち、梵地は成田空港へクライアントの出迎えに向かった。

三日間にわたる、おもに視察に同行する通訳業務は上首尾に終わり、四日目、梵地は松茸狩りに出かけた。当初は最終日を都内観光にあてる予定だったが、会食の場で日本企業の重役が披露した「ウチの社が保有する山で松茸が採れる」という話に、イラク側のCEOが興味を持ったのである。

「松茸狩りなんて生まれてはじめてだよ。相手の企業が、明治の頃に林業からスタートした名残で、今も田舎にいくつも山を持っていてさ。そのなかのひとつで松茸が採れるらしいんだけど、何も整備していないから実際に採れるかどうかわからない、なんて重役さんが焦って取り繕っても、イラクのCEOがぜひともそこに行きたいと完全に乗り気になっちゃって。シーズンと言えば、まさにシーズンだしね」

でも、とにかく遠くて、と眠そうな顔を引っさげ、前日に梵天のアパートに泊まっていた梵地は、長兄が仕事に向かうよりも早く、リュックサックを背負ってアパートを出発した。

今夜は松茸御飯かと期待した梵天だったが、そうは問屋が卸すはずもなく、疲れきった顔で梵地は帰ってきた。さんざん歩き回ったが、彼の収穫はゼロだったらしい。その代わり、「こんなの拾ったよ」と持ち帰ったのが、例の人差し指ほどの長さの黒ずんだ石ころだったわけである。

ひと目見て、化石だとわかった。

押し入れの奥から、小学校の探検クラブ時代のタガネとハンマーのセットを引っ張り出した。それを使って周辺の岩石を削り、化石本体のかたちを明確にするうちに、なぜかよく見知ったフォルムが現れた。同じく押し入れから、梵天は一冊の分厚い本を携え戻ってきた。

それは梵天が小学三年生で探検クラブに入ったとき、不破《ふわ》のおじにたった一度だけ自分から願い出て買ってもらった恐竜図鑑だった。

ちゃぶ台に図鑑を置き、その上に梵地が持ち帰ったものを合わせてみた。

「何だか、そっくりだね」

梵地に言われるまでもなく、いや、まるで表紙に印刷されているものを、そのまま取り出してきたかのような瓜二つのシルエットと色合いだった。

その夜は寝られなかった。

梵地の歯ぎしりを聞きながら、恐竜図鑑の表紙を飾るティラノサウルスの頭骨の化石を見つめ続けた。くわっと開いた口からは、恐竜のなかでもずば抜けて大きい、見るからに凶暴そうな歯があごのラインに沿って並んでいる。これまで何百回、何千回とめくったかわからない表紙カバーはもはやぼろぼろで、図鑑のページも紙の一枚一枚が妙に膨らんでいる。試しに開いてみた鎧竜類のページに紹介された十八体の恐竜すべての名前を、梵天は今も苦もなく諳《そら》んじることができた。

大好きだったのだ。

それなのに、すっかり忘れてしまっていた。

あの化石に触れた夜、止まっていた時計がふたたび動き始めた。

その後の顚末は、まるで自分が別の物語の登場人物になってしまったかのように現実味がない。とんでもなく急勾配なのだが、どこかふわふわとした舗装の坂道を転げ落ちる感覚が、他人が残した忘れ物のように記憶の隅に居残っている。中学卒業後、十一年間勤めた工務店も辞めてしまった。自分の決断に後悔はない。しかし、梵地と梵人に対しても後悔はないかと問われたならば、同じ歯切れのよさで「ない」とは、もちろん言えない。

一貫して消極的姿勢を保ちながら、それでも梵天が泥棒稼業を続けていた理由のひとつに、彼らが金にならぬ泥棒に精を出していたから、というのがある。梵地が松茸狩りに行った九月の時点で、すでに成功済みの八度の泥棒はいずれも、フィリピン人のパスポートを奪い返した一件に似た、立場の弱い外国人を助けることにつながる、いわば義賊的性格を帯びたものばかりだった(一件、別れた愛人の男の家に置いてきた猫を盗むという、タイ人女性からの依頼もあったが)。当然ながら、現場から金目のものを盗むことはなかったし、受け取る謝礼も経費相当額と決めていた。

それが百八十度の方針の転換を図る。すなわち徹頭徹尾、私利私欲のためだけに泥棒をする。

「いつまで、こんなことやるつもりだ」「今度こそ、協力するのは最後だぞ。お天道様は見ているんだ」とことあるたびに、けむたい道義心を振りかざしていた人間が、いったいどの面さげて、これまでとは桁違いに犯罪性の高い泥棒への協力を二人の弟に求めるというのか。

きっとめいっぱいの反発と顰蹙《ひんしゅく》を買うのだろうな、と覚悟を決め、

「どうしても金がいる。それも、結構な額だ」

と率直に切りだした梵天だったが、予想に反し、

「いいよ」

と梵地は二つ返事で承諾し、梵人に至っては、

「これまで俺たちのためにずっと我慢してきたんだから、今度は俺たちが天ニイの願いを聞いてやる番だ」

と借りが返せるとばかりに、いかにもうれしそうな顔で中国人マフィアに話を通すことを約束

した。

あまりにスムーズな話の進み具合に拍子抜けした長兄が、

「おい、何に使うかくらい訊かないのか」

と不貞腐れたように返しても、

「そんなの、わかってるさ。山を買って、好きなだけ地面を掘りたいんだろ」

と梵人にぐうの音も出ないほど的確に正解を言い当てられた。梵天の目論見など、とっくにお見通しだったわけである。

そもそも、山を丸ごと手に入れるというアイディアは梵地から生まれたものだ。松茸狩りの話を聞くにつけ、アカマツ林に他にも化石が埋まっている可能性は限りなく高いと思われた。梵地の証言によると、発見した場所の近くに沢や川はなく、しばらく登りが続いた先の平地部分で見つけたという。川がないという要素がポイントだ。つまり、これまで川の流れにより土が削られ、土中のものが持ち去られたという心配もなければ、逆に梵地が拾ったものが遠い場所から運ばれてきたという線も薄い。九十年近く塩漬けにされた完全に未整備の山である。松茸狩り以外に人の出入りもあるまい。ならば、発見場所の近くに別の歯や、さらには頭の部分が――、あの化石の持ち主である肉食恐竜の巨大な頭骨が眠っていても、何もおかしくないのだ。

「オイ。もう一度、山に行く機会はないのか。そのときは絶対に俺も連れて行け」

松茸狩りの翌日、通訳の仕事を終え、京都に戻ろうとする弟に、ほとんど食ってかからんばかりの形相で梵天は詰め寄った。それに対し、ならばいっそ山を買ってしまえばいい、と提案したのが梵地だった。

「金はどうする」

と真顔で訊ねる長兄に、

「僕たち、泥棒だよ」

と次兄は笑いをこらえながら答えた。

このやり取りが土台にあったからこそ、梵天が話を持ちかけたとき、打てば響くような返事が梵地からあったのである。

過去八度の泥棒と同じく、計画の立案は梵地が担当した。

「何だか、うれしいよ俺。はじめて天ニイに、まともな頼みごとをされた気がする」

という梵人の張りきりぶりと競うように、梵地はとびきりの青写真を描いた。梵人に仲介を頼み、京都の大学院に通いながらいったいどういう交渉をしたのか、中国人マフィアと組んでの貴金属泥棒の手はずをあれよあれよという間に整えてしまった。

一方で、梵天は逡巡していた。

このまま弟二人を巻きこんでいいのか。たとえ盗みに入る相手の貴金属商が偽物ばかりを売る悪徳業者で、隠し事務所の金庫に収めた本物の貴金属を奪うという計画であったとしても、そんなこと何の言い訳にもならなかった。何せ五億円相当をぶんどるのである。もしも捕まったときは、三兄弟の人生に多大な影響が及ぶ、いや、完全な崩壊をもたらす。

以前の梵天ならば、決して踏み出すはずのない道だった。もしも同じ話を梵人が提案しようものなら、怒りも露わに一喝したはずだ。しかし、大学教授から鋸歯に関する鑑定結果がもたらされた瞬間、梵天の心を押しとどめていたものすべてが霧消した。生まれてはじめて何かを所有したい、独占したいという強烈な欲求を覚えた。中学校の定期テストで、試験用紙の隅に架空の恐竜の名前を書きこんだ過去の記憶が、間欠泉から噴き上がる蒸気の如く蘇った。

かつて、彼を「神の手」と呼んだ探検クラブの顧問は予言した。

「榎土は将来、恐竜の化石を見つける」

実際に見つけたのは、榎土は榎土でも弟のほうだったが、二十六歳になってようやく梵天は得心した。梵地や梵人とは異なり、「三秒」を前にひとり迷子になっていたが、これのためにあったのだ。あの山には日本に決して存在しない——、そう世界中の人間が思いこんでいる恐竜の化石が眠っている。それを掘り起こすために俺の三秒はあった。

すべてが一本の糸に束ねられていく感覚とともに、梵天は腹をくくった。

貴金属泥棒を成功させてからの梵天の動きは慌ただしかった。

五億円分の貴金属を盗み出したとしても、現金化するにはそれ相応の時間がかかる。十カ月待てば二億五千万円を払うという中国人マフィアからの話を断り、大幅なディスカウント条件を呑んででも一億五千万円の現金をすぐさま受け取ることを優先した。

次の問題は、果たして企業が山を手放すかどうかという点だった。完全なる遊休地とはいえ、松茸は採れる。どこの馬の骨ともわからぬ連中がいきなり買いたいと申し出たところで、相手してくれるものなのか？

そんな梵天の心配をよそに、とんとん拍子で話が進んだのは、ひとえに梵地のおかげだった。どう事情を伝えたのか知らぬが、通訳仕事を請け負ったイラクのＣＥＯと連絡を取り、この件への口添えを依頼したのである。梵地によると、日本企業も大きな商談が成立しそうな雰囲気に水を差したくなかったらしく、この口添えが大いに功を奏し、すんなりと売買契約まで進むことができた。もっとも、かなりふっかけられた部分はあったが、先方の言い値で契約を結んだ。梵天なりに今後の可能性を考え、連続する尾根もすべて購入したため、十万四千坪という広大な面積の山林を手に入れることになった。

売買が成立した翌日、工務店の社長に年内で仕事を辞めることを伝えた。梵天が中学を卒業してから、ずっと面倒を見てくれた社長は、

「あと二年もしたら、俺も引退して、お前にこの会社を譲ろうと思っていたんだ。考え直してくれ」

と強く引き留めてきたが、「決めたことだから」ともう一度深く頭を下げた。梵天の性格を知り抜いている社長ゆえ、ため息をついて、なら退職金を奮発すると言ってくれたが、それもまた固辞した。何しろアパートの押し入れには一億五千万円の現金が収まっているのである。その代わり、長年使いこんだ愛着ある作業着とヘルメットを持ち帰ることを許してもらった。

かくして、工務店時代と同じ上下にヘルメットという組み合わせで、梵天はひとり山に分け入り、発掘作業に挑もうとしている。工務店の名前が刺繍された胸ポケットには、当然のようにティラノサウルスの歯の化石が収まっている。

＊

ようやく地面の様子が懐中電灯なしでもうかがえるほど、空も明るくなってきた。

軍手をはめ、梵天は地面にゆっくりと膝をつく。次に手をつき、土くれに触れんばかりの距離まで顔を近づける。

午前六時。鳥のさえずりだけが木立を抜ける誰もいないアカマツ林にて、尻を少しだけ突き上げ、ほとんど這うような姿勢で、梵天は探索を開始した。

次に顔を上げたとき、時間を確かめると、すでに昼の一時を過ぎていた。

大きく息を吐いて、梵天は上体を起こした。肩を回しながら振り返ると、スタート地点のアカマツから十メートル離れている。七時間かけ、この位置までしらみつぶしに「三秒」とともに地中を探りながら進んだが、まったく手応えがない。頭骨はおろか、歯のかけらの一個すら見つからなかった。

本当にここだったたか、と枝から垂れたイラク国旗を見上げる。

まだ探索初日である。焦る必要はどこにもない、と己に言い聞かせ、スタートのアカマツまで戻った。リュックから鮭おにぎりを取り出し頬張りながら、腕の時計を確かめる。二時になったら梵地と梵人がやってくる約束になっている。梵地をここまで案内して、拾った場所を改めて教えてもらえばよい。時間はたっぷりあるのだ。そもそも、この場所まですんなりたどり着けただけでも御の字。いや、ほとんど奇跡と言っていい。

企業との土地の取引が成立し、改めて購入した山林を地図で確認してみたところ、これがとんでもない広さだった。

「十万四千坪ってことは、だいたい東京ドーム七個分だな」

という梵人のつぶやきを聞いて、よく耳にする単位の大きさをしみじみ実感した。

この広大な面積のなかから、化石を拾った一点を特定する。まさか「ここ」と梵地が指差してくれるはずもなく、これは長期戦になると覚悟を決めたところへ、

「あ、そういえば目印がある」

と急に梵地が思い出したのである。

彼の話によると、松茸狩り当日はほとんど出鱈目に歩いたらしい。きっかけを作った当の重役も、実は十年以上前に一度経験したきりで、そのとき案内してくれた古参の社員もすでに定年退職してしまい、連絡も取れずじまいとのことで、はなはだ頼りない状況でのスタートとなった。

「結局、その重役さんの曖昧な記憶を頼りに、行っては引き返しを何度も繰り返すことになって。でも、松茸なんかどこにも生えてなくて、みんな疲れてくるし、天気も悪くなりそうだし、かなり雰囲気が悪くなりかけたとき、やっと一本だけ見つかったんだよ。しかも、それを発見したのがイラクのCEOだったもんだから、場の空気も一気に明るくなってさ。そのときの重役さんのよろこびようといったらなかったよ。盛り上がったついでに、見つけた松茸を囲んで記念撮影しようという話になって、そこにイラク国旗が出てきたんだ。視察でも集合写真を撮るたびに使っていたからね。みんなのバックに写るよう、アカマツの枝に国旗を結んでるときだった。足もとにあの石を見つけたのは――」

写真撮影が終わったのち、来年のために目印を置いていこう、と重役が話しているのを梵地が通訳したところ、ならばこれを使えばいい、とイラクのCEOが枝に結んだままの国旗を指差した。

松茸狩りから六カ月が経過し、ひと冬を過ごしたにもかかわらず、素材が丈夫なのか、どこも

ほつれることなく国旗は静かに垂れ下がっている。ひょっとしたら雪が積もる前に企業の人間が再度山に入り、別の目印に替えてしまったかもと心配したが、さすがに杞憂だった。

賞味期限が過ぎているため、かなりぱさついたおにぎりを食べ終わり、改めて国旗を仰ぎ見る。もしもこの目印がなかったら、と想像するだけでもおそろしい。この場所にたどり着くまで、いったいどれほど膨大な時間が必要になっただろう。

行きと同じ道をたどり、プレハブ小屋へ戻った。途中、目印となる「01」から「17」までの番号とともに樹木にくくりつけられたテープは、すべて梵天が取りつけたものだ。梵地と梵人とはプレハブ小屋前で落ち合う約束だった。いよいよ本当のスタート地点に立ったところで、弟たちがこの山を訪れるのは何だか幸先よく感じられた。起伏ある地形を見まわしながら梵天が次の課題として考えるのは、ここにどう道を通すかである。梵地が拾った化石のあるじが見つかったとき、おそらく人力では歯が立つまい。化石の発掘とは、結局が岩を掘る作業――砂岩、泥岩《でいがん》、礫岩《れきがん》、石灰岩を砕く戦いに行き着く。そこまで考えて中古の重機をすでに購入済みだ。重機を使うには、まず現場までそれ自体を運ぶ道を造らねばならぬ。夏までは、その準備で忙殺されてしまうかもしれなかった。

考えることは山ほどある。しかし、その一つ一つを考え、詰めていくことが楽しい。考えるのは苦手と決めつけていたが、こと恐竜の話となるとスイッチが入ったように没頭できる。

荷物を置いてきたぶん足取りも軽く、二十分でプレハブ小屋まで戻ることができた。

機材置き場として使うはずが、もう三日連続で泊まりこんでいる。夜明け前から日が沈むまで、日照時間をすべて作業に使いたいがゆえである。中学生の頃から住んでいたアパートは引き払い、年明けにこちらに引っ越してきた。駅にほど近い場所に、築五十年を超える古い戸建てを買った。そこからこの山まで車で通っている。さびれてはいるが、梵天には落ち着いた住みよい町に感じられる。山へと向かう県道は両側がだだっ広い畑か農園に占められ、いつも空が広い。途中、川沿いにスーパー銭湯があるのもありがたい。

まだ、弟たちは到着していないようで、車の助手席の荷物から地質図を引っ張り出し、ボンネットに広げた。

中学生のときに「恐竜の化石を発見する」と思い立ってから卒業するまで、手当たり次第に恐竜について勉強したこと――、そのなかでも地学について調べた経験が、ここにきて役に立っている。

梵地が拾ったものが恐竜の歯の化石であることは間違いないとして、そこから一直線に山を買うという判断にたどり着いたわけではない。大学教授の鑑定結果を待つ間も、地質図を調べ、可能性を吟味した。

何よりも、「時代」である。

恐竜はおおむかしの生き物だ。三畳紀、ジュラ紀、白亜紀――いわゆる中生代にのみ存在した古生物である。これらの時代の地層が地中に残っていない場所には、そもそも恐竜の化石が発見されること自体あり得ない。もしも見つかった場合は、別の場所から運ばれてきたことになる。

ここで留意すべきは、梵地が足もとから歯を拾い上げたという事実だ。地中ではなく地表に現れている地層が、たとえば白亜紀のものであったりすると万事説明がつきやすい。ティラノサウルスは白亜紀後期に現れた最後の世代の恐竜だからだ。

祈る気持ちで地質図を調べたところ、白亜紀の地層を示す色が、松茸狩りが行われた山のほとんどを覆っていた。白亜紀の地層が露出しているエリアが存在し、恐竜の化石が転がっていても理屈の上ではおかしくない、ということだ。

ホッとして地質図をたどっていくと、松茸山を縦断し、さらに周辺へと広範囲にわたって同じ地層が続いていることが判明した。

嫌な予感がした。

すぐさまネットで調べてみると、案の定、その一帯は発掘マニアの間で化石がよく採れることで有名な層群だった。うかうかしてはいられない。小学校での探検クラブの経験を通じ、屋外の発掘現場で顔を合わせることも多く、世の化石発掘マニアというものを少しは知っていた。彼らはとにかく貪欲だ。化石のためなら、どんなに険しい地形だろうと踏みこんでいく。何せ、日本における恐竜化石はほとんど彼らアマチュアの手によって発見されたものなのだ。

もしも、あの山で化石が採れるという話が漏れたら、たいへんなことになる。企業の私有林であることなど何の意味も持たないだろう。おそらく警備も何もしていない場所であろうし、いくらでも尾根伝いに入りこむことは可能だからだ。

姿を見せぬハンターたちへの警戒感が募る一方で、安心をもたらす情報もあった。それは梵地から松茸狩りの際、川や沢を一度も見かけなかった、という話を聞いていたからだ。

いくら白亜紀の地層が剝き出しになっていたとしても、手当たり次第に掘る人間はいない。掘ってそこがたまさか一億年前の生物の墓場である可能性は、宝くじに当たるより低い。ある程度、目処をつける必要がある。山で掘る場合、たいていの人間が沢を狙う。なぜなら、雪解け水が左右の地層を削り、掘る手間を省いてくれるからだ。水流に削られ、剝き出しになった露頭から化石がのぞくこともあれば、削られて落下した手頃な大きさの岩石を割ることで発見されることもある。

業者には「こんなところ、誰も来ないだろうし、金の無駄だよ」と笑われたが、雪が降る前に林道から侵入できそうなエリアはすべてフェンスで囲った。用心しすぎとは思わなかった。なぜなら、この山にはティラノサウルスの化石が眠っているのだから――。

かすかに聞こえてくるエンジン音の響きに、梵天は面を上げた。どうやら到着のようだ。威勢のいいエンジン音が、木々の向こうから近づいてくる。地質図を畳んでいる間に、開け放したままのゲートから勢いよくバイクが乗りこんできた。

太いマフラーからボッボッボッボッと軽快なれど、腹まで伝わる音を放ちながら、砂利を踏みつけ、大きなバイクがゆっくりと進んでくる。

「よう、天ニイ」

エンジンが切られ、U字を描くように持ち上がったハンドルに置かれた手がひょいと挙がった。梵人と顔を合わせるのは、こっちに引っ越してきてはじめてである。サングラスにヒゲという、やたらワイルドな風体で、梵人はことさら白い歯をのぞかせ、

「元気そうじゃないか。しかも、結構、焼けてるな。雪の照り返しってやつか？」

と遠慮なく梵天の顔を指差した。

「このバイク……、お前のか？」

「かっこいいだろ。こういうアメリカンが前から欲しかったんだ」

「バイクの免許なんか持っていたか？」

「これのために大型を取ったんだ。正月明けに免許合宿に行ってきた」

ミッドナイトスターって言うんだぜ、と見るからに新車らしき光沢を漂わせる、横幅のあるエンジンタンクを梵人は革手袋で撫でつけた。

「天ニイもあそこの車、買ったのか？」

「ああ、そうだ」

「中古だよな」

「もちろん」

「おいおい、もっといいの買えよ。一億五千万円かっさらって中古車かよ。服だって、それ、そのまんま工務店の作業着じゃないか」

「俺は別にこれでいいんだ。それより、梵地はどうした」

その声にようやく、梵人の後ろに隠れていた梵地が、ふらふらとバイクの横に降り立った。

「飛ばしすぎだって、梵人――。死ぬかと思った」

両膝に手をつき、完全に参ってしまっている次兄の様子をちらりと確かめて、梵人はニヤニヤしながらバイクのスタンドを立てた。黒い革ジャンが、黒いバイクの車体によく馴染んでいた。またひとまわり大きくなったかに見える恰幅のよさが、本場のバイカーのような雰囲気を醸し出しているが、話を聞くに免許を取ってまだ二カ月というから、完全に若葉マークである。

「駅で待ち合わせて、地ニイをピックアップしてきたんだ。いいところじゃないか、ここ。ツーリングに最高だ」

「調子に乗るなよ。工務店の若いやつら、しょっちゅうバイクで怪我していたからな」

「それが調子に乗りたくても、乗れないんだな」

「どういうことだ」

「三秒だよ。転倒しそうになったら、三秒後が見えちゃう。だから、転倒したくてもできない」

言葉を返し損ねた長兄の肩を叩き、「トイレは？」と梵人が訊ねた。

「あるわけないだろ、適当にそこらへんでやれ」

ああ、そういうこと、とうなずき、梵人はヘルメットを脱ぎ、裏返したところに手袋とサングラスを放りこみ、ハンドルに引っかけた。

革のブーツで砂利を踏みつけ、プレハブ小屋の向こうに歩いていく末弟の背中に、

「百五十キロは出していたよ。帰りは絶対に乗りたくない」

と梵地が恨み節をぶつける。

のろのろとした動きで梵地は背中のリュックサックからペットボトルを取り出し、口に持っていった。白く細い首に浮かんだのど仏がごくりごくりと上下したのち、「天、ひさしぶり」とようやく顔を向けた。

「ついに手に入れたね」

と蒼い表情のまま、梵地はぐるりと周囲を見まわした。

「こんな感じだったっけ……？　この前もここまで車で来たはずだけど、全然覚えてないや」

「このあたりは整地したし、プレハブ小屋も建てたからな。風景はだいぶ変わっているかもしれない。重機も、なかっただろうしな」

「旗は見つけたの？」

「ああ、昨日見つけた」

「え？　もう？」

「五日間かけて、そこらじゅうを歩きまわった。ここから二十分のところだ。あとで連れて行く。訊きたいことが、いっぱいある」

「たったの二十分？　そんな近かったかなあ……」

「直線距離で移動したらそんなもんだ。道がないから、いくらでも遠回りはできる」

三月頭から晴天続きで一気に気温が上がったおかげで、雪解けが進み、ようやく山に入ることができるようになった。地図を手に日がな歩き続け、五日目にしてあの旗を見つけた。松茸は水はけがよく、日当たりのよい場所に育つという。よく言われるのが、人が気持ちいいと感じる、見晴らしのよいところに松茸も生える――。その話のとおり、まさに登り斜面を進んだ先の小高い平地部分に、唐突にイラク国旗が翻るのを見つけた。ちょうど昨日の今ごろの時間だ。木立を抜けて差しこむ陽の光を頰に感じながら、思う存分雄叫びを上げてしまった。

「あの旗の目印がなければ、とんでもなく面倒なことになっていたはずだ。お前が教えてくれたおかげだ、梵地。お前には世話になりっぱなしだな。化石を拾ったこともそう、この山を買うときもそう――。アラビア語の勉強を始めたと聞いたときは、俺とは完全に関係のない話だと思っていたが、それがオリンピックにつながって、通訳の仕事につながって……、まさか回り回ってこんなことになるとはな。イラク国旗を見つけたときは思わず踊ってしまった」

梵天のいたく真面目な口ぶりに、

「いいんだよ、そんなこと。僕と梵人がこれまで天にしてもらったことに比べたら――」

と急に伏し目になって、梵地が困った顔でひょろひょろとした身体を揺らしたとき、うなりが重なり合うようなエンジン音が梵天の背中に届いた。

思わず振り返ると、ゲートから続く細い林道を、ごとごとと揺れながら黒い車が三台、こちらへ連なって向かってくるのが見えた。ゲートに接続するまでの林道はすべて梵天の所有する私道だ。もちろん、通行を許可した覚えはない。

「お前、誰かといっしょに来る約束でもしたか？」

同じく林道を眺めながら、梵地が無言で首を横に振る。

ならば梵人かと用を足しに向かったきりの姿を確かめようとしたときにはすでに、先頭の車がゲートを通過し、整地してできたスペースにゆっくりと進入した。さらに後ろに二台がぴたりとついてくる。

どう考えても、行き先を間違えて、ここに迷いこんだとしか考えられなかった。

なぜなら先頭の車はリムジンカーで、後ろに続く二台分の全長を足してもお釣りがくるほどの、およそ見たことのない車体の長さを誇っていたからである。

「何だよ、これ……」

度肝を抜かれている梵天の前で、停車した後ろ二台のドアが一斉に開き、中から黒スーツ姿の男たちが現れた。

四人×二台できっちり八人。どの男もやけに体格がよい。サングラスをしている者もいれば、していない者もいる。全員が褐色の肌をして、濃いヒゲをあごまわりから鼻の下にかけてたくわえていた。

一人が無言のまま、リムジンの横に立つ。

「お、おい――、何なんだ、お前たち」

完全に気圧《けお》された態《てい》の梵天を無視して、男はスモークフィルムが貼られた窓の一枚がわずかに下りているところへ顔を近づけ、車内に向かって声を放った。

「アラビア語だよ――。着きました、って言ってる」

隣から、梵地の押し殺した声が聞こえた。

男が腰をかがめ、ドアのレバーに手を伸ばした。

音もなく、ドアが開く。

一瞬だけ、長い足が見えた。

しかし、すぐさま青い色彩が視界の中央部から湧き上がるように膨らみ、車の外へとあふれ出した。

リムジンよりも、スーツ姿の男たちよりも、さらにこの場にふさわしくないものが現れた。

ドアのへりに手をかけ、女は一歩、二歩、と前に進んだ。

くるぶしまで覆う、真っ青な毛皮のコートを女は纏っていた。

毛皮の毛の一本一本が鮮やかな青を発し、先端が風にふるえていた。光沢を湛えた毛並みは流れ落ちるような滑らかさとともに、女の足もとへと続いている。もちろん、着色しているのだろうが、何という目が覚めるほどの青か。まるでその毛にくるまれていた生き物が実際にいたかのような、妙に力強い毛並みが見ているだけでも伝わってきた。

女は周囲の景色を確かめるようにゆっくりと首を回していたが、

「見つかった?」

と唐突に言葉を発した。

女は右手を胸のあたりに持っていった。指先で円を描くように青い毛並みをゆっくりと撫でた。毛皮からのぞく手首の腕輪が、陽の光を反射して金色の輝きを放った。もう一度、胸を撫で、トントンとその部分を叩いたのち、今度は梵天の胸を指差した。

工務店の名前が刺繍されたポケットの中に入っているものを伝えていると気づいたとき、女の声が重なった。

「恐竜の骨の化石は見つかった? ミスター・ボンテン」

*

女はまっすぐ梵天を見ていた。

顔の下の首輪がまぶしかった。

女の首輪は一本ではなく、コイルのように何本も重ねられ、筒状となって長い首を覆っていた。当たり前のようにすべて金色だった。それが太陽の光をめいっぱい照り返している。

男たちほどではないが、女も同じく少し褐色がかった肌をしていた。

明らかに異国の人間とわかる顔立ちに加えて、目のまわりがやけに黒かった。メイクなのか何なのか、濃い眉の下で、目玉だけが暗闇に浮かぶガラスのように光り続けている。

身長は優に百七十五センチはあるだろう。そこへヒールの高さも加わって、隣に立つ男とほとんど同じ肩の位置を保っている。さらには髪形である。編みこんだのち、めいっぱい盛りつけているせいで、まるで頭の上にフルーツバスケットをのせたような眺めだ。おかげで頭頂部の位置は女のほうが男より勝っている。

どう見ても、この場所に用がありそうな人間とは思えない。しかし、女は「恐竜」の二文字を確かに発した。梵天の名前も知っている。さらには胸ポケットにしまったものまで把握していた。梵地や梵人にだって教えていない。そもそも、この世で自分以外、誰も知るはずのない情報なのに。

激しい混乱に陥りながらも、乾いた口のなかの唾をかき集め、

「ど、どうして――」

とやっとのことで言葉を絞り出したとき、背後から砂利を踏む音が聞こえた。

「何だよ、こいつら」

振り返る間もなく、隣に革ジャンを着た梵人がずいと現れ、

「おいおい、いつの間に、こんなに湧いて出てきたんだ」

と遠慮なく、リムジンの後部に整列している男たちを指差した。

「誰だ?」

「わからん。いきなり車で乗りつけてきた」

「見ろよ。全員、ヒゲがびっしり生えてるぞ。アラブ系かな」

「お前の知り合いじゃないのか」

「こんなリムジンに乗ってドライブを楽しむような、おしゃれな知り合いはいないよ」

「ひょっとして……、俺たち売られたとか」

「売られた？」

それまでのひそひそ声でのやり取りから、一段跳ね上がった音量とともに梵人が顔を向けた。

「お前がボディガードをしていた中国人にだ。たとえば、俺たちが銀座で盗みに入った店に関係がある連中かも。裏で情報を流されて、リベンジに来たんだ」

「何でそんな物騒な想像するんだよ。別に喧嘩をしにきたとは限らないだろ」

「どう見たって、カタギじゃない」

「でも、女がいるぞ。うわ、ずいぶん、派手な毛皮だな。あの目のメイクも。それに何だよあのケーキみたいな髪形――。ああいうのが流行ってるのか？」

「あの女、俺がここで恐竜の骨を探していることを知っている。それだけじゃない、俺の名前まで知っていた」

ふむ、と梵人は腕を組み、何事か考えている様子だったが、

「ちょっと、持っていてくれ」

と革ジャンを脱いで梵天に預けた。

「オイ、あんたら――、ここは人の土地だぞ。勝手に入ってきたら駄目だろ」

とよく響く声で呼びかけた。

しかし、反応はない。

「何だよ、言葉が通じないのかよ」

仕方ないなとつぶやき、梵人はすたすたと歩き始めた。

そのまま、丸い背中を揺らし、いかにも自然な足取りで相手との距離を詰めていく。

「待って。梵人——、ちょっと待って」

それまで黙りこんでいた梵地が急に呼び止めても、すでに梵人は次の動作に入っていた。

こいよ、と右手でくいくいと招き寄せる動きで相手を挑発した。

馬鹿な真似はやめろ、と制する暇もなかった。

女が短く、聞き取れぬ言葉を放った。

女の隣に立っていた、男たちのなかでもっとも恰幅のよい、ほとんど相撲取りに近い体形の巨漢がうなずき、ゆっくりと梵人に向かっていく。

梵人も相手を認め、進む方向を変える。

互いに歩調を緩めない。

相手との距離が一メートルほど、梵天の目からはほとんど重なって見える位置になったとき、スーツ姿の巨漢が太い腕を振り上げた。

「梵人ッ」

思わず、叫んでいた。

しかし、梵人はよけようともしなかった。

ただ、肉づきのよい上体をほんの少し右、左——と揺らした。すると、相手の動きが一瞬止まった。その隙に、手刀というのだろうか、空手チョップのようなものを男の首にするどく当てた。

たったそれだけで、男は身体から丸ごと芯を引き抜かれたように、ぐにゃりと膝を曲げ、豪快に地面に打っ伏した。

それが合図だった。

残りの男たちが、いっせいに襲いかかった。

梵人はまったく臆することなく、男たちに向かっていく。

梵天の目には、まるで満員電車が駅に到着し、プラットホームに我先に出ようとする大勢の乗客と、出口付近に立ち止まり、流れに逆らおうとする勝ち目のない男ひとり――、そんな対比に映った。

相手は七人、しかもおそらく全員が百八十センチを超える長身で梵人よりも大きい。一瞬で袋叩きに遭うのは必然と思われたが、どういうわけか梵人は無事に立っている。男たちが突っこんできても、ときに上体を反らし、ときにしゃがみこみ、ときにくるくると回って（本当にバレリーナのように回転していた）、つかみかかろうとする相手の手からするりと逃れてしまう。そのついでに、的確に急所を攻撃しているのか、二人、三人と、スーツ姿の男たちのほうが次々と地面に崩れ落ちていく。

気がつくと、八人のうち六人がノックアウトされていた。

七人目はあっさり背中を取られ、こめかみを小突かれ、遠目にも立ちながら失神したのがはっきりとわかる、糸が切れてしまった操り人形そのままの動きで昏倒した。

これまで泥棒稼業をこなすなかで、梵人は常に現場で梵天に同行していたが、さいわい対人トラブルに巻きこまれることは一度もなかった。人と接触する前に、梵人が三秒を使ってそれを回避していたからである。

はじめて梵人が、いわゆる用心棒としての能力を発揮する場面を目の当たりにしたわけだったが、魂消《たまげ》た。億劫そうに部屋で寝転がる姿を見慣れている梵天には、にわかには信じがたい光景だった。間違いなく、三秒を使って立ち回っているのだろう。さらには、地下の格闘技大会で得た実戦の経験も加味されているのかもしれない。素人目にも、とにかく動きに無駄がない。何より躊躇《ためら》いがない。倒すときは、最小限の動きで倒す。あれは銀座へ泥棒に向かう前の中華料理店でのことだったか、中国人マフィアが日本人で用心棒の腕がいちばんだとか梵人のことを言うのを聞いて、何かの冗談かと思ったが、あながち嘘ではなかったのか。まさに「片づける」という表現がぴったりの、怖いくらいに一方的な決着のつけ方だった。

いつの間にやら、残るはひとりだけである。

女の前に立ち塞がるかたちで、胸もとでいちおうのファイティングポーズを取っているが、明らかに怯んだ表情で梵人が近づくのを待ち構えている。

悠然と砂利を踏みつけ、相手との間合いを詰めていくかと思われたとき、

「おっと――」

と急に梵人が足を止めた。

何があったのか、二メートルほどの距離を空け、しばらく無言で男と対峙していたが、

「嘘……だろ」

と今度は逆に一歩、二歩と後ろに下がり始めた。

さらには、いきなり両手を挙げた。

「降参だ、降参」

相手にくるりと背中を向け、そのまま梵人が戻ってきた。

何が起きたのかわからず、呆気に取られている梵天の前で、

「無理無理。あんなの反則だ。勝てっこない」

とようやく梵人は腕を下ろし、首を横に振った。

「反則？」

「だって、見ろよ」

梵人の視線を追って、リムジンに注意を戻したときだった。

開け放したままのドアから、勢いよく何かが飛び出してきた。

視界に新たに登場したものの存在をよく知っているはずなのに、あまりに唐突な展開を前に、名前がすぐに出てこない。

「ライオン……」

やっと梵天の口から声が漏れた。

たてがみを靡かせ、車から降り立った雄のライオンは、とんとんとんと軽やかな足取りで、女の周囲を二度、三度と回った。

「あれ……、本物か？」

「だろうな。あいつに襲われて、首のへんを嚙まれるところが見えた」

それまで男たちがいいようにやられても、微動だにしなかった女が膝を曲げ、ライオンの頭を撫でた。さらにあごの下に手を持っていくと、ライオンはいかにも気持ちよさそうに、たてがみを女の真っ青な毛皮にこすりつけ、ぐるると獣の声で鳴いた。

ライオンの眉間を指で撫でつけながら、女はこちらに向かってよく通る声を放った。

「さすが強いのね、ミスター・ボンド」

口角の上げ方、表情筋の使い方が完全に異国の人間のそれだった。にもかかわらず、いかにも慣れた日本語を話すことに、何とも言えぬ違和感がある。

「何だよ、しゃべれるじゃないか」

梵人のつぶやきに迎えられるように、ひとりだけ無事に立っている男を置いて、女は青い毛皮コートのすそを翻し、こちらに向かってきた。ライオンもぴたりとその横についてくる。

冗談じゃない。

思わず後ずさろうとしたとき、

「動かないで。遊んでくれると勘違いして、飛びかかるかもしれないから」

という声が響いた。

先に動き始めていた梵人が「ひえ」と足を止める。梵地も同じタイミングだったようで、隣でよろけている。

動くに動けないまま、真正面にいるライオンと目が合った。

こんなにもライオンとは目つきが悪い生き物だったか。いかにも挑戦的でふてぶてしい眼差しが、絵画のように紋様が浮かび上がった顔から梵天を射貫いている。鼻がデカく、前脚もとにかく太い。まだ若いライオンなのか、整った毛並みが陽の光を受け、きらめきながら靡いていた。あご下に広がるたてがみの向こう側に、ときどきちらりと見える腹の部分が確かに上下する様が、それが人形でもなければ、ロボットでもない、まごうことなき生きた猛獣であることを伝えていた。

榎土三兄弟まで三メートルの距離で女は立ち止まった。その隣に、猫のように大きく伸びをしたのち、ライオンは伏せの姿勢で座りこんだ。一瞬、開いた口からのぞいた、鋭い二本の牙の猛々しさと、それを支える黒っぽい歯茎の生々しさといったらなかった。スフィンクスのように前脚を伸ばし、リラックスした風情を雄ライオンは漂わせているが、鋭い視線を梵天たちから決してそらそうとしない。半透明のヒゲがずいぶん長いことが容易に視認できるまで近づかれて、ライオンの目のまわりの黒い縁取りが、女のそれとそっくりなことに気がついた。

「お前、誰だよ——。何で俺の名前を知っている?」

おそれることなく、梵人がぞんざいな口ぶりで問いをぶつける。いつライオンが襲ってきてもおかしくない間合いだが、梵人が反応しないということはまだ大丈夫なのだろう、と一縷《いちる》の望みをかける。

女はライオンの頭をゆったりと撫でたのち、その背中に腰を下ろした。まるで身体の中央から発せられた信号が両端に達したかのように、ライオンは尻尾を一度だけ跳ね上げ、同時に長い舌をべろりと出して、妙な具合にねじったのち引っこめた。

非常に危険な状況であるはずなのに、やけに静かな空気が梵天たちを取り巻いていた。女は薄い笑みを浮かべ、三兄弟を観察している。この近さで見てようやく知ったことだが、女の目は青かった。眼窩をはみ出すくらいの黒のラインでくっきりと縁取りした中央で、毛皮と同じくらい強い青を発していた。

「私が誰か、そこの二番目の彼に訊いてみたら?」

ライオンの背中に尻を置いたまま、青い毛皮からのぞく引き締まった足を組み、膝の上に肘をつく姿勢で、

「ひさしぶりね、ミスター・ボンチ」

とあいさつのつもりなのか、軽く首を傾けた。

複雑に編み込まれた髪がひさしのように側頭部でうねりを形作る下で、しゃらしゃらと音が鳴った。大きな輪っかの耳飾りが耳たぶからぶら下がり、輪の中央には風鈴のような細工が浮かんでいた。当然のように、髪のあちこちからのぞく髪留めや首輪同様、金色で統一されていた。

驚いて横を確かめると、硬直した表情で梵地が突っ立っている。

「まさか、お前——、知っているのか？」

「彼女……、ＣＥＯだ」

「ＣＥＯ？」

「この前会ったときと全然見た目がちがうから、確信が持てなかったけど——、彼女だ」

と梵地はかすれた声でつぶやいた。

「それって、お前が通訳に同行したイラクの——」

梵地が蒼い顔でうなずく。

「女だったのか？」

ＣＥＯという響きから、勝手に貫禄あるビジネスマンの姿をイメージしていたが、確かに梵地は男とも女とも言ってはいなかった。

「でも——、さっきから、べらべらしゃべってるぞ。通訳なんか必要ないだろ」

「僕といるときは、アラビア語と英語しか使わなかった。同行の人たちも、あんな連中じゃなかった」

明らかに混乱していることがわかる、揺れる声色とともに梵地は何度も首を左右に振った。

「なあ――、そんなことよりも、何でライオンがいるのか訊こうぜ。それがいちばん、おかしいだろ」

と梵人が割りこんでくる。

「だいたい、地ニイも知り合いなら早く言ってくれよな。油断していたら、もう少しで嚙み殺されるところだったんだぞ」

「そ、それは僕は止めようとしたのに、梵人が勝手につっかかって――」

「わかった」

と梵天は手を挙げ、二人を制した。

「ここは俺に任せろ」

弟たちの返事を待たず、梵天はライオンに腰かける女に向き直った。

「梵地、彼女の名前は?」

「僕たちはベントアンさんと呼んでた」

「ええと、ベントアンさん――、何だかいろいろ俺たちについて知っているようだが、いったい何が目的でこんなところまで」

そこで気がついた。この女があのイラクからやってきたＣＥＯだったということは、これまで梵地から聞いた話を総合するに、この山に松茸狩りに行きたいと言いだし、イラク国旗を置いていくと決め、さらには土地取引の際に口添えしてくれた張本人ということになるではないか。

胸ポケットにしまいこんだ化石を作業着の上から確かめた。つまり、これが発見された場に、この女は居合わせている。それが何を意味するのか整理しようとするが、頭がうまく回らなかった。ただ明らかなのは、非常に嫌な予感がするということだ。

「そんなに警戒しなくても大丈夫。あなたたちについて、必要なことはすべて知っている。あなたたちがとても優秀な泥棒であることも、三年前のオリンピックの頃から泥棒に励んでいることも――。最初の泥棒はフィリピン人のパスポートを盗んだ一件だったかしら。最近の泥棒は銀座での例の貴金属店荒らしね。きっと、あなたたちはいい仕事をしてくれる。なぜなら、ミスター・ボンチはどんな言葉でも理解できるし、ミスター・ボンドは相手の次の動きを読むことができるから――」

そこで女は言葉を止め、後方の地面にいまだのびている男たちを見て、露骨に顔をしかめて見せた。

「ミスター・ボンテンは建物の中を探るのがとても上手ね。ごっそり銀座で盗んで、こんな田舎の山を買うなんて、あなたもずいぶん変わった人間ね。そうそう、私が残してきたイラクの旗は、もう見つけてくれた？」

あまりにストレートに正面からぶつけられたため、三人が持つそれぞれの「三秒」を指摘されたと気づくまで、しばらくの時間が必要だった。

「な、何で――、お前がそれを知っている」

問い自体が、すべてを認めてしまうことになるとわかっていても訊ねずにはいられなかった。

「言ったでしょ。必要なことはすべて知っている」

膝から肘を離し、女はすうと姿勢を正した。耳の飾りがしゃららと鳴り、首輪とともにいちいち金色の輝きをはね返す。

得体の知れぬ威厳を放ちながら、

「あなたたちに、頼みたいことがある」

と青い毛皮からのぞく足を優雅に組み直し、女は三人の顔を順に追った。長い睫毛が陽の光を受け止め、頬に櫛のような影を落とす。その影と交差して引かれている黒いアイメイクの中心で、青い目が妖しいくらい鮮やかな光を放っていた。この異国の女は何歳なのだろう。健康的な肌の様子や外見の雰囲気は二十代のように見えるが、この貫禄は三十代以上のものだ。さらに、声は四十代、五十代の落ち着きを持ち合わせているように感じられる。要は年齢不詳なのだ。

「もしも、あなたたちが私の望んだとおりの結果をもたらしてくれたならば、私はあなたたちのいちばんの望みを叶えてあげることができる。これはお互いにとって、とても利益のある話」

「待て待て、何だよ、いちばんの望みって。俺がいつ、あんたにそんなプライベートな打ち明け話をした？　だいたい、あんたイラクでCEOやってるんだろ？　頼みたいことがあるなら、イラクで部下に頼めよ。わざわざ、日本まで来るのもたいへんだろ。それより、どうやってそのライオン、連れてきたんだ？　空港で止められるだろ、普通」

横から梵人が割って入ってくるのを腕で制し、

「断ったら？」

と梵天は険しい顔で返した。

まるでその答えを予想していたかのように、女は青い毛皮のポケットから写真の束を取り出し、

「これを警察に送りつける。五億円も盗まれたのに手がかりを何もつかめないままで、警察は今も血まなこになって犯人を捜してる。この写真が警察に届いたら、彼らはきっと大よろこびするでしょうね。そのときは今度あなたたちに会えるのはいつ？　十年後？　それとも二十年後？」

と投げて寄越した。

足もとに転がってきた写真の束を見下ろす梵天の隣で、

「これは――、相当マズいな」

と梵人がぼそりとつぶやいた。

梵天は無言で写真を拾い上げた。クリップで端を綴じた写真が全部で五枚。順にめくり、梵人に渡す。梵人もまた、黙って確認したのち、不貞腐れた表情で梵地に渡す。

ライオンのたてがみを優雅に撫でつけている女に、

「何だ、頼みたいことって」

と梵天は無表情な声で訊ねた。

「とても単純な話。あなたたちはこれから目の前に現れるすべてのことに素直に従う。別に構えることもない。これまでと同じようにしていたらいいだけ」

「泥棒は二度としないぞ」

「心配しないで。泥棒みたいにこそこそとした頼みごとをするつもりはない。あなたたちには正々堂々と、好きなだけ活躍してもらいたいから。でも、そのためには準備がいる。それじゃ、さっそく始めようかしら。もちろん、断るという人はいないわよね」

梵天の返事を待つ素振りも見せず、女は「一枚目の写真の裏を見て」とライオンのたてがみを指で梳《す》きながら、目で促した。

写真を持っていた梵地が一枚目を裏返すと、電話番号らしき数字の列が記されていた。

「あなたたちは今からそこに電話する。相手が出たら、あなたたちの名前を伝えなさい。あとは向こうの言うとおりに従ったら、万事進んでいく」

「どこにつながるんだ、これは――」

と梵天が問い質そうとする隣で、梵人がスマホを手にさっさと番号を打ちこみ始めていた。

「お、おい、待て。勝手に何してる」

打ちこみを終えたのか、梵人はスマホを二人の兄に向けた。スピーカー機能をオンにしているようで、「ルルル」という発信音が鳴り響く。五度ほど繰り返したのち、いがらっぽい年配の男性の声が聞こえた。

「はァい、こちら自衛隊滋賀地方協力本部、石走《いわばしり》地域事務所――」

あれ、間違えたかな、と梵人が電話を切ろうとしたとき、

「それでいいのよ」

という女の声が響いた。

「名乗るの――、三人ともね」

言うとおりにしろと急かすかのように、ライオンがぐるると低いうなり声を重ねる。

「話して」

と短く女は命じた。もしもーし、と割れた声が繰り返しているスマホを梵天が受け取る。ちら

りと二人の弟と視線を交わしてから、険しい表情のまま己の口元へと持っていった。

梵天が己の名前を告げ、それに対し、

「あー、はいはい、榎土くんね。申しこみ、受けてますよォ。ええと、三つ子さんだったっけ？」

という場違いなくらい朗らかな声が返ってきたとき、榎土三兄弟が新たに進むべき世界の扉は唐突に開かれたのである。

第四章　陸

ロッカーの内側に掛けられた小さな鏡をのぞきこみ、すっかりヒゲのないあごまわりを撫でていたら、いきなり梵人《ぼんど》の部屋の電気が消えた。

時計を確かめるまでもなく、きっかり午後十時。

ロッカーの扉を閉め、二段ベッドの下段に寝転がる。

上段のベッドのあるじであるミタ公が、明日は雨だ、嫌だ嫌だ、とつぶやきながら寝返りを打つたび、ボロのベッドがぎぃこぎぃこと軋《きし》みを上げた。

ほどなくミタ公の寝息が聞こえてくる。向かいの二段ベッドは、下のほうがまだうっすらと明るい。さだめし十八歳が彼女と連絡でも取っているのだろう。夕食のあとに廊下でいっしょに靴磨きをしているとき、ここに来て三週間そこらしか経っていないのに早くも地元の彼女と破局の危機を迎えていると打ち明けられた。ゴールデンウィークまでもたないかもしれない、とひどく弱気になっている十八歳に、なるようにしかならんだろうなあと正直に返すのも酷なので、向こうもいろいろ不安なんだろうよ、と適当に合わせておいた梵人だったが、やがてベッドから重いため息が聞こえてきたのち、スマホが発する淡い光も消えた。

室内には二段ベッドが四台。同じ班に所属する八人が、この部屋で寝起きをともにしている。梵人のベッドは窓際に位置しているため、枕の下に腕を滑りこませ足もとに視線を向けると、カーテンの互いに寄りきっていない中央部分からのぞく空を、ちょうどの角度で見上げることができた。明日は雨だというミタ公の予想は当たるのか、雲に覆われているらしき暗い空にはひとつの星も見当たらない。

一日の訓練を終え、疲労がずしりと染み渡る身体を横にすると、すぐさま頭がぽかんとしてくる。そこへカーテンの隙間から音もなく忍びこんできた暗闇が、毎夜の如く彼に耳打ちするのだ。

お前はここでいったい何をしている——？

あらゆる方向から考えを詰めても、いっこうにその答えは定まってこない。

そもそもが、ここにいること自体おかしいのだ。当然ながらこの場所には、募集に対し申しこみをした人間だけが集っている。しかし、梵人は申しこみ自体していない。地域事務所に置かれていた、募集要項を記した冊子を読んで実際に確認した。応募した覚えもなければ、その後に続く筆記試験、身体検査、面接のたぐいももちろん、受けていない。にもかかわらず、榎土《えのきど》三兄弟はすべての手続きを完了したことになっていた。

琵琶湖東部の沿岸に位置する石走《いわばしり》という街の、古いタイル張りのビルの二階に地域事務所は入っていた。ライオン女に遭遇して二日後のことである。応対してくれた初老の男性は一週間後に荷物を持ってここに再集合するよう伝えるばかりで、梵天《ぼんてん》があれこれ疑問をぶつけても、事情を把握しているのかしていないのか、まるでのれんに腕押しといった態度でさっぱり要領を得ない。

ただひとつ判明したことは、四月から始まる新年度のスケジュールに三人が参加する手はずが完全に整っていて、単に連絡係である事務所の男性がどうこうできる段階をとっくに過ぎているという事実だった。

ビルを出ると正面に道路を挟んで堀が広がっていた。三人並んで駅に向かう途中、葦がところどころ群生する堀をゆったりと泳ぐ鯉を見下ろしながら、

「僕たち、本当にあそこに入るのかな」

と梵地《ぼんち》がつぶやいた。

「入らなければ、あの写真をばらまくと言われたわけだから、俺たちに選択肢はないんじゃないの」

と梵人が投げやりに返す。

いつの間にか、先頭を歩いていた梵天が振り返り、

「大学院のほうはどうなった」

と硬い表情で訊ねた。

「休学の手続きを進めるから大丈夫だよ」

「あ、俺のほうはバイクで日本一周でもしようと思っていたから、別にどうなっても構わないかな」

梵天は二人の弟の顔を順に追い、「すまない」と頭を下げた。

「俺が銀座の泥棒に誘ったばっかりに、こんなことになってしまった」

何度目か知れない長兄の謝罪を、まあまあと梵人が肩を抱いてなだめ、「ねえ天、知ってる？実はこの石走城って、日本で唯一、個人が所有しているものなんだよ。今も本丸御殿に人が住ん

でいるんだって」と梵地が堀の向こうに連なる石垣を指差し、話をそらした。

それでも、この時点では三人ともに半信半疑のところがあったはずだ。すなわち、こんな無茶な話が進むはずがない。梵人に至っては、間違いなく自分は弾かれるという確信すら持っていた。明快な理由があった。事務所に置かれていた募集要項をチェックした際、身長に対応する体重の合格基準なるものがあることを発見した。合格基準があるなら不合格基準もある。己の現在の体重は、要項に記載された不合格の基準を楽々満たしていた。つまり、重すぎて採用できないということだ。そりゃそうだろう。こんな油断しきった体形の人間が、厳しい訓練をこなせるはずがない。

もちろん自分でよしとしている外見ではないが、こんな風に役に立つこともあるのだな、とどこか他人事《ひとごと》の気分で、梵人は再集合の日までを過ごした。

これが完全な見こみ違いだった。

一週間後、ふたたび事務所を訪れた三人は、他の入隊希望者とともにバスに乗せられ、石走駐屯地に送られた。さっそく身体検査が行われた。満を持して不適格の烙印を押される予定のはずが、あっさりと梵人はパスしてしまう。体重をチェックする係の男は、何ら体重計の針の位置に反応を示すことなく、「はい、次」と流れ作業を一秒たりとも止める様子がない。

「あの」

と思わず声をかけてしまった。「何だ?」と睨みつけてくる相手に、体重が超過してはいないか確認したところ、

「オウ、絞りまくるから、覚悟しとけ」

とまったく含むところが伝わらない。

何やら急に苛立ちがこみ上げてきて、実は申しこみ自体していないのだが、どういうわけかここに連れてこられ、いや、本当は女に脅されて嫌々入隊することになったのだ、と思いきって打ち明けてみたら、それまで難しい顔で梵人の話を聞いていた男が、

「心配すんな。そういうやつ、ここにはいっぱいいるから」

と急に笑顔になって梵人の肩を叩き、「はい、次」と己の仕事に戻っていった。

四月から新たに駐屯地の門を叩いた若者は、男女合わせて五百人。彼らは八人ごとの班に分けられ、その段階で榎土三兄弟はあっさりばらばらになった。制服を渡され、同じ班のなかから一人、バディを決められた。梵人の相方はミタ公という、寿司職人を目指して上京したが、なぜかブラジル料理店で働くことになり、そこの給料の支払いがいい加減だったため店を辞めてこっちに入ることにした、という経歴を持つ二十一歳のやせぎすな男だった。

「その髪はマズくないすか。そのヒゲも」

一週間で敬語など誰も使わなくなるわけだが、まだ初日ゆえにミタ公も殊勝な態度を崩さず、黒い革ジャンにたっぷりと伸ばした髪とヒゲという取り合わせの梵人の風体を遠慮がちに指摘した。

「目立つかな」

「いちばん目立ってます。中途半端な出稼ぎレスラーみたいす」

駐屯地に足を踏み入れたときから、何よりも梵人の心を揺さぶったのはまわりの面子の圧倒的な若さである。もはや幼さといっていい。顔つき、肌の様子ひとつ取っても、ほとんどが未成年なのだろう、彼我《ひが》の年齢の差を否応なしに思い知らされる。ただでさえ、わけもわからず放りこ

まれたうえに、悪目立ちするのはゴメンだった。その日のうちに、梵人は駐屯地内にある理髪店に向かった。新参者たちの長い列に並び、散髪の順番が回ってくるも、どう注文してよいかわからず、

「石走カット　二千円」

という壁の張り紙を適当に指差したところ、頭の上部にやきそばほどのボリュームの髪をちょこんと残し、左右をばっさりと刈り上げるスタイルにあっという間に仕上げられた。

「兄ちゃん、ヒゲはどうするの」

見るからにベテランの雰囲気漂う白髪の理容師が鏡越しに訊ねてきて、

「ヒゲがあると、ガスマスクをつけたときに隙間ができて、死んじゃうぜ」

と奔放に伸ばしたあごのヒゲをぞんざいにつまんだ。

だだっ広い食堂で夕食を終えたのち、売店のある建物に向かうと、入口脇に置かれた大型テレビを囲むソファに、すでに梵天と梵地が座っていた。

「あれ、案外、高校生だね」

と末弟の変わりぶりを目にするなり、梵地が驚いた声を上げた。

「二十六歳に見えないかな俺?」

「見えない。そこまで梵人が童顔とは思わなかった。ヒゲもさっぱり剃ったんだ」

「あんなこと言われて剃らないやつはいないよ」

散髪屋で聞かされた話を伝えると、本当かな、外国の映画にヒゲモジャの兵隊、よく出てくるよね?　イスラエルの兵隊はどうしてるの、厳格なユダヤ教徒はヒゲ剃らないよ?　と梵地は笑

った。彼も同じく左右を刈り上げ、一気に髪が短くなっているが、不思議と違和感がない。額がすっきり出るようになったおかげで、色白の肌に小さなほくろが意外と散らばっていることに気づかされる。これで京都に戻ったら、いよいよ年配の女性にかわいがられそうな、いかにも頼りなげな、はかなげな雰囲気が増している。

「明日から、いっぱい走らされるのかな。そんなの高校以来だから、まったく自信がないよ」

と憂鬱そうな表情で梵地がため息をつく。

「天ニイも散髪してもらったのか？　それとも自分で？」

長兄の頭をのぞきこみ、梵人は隣に腰を下ろした。工務店で働いているときはヘルメットをかぶりやすいからと自分でバリカンを入れていた梵天である。二人の弟と同じくすっきりとした髪形になった梵天は、面構えにいっそうの精悍さが備わり、まるでこの場所に何年も勤めているかのようなオーラを発していた。

末弟の問いかけには答えず、

「こんなところに俺たち三人を送りこんで、いったい何がしたいんだ」

と梵天はめいっぱい声を低くしてつぶやいた。

食事を済ませ、売店で何か買って帰ろうと、今も続々と若者がドアを開けフロアに入ってくる。いきなり別世界に連れてこられたということもあるだろう。見るからに躁の空気が漂い、遠慮のない笑い声も響き、ノリはほとんど修学旅行のそれである。

「やっぱり、帰って掘りたい？」

と梵人が横顔に訊ねても、梵天は正面のソファでスマホの画面をのぞき合い、何事かじゃれている幼い顔の連中を無言で眺めていた。

「まあ、あんなことを最後に言われたら、誰だって気になって――」

「千円だ」

梵人の言葉を遮り、梵天が急にソファから立ち上がった。

「え?」

「散髪。適当にやってくれと頼んだら、じゃ、あんたスペシャルだよな、ってあの白髪の親父さんに言われた」

「スペシャルって何?」

「レンジャーは千円でカットするという特別ルールがあるらしい。勘定のときに知った。レンジャー・スペシャル千円」

何、レンジャーって? と眉根を寄せる次兄に、たぶん精鋭部隊のことじゃないかと梵人が適当に説明する。

「でも、天ニイがレンジャーなわけないだろ。今日、はじめて来たばかりじゃないか」

「だから、間違われたんだ。順番を待つ間、暑くて、上着を脱いだままTシャツ一枚でイスに座ったからかな」

どこまでも仏頂面を崩さず、梵天はきれいに刈り上げられた頭頂部を撫でつけ、出口へと向かった。ドアの前で鉢合わせした若い三人連れが、梵天の顔を見るなり慌てた様子で道を譲る。まさか同じ新人同士とは思わなかったようだ。

「あんまりカリカリしないほうがいいぞ。いっそのこと楽しもう。うん、楽しんだ者勝ちだよ。

どうせ、しばらくここにいることになるんだろうから、俺たち――」

と筋肉の在りかがはっきりとわかる、長兄の力強い背中に向かって梵人は言葉を送った。

それから数日間、外では整列と行進、内では部屋のベッドメイキングやら、ロッカーの整理整頓の方法やら、制服へのアイロンのかけ方やら、生活まわりのことをみっちり教えこまれたのち、五百人の新人たちは駐屯地内にある体育館に集められた。

わんさと訪れた保護者が一階と二階の観覧席を埋め尽くし、スマホを向けてひたすら我が子の写真を撮りまくる眺めに、今どきの親はこうなのかと驚いた。梵人は両親の写真を一枚だけ持っている。不破《ふわ》のおじの家にあった両親の結婚式の集合写真を引き延ばしてもらったものだ。ほかの写真は両親が死んだとき、家といっしょに燃えてしまった。親の顔を直接の記憶として覚えていない梵人にとって、写真の中で並ぶ、目の粗い二人の像だけが唯一の与えられた思い出だ。もしも両親が生きていたなら、あの写真の顔をした二人がこの場所に来ていたのだろうか――。そんなことを考えると、とても不思議な気持ちになった。

いきなり大きな声が前方から響き、まわりがいっせいに立ち上がり、入隊式が始まった。

かくして榎土三兄弟は正式に陸上自衛隊の一員となり、自衛官候補生として三カ月の訓練生活を開始する。

＊

目が覚めても、しばらく天井を流れる板の木目を眺めていた。

本当は確かめたくなかったのだが、もう一度眠ることもできそうになく、仕方なく枕元に転がっている目覚まし時計を手に取った。

「ちくしょう——」

無念だった。

午前五時五十九分。

顔の前に時計を持ってきたところで、ちょうど長針は12の文字を指した。

今日はいくらでも眠っていいはずだった。

あのへなへなとした起床ラッパの音とともに跳ね起き、三分で身のまわりの準備を整え、廊下に飛び出る。寝起きが悪い梵人にとって、キツいことこのうえない毎朝の風景とは、今日からしばらくの間おさらばできるはずだった。

一カ月ぶりに一分の遅刻も許されないという強迫観念から解放され、目覚まし時計をセットすることなく、眠りたいだけ眠っていい朝を迎えたのに、こうも従順に、きっかり六時前に目が覚めてしまった自分が情けない。そう言えば、駐屯地での生活に身体が慣れるのも予想外に早かった。長らく昼夜逆転の自堕落な生活を送っていた梵人ゆえに、夜十時消灯、朝六時起床などという健康老人そのままの生活リズムになんてついていけるはずがない、とさんざん二人の兄にぼやいていたにもかかわらず、隊員生活開始三日目にはあっさり順応していた。こうも素直な性格の持ち主だったということが、我ながらくやしかった。

隣に並んだ布団は二つともすでに空である。夜明けと同時に行動を開始したい梵天と、梵人のバイクの後ろは二度とゴメンだと主張する梵地はとうに出発した模様だ。

板を踏むたびにやけにぎしぎしと鳴る急勾配の階段を下りる。まだこの家の間取りに慣れておらず、一階の廊下に出ても洗面所の場所はどこだったかとしばし戸惑う。

天井も、壁も、床も、階段の手すりも、とにかくすべてが古い。いくらでこの新居を買ったのかと長兄に訊ねると、ほとんど土地代だけと言ってよい、信じられないほど安い値段を教えてくれた。ドアや障子の立てつけの悪さ、足裏が感じる床の微妙な傾きや歪み、手すりの錆び、すきま風――、値段相応のガタが来ている場所があちこちに見受けられるが、家主にリフォームする気はまったくないらしい。

顔を洗って台所に向かうと、昨夜三人で食べた鍋が食卓に置かれたままになっていた。ゴールデンウィークを迎え、新人たちにはじめての外泊許可が出た。何時間もかけて電車を乗り継ぎ、ようやく家に帰ってくるなり、山の様子を見に行くと気持ちを逸《はや》らせる梵天を、ひさしぶりに三人だけの時間なんだからと引き留め、ひと月留守にした家の掃除を済ませた。そこでも三人による掃除の手際の良さが際立った。もちろん、毎日、自分たちで隊舎の掃除をみっちりやらされているからだ。

鍋の蓋を開けると、雑炊ができていた。先発隊の二人が作り置きしてくれたようだ。

ガスコンロに点火し、食卓に置かれた新聞紙の切り抜きを手に取る。

梵天が隊舎の休憩室に置かれた新聞のなかに見つけ、矢も楯もたまらず切り取ったという記事である。この記事が語るところの重要性を、昨夜、長兄はしらたきの切れ端を口から飛ばしながら力説していた。

何でも、この付近で恐竜の化石が見つかった。

発見された場所は、梵天山から北へ二十キロ離れた場所だという。梵天山とは梵天の購入した山林のことで、梵人が命名した。

「二十キロってそこそこ離れているよ。それが、何か天と関係あるの？」

という梵地の問いに、

「同じ層群なんだ」

と梵天は重々しくうなずき、菜箸でずいぶんと一枚の長さが立派な豚肉スライスを、ぐつぐつと煮える鍋に横たえた。

「たとえば、この豚肉を層群と考えてみる」

「層群って何？」

「同じ時代の地層を、いくつかまとめたものと思ってくれたらいい。ちなみにこの層群は白亜紀後期、恐竜がもっとも栄えたときのものとみなす。俺たちの山は――、この豆腐のあたりだな」

縦に流した豚肉スライスの一方の端、肉の下敷きとなっている豆腐を菜箸で示した。この豆腐による、小さな隆起が梵天山ということらしい。

「今回、化石が見つかったのはこっちだ」

次に豚肉のもう一方の端を示し、その下にうずくまる白菜のかたまりに、発見された化石ということなのか、小さな椎茸のかさをねじこんだ。

「つまりだな、おおむかしの白亜紀、こんなふうに地続きの地面だったものが――」

と梵天は湯気が漂う、長々と伸びた豚肉の上空を菜箸で縦断した。

「五千万年だか、六千万年だか、べらぼうな時間をかけて、その後の時代の地層にたっぷり覆われた」

　じゅうと一度、菜箸で上から押さえて豚肉を具の中に沈めた。

「それが地殻変動やら何やらで、ふたたび隆起して――」

　沸騰する勢いに押され、浮き上がってきた豚肉には、アクやら、白菜やら、長葱の薄皮やら、エノキの切れ端がのっかっていた。それを菜箸で脇へ除ける。

「こんなふうに上部に堆積した土が削られてどこかに行ってしまった結果、また地表に顔を出したのが、俺たちの山というわけだ」

　なるほどとうなずいて、梵地が「長葱、食べていい？」と申し出る。おう、と梵天はおたまで長葱をすくい、梵地の小鉢にするんと落とす。

「要するに、白亜紀だったっけ？　その時代に、天の買った山と地続きの場所を恐竜が元気に歩いていた――、それが今回化石で発掘されたっていうこと？」

「そのとおりだ、梵地。しかも、発見されたのがハドロサウルス科の恐竜なんだ」

「それ、有名？　聞いたことないけど」

「白亜紀の後期に世界のあちこちにいた恐竜だ。デンタルバッテリーを持っている」

「デンタルバッテリー？　歯のバッテリー？」

「恐竜は人間と違って、歯が抜けても何度でも生えてくるんだ。ハドロサウルスの場合、すり潰すための歯が、隙間なく、とめどなく生えてくる仕組みで、それをデンタルバッテリーと呼ぶ」

「なるほど、バッテリーは連なりという意味だから――」

　梵人にはさっぱりの内容でも、さすが秀才次兄の呑みこみは早く、二人がいよいよ恐竜談義に花を咲かせている間に、梵人は火が通った様子の豚肉を引き上げた。長兄からクレームが入るかと思いきや、本人は解説に夢中でまったく気づいていない。その間に、同じ場所に新しい豚肉を一枚浮かべておいた。

「だから――、次は肉食だ」

「え？」

ポン酢に浸した肉を一気に口にねじこんだところで、梵人は思わず動きを止める。

「ハドロサウルスは草食だ。なら、それを食料にする肉食の恐竜だって周囲にいたはずだ。俺が言いたいことわかるか、梵人？」

静かに咀嚼を続けながら、長兄の言葉を頭の中で繰り返す。

「ええと、だから――、草食ときて、次は肉食だろ？　サバンナに草をエサにするシマウマがいて、そのシマウマをエサにするライオンがいる、みたいな話？　つまり、シマウマ役が今回見つかった化石で、ライオン役は地ニイが拾った歯の持ち主かもしれない……ってこと？　おお、すごい。何だか、話がつながった」

そうだ、とうなずき、梵天は菜箸を置いた。

「梵人、お前――肉、盗っただろ」

音もなく肉を呑みこんだ末弟を睨みつけ、梵天はおたまを手に取った。ぐつぐつと煮えたぎる豆腐をすくい上げ、「これ、全部食え」とたっぷりと彼の小鉢に落としこんだ。幼い頃から梵人は豆腐が苦手だった。

さいわい、今朝の鍋に豆腐はもう残っていないようだ――。

記事の切り抜きを改めて読み返しながら、梵人は雑炊をすする。あのタフな訓練をこなしながら、欠かさず恐竜の情報をチェックしている長兄の執念に呆れるやら感心するやらしていると、

「今回の発掘では前脚の指の骨の発見に留まったが、頭骨などに発掘成果が広がることが期待されている」

という最後の一文に目が留まった。

てっきり、どっさり化石が見つかったのかと思いきや、事実は前脚の指の一部分が見つかっただけの話らしい。たった指の一部分で、ここまで大きな新聞記事になることも驚きならば、ほんの数センチのかけらから恐竜の個体名や復元図までたどりつけるのも驚きだった。しかし、よくよく考えてみるに、梵天だって歯の一本が見つかっただけで大騒ぎし、挙げ句が五億円をかっぱらい、山をまるごと買ってしまった。大山鳴動して鼠一匹と言うが、骨の一かけらで世間が鳴動しても恐竜の場合は許されるものらしい。

わからんなあ、とつぶやいて、鍋の残りをすべて腹に収め梵人は食器を手に立ち上がった。

「あ」

と思わず声が漏れた。

油断していたため、スウェットがすとんと床に落ちた。両手が塞がっているので、先に食器を流しまで運んでからスウェットを引き上げる。四月に駐屯地へ向かう際、まさか実際に入隊することはなかろうと思う一方、念のため、ひとりで住んでいたアパートを引き払い、いったんこの家に荷物をすべて運びこんでいた。ひさしぶりに昨夜、荷物から引っ張り出した寝巻き用のスウェットを穿《は》いてみたら、嘘だろと思うくらいウエストが余っていた。それもそのはず、寝る前に

体重計に乗ってみたところ、入隊前の身体測定時の数字からひと月そこらで八キロも減っていた。規則正しい生活と、三度の食事、適度の――とは言えない激しい運動を日々こなすうち、見る見る身体が絞れてきたのである。

何だか、自分が精神面だけでなく、肉体面までどんどん素直になっているようでよろしくない。その証拠に、朝食を終えたばかりなのに、ちょっとそこらへんを走ってみてもいいか、などと思い始めている始末で、まったくもってよろしくない。

*

もちろんランニングなどするはずもなく、昼前まであちこちが微妙に窪んでいる畳の上でごろごろとしたのち、バイクに乗って梵天山を目指すことにした。

県道から何の案内も立っていない側道へ入り、さらに途中で分岐する細い林道を進むと、やがて梵天山へとつながる。アスファルトからいったん未舗装の土の道を経て、砂利に変わった地面をごとごと踏みつけゲートを潜ると、オンボロ中古車が何年もそこに打ち棄てられていたかのような風情でプレハブ小屋の手前に駐まっていた。

車の隣にバイクを置き、小屋へと向かうと、入口ドアの前で梵地がイスを外に出し、そこに腰かけ本を読んでいた。

「相変わらず、うるさいバイクだね」

迷惑そうに見上げる梵地に、

「昼飯買ってきたぞ。天ニイは？」

と梵人は隣駅まで回って買ってきた、ファーストフードのビニール袋を掲げて見せた。

「山だよ」

と短く答え、梵地は手にした本の角で方向を示した。

「帰ってくるかな？」

「どうだろう。すごい集中力だからね。僕が横にいないことに気づいているかどうか」

「もう掘っているのか？」

「到着するなり、ものすごい勢いで山に入っていった。僕も一緒についていったんだ。いやあ、つるはしがあんなに重いとは知らなかった。ヘルメットをかぶって、つるはし持って、山道を早足で進んで、毎日の訓練とまるで同じだった。あれ、一本、百万円もするらしい」

「百万円？　何が」

「だから、つるはしだよ」

「つるはしが一本、百万円？」

嘘だろ？　と梵人はひっくり返った声を上げた。

「腕のいい鍛冶職人にオーダーメイドで頼むから、それくらいになるんだって。刀を作るのと手間は一緒らしい」

「おいおい、あそこのオンボロ中古車より間違いなく高いだろ」

「しかも、僕たちの分まで作ってもらっているから、三本で三百万円だって。梵人のやつも小屋の中に置いてある」

あまりの額にしばし言葉を失ったのち、あり得ないだろ、と梵人はマズいものを嚙みしめているような顔で首を横に振った。

「わざわざ重いつるはしを運んでいったことだし、少しだけ天の隣で掘ってみたんだ。あれは難しいよ。自分が手にしたものがただの石なのか、化石なのか、まったくわからないもの。天は慣れたら見ただけでわかるって言うけど――。知ってる？　骨の化石は多孔質だから、舐めたら舌に吸いつくんだ。いちいちこれは何？　って訊くのも邪魔しているようで悪いから、途中から舐めてみたけどマズいだけだった。まあ、そんな簡単に見つかるわけないいんだけど」

石の味を思い出したのか、ひとりで顔をしかめている次兄に、梵人が買ってきたハンバーガーの包みを差し出した。

「あ、うれしいな。ひさびさだ、こういうの」

「ライオン連れの彼女はまだ登場していないか？」

と梵人は四方をぐるりと見回した。天気はすこぶる快晴、のどかな鳥の鳴き声が絶え間なく響いている。実に気分のよいゴールデンウィーク日和で、ライオンが登場するような物騒な雰囲気は今のところ感じられない。

「夢だったんじゃないのか、って思うことがある」

と梵地がぽつりとつぶやいた。

「わかる。ここに来る途中も、こんな細い砂利道をリムジンが通ったらおかしいだろ、って思った」

ハンバーガーの包装紙をめくりながら、梵人はゲートに視線を向けた。今もはっきりと、リムジンを先頭に車列を組んで連中が立ち去る光景が脳裏にこびりついている。あのライオンは今、どこにいるのだろう。飛行機に乗って、イラクへ帰ったのだろうか。

「その後、向こうから連絡は？」

「何もない。こっちから連絡も取れない。最初に僕に話を持ちかけてきた、選手団の役員のSNSアカウントもなくなっていた。今となっては、ネット上でやり取りした相手が、あのときの役員本人だったかどうかもわからないけどね。そもそも、彼女がCEOだったのかどうかさえ定かじゃない。日本の企業との話も全部消えたそうだよ。部長さんが慌てふためいて僕に連絡してきた。メールも電話も、イラクにあるはずの会社ともいっさい連絡が取れなくなってしまって、どうしたらいいかわからない、って途方に暮れていた」

「それ、完全に国際詐欺グループのやり方じゃないか」

「でも、詐欺じゃないんだ。だって、被害がないんだもの。部長さんも、金のやり取りが発生する段階まで話は進んでいなかったって言ってた。むしろ、この山が売れて得したくらいだってさ」

眉間にしわを寄せながら、梵人はポテトの箱を直接、口に持っていき、三本、四本、とむしゃむしゃ咀嚼した。

「この山を買うとき、あのライオン・マダムが口添えしてくれたんだよな。ということは、詐欺に遭ったのは俺たちのほうじゃないのか？」

どういうこと、と訝しげな顔を返す次兄に、「ほれ」と梵人はポテト箱を差し出す。

「いいか、よく考えてみるんだ。この山を買ったせいで、俺たちは完全にあの女の言いなりだ。

この山がなかったら、もう少し反抗のしようもあったかもしれない」

「銀座で泥棒をやっている一部始終を写真に撮られているのに？」

「俺が思うに、あれはブラフだ」

梵人はハンバーガーにかぶりつき、「ああ、やっぱり、うまいな」としみじみとつぶやいた。

「本気でバラまくつもりはないと見たね。中国人にそれとなく探りを入れたけど、向こうは何のアプローチも受けていない。写真には、中国人の連中もいっしょに写っていた。脅すなら、俺たちじゃなくて向こうだろ。連中、金ならいくらでも持っている。いや、現に俺たちを脅しているってことは、連中を脅すのと同じわけだから、連中が何も知らされていないのはおかしい。あの女のターゲットは最初から俺たちだよ。この山は餌さ。まんまと引っかかって動いたところをばっちり撮られ、にっちもさっちもいかなくなった末に、あんな琵琶湖のほとりで毎日走らされる羽目になってしまった」

梵人はハンバーガーとドリンクを持った手を左右に広げ、

「見ろよ。こんなにぶかぶかだ」

と身体に比べ、ワンサイズ大きく見えるバイクジャケットをアピールした。

「でも、僕たちが詐欺に遭ったとして……、狙いは何なの？」

さあね、と梵人はにべもなく首を横に振った。

「銀座の一件だけじゃない。あの女はフィリピン人のパスポートを盗んだところから、俺たちの行動を逐一チェックしていた。それどころか、俺たちの『三秒』まで把握済みだ。どうやって調べたのか知らないが、そこまで徹底的にストーキングしておいて、金を寄越せと言ってくるわけじゃない。普通なら、ここで天ニイの取り分の横取りを狙うはずだろ？　それなのに、あの女がやったことと言えば、わざわざイラク人のふりをして地ニイを通訳に引っ張り出し、天ニイにこの山を買わせてどこかの企業に臨時収入を与えてやって、挙げ句に俺たち三人を駐屯地に放りこんで――、それって何のためだ？　ここまで凝ったことを仕掛けて、その目的は？　まさか、俺たちが毎日筋トレに、走りこみに、ひたすら健康的な時間を送っているのを、どこかから眺めて楽しんでるわけじゃないだろ？　そんなの、ただの変態じゃないか」

　梵地は難しい顔でハンバーガーの断面からピクルスを引き抜いていたが、

「でも、もしもここが宝の山だったら、詐欺じゃない」

と目の前に鬱蒼と茂る木々に視線を送った。

「それだって、ティラノサウルスの歯が一本、落ちていただけだろ？　悪いけど、俺はまだ信用できないな。他にも恐竜の化石がザクザク出てきたら、そのときは認めてやってもいいよ。でも、本当に宝の山だったとしたら――、なおさら、そんなプレゼントをわざわざ贈ってくれるあの女の狙いは何だ？」

　少しだけ首を傾けながら、ハンバーガーを最後まで食べ終えた梵地は、ドリンクを手に取り、

「まあ、そのうちわかるよ」

とおっとりとした口調でストローに唇を添えた。

「おいおい、どこからそんな悠長な態度が出てくるんだ。地ニイは今の状況に、何の疑問も抱かないのか？」

「抱くに決まってるさ。でも、考えてもわからない、ってこともわかってる。これだけ僕たちが

毎日考えていても、わからないんだ。つまり、材料が足りていないってことだよ。なら、材料が揃うまで、こうして本を読んでいるほうがいい。最近はだいぶ慣れてきたけど、それでも訓練のあとは、読んでも全然頭に入ってこないんだよね」

梵人は次兄の膝の上で、ドリンク台の代わりを果たしている本のタイトルを目で追った。『カルデア人のウル』とある。昨日、駐屯地から帰ってくる電車の中でも熱心に読んでいたので何の本か訊ねたところ、メソポタミアの有名な遺跡を発見した学者が書いた発掘記だと教えてくれた。

「まさか、地ニイ――、あの女が最後に言った言葉を真に受けているんじゃないんだろうな」

「そうかもしれないよ」

「嘘だろ。あんなのハッタリに決まってるだろ」

「そう？　ライオンを従えながら言われたから、結構説得力を感じちゃったけど」

口をすぼめ、猫背になってストローを吸う梵地を呆れた表情で見下ろし、梵人はポテト箱の残りを一気に口の中に流しこんだ。

あの日、去り際に女は言った。

「約束する――。私はあなたたちの、いちばんの望みを叶えてあげる。その代わり、あなたたちには準備を整えてもらう。まずは、その身体を鍛えてもらうから」

開け放したままのリムジンのドアに、ライオンが先にするりと乗りこんだ。地面に伸びていた男も一人、二人と起き上がり、女が短く異国の言葉を発すると、梵人に仕返しに向かってくることもなく、無言でそれぞれの車に戻っていった。

傾き始めた太陽の光を集め、いよいよ青く輝く毛皮を翻し、リムジンに戻ろうとする女を梵人は呼び止めた。

「こら、待て。俺たちのいちばんの望みって何だ？　それをお前が勝手に決めるのか？」

自分でも驚くくらい苛立ちの色がその言葉の端にのっかっていたのは、「いちばんの望み」と言われても、当の梵人がそれを思い浮かべることができなかったからかもしれない。

リムジンのエンジンがかかった。

ドアのへりに手をかけ、女は振り返った。

「ミスター・ボンテン。あなたには、お目当ての恐竜に会わせてあげる。先に言っておくけど、あの旗のところを掘っても、何も出てこないわよ。だって、あの歯は別のところにあったものだから。私が場所を移し、それをミスター・ボンチが拾ったということ。でも、心配しないで。この山のどこか。まだ、その場所は教えられない」

隣で梵天の頭がふらふらと揺れていた。様子をうかがうと、その顔色が一瞬にして蒼く――、正確には日焼けしているため何とも言えぬ土気色に変わっていた。

「ミスター・ボンチ。あなたには本物のメソポタミアを見せてあげる。これから先、大学院に通っても、自分に発掘のチャンスがないのはもうわかっているでしょ？　今のままじゃ、あなたはチグリスとユーフラテスに挟まれた大地にシャベルを入れることもできない」

長兄の横顔の向こう側で、同じく次兄の表情が固まっているのを確認したとき、

「ミスター・ボンド」

という女の声が耳を打った。

顔を戻すと、女と視線が合った。

ほとんど隈取りに近い、目のまわりが黒く塗られた化粧の真ん中から、青い瞳がじっと注がれている。

毛皮に覆われた腕を挙げ、女はすうと梵人を指差した。幾重にも手首を飾る、細い腕輪がいっせいに金色の輝きを発し、しゃらしゃらと聞こえてくるはずのない音を立てながら梵人の目を貫いた。

「ミスター・ボンド。あなたのいちばんの望みは、本物の戦い。自分の力のすべてを尽くして挑む、本物の戦いこそ、あなたの心が欲するもの」

女が言葉を区切った瞬間、梵天が「ひ、拾った場所を教えろッ」と一歩踏み出した。

「すべての準備を終えたときに、私はあなたたちとの約束を守る。それまで元気で過ごすことね——。ミスター・ボンテン、ボンチ、ボンド」

三兄弟の返事を待つことなく、女はふわりとコートのすそを躍らせ車内に姿を消した。

ドアが閉まると同時にリムジンが動き始める。二台の車を子分のように従え、ゆっくりとゲートを潜り、リムジンは遠ざかっていった。

＊

「スズメとトリケラトプスの最も近い共通祖先から生まれた子孫ぜんぶ」

まるで早口言葉のように、梵天がこのフレーズを発したとき、てっきり冗談でも言われたのかと思ったが、どっこい長兄は本気だった。

梵天曰く、これが現在の恐竜の定義で、つまり恐竜とは鳥であり、鳥とは生きた恐竜のことなのだという。

「恐竜が鳥？　そういう説もあるって話だろ？」

梵人が笑いながら返すと、梵天はますます真面目くさった顔で、鳥が恐竜の生き残りであることはとうのむかしに確定した常識中の常識であり、それどころか、いわゆる世間がイメージするところの恐竜は、今や爬虫類が鳥へと進化する歴史における、単なる途中経過という位置づけになっている――、と驚くべき情報を披露してきた。

「じゃあ、焼鳥を食べたら、それは恐竜を食べたことになるわけか？　恐竜を食べたら、ささみの味がするのか？　だいたい、天ニイの図鑑にそんなこと、どこにも書いていなかったぞ。実は俺もあの本が好きで、何度も読んでるんだ」

梵天が不破のおじに買ってもらった図鑑に描かれていた恐竜を思い返すに、丘陵のような巨大な図体に、長い尻尾、長い首、その先に小さな頭、それが背の高いシュロに似た木の先端に生える葉っぱに顔を近づけ、むしゃむしゃと食べている――、そんな姿が自然と頭の中で像を結ぶ。その後、ちゅんちゅんとさえずりながら電線に集うスズメにイメージを切り替えるが、どうしたって連続した二枚にはなり得ない。

「そうじゃない。体長何十メートルもあるような、たとえばアルゼンチノサウルスみたいな竜脚類が空を飛ぶわけじゃない。それまで四つん這いで移動していた爬虫類が二足歩行を始めたとき――、ざっと二億五千万年前だな。世界で最初の恐竜が生まれて、そこから進化の枝がいくつも分岐して、そのひとつがお前が思い浮かべたような竜脚類になって、ひとつがトリケラトプスのような角竜類になって、ひとつがティラノサウルスのような獣脚類になって地球全体に広がっていった。そのなかに、鳥のような身体つきに進化したグループもいた。それが今に生き残ったんだ。もともと小さな身体の恐竜が翼を手に入れ、さらに身体の重量を軽くして、空へと進出したわけだ。白亜紀の頃には、イグアノドンやティラノサウルスの頭の上を、今と同じように鳥が飛んでいたはずだ。まさか、お互い祖先がいっしょだとは、想像もできなかっただろうな。コウモリと人間みたいなもんだよ。誰かに教えてもらわない限り、同じ哺乳類だなんて思わないだろ？」

「それがスズメと何とか――、って話になるのか？」

「スズメとトリケラトプスの最も近い共通祖先から生まれた子孫ぜんぶ、だ。片や白亜紀に生きていたトリケラトプス、片や今もそこらへんを飛んでいるスズメ、ともに祖先は同じだから、それらをすべてひっくるめて恐竜と呼ぼう――、そういう意味だ。だから、鳥は今を生きる恐竜ということになる」

わかったような、わからないような気分のまま、「はあ」と返事する梵人を置き去りにして、梵天教授はさらに話を続ける。

不破のおじの図鑑は四十年以上前に作られたもので、自分が買ってもらったときでさえすでに古本だったから、今となっては骨董レベルの内容が書かれている。たとえば姿勢。あの図鑑で紹介されている恐竜はどれも、尻尾を地面に下ろして首をもたげているが、今の図鑑に描かれる恐竜は前傾姿勢で尻尾を地面から持ち上げた姿に変わっている。骨格と筋肉の研究が進み、恐竜の歩く際の姿勢がわかってきたからだ。

「ブラキオサウルスの絵を覚えているか？　身体は水中にあって、長い首を伸ばして顔だけ水面から突き出していただろ？　あの絵も今の図鑑からは消えている。恐竜が水中に身体を沈めたら、水圧に負けて呼吸ができなくなるとわかったからだ。いちばんの変化は、何と言っても羽毛だ。羽毛を纏った恐竜の化石が続々と見つかって、さらに当時の羽毛の色がわかったおかげで一気に恐竜の外見がカラフルになった。知ってるか？　古代のイカの化石を研究していた学者が、イカ墨を調べるための技術を羽毛の色の識別にも応用できると気づいたんだ――」

不思議なもので、恐竜を語るときの梵天は、普段のどちらかと言えば寡黙な印象とはまるで別人のように饒舌《じょうぜつ》だ。それははるか遠い異国の遺跡について、ときどき思いついたかのように熱弁をふるう梵地の姿ともよく似ていて、そんな二人の姿に触れるたび、梵人は何とも言えずうらやましさを感じてしまう。

とはいえ、以前のように何も出てこないと知って、敢えて泥を浚《さら》うフリをしては、ひとりで苦しんでいた頃の梵人ではない。打ちこむべきものを失ったという現実も、今では不思議なくらい素直に受け入れることができるようになった。兄たちが夢中で自分たちの内なる炎をのぞきこむ様を目の当たりにして、ときに一人取り残された気分にもなるが、だからこそ梵人にはわかるのである。

この二人は、まるで物事が見えていない――。

それどころか、とうに冷静な思考力、判断力を失っている。目の前にぶら下げられた餌に軽々と釣られ、すっかりあの女の言いなりだ。

考えてもみろ。たった一個の恐竜の骨のかけらが見つかっただけで、あんな大きな新聞記事になる。裏を返せば、それくらい見つけるのが難しい。それなのになぜ、あの女なら化石の在りかを知り得ると確信できるのか。次兄に至ってはさらに無茶苦茶で、根拠は去り際の「本物のメソポタミアを見せてあげる」のひと言だけだ。あんなの誰だって言える。同室のミタ公だって言える。

だまされているのは火を見るより明らかなのに、あまりに強烈なライオンのインパクトに惑わされたのか、いっこうに目を覚まそうとしない兄たち。現実を直視せぬ彼らを止めることができるのは、もはや自分しかいない。

そう、脱柵だ。

駐屯地から許可なく逃亡することを、自衛隊では脱走ではなく脱柵と呼ぶ。このままゴールデンウィークが終了しても駐屯地に戻らなかったら即座に脱柵扱いになるわけだが、脱柵上等。妙な脅迫に付き合って、これ以上、ストイックに駐屯地生活を続ける義務がどこにある。これまで海外に行ったことがない梵天はパスポートを持っていないだろうが、そんなもの中国人に頼めば二日で用意してもらえる。このまま有り金まとめてタイへ三人でバカンスだ。梵天の顔を見たら、いのいちばんに提案しよう――。

そんなことを考えながら梵天山の斜面を登る梵人の前に、

「01」

と木の幹に巻きつけたテープに黒々と書きこんだ数字が現れた。こんな二つの数字でも、その傾きから長兄の手によるものとひと目でわかるから不思議である。

「もうすぐだよ」

と先を進む梵地が振り返らずに告げる。

次兄の手には、午後一時を過ぎても姿を現さない梵天に届けるべく、ファーストフードの袋がぶら下がっている。一方、梵人の手にはプレハブ小屋から持参したつるはしだ。ざらついた質感と、ずしりとくる重量感に百万円を感じるかどうかと訊ねられたなら、まったくわからないと答えるしかないが、逆さに使うと案外、杖代わりとして役に立つ。

太い木の根が斜面から顔を出しているのをつかみ、急な傾斜を登りきった勢いで面を上げる。晴れ渡った青空に山の稜線がくっきりと引かれ、登った斜面の先でも地面から芽吹く緑がそこかしこでわあわあと音を立てて騒いでいるように感じられた。ふっふっと規則正しく息を吐き出しながら、ゆるやかな傾斜を進む間、右膝に意識を傾ける。駐屯地で訓練が始まったとき、実は梵地以上に不安を抱いていた梵人だった。何しろ高校以来、まともにランニングしたことすらないのである。オリンピック開会式の夜、火事場でじいさんまでの数メートルをダッシュしただけで膝が痛んだ記憶はまだ鮮明に残っていた。地下の格闘技大会でも、蹴りを使ったことは一度もなかった。入隊前の身体測定で体重うんぬんより走れない膝であると申し出たら、ひょっとしたら入隊を免れることもできたのかもしれない。しかし、なぜかそれを口実に使うことができなかった。

おっかなびっくり訓練を始めたが、驚いたことにそこそこ走ることができた。全速で走ることにはさすがに恐怖心がともなうが、ひととおりの訓練にはついていける。もっとも、長距離走の順位は班内でいつもミタ公とビリを競っている。それでも、今のところ痛みは出ていない。

医者にははっきりと、今後膝が治ることはないと宣告された。ならば、まわりの筋肉が代わりに発達することで膝を守ってくれているのか。十年という歳月がもたらす、人体の治癒能力の神秘に人知れず感動する——わけもなく、痛くなければそれでいいかと呑気に構え、のらりくらりと訓練をこなしている梵人である。

「そう言えば、知ってるか？　天ニイのあだ名。『上官』らしいぞ」

梵地が振り返り、鼻の下に浮いた汗を首に巻いたタオルで拭った。

「あ、僕もそれ聞いた。どこかの班長が廊下で天とすれ違ったとき、天を上官と思いこんで頭を下げちゃったんでしょ？」

「本当なのか、それ？　何で勘違いしたんだろうな。階級章を見たら、新人だってすぐわかるのに」

「雨の日でカッパを着ていたらしいよ。カッパだとお互い階級章が見えない」

「確かに、あんな鍛えた身体つきで新隊員とかおかしいよな。年も二十六だし。髪形もレンジャー・スペシャルだし」

と笑いながら、つるはしでぐいと斜面をついて身体を持ち上げると、急に視界が開けた。

「着いたよ」

梵地が頭上を指差す。

想像していたよりも高い位置から、アカマツの枝にくくりつけられたイラク国旗が二人を見下ろしていた。

赤と白と黒の太いラインが流れるデザインを仰ぎ、

「これも、どこまで本気だったんだろうな」

と梵人がひとりごちた。

「どういうこと？」

「だって、ここに松茸狩りに来たＣＥＯ連中がイラク人だという証拠は何もないんだろ？　この旗だって、ただのポーズかもしれない」

「それはそうだけど……。でも、少なくとも、彼女に同行して企業の視察をしていた人たちは、本物のイラク人だったと思う」

「根拠は？　パスポートなんていくらでも偽造できるぞ」

「移動中の彼らの会話だよ。僕が聞いていないと思って、お隣のイランやトルコの悪口を言い合ったり、エジプト人のことを血が軽すぎるって揶揄したり、イラク人のふりをしているようには見えなかった」

「何だ？　その、血が軽すぎる、って」

「アラビア語で『血が軽い』は根アカという意味なんだってさ。イラク人はよく、『血が重い』とアラブの人に言われるらしい。根暗って意味だね。僕にはイラク人も日本人に比べたら、はるかに根アカに思えたけど」

「部下の連中が話しているとき、ＣＥＯマダムは何を？」

「彼女はほとんど口を利かなかった。僕が通訳していても、サングラスをかけていたから、聞いているのかどうか、よくわからない感じだったし。いつも、秘書役の男性が仕切っていたんだ」

「でも、松茸狩りには行きたいと言いだした」

「そう、いきなり積極的になったから、日本企業の側もみんな驚いたんだよ」

そんなに松茸食べたかったのかよ、と首を傾げながら、梵人はアカマツの根元につるはしを立てかけた。

「天ニイ、いないな」

アカマツの前方には、しばらく平坦な土地が広がっている。日当たりも良く、ハンモックでも持ってきたらいい昼寝ができそうなロケーションだが、肝心の長兄の姿が見当たらない。

「どこ行っちゃったんだろう」

おおい、と梵地が声を上げる。駐屯地での訓練の賜物か、意外と大きな声が木立に響く。

「天ニイ、昼飯だぞ」

二人でひとしきり呼びかけたのち耳を澄ますと、かすかに返事のようなものが聞こえた。

「あっちだ」

梵地が右手を指差し、歩き始める。

へりまで進んだところで下をのぞくと、斜面の前方、八畳ほどの平地部分の真ん中につるはしを手にした梵天の姿が見えた。

「昼飯持ってきた。もう、冷めちゃってるけど」

梵地が袋を掲げると、長兄は「こっちに来い」とばかりにつるはしの先で招いた。

梵地と並んで斜面をずり落ちて、勢いのまましばらく小走りに進む。相変わらずの工務店時代の作業着とヘルメットを身につけ、顔じゅう汗まみれの梵天が、

「気をつけろ、深いぞ」

とつるはしを突き出し、二人を制した。

梵天の手前には、ずいぶん大きな穴が掘られていた。

「これ全部、一人で掘ったのか？　土掘りの訓練も無駄じゃなかったんだな」

と梵人が皮肉たっぷりに冗談を放つも、長兄はニコリともせずに穴を見下ろしている。

「何か見つかったのか？」

「ああ、化石だ」

「ワオ、すごいじゃないか。まさか、いきなりのティラノサウルス？」

思わず梵人は甲高い声を上げる。

「いや――、マズいものが見つかった」

頬を垂れる汗を乱暴に作業着の肩で拭い、浮かない声で梵天は穴をのぞきこんだ。釣られるように二人の弟も穴に視線を落とす。

「何か――、埋まってるぞ」

一・五メートルほど掘り下げられたところに、何やら白っぽい石が顔を出している。

「アンモナイトだ。直径六十センチはある」

「おお、すごいじゃないか」

確かに、石の表面に筋のようなものが浮き出ているのが見える。もっとも、それがアンモナイトのどの部分なのかはさっぱりわからない。

「これの何がマズいんだ？」

梵人が面を上げると、梵天は依然、眉間に深いしわを寄せながら穴の底を見つめていた。

「アンモナイトは海の生き物だ」

「馬鹿にしないでくれ、そのくらい知ってる」

と梵人が鼻じわを寄せたとき、「ああ、そうか」と梵地がため息とともにつぶやいた。

「え？　何がそうかなんだよ」

一人置き去りの様子の梵人の前で、梵天はつるはしの先で忌々しそうに土くれをドンと突いた。

「アンモナイトが出たってことはつまり、ここはむかし海の底だった。死んだアンモナイトは海の底に沈んで、泥にパッキングされて化石になる。アンモナイトは恐竜と同じ白亜紀に繁栄した。恐竜は陸の生き物だ。恐竜は海で生きることはできない。なら、このあたりでティラノサウルスの歯が自然に落ちているなんてことも、あり得ないって話になる――」

しばらくの時間を空けて、ようやく梵人が「そりゃ、マズい」と間の抜けた声を上げた。

*

梵人による脱柵の提案は一瞬で却下された。

「この山を放って海外に逃げるなんて考えられない、絶対にだ」

長兄の強い意志に対し、だって海の底なんだろ、と梵人が遠慮なく指摘するも、山の全部がそうとは限らない、他の場所から陸の化石が出てくるかもしれない、と冴えない表情の割には、梵天もまだあきらめていない様子である。

梵地は梵地で、海外への誘いに「それもいいね」と一定の理解を示しつつも、

「もう少し、様子を見てみようよ」

ところも首を縦に振ってくれない。

「一度、地ニイにはきちんと訊いてみたかったんだ。どうして、大学院を無理矢理休学させられて、そんなに寛容なんだ？」

これまでの学問に身を埋《うず》めた生き方とは百八十度違う方向性を求められる組織に放りこまれ、さぞストレスフルな日々を送ることになったと思いきや、当人は意外なほど肯定的に新生活を受け入れているように見える。

「まだ訓練についていけないところがあるから、少しくらいは休みの間もやっておかないと。発掘も結局は体力勝負だからね。鍛えておいても損はないかも」

と愚痴のひとつも言う気配がない次兄の心の平穏がいったいどこから来るものなのか、梵人にはどうも解せない。

「院に戻って、勉強したくないのか？　遺跡の発掘であちこち行ってたじゃないか。それもできなくなって、腹が立たないのかよ」

「今は僕たちの番だから」

「僕たちの番？」

「天には悔いのないようにやってほしいんだ。彼はいつも自分に責任があるようなことを言うけど、もともとの責任は僕にある。だって、最初に天を泥棒に誘ったのは僕だから。これまで天は、僕たちのためにたくさんの我慢をした。今度は僕たちの番だろ？」

弟二人に対する、長きにわたる長兄の献身は骨身に染みて理解している。次は自分たちの番だという、次兄の主張も納得できる。しかし、我慢すべき対象がおかしくはないか？

「ひょっとして、院に戻りたくないとか？　まさか、女性関係のトラブルで京都に戻ると刺される、なんて状況じゃないだろうな」

「僕の付き合いのある人たちはみんなやさしくて、上品な人たちばかりだよ」

「そう言えばあのライオン・マダムに大学院に通っても発掘のチャンスはないとか何とか――、そんなことぶつけられてなかったか？　あれは何だったんだ？」

「知らない、出鱈目だよ。それなら、梵人こそ」

「俺？」

「本物の戦い、なんでしょ？　梵人のいちばんの望みってやつ」

おいおい、やめてくれ、と梵人は大げさに頭を振った。

「そんなわけないだろ。それこそ出鱈目だ。俺がいちばん欲しいのは、今すぐタイあたりのリゾートでのんびりする時間だ。そうだな、サムイ島がいい。むかし、貧乏旅行で泊まったことがあるんだ。あのときは、ひどい安宿だったけど、今度は奮発できる」

結局、梵人の説得は何ひとつ二人の兄の心に届くことがなかった。

はっきりとわかったのは、ライオン・マダムにかつがれたと二人が認めない限り――、すなわち、あの山に恐竜の化石など眠っていないと降参するまで長兄は山を手放さないし、そこが動かないと次兄ものれんに腕押し、とにかく「梵天ファースト」な状況であるということだ。しかし、梵天と話に決着をつけたくても、梵天山は十万坪を超える広さだ。好きなだけ、それこそ半永久的に掘り続けることができる。下手すれば泥棒の時効のほうが、掘り終えるより早く訪れるかもしれない。そうなると、そもそも逃げる必要がなくなってしまう。

説得のための戦略を練り直す時間もないまま、ゴールデンウィークは穏やかに終了。何事もなかった態《てい》で、榎士三兄弟は石走駐屯地へ帰還する。

ふたたび訓練の日々が始まった。

五月、マイナス七キロ。

六月、マイナス五キロ。

入隊してから三カ月で、梵人は実に二十キロもの余分な肉を失った。減量の効果はてきめんで、いつの間にか長距離走でも、元陸上部だったという同じ班の十八歳（そのままあだ名になっている）とトップを競うほどである。「神童」と呼ばれた高校時代の動きに戻ることはさすがに無理でも、

「何だ、榎土。お前、入隊したときとは別人みたいだな。鈍くさい奴だと思っていたのに、やけに動けるじゃないか」

と班長が驚くほど、コンディションも上向いてきた。

実はこの時点ではまだ、三兄弟は自衛官になっていない。

どれほど長梅雨のどしゃぶりのなかをランニングさせられ、腹這いになってぬかるんだ原っぱを突き進もうとも、肩書きは依然「自衛官候補生」であり、三カ月の前期教育訓練を経てようやく、「自衛官」への任官が認められる。全部で十六個あるうちの、いちばん下の階級を与えられる。給料も上がる。

いわば石走での教育訓練は、企業における新入社員の集合研修だ。その後、配属先の部署で引

き続き研修が行われるように、配属先の部隊でさらに後期の特技課程教育なる訓練が行われる。

特技教育を受けるための新たな配属先部隊が発表になった日、三兄弟は食堂で夕飯を済ませたのち風呂で合流した。駐屯地で生活する全隊員が使う大浴場にはステンレス製の広い浴槽が四つ、横並びに配置されている。その中でいちばん湯がきれいそうなものを慎重に吟味し、「ここ」と梵地が右端の浴槽で足を止めた。

「レンジャーの人たちとかドロドロのまま入ってくるから、チェックしないと」

と神経質そうにシャワーの前に腰を下ろす梵地に、

「いいだろ、どこでも」

と梵天はめんどくさそうに声を上げ、一分もかからず身体と頭を洗い、浴槽にざぶんと身体を沈めた。

続けて梵人が浸かり、しばらく待って、梵地がしずしずと二人の隣にやってきた。

「配属先、決まったか」

長兄の問いに、二人の弟はうなずく。

順番に配属先の駐屯地と所属部隊を告げていったところ、見事に三人とも行き先も所属もばらばらだった。

梵天が向かう先は北海道、梵地は九州、梵人はそのまま石走駐屯地で後期教育を受けることになった。引っ越さなくていいから楽だなと梵天に言われたが、それはそれでおもしろみがないと思ってしまうから妙である。

配属先は梵天が施設科、梵人が普通科だった。要は工兵部隊と歩兵部隊である。軍隊ではないという建前があるため、「兵」という字が使えないのだ。

残る梵地は情報科だった。

「何だ、それ。パソコンでもやるのか?」

と梵人が訊ねると、

「パソコンくらい、今じゃ、どの部隊でもやるでしょ。班長から、お前はそこで通訳の訓練をする、って言われた」

と湯気に覆われながら梵地が低い声で答えた。

「お前――、誰かに教えたのか」

梵天の驚いた声に、まさか、と梵地は強く首を横に振る。

「じゃ、何で通訳なんて言葉が出てくるんだ」

「わからないよ」

「ここに来て、三秒を使ったことは?」

「一度もない」

「お前が自分で希望を出したわけじゃないよな」

「情報科なんて部隊があるのも知らなかったよ」

ふうむ、と梵天がうなる。

屈強な身体つきの男たちが次から次へと浴槽に入っては、ほんの一分、二分と浸かっただけでそそくさと脱衣所へと出て行く。短く刈り揃えた頭を三つ並べ、しばし無言で湯の表面が落ち着きなく上下する様を眺めていたが、

「あの女しかいないだろ」

とようやく梵人が口を開いた。

「三カ月前も、好き勝手に俺たちをここに放りこむことができたんだ。好き勝手に配属先も決められるんじゃないの」

と投げやりな声とともに、湯で乱暴に顔を洗った。

いったい、自分たちは決められたレールの上を歩かされているのか。それとも、意図もなく行き当たりばったりに泳がされているだけなのか。決められたレールであるならば、いいようにコントロールされていることに対し腹が立つ。もしも、まるで無計画であるのならば、こんな悪意のこもったいたずらはなく、どちらにしろ腹が立つ。

「クソッ」

普段は滅多に見せぬ、感情をあらわにした梵天の声が、湯気に煽られ天井へと上っていく。への字口のまま梵天は立ち上がり、大股で脱衣所へと向かっていった。梵地はいったんシャワーを浴びてから、あとに続く。最後に浴槽を出た梵人だったが、隣の浴槽を囲むシャワーの前にミタ公の姿を見つけた。ミタ公は四国の駐屯地に配属になった。シャンプー中のその背中に、餞別代わりに水をかけて、さんざん悲鳴を上げさせてやってから風呂場をあとにした。

六月末日、前期教育修了式を終え、五百人の新隊員はそれぞれの駐屯地へと散っていった。

別れの朝、大きなバッグを抱え、石走駅までのマイクロバスに乗りこもうとする梵地に、京都に寄っていくのかと梵人が訊ねると、そんな時間ないよとどこか憂いのある表情で目を伏せた。

週末は休みでも外泊は禁止。外出には許可がいるため訓練期間中、電車で一時間半ほどの距離であるが、一度も梵地は京都に顔を出していない。

「そんなに放ったらかしにして、梵地ガールズから文句が出ないのか？　あ、ガールズじゃないか。もっと、シニア寄りか」

末弟の皮肉もまるで聞こえていない様子で、

「非常にマズい感じ。最近はメールも読まないことにしている」

と明らかに元気がない。ちなみにやり取りしている相手は何人なのか、と梵人が確認したところ、「最初は六人で、今は三人。三カ月は短いようで長い」とリアルな回答が返ってきた。

「さすがに、この駐屯地じゃ、そんな話はなかったよな」

と笑いながら茶化してみたら、

「いや、あったよ」

と梵地はあっさりうなずいた。

「嘘だろ？　どこの誰？」

「売店に入ってる、コンビニのレジの人。でも、旦那さんがいるとわかったから、そういうのは困りますと断った」

「やっぱり……、年上だったのか？」

「秋に初孫が生まれると言ってたかな。旦那さんがいるのは困るでしょう」

旦那がいなければ困らなかったのかという質問を呑みこむ末弟に、「行ってきます」と笑顔を作って手を振り、次兄はマイクロバスに乗りこんだ。

続いて梵天がやってきて、

「何かあったら、すぐに連絡しろ」

と梵人の肩を叩いた。もともと日焼けしているその顔は訓練を経てますます黒ずみ、新隊員としてバスに乗る列に並ぶには場違いなほどのベテラン臭を放っている。

「何だか最近、このへん怖いぜ」

梵人が己の眉間のあたりを示すと、ちょうどその部分にくっきりとしわを寄せていた梵天が、

「え、そうか?」と少し慌てた様子で眉間を指の先でこすった。

「あれこれ考えないで、いっそ気楽にいこうって」

いつまでこの毎日を続けなければいけないのか——。当の梵人自身、今すぐにでもその答えを知りたいが、すぐ元に戻ってしまった長兄の眉間ポジションを見ると、そう元気づけて肩を叩き返すしかできなかった。決めてしまったら梃子《てこ》でも動かない、何事も根を詰めすぎる長兄であるが、自分で何も決めることができぬ、根を詰めるべき対象が見つからぬ状況というのは、さぞしんどいことだろう。

「お前もな」

一度、無理に笑ってうなずいて見せてから、梵天はバスへと向かった。

定刻。

一分の遅れもなく、バスが出発した。

連なってゲートへと向かうバスを、居残る隊員たちとともに見送った。ミタ公も去っていった。十八歳も去っていった。手を振りながら涙する者も多く、梵人も少しばかり感傷的な気分に染まりながら部屋に戻り、まとめた荷物を担いで、同じ敷地内に建つ、普通科連隊の隊舎へと引っ越

した。

　去る者と入れ違いに、今度は各地から石走に配属になった隊員がやってくる。環境が変化しても、梵人の訓練に対する姿勢は変わらない。フィジカル系の訓練には本気を出すが、対人系――、徒手格闘や銃剣道の時間は、ひたすら筋の悪い生徒を演じ続けた。こんなところで三秒を使って目立っても意味がないからである。

　ただし、射撃ではしくじった。

　小銃での実弾射撃訓練は、駐屯地内の射撃場で行われる。

　二百メートル離れた的を狙い、腹這いになって寝撃ちの姿勢を取ったとき、

「ここで三秒を使ったらどうなる?」

　というアイディアを思いついた。

　これがマズかった。撃つ前に集中を高め、三秒を使ってみたところ見えてしまったのである。標的の中心から左にずれた位置に、未来の着弾点が残像となって現れた。

　照準との修正を繰り返し、ここだろうというポジションで四発撃った。

　妙に周囲がざわついている気配に銃から顔を離すと、モニターを教官がのぞきこんでいる。

「お前――、スコープをつけているわけじゃないよな」

　と驚嘆する教官の表情を認めたとき、「しまった」と思った。モニターに映し出された標的には、中央の最も小さな円の内側に四発の着弾点が見事に収まっている。慌てて銃に戻り、残りの弾はすべて適当に撃って標的を外した。

「コラ、榎土ッ。何てまぐれ当たりだ。もっと集中せんかッ」

とすぐさま教官から雷を落とされ、ホッと安堵の息を吐いた。

＊

八月。

石走から五時間近く電車に揺られ、ようやく駅に着いた。二両編成の電車から降りる乗客は梵人のほかは誰もおらず、当然のように無人である駅の改札を通過すると、そこに梵天と梵地がいた。

申し訳程度の待合スペースに一脚だけ置かれたベンチに腰かけ、二人して弁当を食べている。おう、と梵天がフライを挟んだ箸を上げ、梵地はもぐもぐと口を動かしながら、空いている手で壁の看板を指差した。

「いやあ、遠い、遠い。途中の接続が悪くて、乗り換えで一時間もさっきの電車を待ってしまった。こっちに来たら暑さも少しはマシになるかなと思ったけど、まるで同じじゃないか」

と梵人はボストンバッグからタオルを取り出し、早くも滲み始めた頬の汗を拭い、「はいはい」と次兄が示した看板に記されたタクシー会社の番号に電話をかけた。

駅前に一台タクシーを頼んで、梵地の隣に腰を下ろすと、

「梵人のぶんの弁当も買ってあるけど、食べる？　駅前にコンビニくらいあるかと思ったら、ものの見事に何もなくて、かなり歩いてスーパーで買ってきたんだ」

とビニール袋が膝の上に置かれた。

いただきます、とさっそく封を開けて、勢いよくごはんをかっこむ。ものの三分もかからず、すべて平らげてしまったのを見て、

「さすが、食べるの速いなあ」

と次兄は感心した口ぶりで、手にしたペットボトルを差し出した。

「まわりに合わせていたら、いつの間にか、これだ。まったく、いいんだか、悪いんだか。地ニイも速くなったか?」

ペットボトルに半分残っていた茶を、梵人は遠慮なく一気に飲み干す。

「なったどころじゃないよ。僕は悪いほうに一票。京都じゃ、そこそこ美食家だったはずなのに、何だか調子が狂っちゃって、とにかく腹が膨らめばそれでいいや、と考えるようになってしまった」

他にも新隊員生活を経て無用にタフになった部分を、梵地はため息混じりに語っていたが、

「あ、来た」

と前方を指差した。

動く人影がいっさい見当たらない駅前のロータリーに、タクシーがゆっくりと入ってくる。日陰の待合スペースから一歩外に出るなり、強烈な日差しにさらされ、梵人は思わず手でひさしを作った。

「あまり、体形は変わってないな」

隣に立った梵天が脇腹のやわらかいあたりを小突いてくる。

「そうなんだよ、後期教育に入ってから体重が減らなくて。訓練自体は前期よりハードなんだけ

ど、とにかく暑くて水ばかりがぶがぶ飲んでるからかな。北海道はどうだ？　少しは涼しいのか？」

「向こうも暑いは暑いが、日差しの圧が違う。何というか、マイルドだ」

と目を細め、梵天は頭上の太陽を見上げた。

「施設科って、普段は何してるの」

「ほとんど街の土建屋と同じだ。測量して、工事して、解体して――、今は重機の操作を覚える訓練だ。前の仕事とほとんど変わらない」

梵地が歩道の際まで進んで手を挙げ、律儀にタクシーに合図を送る。

「僕は毎日通訳の勉強だよ。こっちもこっちで分厚い本を横に置いて、院と変わらない」

「でも、地ニイなら楽勝だろ」

「そういうわけにはいかないよ。軍隊でしか使わない用語や、言い回しが案外難しくて。日本語を勉強している外国人に、ヒトニーマルマルとかいきなり言っても通じないのと同じだよ」

目の前に停まったタクシーのトランクに三人は順に荷物を収めた。Tシャツ一枚の長兄の身体はさらに頑健さが増したようで、梵人が試しに背中を軽く叩いてみたら鋼のように固かった。

「あんたたち、墓参りかい？　若いのに殊勝だねえ。それにしても、三人ともよく日焼けしてるなあ」

行き先の寺の名を告げると、ポロシャツ姿の六十代半ばと思しき運転手は、一本抜けた前歯を晒しながら笑顔でばたんとトランクを閉めた。

後期教育に入ってはじめての休暇、さらにはゴールデンウィーク以来の連休である。

「お盆だし、墓参りに行ってみるか」

という梵天の提案に乗って、それぞれの駐屯地から三兄弟は最寄り駅に参集した。二十歳のときに不破のおじに連れられて以来、梵人にとって二度目の墓参りだった。そのときも三人でこの駅で待ち合わせた覚えがある。

山の上に寺はあった。

タクシーを降りて、左右から押し包むように迫る蟬の声を浴びながら、何となく見覚えのある石段を登る。小さな門の横に鐘楼が建っているのを見て、ああ、ここか、とはっきりと思い出した。梵天が住職にあいさつに行っている間に、桶と柄杓を持って墓に向かった。どこだったっけ？　と適当に墓地の通路を進む梵人を、そっちじゃない、こっち、と梵地が呼び止める。

荒れ果てているんじゃとタクシーの中では心配していたが、普段から管理の手が行き届いているようで、次兄に先導され、たどり着いた墓はきれいに保たれていた。まわりの小さな雑草を抜いて箒で掃き清め、墓石をたわしで掃除していると梵天が戻ってきた。

荷物から、長兄は花と線香を取り出した。つややかに濡れそぼっている墓に花を供え、弟たちに数珠を渡した。

線香に火を点けて、三人並んで頭を下げた。

しばらく無言になって、

「榎土家之墓」

と刻まれた文字を見つめた。

あのさ、と梵地が口を開いた。

「ここ、見てくれない？」

と墓石の裏側に回った。

と指差した先を、梵天と梵人も同じく回りこんでのぞきこむ。

「これ」

そこには三兄弟の両親の名前とその享年が記されていた。父の享年は三十一歳、母の享年は二十七歳だった。

「母さん、俺たちと同い年だったのか……」

思わず、梵人の口から言葉が漏れる。

先月、榎土三兄弟は二十七歳になった。梵人にとって、今の自分が家庭を持つことなど想像もつかなければ、さらに三つ子がいて、隕石の落下によって家庭が一瞬で崩壊するなんて到底現実とは思えない出来事に映る。しかし、それは紛れもない事実であり、そこから生き残ったからこそ、自分たち三人はこの場所に立っている。

梵天が桶から柄杓で水をすくい、墓石の上から静かに垂らした。手早くもう一度、たわしで表面を磨いたのち、

「こっちに来てくれ」

と墓地の奥のほうへ急に歩き始めた。墓石の列も途切れ、山の中へと進む小道に入っても歩みを緩める気配がない。

「どこ行くんだよ、天ニイ」

「さっき住職に教えてもらったんだ。この先から見えるって」

「見える？　何が？」

と左右の草むらから飛び出してくる羽虫を手で払っていると、不意に視界が開けた。

梵天が立ち止まったことに気づかず、その背中に梵人は勢いよくぶつかってしまった。さらに後ろから梵地が押してきて、仲良く三人足場を乱したのち、ようやく横に並んで展望するポジションを確保した。

ちょうど彼らが降り立った駅と山を挟んで反対側に広がる平野を、一望に収めることができる場所のようだった。

山の麓から一面の田んぼが連なり、豊かな稲穂の緑が太陽の光をめいっぱい浴びていた。視界の中央を川が横切り、その川を越えたあたりから、田んぼのなかにぽつりぽつりと民家が現れる。やがて集落に膨らんだ建物の流れは幹線道路へと吸収され、その動脈に沿って郊外店やアパートが連なっているのが見えた。

「わかるか？　あのへんだ」

と梵天が幹線道路の流れに合わせて、腕を動かした。

「オレンジの屋根の、同じ形のアパートが三つならんでいるところがあるだろ？」

え、どれ？　と梵地が長身をゆらゆらとさせて示す先を探す。

「あそこの――、青いスーツ屋の看板の手前にあるやつかな？」

そうだ、と梵天がうなずく。

屋根に加えて各部屋のベランダの手すり部分もそれぞれオレンジのカバーで覆われているため、遠目にも目立つその建物を、ほどなく梵人も見つけることができた。

「で、あれが何だ？」

と何気なく、梵人は訊ねた。

「俺たちがむかし住んでいた場所だ。今はあのアパートになっている」

刹那、梵人は彼方のオレンジ色の屋根に向かって、無意識のうちに一本の線を空から引いていた。ことが起きたのが朝なのか、昼なのか、夜なのかさえも梵人は知らなかったが、閃光がオレンジの屋根目がけ音もなく降ってくる。実際は一瞬の出来事だったのだろうか。音は響いたのだろうか。食い入るように、父と母の命が奪われた場所を見つめる間、背後から湧き上がるように聞こえていた蝉の声はすべて消えていた。

「僕、はじめて見たよ」

かすれたような響きの梵地の声に、俺もだ、と梵天はうなずいた。

もちろん、梵人にとってもはじめての風景だった。

七年前に不破のおじに連れられてここに来たとき、不思議とむかし住んでいた場所について、誰も関心を持たなかった。おそらく、三兄弟のなかで、ひとつの出来事としてつながっていなかったのではないか。隕石が落下し、自分たちは両親を失った。それを事実と知っていても、どこか夢物語として捉えていたように思う。両親と自分たちが住んでいた場所が実在する、という当たり前のこと自体、ぽっかり忘れてしまっていた。

しかし、母が二十七歳でこの世を去ったと知った。さらにその死の現場を知った。はじめて「それ」を断絶された過去ではなく、今と地続きにあるもの、自分たち自身の出来事として知覚できた気がした。

ドーンという音が梵人の耳にこだました。

眼下の平野を目がけ、一直線に火球が落下するイメージとともに聞こえてきたその音は想像のものかもしれず、ひょっとしたらかつての記憶の音かもしれず、指の先が徐々に痺れる感覚に浸りながら、頭に響くこだまを追っていると、

「なあ、梵人よ」

と呼びかけられた。

「どうして、俺は恐竜が好きなんだろう」

え？　と顔を向けると、梵天は腕を組み、風景をじっと見つめていた。

「何だよ、いきなり」

「何でだと思う？」

「そりゃあ――、三秒を使って、地面の下が見えるから？　あ、でも、化石を掘るのが好きなのは、それを自覚する前からか。そうだな……、恐竜は見た目がかっこいいからな。絶滅した生き物ってところが、またドラマチックだし。もっとも、あの山にこだわりすぎるのは、俺はどうかと――」

「それなんだ」

と急に梵天は弟の言葉を遮り、顔を向けた。眉間に深いしわを刻みながら、その目はやけに強く弟たちを貫いていた。

「俺たちは、絶滅しなかった」

「え？」

「恐竜といっしょだ。六千六百万年前のある日、突然、隕石が落ちてきた。直径十キロもある巨大な隕石がメキシコのユカタン半島のあたりに衝突して、その影響で恐竜やアンモナイトや翼竜や首長竜が一気に絶滅した。俺たちだって、そうだったんだ。隕石が落ちて全員が死ぬところだった。でも、俺たちは生き残った。榎土家の人間は絶滅しなかったんだ」

急に何を言い始めたのかと、二人の弟は戸惑いの表情を並べ突っ立っている。

「だから、俺は恐竜が好きなのかもしれない。何となく、わかる気がするんだ。本当は恐竜も生きたかっただろうなあとか、もっとあちこち歩きまわりたかっただろうなあとか……。つい、そんなことを想像してしまうんだよ。恐竜は絶滅して、本物の生きている恐竜を目にする機会はこれからも永遠に訪れないと思うだけで、無性に悲しくなるんだ。だって、そうだろ？　生きるチャンスを突然、別の何かに奪われるってのはつらいし、やりたいこともできずに生涯を終えるなんて、絶対にくやしいだろ——？」

期せずして、自分たちのために犠牲にした十代の時間を言っているのではないかと気づき、梵人は思わずハッとしたが、聡い兄はすぐさま己の言葉が与えたところを察し、

「そうじゃない。別に自分のことを言っているわけじゃない——。かといって、恐竜が本当にくやしいと思ったわけでもないだろうが。体長が何十メートルとある竜脚類でも、脳味噌は猫よりも小さかったらしいからな」

と苦笑して、手を横に振った。

「そう言えば……、隕石はどうなったの？　僕たちの家に落ちた隕石のその後。貴重なんでしょ、そういうのって」

梵地の問いに、ああ、と長兄はため息のような声を発した。

「見つからなかったんだ。目撃者がいたから、隕石だったことは間違いないが、家が焼けたあとからは見つからなかった。そもそも隕石自体は小さかったのかもしれない。この百年でも、日本に落ちて無事隕石まで回収されたケースは、たったの二十件そこらしかないからな――」

火事の原因は隕石そのものではなく、ガスに引火したためだったことは、梵人も不破のおじから聞いて知っている。しかし、隕石自体が発見されていなかったとは初耳だった。

しばらく三人とも無言になって平野を見下ろしていたが、

「戻るか」

と梵天が踵《きびす》を返した。

最後に梵人はオレンジ色のアパートの屋根を確かめた。ドーンという音のまぼろしが、蟬の声にどれだけ身体を洗われようとも、墓地に戻る途中、耳の底にこびりついたまま離れなかった。

＊

本堂の隣に設けられた待合所で、ふたたび呼んだタクシーを待つことにした。

そこそこ広い待合所には、三列にパイプ机が置かれ、同じく墓参りに来ていた年配の夫婦が首筋の汗を拭っている。効きの悪いクーラーの正面に陣取り、墓地の入口に設置された自動販売機で買ったペットボトルの水を飲みながら、梵人は隅に置かれたテレビをぼんやりと眺めた。高校野球を流しているが、対戦カードもスコアもまったく頭に入ってこない。さらには、いつの間にか定時のニュースに切り替わっていた。

「わ、決まったんだ」

やけに驚いた梵地の声を聞いてはじめて、自分たちと関係があるニュースが流れていることに気がついた。中東にPKO部隊が派遣されることが決定した、というニュースをアナウンサーが簡潔に読み上げたのち、お盆期間中の新幹線と高速道路の混雑状況について伝え始めた段になってようやく、

「へえ――、そうなんだ」

と梵人は間抜けな声を上げた。

「え、知らなかったの？　最近、新聞にもよく載っていたし、結構ウチじゃ話題になっていたけど」

と器用に片眉だけを上げて、梵地がどこか非難めいた視線を向けてくる。

「いやあ、俺のところの普通科ではまったく。さすが情報科、意識が高い」

「天は？」

「聞いたことあるような、ないような――、だな」

そもそもPKOが何であるかもよくわかっていない梵人のことを見透かしてか、最近の中東の情勢について梵地が手早く説明を始めた。現代は専門ではないだろうに、さすが次兄の解説はわかりやすく、「自衛隊が平和維持活動に従事するため、海外に派遣される」というニュースの概要を梵人ははじめて理解したわけだが、その感想コメントはというと、

「わざわざ中東まで？　そりゃ大変だ」

とまったく他人事の扱いだった。

そこへ待合所のガラスサッシがからからと音を立てて開き、銀髪の男性が顔だけをのぞかせて、

「タクシーをご予約の榎土さん――」と車の到着を告げた。

駅のプラットホームで帰りの電車を待つ間に、長兄はバッグから新聞の切り抜きを取り出すと、梵天山の北方二十キロの場所で発掘されたハドロサウルスの化石に関する新情報について熱く語り始めた。何でも先行して発掘された個体の他の部位が、先月新たに見つかったのだという。

「もしも頭骨が出たなら、新種かどうかの判断がつきやすいんだが、まだそこはわからんらしい。知ってるか？　だいたい一週間に一件のペースで、世界のどこかで恐竜の新種が報告されているんだ」

とさらなる続報を待ち焦がれる長兄に、

「今も発掘中なのか？　なら、天ニイが手伝いに行ってあげたらいいんだ。本物の神の手を見せてやれよ。向こうも大歓迎だぜ、きっと」

全体の発掘スピードも劇的にアップするだろうし、本物の恐竜の化石にも触れられるし、プロの仕事ぶりを体験できるし、一石二鳥にも三鳥にもなる。あてもなく梵天山をひとり掘り返すよりもよほど意味がある、と梵人が進言すると、

「俺は俺の山を掘る。自力で誰も知らない恐竜の化石を見つけるんだ」

と断固とした調子ですぐさま返してきた。

「まさか、見つけた恐竜には自分の名前をつけるんじゃないだろうな」

と梵人が当て推量を放ったところ、

「たとえ化石を発見したとしても、それに名前がつくのは、新種を発見したことを証明する論文を英語で書いて、世界で認められたときだけだ」

やけに具体的な理由を持ち出し否定を始めるが、明らかに顔が赤くなっている。これは天ニイ、狙っているな、とピンときたが、それ以上は黙っておくことにした。


盆休み明けからきっかり一カ月後、石走駐屯地で後期教育の修了式が行われた。式を終え、会場の体育館前で親御さんたちと隊員との和気藹々《あいあい》とした記念写真撮影が行われている最中、梵人は昨日までさんざんしごかれた班長から「オイ榎土、教育大隊長がお呼びだ」と耳打ちされた。

「幹部室に今すぐ来いだってよ。お前、何したんだ」

まったく心当たりがない梵人に、ほら急げ、と班長は教育大隊長が待つ白い隊舎をあごで示した。

教育大隊長というのは、梵人が前期教育から所属していた教育大隊のトップ、いわば訓練学校の校長のようなポジションである。もちろん、これまで口を利いたこともなければ、新隊員の誰かが直々に呼び出されている風景を見たこともない。

小走りで隊舎二階に向かい、学校における職員室のように、普段お偉方が勢揃いしている幹部室のドアを開け、

「榎土二士、入りますッ」

と声を張ったところ、

「オウ」

とドスの利いた声が聞こえてきた。

黒板の前に大隊長が立っていた。間違いなく、先ほどまで修了式の壇上であいさつをしていた本人である。他の幹部たちは体育館に出払っているため、デスクが並ぶ広い部屋には大隊長しかいない。それでも、

「こっちで話そう」

と大隊長は黒板横のドアから接続する隣の会議室へと梵人を招いた。

「座れ」

大隊長は直立不動で机の前に立つ梵人に短く命じ、自身もパイプ椅子に腰を下ろした。大型の液晶テレビを囲むように配置されたパイプ机から椅子を引き、大隊長の正面に梵人もおずおずと座る。

「榎土、お前に新しい辞令が出た。来週からの配属先が決まったぞ」

大隊長の言葉の意味がつかめず、咄嗟には声が出なかった。なぜなら、たった今終えたばかりの修了式をもって教育期間は終了。一時間後、全員が再集合し、今後の部隊配属先を改めて伝えられる予定だったからである。しかも梵人の場合、このまま石走で普通科連隊に配属されることを、所属する小隊名も含め、すでに班長から教えてもらっていた。ゆえに、教育大隊長が新しい辞令をわざわざ伝えてくれるというシチュエーション自体が理解できない。

「辞令であります、か？　え、でも、俺……いいえ、私は普通科連隊に配属されるという話をすでに聞いて――」

「その話はナシだ。今日、いきなり連絡が入った。お前はちゅーそくれんに行くことになった」

ちゅーそくれん？　中国人の名前を言われたようで思わず「へ」という間抜けな声を漏らしてしまった。

「中央即応連隊のことだ。略して中即連」

略したほうも、略す前のほうも完全に初耳である。

「こんな突然の辞令、俺もこれまで聞いたこともなかったから、連隊のほうに電話して確認したんだ。まだ訓練が終わったばかりの新隊員を相手に、こんな無茶苦茶な配属あるかって。でも、上のほうで決まったことだからどうしようもない、って言われたよ」

「あの、私の行き先は普通科――で？」

「もちろん中即連に普通科はあるし、配属先は普通科だが――。ひょっとして、お前、中即連が何をするところか知らんのか？」

ハイッと梵人は語勢のキレもよく無知をさらけだす。

「ったく……、組織の役割を学ぶ座学でやってるはずだろうが。お前、今度ウチが中東へＰＫＯを派遣することになった話くらいは、さすがに知っているよな」

ハイッ、知っておりますッ、と今度は少しばかり胸を張って返事する。

「言い忘れていたが、お前の二人の兄貴――、榎土梵天と榎土梵地も同じく来週から中即連に配属だ。同期で中即連に配属はお前たち三人だけ、しかも三人ともに、ＰＫＯ部隊への参加要請が届いている」

ハイッ、と取りあえず反射的に返しはしたが、発言の内容を把握するための一瞬のブランクが

空いたのち、

「ハイ？」

と極めて無礼なイントネーションを添え、繰り返してしまった。

「だから、中央即応連隊ってのは、ＰＫＯのときに先遣隊として送られる部隊なんだよ。来月からイラクでのＰＫＯに中即連が派遣されることは、すでに決定済みで――」

大隊長の声を確かに聞いているはずなのに、まるで己が真空か透明になってしまったかのように言葉がすり抜けていく。長年の勤務の証明とでも言うべき、日焼けのあとが顔全体に染みこんだ、大隊長のドスの利いたご尊顔を真正面に捉えているにもかかわらず、なぜか青い毛皮のコートが翻る様が、上方向へ盛りに盛った髪形のシルエットが、ライオンのたてがみが、アカマツの枝からつり下げられた赤と白と黒の三本のラインのイラク国旗が、もう一枚、上からフィルムを重ねたように次々と目の前に浮かんできた。

「おい、聞いているのか、榎土ッ」

と大隊長の声が鼓膜を叩いた。

「ハ、ハイッ、兄が二人とも同じちゅーそくれんに配属されることになったと――」

榎土、とやけに重々しく名前を呼んでから、大隊長は机の上で両の手のひらを合わせた。

「大事なことだ。もう一度、言うぞ」

ようやく梵人は理解した。

榎土三兄弟が石走連絡所に電話した日から始まった、これまでとはまったく異なる生活。駐屯地内をランニングし、訓練場の原っぱで匍匐《ほふく》前進し、掩体《えんたい》（塹壕《ざんごう》のこと）を構築し、ストップウォッチで計測している教官の隣で油臭い小銃を解体し、寝る前に必ずブーツを靴墨で磨く——、くる日もくる日もひたすら訓練を繰り返す目的は、今この場所で、この辞令を聞くためにあったのだと。

まるで法廷で下された判決の如く、大隊長の割れた声が会議室に響く。

「榎土梵天、梵地、梵人——、お前たち三人はこれからイラクに行くんだよ」

窓の外で、昼どきを告げるラッパの音がのどかに鳴っていた。

ハイッ、とはもちろん言えなかった。

第五章　砂

砂漠に対して、梵天《ぼんてん》もそれなりによいイメージを抱いていたはずだった。

たとえば、『ジュラシック・パーク』の冒頭、主人公の恐竜学者が刷毛で手元を掃いていたら、やがて恐竜の化石が砂からくっきりと姿を現す。なんという、うらやましい瞬間だろう。あれは乾燥しきった荒れ地で、地震とも、火山とも、地殻変動とも無縁のまま、ひたすら細かな土砂が六千万年近く静かに降り積もった土地だからこそ起こり得る、まさしく自然からのプレゼントだ。プレートが四方からせめぎ合い、地層がせわしなく入り乱れ、さらには温暖湿潤な気候が加わる日本では決して見ることができない、文字どおり夢の発掘現場と言える。

何しろ、恐竜が生きていた時代、島国日本はまだ誕生していなかった。では、国内で発掘される恐竜の化石はどこからやってきたのかというと、すべて当時の大陸からである。

現在の日本列島は、大陸から引きちぎられるようにして分離した巨大な島と、プレートに運ばれ太平洋から移動してきた島とが、いっしょくたになって出来上がったものらしい。つまり、国内で見つかる恐竜の化石とは、大規模な地殻変動にくっついて大陸から何千万年もかけてのんびり運ばれたのち、紆余曲折を経てふたたび地表に顔を出した、奇跡的な「かけら」なのだ。

そのひとつが、今も梵天の胸ポケットに収まっている。

梵人《ぼんど》はそれを「ハニー・トラップ」と呼んで憚らない。

「デカい釣り餌さ。俺たち三人を引っかけるためのね。あの山から出たって話も、あやしいあやしい」

末弟から送られる疑いの眼差しを、梵天は黙して受け止めるしかない。旗色は常によろしくない。何しろ、あの女自ら、国旗のあたりを掘っても何も出てこない、歯は別のところにあったもの、と明らかにしているのだ。意図的に不正確な場所で梵地に拾わせたと堂々と認めているわけである。

「イカサマを仕掛けてくる相手とわかっているのに、どうして『あの山の別のところにあった』という部分は信用するんだ？　そこもだましにかかっていると見るべきだろ。少し調べてみたんだ。ネットオークションで、いくらでも本物のティラノサウルスの歯を売ってた。値はかなり張るけど、あんな馬鹿デカいリムジンに乗るような連中なら簡単に用意できる。それを地ニイの足元に置いておくんだ。地ニイはそれをみやげがわりに持って帰る。あとは勝手に天ニイがのぼせ上がって突っ走ってくれる。まさにハニー・トラップ。チョロいもんだ――」

目の前の洗濯乾燥機が「残り一分」を表示したところで、梵天は胸ポケットから問題の「かけら」を取り出した。

肉食恐竜に特徴的な鋸歯という肉を切り裂くための側面のぶつぶつを指の先に押しつけながら、自分が下した判断について考える。この一本の化石に囚われ、弟二人を巻きこんで貴金属泥棒に走り、山を所有するに至った――、それらはすべて、あの女が仕掛けたハッタリに惑わされ、いいように操られた結果なのか。

ぼんやりと突っ立ち、低い天井を見上げていたところへ、朗らかなメロディが聞こえてきた。乾燥が終了したことを知らせる合図に、梵天はティラノサウルスの歯を胸ポケットに戻し、足元の洗濯カゴに余熱をたっぷりと含んだ衣類を取りこむ。

もう——、遅い。

一度決めたことは後悔しないという、梵天のポリシーとは別の現実がここにはある。決断すべきタイミングはとうに過ぎ去った。九月の異動の時点ならまだ選択の余地もあったろうが、梵天は命令に従って新たな部隊へ北海道から合流した。

もはや理屈ではない。

意地である。

ほとんどやけである。

あの女に最後まで付き合って、何が目的でこんな場所まで自分たちを引っ張り出してきたのか、それを確かめないことには気が収まらない。こうまで他人の人生をいいようにおちょくろうとする、その動機を知りたい。きっと弟たちも同じ気持ちでいるはずだ。

洗濯コンテナから外へ出た途端、待ち構えていた外気がいっせいに鼻腔へ侵入してきた。

クーラーの効いた洗濯コンテナ内の空気を一瞬で追い払い、もわっとした熱のかたまりが遠慮なく鼻の奥に居座る。梵天の嗅覚はその熱気の合間に、かすかな生臭さのようなものを感じ取った。

砂嵐が来る。

梵天は舌打ちとともに、洗濯コンテナのドアを閉めた。

砂漠に対して、それなりによいイメージを抱いていたはずだった。

しかし、イラクに来てはや二カ月。砂漠はこれっぽっちも梵天に親しい表情を見せようとしない。せっかくの二週間ぶりの休暇も、居住用コンテナに閉じこもり砂嵐が過ぎ去るのを待つだけになりそうだ。

＊

一時間ほどで砂嵐が去ったところで、やることなど何もなかった。

用もない場合は砂嵐のあとに外を出歩くなというお達しが回っているため、梵天は簡易ベッドに寝転がり、明日のミッションの手順などを真面目に思い返している。何でも、二十年前のイラク派遣の際、砂嵐が去ったあとに体調不良を訴える隊員が続出したそうだ。砂漠に潜む身体によろしくない雑菌が嵐で撒き散らされたからでは、という話だが、確かに何とも言えない嫌な臭いが砂嵐のあとの空気には漂う。その情報を聞いてから、梵天はなるべく息を止めて砂嵐後の宿営地を歩くようになった。

「コ、コン」

急にドア越しに音が聞こえた。

嵐は去っても、まだ風の勢いは強く、小石か何かが飛んできたかと思っていたら、「コン」とふたたび音が鳴ると同時にドアが開き、

「あ、いるじゃないか」

といきなり梵人が顔をのぞかせた。

「ああ、臭い。何だろうな、この嫌な感じは」

と末弟はしかめ面で、砂が入らぬよう素早くコンテナの中に身体を滑りこませた。さらに薄く開いたドアから、梵地《ぼんち》が続いて現れた。長身の梵地が立つと、低い天井ゆえに、急にコンテナが狭くなったような感覚に陥る。

「どうしたんだ――、お前たち」

「俺、今日は休み」

地ニイもだってさ、と後ろの梵地を指差す。

「たまたま、さっき食堂で梵人と会ってね。砂嵐の間、食堂で待機していたら、作業を中断した施設隊の人が逃げるように入ってきて――。僕たちを見て、天も休みだって教えてくれた」

梵天は身体を起こし、正面の先輩隊員の簡易ベッドに並んで腰かけた弟たちの顔を見比べた。

梵人はいっそう日焼けが進み、梵地は鼻の下に蓄えているヒゲがずいぶん立派になった。

「三人とも休みだなんて偶然だな」

「ひさびさゆっくり寝られてありがたいけど、コンテナにひとりでいても、やることないよね」

と梵地が笑いながら背中のリュックを下ろし、中から何やら布袋を取り出した。

「施設隊ってすごいよね。どんどん宿営地ができていく。大げさじゃなくて、街が新しく生まれていく感じ」

「とんでもない工程表で進めているからな。しかも、それを結局やりきってしまう。ブラック企業も真っ青だ」

ベッドの上にあぐらをかいた姿勢でしかめ面になって梵天は腕を組む。中央即応連隊に配属されたばかりのまったくのド新人だというのに、工務店時代の経験を買われ、重機の扱いから内装まで、できることは何でもやらされている梵天である。

「お前たちの仕事はどんな感じなんだ?」

三兄弟揃って同じ宿営地に勤めることになったとはいえ、派遣第一陣は総勢三百人の大所帯である。さらに梵天は施設小隊、梵地は通訳として本部付隊、梵人は警備小隊と別々の隊に所属するため、まともに三人が顔を合わせて言葉を交わす機会は、この二カ月間、数えるほどしかなかった。こうして三人の休暇が一致したのも、イラクに来てはじめてのことである。

「相変わらず、俺は毎日ゲートの前で立ちっぱなし。安全対策だとか何とか、あれこれ重ね着させられて、暑くて仕方がない。昨日なんて三十五度だぜ? もう十二月だっていうのに信じられないよ。一日じゅう、水ばかり飲んでる。また、銃が結構重いんだ」

早くも上着を脱いでTシャツ姿になっている梵人が「ああ、痛い」と右肩を回す。第一陣の任務は、宿営地をゼロから立ち上げることにあるため、派遣された隊員の八割が施設科からという構成になっている。まさに建設会社がまるまる出張っているようなものだ。普通科からは五十人ほどの精鋭が宿営地の警備のために派遣されている。そのうちのひとりが梵人である。

「そう言えば、昨日、俺がゲートで地ニイの車を見送ったんだぜ。気づいた?」

「そりゃ、気づくよ。体形がひとりだけ丸いから、すぐにわかる」

と梵地がくすくすと笑う。イラクに来てから、なぜかせっかく落とした体重が戻り始め、見慣れた外見に急速に復帰しつつある梵人である。

「あれは何のドライブに出かけているんだ？　最近、ほとんど毎日だろ」

「ここから車で一時間くらいの大きな街に行ってる。国連の連絡事務所があるんだ。各国の担当者が集まって打ち合わせをするから、通訳として同行してる」

ホウと梵天は思わず声を漏らした。実のところ、梵天はまだ宿営地の外に一歩も出たことがない。ひたすら宿営地内で働き詰めの毎日で、イラクに来たはずなのにイラクというものをまともに見ていない。バグダッド空港から宿営地への移動時、輸送車両の小さなのぞき窓から見えた茶色の砂漠の連続だけが梵天の知るイラクの風景である。

「やっぱり、アラビア語が話せるのは重宝されるのか？」

「そりゃもう、天と同じように、こき使われてるよ。今回の一次隊のなかでアラビア語ができるのは僕しかいないからね。外国の将校からもよく質問を受けるよ。地元の新聞を持ってきて、これ何て書いてあるのかって」

宿営地内しか知らぬ梵天にとって、宿営地の外に出向き、しかも他国の人間と仕事するなど、完全に別世界の話に聞こえる。どちらかと言えば童顔の系統ゆえ、せっかく蓄えた口ヒゲもあまり似合ってはいないが、これも現地の人間と接触する機会が多い仕事をこなす上で必要なのだろう。大した弟だと素直に感心すると同時に、

「外はどんな感じなんだ？　危なくはないのか？」

とつい心配もしてしまう。

「落ち着いていると思うよ。今のところトラブルもなく国連の事務所との間を往復できてる。用

心のため、途中のルートは毎回変えて走ってるけど」

「街を歩いたりはできるのか?」

「僕はまだ機会がないけど、大丈夫じゃないかな。日本人のNGOも活動しているしね。それなりに安定していると見ていいと思う」

梵地は膝に置いていた布袋の口を開け、マットレスの上に中身を空けた。

「お、懐かしいな」

と梵天が身を乗り出し、じゃらじゃらと飛び出してきた駒やチップのなかから、雄牛を象《かたど》ったプラスチック製の駒を手に取った。

「わざわざ持ってきていたのか」

「きっと、休みは暇になると思って。せっかくの三人揃っての休みなんだから、ひさしぶりにやろうよ」

「確か、中華料理屋のバックヤードでやって以来か? そうか、あれが一年前か……」

一年、と腹の底から絞り出すように、梵天はもう一度つぶやいた。銀座で貴金属泥棒に入った夜からを振り返ろうとしても、あまりに濃密すぎて、うまく記憶のページをめくることができない。なぜか、中華料理屋のバックヤードの通路にうずたかく積まれた段ボール箱に記された、オイスターソースの銘柄を思い出しながら、梵天はゲームの準備のため、雄牛の駒を赤、黒、青、と三色、集めた。

「ねえ天――、このゲームの名前、覚えてる?」

厚紙でできたゲーム盤を広げながら、梵地が試すような口ぶりで問いかける。むう、と梵天はうなった。これまで何度聞かされても、覚えることができなかった難題である。

「ええと、あれだ、川の名前だ。ちょっと、待ってくれ。チグ、チグ――、そうだ、チグリス・ユーフラテス」

「ご名答」

「日本を出発する前のレクチャーで何度も小隊長が口にしていたからな。さすがに覚えた。そうか、まさにご当地ゲームってわけだ」

「じゃ、もうひとつ質問。この宿営地の近くを流れているのは、どっちの川？　昨日もその川に架かる橋を渡って、国連の事務所に行ってきた」

しばし梵天は首を傾けていたが、

「チグリス」

と鋭く答えた。

「うん、ユーフラテス川だね」

少しがっかりした表情で、梵地はゲーム盤上に描かれた二本の川のうち一方を指差した。

「チグリスもユーフラテスもトルコを源流としているけど、ユーフラテスのほうはシリアを横切ってからイラクに入ってくる。そのぶん、ユーフラテスは流れがゆったりしていて、一方、チグリスはその言葉自体が『矢』という意味もあるくらい流れが速い。イラクの中央部分をこの二本はお見合いするように並びながら流れて、最後は一本に合流してペルシア湾へ注ぐわけ。国連の事務所がある街もそうだけど、イラクでは大きな街は必ず川沿いにあるね。首都のバグダッドも、チグリス川が街の真ん中を流れてる。この宿営地のまわりには一本も見当たらない木も、街にはちゃんと大きなのが生えている。街に近づくと、ナツメヤシの農園をあちこちに見かけるよ。雨が降らないのはどこも同じだから、灌漑で川の水を引いているんだろうね。この前、部族の族長の家に通訳でついていったら、庭にナツメヤシの木がいっぱい並んでいてさ。こっちでは庭に木をたくさん植えることがお金持ちの証なんだって。王が空中庭園を造って緑があることを自慢したバビロンの時代から、富の見せ方が変わっていないなんて、おもしろいよね」

ふうん、とそれまで生返事とともに、駒とチップをより分けていた梵人が、

「これ、何に使うんだった？」

と四角錐の頂上部分だけを切り取ったような形をした駒を指でつまみ上げた。

「聖塔。パネル四枚を敷いた場所に建てたら、もらえる収入が倍になる。あ、それだよ、それがジッグラト」

「ジッグラト？　どこかで聞いたな、それ」

「梵人のフルーツグラノーラだよ」

あ、これのことかよ、と声を上げる梵人の横で、「フルーツグラノーラ？」と梵天が訝しげに眉間にしわを寄せる。

「これがピラミッドの原型だったっけ？」

「という説もある、くらいかな」

「似ていると言えば似てるけど、それよりも要塞みたいだな。本当にこんなものが、このあたりに建っていたのかよ？」

「それのモデルは、ウルのジッグラトだね」

「ウル?」

「シュメールの都市の名前だよ。紀元前二千年のあたり、ウル第三王朝初代の王ウル・ナンムが建てたといわれている。世界遺産にもなったね。今もウルには、このジッグラトが残ってる」

「これが? そのまま?」

「もちろん、ある程度は復元したものではあるけど」

「やっぱり、地ニイはそれを見たい――よな?」

「そりゃ、見たいよ。車を飛ばせばここからウルまで半日あったら行ける。ウルだけじゃない。ウルク、バビロン、ニネヴェ、ニムルド、ニップル、エリドゥ――、イラクはメソポタミア時代の遺跡の宝庫だから」

「せっかく、ここまで来たんだ。行ってきたらいいじゃないか」

「無理だよ」

と即座に梵地は首を横に振った。ついでに、わかってるだろ? と言わんばかりの視線を末弟に送る。休暇であっても、外出はもちろん禁止。必然やることがないため、宿営地内を走ったり、トレーニングルームで鍛えて時間を潰す隊員も多い。近所の街へ買い物にすら行けないのだ。遠方の遺跡観光など夢のまた夢の話である。

梵人がフンと鼻を鳴らし、

「何だよ、嘘ばっかりだな」

と投げやりにジッグラトの駒をゲーム盤に放った。

「俺は覚えているぞ。あのライオン・マダムは、地ニイに『本物のメソポタミアを見せる』って言ったんだ。それがこれか？　砂漠に囲まれた宿営地に引きこもって、せっかくの休日も一歩も外に出られない。なあ、天ニイ、地ニイ——、俺たちはここで何してるんだ？　また俺たちは放っぽらかしか？　もう、二カ月だ。二カ月もこの生活が続いているのに、何も起こらない。いや、四月に入隊したときからずっと同じだ。ひたすら毎日、クソ真面目に訓練して、今はクソ真面目に任務をこなすだけ。これは何かの罰なのか？　もう、あの女が幽霊か何かに思えてくるよ。考えることに俺、もう疲れた」

「僕も……、最近はどうしたらいいのかわからなくなってきた」

と暗い声で梵地が低いコンテナの天井を仰いだ。これまで常にクールを保ち、状況を淡々と受け入れてきた梵地にしてはめずらしく弱気な表情をしている。

梵天は身を乗り出し、梵地の太ももを、

「おい、やるぞ」

といい音とともに叩いた。

「梵人が言っていただろ。あのティラノサウルスの歯はネットオークションでも買えるって。万が一、それで買ったものだとして、わざわざ俺たちにプレゼントする理由は何だ？　タダより高いものなんてない。必ず向こうから、もう一度、仕掛けてくる」

半ば自分に言い聞かせるように、梵天が強く言い切ると、

「おいおい、何だよ、その理屈。だまされたと認めたのか？」

と梵人は口元にニヤニヤとしたものを浮かべつつ、「どうする？　天ニイが開き直ったぞ」と梵天同様いい音とともに梵地の太ももを叩いた。

痛いよ、と梵地は太ももをさすりながら、「そうだね、もう少しの辛抱かな」とひとつうなずいて、

「ご当地での対決ってことになるのか、負けないぞ」

と盤上に転がったジッグラトの駒を集めた。

「確か天が連勝中だったよね。十連勝くらいだった？」

「十三連勝だ」

と即座に訂正を入れたのち、梵天は榎土《えのきど》三兄弟暗黙のルール「第一手は長兄から」に従い、黒色の雄牛の駒をゲーム盤に置いた。

＊

とにかく一度決めたことは最後までやり遂げることをよしとする梵天ゆえ、オセロや将棋といった先の先を読み、臨機応変に手を変える必要があるゲームは、小学校の頃から苦手である。

しかし、二本の川に囲まれた砂漠の地で、それぞれ打ち立てた文明の質を競う、というこの風変わりなゲームだけはなぜか強い。記念すべきご当地での対戦でも二回連続勝利し、連勝記録を十五まで伸ばした。機嫌もよろしく、晩メシにでも行くかと片づけに入ろうとしたとき、コンテナのドアをノックする音が聞こえた。

梵天が返事をする前にドアが開いた。

「おう、榎土」

そこに立っていたのが小隊長であったこともあり、さらにどの榎土かわからなかったこともあり、三兄弟がいっせいに起立する。

狭いベッドとベッドの間に立つものだから、お互いに肩がぶつかってよろけ合うのを見ながら、

「そっちの二人は、お前の弟か」

と小隊長が梵天に向かって訊ねる。

「ハイッ、弟たちです」

「何だ、なら探す手間が省けたな。ちょっとお前たち、これから隊本部に顔を出せ」

と小隊長は腕時計を確認し、「ヒトハチマルゴー、遅れるな」と十分後の時刻を告げ、素早く去っていった。

突然の砂嵐に出くわした気分で、三人はしばし立ち尽くす。

ようやく梵人が声を上げた。

「え、俺と地ニイも行くのか?」

「お前たち……、って言っていたよね」

「でも、今の天ニイの上司だぜ」

確かに施設隊の小隊長が、直接の部下ではない本部付隊や警備小隊の隊員に命令を下すのは妙ではある。しかし、自分たちで判断できることでもなく、壁に引っかけていた、国連を意味する「UN」と記された水色のキャップを梵天が手に取るのを見て、弟たちも続けてポケットにねじこんでいたキャップをかぶった。

コンテナの外に出るとすでに夜である。十二月に入ったイラクは午後五時には日が沈む。これ

から気温が一気に下がり、昼間の暑さとはうって変わって、明け方近くには十度以下まで落ちこむため、風邪を引く隊員が多いのもやむを得ないというやつである。

　コンテナの間を小走りで向かった先に、隊本部が見えてきた。もっとも隊本部とは名ばかりの、ただの二階建てのプレハブ小屋である。一階には「イラク派遣支援活動隊」と大きく墨書された木製の表札が掲げられているが、建物の脇に重機が並べられているせいで、どう見ても建築現場の詰所のたたずまいだった。

　来客だろうか、車両が三台、入口前に停められていた。隊本部のドア前で梵天はいったん足を止めた。お偉方が集うこの建物にこれまで用もなければ、足を踏み入れたこともない。隊本部に顔を出せと小隊長には言われたが、このまま中に入っていいものか――と考える間もなく、梵人があっさりとドアを開け、すたすたと入ってしまった。

「オ、オイ、いいのか」

「ああ――。俺、毎日ここで警備小隊のミーティングやってるから」

「僕もよく二階の部屋で会議してるよ」

　と梵地も躊躇なくあとに続く。

　弟たちの勢いに引っ張られるように、梵天はドアを潜った。階段手前の小さなホールが三兄弟を迎えるが、誰もいない。右手の壁に貼りつけられた隊旗がまず目に入った。その隣には、同じく大きなイラクの地図だ。

　自分たちが立っている場所はどこかと探すまでもなく、地図の左上のほう、シリア国境に近いあたりに赤いマーキングが施され、日の丸のシールが貼られていた。改めてイラク全体から宿営地の位置を俯瞰してみるが、まったく土地鑑というものが湧いてこない。首都のバグダッドよりも、国境を隔てた隣国シリアのほうがよほど近いという地理についても、もちろん実感はない。

「あのバングラデシュの国旗さ――」

と隣にやってきた梵人が地図を指で示す。

日の丸シールの下には、敷地が隣り合うかたちで、この宿営地を共同管理しているバングラデシュとインドの国旗シールが貼りつけられていた。前者の国旗は、特に懐かしい。日の丸の白部分が深緑色に塗られたデザイン。あれは中学生のときだった。梵天がはじめて三秒を意識的に試した日、畳をすり抜けた先で階下の住人がお祈りをしていた。部屋の壁には、あのバングラデシュの国旗が飾られていた。

「なあ、天ニイ。前から気になっているんだけど、あの真ん中の赤い丸、ズレてないか?」

急に何を言い出すのかと、梵人の顔に視線を向けるが、当人は至って真面目な表情で地図を睨みつけている。

「どういうこと?」

と梵地がにゅうと二人の間に長い首を突き出してきた。

「俺が警備しているゲートの正面にさ、看板が立っているんだ。そこに日本とインドといっしょにバングラデシュの国旗もでっかく描かれているから、毎日目にするわけだけど、何だかズレている気がするんだよな」

「ズレてるって、あの真ん中の赤丸か?」

梵天は地図に視線を戻した。上下に並ぶ日の丸とバングラデシュの国旗を見比べてみるが、同じ中央に丸があるとしか思えない。

「ほら、よく見てみろよ。バングラデシュのほうが少しだけ左にズレてないか？」

どれどれと、梵天と梵地が揃ってバングラデシュの国旗をより注視しようと首を伸ばしたとき、

「オイ、お前たち、何してる。早く上がってこんか。隊長が待っとるんだッ」

といきなり野太い声が降ってきた。

三人同時に肩をびくりと震わせ振り返ると、二階へと続く階段の踊り場から、小隊長の険しい顔が見下ろしている。

あごでついて来いと伝え、姿を消した小隊長のあとを追って梵天たちも急ぎ階段に向かう。

「なあ、地ニイ――、今、隊長って言ったよな」

「うん、言った」

「おかしいだろ、隊長が俺たちに用事なんて。待てよ、これと同じシーンをどこかで見た気がするぞ」

弟たちのささやき声を聞きながら先頭で階段を上りきると、廊下の突き当たりに小隊長が立っていた。

「入れ」という手招きに従い、小隊長の横で開け放されたままのドアから、

「榎土三士、入室します」

「榎土三士、入室します」

「榎土三士、入室します」

と三人が続く。何とも間抜けな登場だが、これぱかりは仕方がない。

正面の机に隊長が座っていた。

今日は休暇だったゆえ、昨日の朝礼以来の隊長になる。

宿営地に勤務する一次隊約三百人を率いるこの隊長は、とにかく笑わないことで有名だ。肉づきのよい顔の真ん中で、常に切れ長の目を光らせている。実際にこの二カ月、梵天は彼の笑顔というものを見たことがなかった。

これまで一度だけ、隊長から直接声をかけられたことがある。

一次隊の全員がイラクに到着したのち、宿営地じゅうの重機をずらりと並べ、安全祈願式が執り行われた。たまさか前列で整列していた梵天含む隊員四人が、隊長とともに、事故が起こらぬよう清めの酒を振りまく役目を仰せつかった。日本から持参した紙パックの日本酒を渡され、白の塗装に統一され、横っ腹に「ＵＮ」とでかでかと記された重機に酒を振りかけていった。

隊長の清め方は豪快だった。

何か腹が立つことがあったのかというくらい、紙パックの日本酒をショベルカーに向かってシェイクする。隣で控えめにブルドーザーに紙パックの中身を垂らしていた梵天に、

「オイ、もっと、あちこちかけろ」

と重低音で命じてきたので、「ハイッ」と梵天も上官にならって勢いをつけてシェイクした。

そんな一度きりのコンタクトを覚えているはずもないであろう隊長が、

「これが榎土三兄弟か」

と机の向こうから、やはり笑みのない視線を向けている。隊長も鼻の下に口ヒゲを蓄えているが、こちらは迫力ある顔相にさらにドスの利いた雰囲気を上乗せさせる効果を生んでいた。隊長

の左右の壁には、エリア毎に色分けされた地図や写真、プレートやタペストリーがところ狭しと飾られ、背後のホワイトボードには「施設・来隊予定」と記された下に、日付とアルファベットがぎっしりと書きこまれていた。机の上はきれいに片づけられ、なぜか野球のグローブが隅にぽつんと置かれ、茶色に汚れたボールがその間に挟まっていた。

「お前たち、三つ子なのか?」

「ハイッ」

と梵天が代表して返事する。

「真ん中のお前は、何度も通訳でいっしょに仕事をしているな」

「ハイッ」

と今度は梵地が返事する。

そうか三つ子か、似てるような、似てないような、いや、似てるのか、とぶつぶつとつぶやきつつ、じっくりと三人の顔を見回している隊長に、

「本当に、この三人でいいのですか。まだ新隊員です」

と梵天たちの斜め後ろに立っている小隊長が発言した。その声には確認を求めているというよりも、どこか抗議の響きが宿っているように、梵天の耳には感じられた。

「仕方ないだろう、そういう指示だ。準備はできているのか?」

「ラブとコーキが待機中です」

「向こうが言ってきた時刻は」

「ヒトキュウマルマルです」

ヒトキュウマルマルとは十九時ジャストのことである。隊長は壁を見上げた。壁には時計が二個並んで掛けられていた。「イラク」と書きこまれたガムテープの下の時計は十八時十分、「日本」と書かれたガムテープの下の時計は二十四時十分を示している。日本とイラクの時差は六時間。ただ今、日本は深夜である。

「まったく、こんな急な話、どこのどいつがGOサインを出したんだ――。バグダッドの大使館まで電話をかけてきたんだぞ。オイ、広報班は誰が行くんだ？　班長は朝からいないのか？」

「エチオピア軍の宿営地から、今日じゅうに帰ってくる予定ですが、まだ――」

「待てないのか」

「帰隊にあと一時間はかかるかと」

時計から顔を戻した隊長は、

「わかった」

とこの場にいる人間よりも、自分に言い聞かせるようにうなずき、

「榎土二士――、そうだ、三人ともだ」

と三兄弟に鋭い眼差しを向けた。

「これより、宿営地外における特別任務を命じる。時間がないため、これから車両に移動、すぐに出発せよ」

隊長は背もたれに背中をどしんと預けたのち、鼻から物憂げにため息を吐き出し、

「銀亀《ぎんがめ》三尉、同行よろしく頼む」

と梵天たちの後方に向かって声をかけた。

「承知しました」

驚いて振り返ると、ドア脇に女性がひとり立っていた。梵天たちよりもあとから入室したのだろうか、それともはじめからそこにいたのに、小隊長の大柄な身体に隠れて見えなかったのか。その顔を確かめる暇もなく、一礼ののち女性は「先に移動ルート、確認しておきます」と部屋から出ていった。

「いいか、榎土二士」

小隊長の声に三人は揃って「ハイッ」と返事する。

「特別任務であるが、準備は特に必要がない。そのままの格好で向かってよし――」

続いてその特別任務とやらの内容を教えてもらえるかと思いきや、

「すでに車両は待機させてある。すぐに移動を開始せよ。以上」

と小隊長はあっさり切り上げてしまった。

そのまま、「よし、行くぞ」と小隊長が先だって部屋を出て行こうとしたとき、

「あの、隊長。俺たち三人とも、今日は休暇なんですけど」

と梵人が明らかに不満げな調子で声を発した。

自衛隊の雰囲気として、階級が離れれば離れるほど、双方向の会話というものが行われなくなる。階級的にもっとも下っ端である二士が、小隊長ならまだしも、この宿営地におけるトップである隊長にいきなり話しかけるなど、しかも、異議を含んだニュアンスで発言するなど、もはや起こり得ない事態である。

隊長も虚を衝かれたようで、梵人の丸っこい身体をしばし眺めていたが、どこか困ったような、

もしくは相手をなだめようとするような、唇の動きよりも目の下の筋肉のほうから訴えかけるような笑みをほんの一瞬、浮かべた。

はじめて見た隊長の笑みだった。

「行け」

とだけ、隊長は短く命じた。

すでに何も笑っていなかった。

何だか、強烈に嫌な予感がした。

*

隊本部の前では、エンジンをかけた車両が待機していた。隊本部に到着したとき、すでに停まっていた三台である。

いきなり隊長の前に立たされた緊張から解放され、ホッと一息つく暇もなく、

「真ん中のコーキ（高機動車）だ」

と小隊長が指差す。まさか、自分たちが乗るための用意だったとは思いもしなかったが、それは運転側も同じようで、

「何だ、お前を乗せるのかよ」

とドライバーの警備小隊の隊員が梵人を見て拍子抜けしたような声を発した。

「コーキ」とは、荷台の部分を幌で覆ったごついジープのような外見の車両である。後部ドアか

ら乗りこもうとして、

「あ、ヘルメット忘れた」

と梵地が頭の水色のＵＮキャップを手で押さえた。

「構わん、早く乗れ」

と小隊長に急かされ、三兄弟が荷台に乗りこむと、すぐさま小隊長は観音開きになっているドアの片側を閉めた。

「あの、我々はこれからどこへ――」

もう片方のドアが閉められる前に、梵天はたまらず質問した。

「心配するな、新聞の取材を受けるだけだ」

「新聞？」

「お前たち三人を記事にしたいんだってよ」

「我々を？　な、何で？」

「お前たちが三つ子だからだよ。どこから聞いたのか知らんが、いきなりこっちの新聞社からコンタクトがあって、ＰＫＯに参加している日本隊の三つ子を取材したいと言ってきたんだ。隊長はそんなの明日にしろと、いったん断ったが、そのあとから、バグダッドの日本大使館やら、イラクの地元の政治家やらが電話してきて、どうしても明日の新聞に間に合わせたいからとか何とか――。もう、時間がない。イラクとの友好の架け橋になってこい」

写真を撮るときはしっかり笑えよ、といっさい笑みのない顔で告げ、小隊長はばたんと後部ドアを閉めた。

すぐさま、コーキよりは小ぶりな外見だが、いかにも頑丈そうな前方のラブ（ＬＡＶ・軽装甲機動車）が動き出す。ほぼ同時にコーキもゆっくりと発進する。後部ドアの窓越しに後続のラブのヘッドライトが見える。つまり、前後のラブはこのコーキの護衛という位置づけで、榎土三兄弟を無事、目的地へ運ぶために走っていることになる。先輩の隊員が「何でお前のために」という顔をするわけだ。

荷台にはシートが左右に設置され、三兄弟は向かい合う格好で座っている。しばし無言で三人とも車の揺れに身を任せていたが、宿営地のゲートを出てしばらく走ったあたりで、

「これって、どう思う――？」

と身体を前のめりにして、ドライバーと助手席の隊員には聞こえぬよう、梵人が兄たちに顔を近づけてきた。

「天ニイのコンテナに小隊長が現れたとき、『来た』と思ったんだ。呼び出し方が、石走《いわばしり》のときにそっくりだったからな。地ニイもそう思ったろ？」

コンテナを出る時点では小隊長の命令を額面どおりに受け止めていた梵天だが、今となっては梵人の言う「来た」が何を意味するのか理解できる。梵地も同じ認識なのか、梵人の問いかけに否定の言葉を発しない。

「取材とか何とか、それって本当の話と思うか？」

と探るような眼差しを向けてくる末弟に、梵天は腕を組んで、荷台を覆う幌にはめこまれた窓から外をのぞいた。ついに宿営地の外に出たにもかかわらず、何も見えない。どこまでも砂漠が広がっているのだろうか。真っ暗な海を渡るかのように、コーキは結構なスピードで道路を突っ

走っている。

「これだけの人数を揃えて出発するくらいだから、正式の任務だろうし、取材の件は本当じゃないかな。小隊長がそう言ったわけだし、隊長にも話が通っているんでしょ――？」

と慎重な口ぶりで梵地が先に答える。

「天ニイは？」

後続のラブがぴたりとついてきているのを、後部ドアの窓越しに確認してから、梵天は末弟の顔に視線を戻した。

「少なくとも、ライオンは出てこないだろうな」

確かに、と梵人は乾いた笑いを浮かべ、屈んでいた上体を起こし、背後の幌の布地に頭を預けた。

誰もが女の存在を念頭に置いているはずだが、直接は口にしない。重い空気が車内に漂うなか、ときどき無線の受け答えをするドライバーの「了解」という低い声が、エンジン音に紛れて聞こえてくる。

ふたたび梵人が両膝に肘を置き、「あのさ」とどこか重たげに口を開いた。

「もしも、ライオンが俺たちの前に出てきて、いきなり襲いかかってきたら、やっぱり撃つのかな？」

何を言い出すのかと梵天は眉間にしわを寄せつつ、

「そりゃ――、誰かが銃を持っていたら撃つだろう」

と律儀に返事する。三兄弟は丸腰だが、他の隊員は基本の装備として小銃を携行しているはずだ。

「発砲するのか?」

「あんなのに本気で襲われたら、イチコロだぞ」

息継ぎがはっきりと聞こえるほどの距離で目撃した、嘘のように鮮やかな顔の隈取り、太い前脚、濡れた鼻先――、本物の獣の迫力を改めて思い返す。

「知ってるか、天ニイ? これまで何度も海外に派遣されているけど、自衛隊は一度も海外で発砲したことがないんだ」

「そんなこと言ってる場合じゃないだろう。撃たないと食われるんだぞ。まさか、素手でライオンと戦うのか?」

「それくらいデリケートな問題だってことだよ」

「別に俺は無理にライオンを撃ち殺したいわけじゃない。だいたい何の話だ、これ」

足元に置かれた段ボール箱から、測量用の機材を手に取り観察していた梵地が、

「もしも襲われたなら、たとえライオンを撃っても、それは正当防衛になるから、『自身を守るための必要最小限の武器使用』ということで、PKO活動中の発砲は認められているんじゃないかな――」

と冷静な口ぶりで話に加わってきた。

「お、さすが、地ニイ」

と梵人がピアノの鍵盤を叩くように、膝の上で指を跳ねさせる。

「じゃあ、もしも隣のバングラデシュ軍がライオンに襲われて、助けてくれ、って言ってきた

ら？」

「その場合は——、『駆けつけ警護』というやつになるのかなあ。まだ前例はないよね」

梵地はちらりと兄と弟の表情を確かめる。両者ともに言葉の意味を把握していないと的確に見極めたようで、

「『駆けつけ警護』というのは、集団的自衛権の行使で——、つまり、簡単に言うと、仲間が危ないとき、武器を持って助けにいく任務のことだよ」

と解説をつけ加えてくれた。

「あ、でも、武器を使っていいのは、相手から撃たれたときだけか——」

あごに手をあて、真面目な顔で考えこむ梵地に、

「そんな小難しい話になるのか？　ライオンを撃っても戦争にはならないぞ。それにバングラデシュの連中も、ライオン一匹なら自分で何とかするだろ」

と梵天は呆れ顔で言葉を返した。

「まあ、それもそうだね。相手が人であることがまず第一だからね」

と梵地はあっさりとうなずくと、

「でも、どうしたの、梵人。何だか、めずらしいね」

と末弟に視線を向けた。「めずらしい」というのは、似合わない話題のチョイスだという意味だろう。

梵人は膝に触れる指の動きを止め、アルファベットの「C」のかたちを人差し指と親指で作り、顔の前に持ってきた。

「何だ、それは」

「実は俺、中即連に配属されてイラク行きが正式に決まってから、図書室の本を読んだんだ。こんな分厚い本を何冊も借りた」

どうやら「C」は、本の厚さアピールだったらしい。

「何で、また」

「そりゃ、安心したかったからさ」

「安心？」

「二人はすっかり忘れているだろうけど、天ニイには恐竜、地ニイにはメソポタミアと来て、最後に俺があの女から言われたのは、『あなたのいちばんの望みは、本物の戦い』だからな。何だそれ、と思っていたら、あれよあれよという間に自衛隊に入隊だ。やっと訓練期間が終わったと思ったら、今度はイラク行きが決定だ。何かがじりじりと近づいている気がしてくるだろ？　だから、調べたんだよ。本当にそんな目に遭う可能性はあるのかなって」

「そんな目？」

と訝しげに問い返す梵天に、

「わかるだろ？」

と梵人は皮肉っぽい笑みを唇の端に浮かべた。

「『本物の戦い』だぞ。要は戦争ってことさ。それで、中東の情勢やら、ＰＫＯ活動の歴史やらを書いた小難しそうな本を図書室から借りて勉強したわけだ。もちろん、わかってる。戦闘地域には派遣しないという前提で、俺たちＰＫＯ部隊は送られるわけだから、戦争がいきなり始まることはない。俺たちの任務はあくまで、シリアとの国境で兵力引き離し監視をしている本隊の後方支援、最前線にいる連中に比べたらはるかに安全な場所にいる。でも、何もかも予定どおりに進むかどうかなんて、誰にもわからないだろ？　いくら大丈夫と言われても、日本に残された家族はイラクに旅立った隊員を心配するんだ。同じように、俺は俺を心配したわけだ」

「それで――、お前は安心できたのか」

「できないね」

と梵人は即答した。

「問題の中心には、あの女がいる。改めて俺は確信したよ。マダム本人から話を聞かないことには、俺の心に平穏は訪れない。あのとき、電話番号を訊いておけばよかった」

道路の舗装状態がよくない場所を通過するのか、コーキが急に減速する。続いて訪れる、がったんごっとんという荒削りな揺れに身を任せながら、

「これ、どこへ向かっているんだ？　地ニイの通っている国連の連絡所がある街か？」

と梵人はフロントガラス越しに映る前方の様子を指差した。

「いや、国連のほうじゃないね。もうひとつ、大きめの街があるから、そっちに向かっているのかも」

梵地の言葉のとおり、急に道路脇に建物が見え始めたかと思うと、車はいつの間にか街の中に入っていた。傾斜のある道の両脇に店が並び、ショーウィンドーの明かりが店前にたむろする男たちを照らしている。歩いている男はだいたい電話しているか、スマホをのぞきこんでいる。軍用車両が道を進んでいても、誰も注意を向ける様子がない。

「停車、了解」

ドライバーの声とともに、車が停まった。

すぐさま、助手席の隊員が外に出る。水色の「ＵＮ」ヘルメットが、幌のビニール窓を横切り、後部ドアへと回るのが見えた。やけにヘルメットの位置が低いなと気づいたとき、後部ドアが開いた。

「降りて」

あ、と梵天は声にならぬ声を発した。隊長の部屋で先に退出した女性隊員がそこに立っていた。

「これより、新聞社によるインタビューを受けてもらいます。取材時間は三十分。すべて屋内で行うとのことなので、三人は私についてきて」

とはきはきした口調とともに、もう一枚のドアを開けた。

「銀亀三尉です」

と女性が自己紹介する。

「榎土二士です」

「榎土二士です」

梵天と梵地が名乗り、最後に梵人が締めようとしたとき、

「わかってるから」

と遮られた。

ヘルメットとサングラスで顔を覆っているため、助手席に座っていることにまったく気づかなかった。三尉は前後のラブから降りてきた隊員に、ここで待機するよう指示し、肩から提げた無

線機で現場に到着したことをどこかへ伝えていた。

三兄弟がコーキから下車した途端、真上から大音量の男の声が聞こえてきた。驚いて顔を上げると、建物の角に設置されたスピーカーから、詩吟にも似た発声法でお経のような言葉が流れ始めた。

「アザーンだね」

と梵地が空を指差す。

梵人が「おお、それっぽい」と声を上げる横で、銀亀三尉は慣れているのか、まるで聞こえていないかのように隊員たちと打ち合わせを続けている。

やけにエコーを効かせたアザーンは、捉えどころのない、くねくねとした音律を従え朗々と空に響き渡る。梵地がさっそく解説するところによると、これは祈りの言葉そのものではなく、教徒に礼拝を呼びかける時報のような意味を持つらしい。こんな大音量でなくても聞こえるだろうと思いつつ、異国にいるという事実を、梵天はイラクに到着して以来、はじめてといっていいほど実感した。

車両が停止したのは、カフェの正面だった。歩道には小さな木の机が並べられ、そこでご老人がアザーンの大音量を浴びながら、ちびちびとガラスのカップに入った紅茶を飲んでいた。カフェのガラス戸が開き、ヒゲをたっぷりと生やし、腹をぽっこりと突き出した、鮮やかなオレンジ色のワイシャツを着た中年男性が姿を現す。笑顔で隊員たちに手を挙げ、「ハロー、ジャパニーズ！」と朗らかにあいさつした。

三尉が男の前に進み、ふた言、み言、やり取りをしたのち、

「このカフェの中で取材を受けます」

とアザーンに負けぬ声を張り、三兄弟に告げた。

いつの間にか、サングラスを外していた銀亀三尉と、梵天ははじめてまともに視線を合わせた。なぜか、ずいぶん驚いていた。

小柄な体格ゆえに、三兄弟を見上げる格好になる銀亀三尉は、とても大きな目をしていた。しかも、何かとんでもないものに出くわしたかのように、いかにもびっくりしたという眼《まなこ》をこちらに向けているのだが、梵天には何ら心当たりがない。変なものでもついているのかと己の服装を確かめたら、隣で同じことを考えたのか、梵人がそれとなく自身の迷彩柄の上着をのぞきこんでいた。

三尉は頭をすっぽりと覆う水色のヘルメットを外し、隣の隊員に預けた。ポケットから取り出したUNキャップをかぶり、ふたたび面を上げたとき、やはり驚いた目で返された。

驚いたまま、「行きましょう」と三尉はカフェの入口に向かった。

「ウェルカーム」

クセのある英語とともに、満面の笑みで両手を挙げるオレンジシャツのヒゲの中年男性が銀亀三尉と握手をする。梵天、梵人と続き、最後に握手を交わした梵地がアラビア語で何か返すと、大げさなくらいに相手は驚いたのち、ワッハッハと笑って一行をカフェに招いた。

カフェの中は思ったよりも広く、賑わっていた。もっとも、カフェというより、梵天の感覚では食堂に近い雰囲気である。天井から吊るされたテレビに映るサッカーの試合を、男たちは足を投げ出し、小さなグラスで紅茶を飲みながら穏やかに観戦している。もしくは、丸テーブルを囲んで、水タバコをやりながら議論している。難しい顔でバックギャモンに興じている二人もいた。迷彩柄を身に纏う梵天たちが登場しても、誰もがちらりと目線を寄越すくらいで、ほぼ無視である。

オレンジシャツの中年男性はそのまま「カミン、カミン」と先導するかたちで、厨房脇の通路を進んでいく。通路奥のドアは開け放され、部屋の中に若い男が立っているのが見えた。スーツ姿で黒縁メガネをかけた男は、首から立派な一眼レフを提げ、いかにも記者のたたずまいである。

「失礼します」

と梵天は一礼とともにドアを潜った。

八畳ほどの部屋の中には、大きな四角テーブルとそれを囲むように丸イスが十脚ほど並んでいた。座っていいものかわからず壁際に並ぶ日本人チームの前で、黒縁メガネとオレンジシャツが早口でアラビア語のやり取りを交わし、その後、オレンジシャツが銀亀三尉に腹を突き出しながら、英語で話しかけた。

「先に写真を撮ります」

梵地がアラビア語を訳したほうが早い気がするが、銀亀三尉の言葉に三兄弟はいそいそとキャップの位置と襟元を整えた。オレンジシャツが開けっ放しのドアから厨房に向かって、大きな声で何やら伝えた。すると、四人の若者が続々とやってきて部屋の片づけを始めた。

部屋には奥にもう一つドアが備えつけてあった。そのまま裏手につながっているようで、厨房からの助っ人はそこからどんどん丸イスを外へ持ち運んでいく。

四脚のイスを残し、男たちはテーブルまで外へ運び出してしまった。オレンジシャツがようやく梵天たちに向き直り、イスを横一列に並べ、「プリーズ」と手で示した。

黒縁メガネが正面でカメラを構え、調整を始める。銀亀三尉とともに梵天たちがイスに腰を下ろしたところへ、厨房側のドアから大きなお盆を手に、老人が部屋に入ってきた。同じタイミングで、今度は裏手からテーブルを運び終えた四人が部屋に戻ってくる。

狭い部屋なのに、やけに人口密度が高いと思ったとき、右隣に座っていた梵人が、

「あ」

と声を上げた。

同時に梵人は立ち上がろうとしたのだが、ちょうど彼の目の前に、老人からお盆を受け取ろうと一歩下がった、オレンジシャツの大きな尻が位置しているために動くに動けない。

梵天はそれを横目に捉えつつ、真正面で老人が急に足をもつれさせ、手渡そうとしたお盆がぐらりと傾き、紅茶で満たされた小さな透明グラスが次々と地面に落ちていく様を、まるでスローモーションを眺めるように目撃した。

声を発することもできなかった。

ガラスが割れる派手な音とともに、足元に紅茶が飛び散る。思わず、ブーツを引っこめたとき、

「きゃッ」という声が真横から聞こえてきた。

何事かと反射的に首を回す。

そこにいるはずの銀亀三尉の顔が消えていた。

いや、消えていたのではなく、頭からすっぽりと黒い袋のようなものをかぶせられていた。

次の瞬間、梵天の視界も黒に染まった。いきなり尻の下からイスの感触が消え、その場に転倒

する。何がどうなっているのかわからぬうちに、手と足を何者かにつかまれた。アラビア語らしき声が荒々しく飛び交う隙間に、テープがびりりと伸ばされる音が聞こえる。

あっという間に手足を拘束され、

「梵人ッ、梵地ッ」

と声を発した途端、身体が浮いた。何者かに持ち上げられたのだ。乱暴に身体が揺れ、砂利を踏む音が聞こえたのち、硬い感触の地面に放り出された。起き上がる間もなく、すぐさま重い振動とともに隣から何かがぶつかってきた。「待って、待って」という声からして梵地のようだった。さらにその隣に「いてッ」という梵人の声。最後に女性の短い悲鳴が重なり、胸と太ももの上にずしりと重いものが載った。

スライド式のドアが大きな音を立てて閉まるのが聞こえ、身体の下からエンジンがかかる振動が伝わってきた。

布越しの苦しい呼吸を続けつつ、梵天はイラクに来てはじめての三秒を使った。

顔を覆っていたものをすり抜けると、迷彩柄を着こんだ日本人四人が並んで転がっているのが見えた。ワゴン車の荷台のようだ。四人とも頭に黒い布袋をかぶせられ、手足を拘束されていた。各自の太ももと胸の上には、絨毯を巻いたものが四人を横断するようにして載せられていた。

もう一度三秒を繰り出し、車の外まですり抜けた。

ワゴン車の脇に、オレンジシャツの中年と黒縁メガネの若い男が立っていた。オレンジシャツは殺気だった声を発し、四人の若者を店に追い返し、ワゴン車の側面を二度、手で叩いた。砂利を踏みつける音とともにワゴン車が発進する。残された二人は車が向かう先とは反対の暗い路地へ走り、あっという間に視界から消えた。

＊

「何で気づかなかったんだ」

「無茶言うなよ」

「あのイスを運んだやつらが、俺たちの後ろまで回って袋をかぶせてきたんだぞ。何のために、お前の三秒はある」

「仕方がないだろ？　じいさんがお盆をひっくり返すのが先に見えたんだ。そっちに意識を持っていかれてしまったんだよ」

自分を挟んで梵天と梵人がやり合うのを黙って聞いていた梵地が、

「これ、僕たちの上に載っているのは何？」

と声を上げる。

「絨毯を巻いたやつが二本だ」

「だから、布越しに入ってくる空気が何だか埃っぽいのかよ――」

というつぶやきののち、力をこめているのか、しばらく梵人のうなりが聞こえてきたが、「駄目だ、動かない」と早々にあきらめの言葉に変わった。

「ねえ天、運転席は確かめた？」

「二人いる。店にはいなかった顔だ。両方とも、かなり若い」

「銃は？」

「わからん。手には持っていない」

「電話は？」

「出発してすぐに一度きりだ。何を話していたか、聞こえてこなかったか？」

「何も――、だってこれだよ？」

梵地が言わんとするところは車が出発したときから、大音量で車内に流れている陽気な音楽のことだろう。イラクポップスというやつなのだろうか。そのくねくねとしたクセのありすぎる歌声は、梵天の耳にはかつての職場だった、工務店近くのインド料理屋で流れていた音楽と変わらないものに聞こえる。

「おい梵人、そっちは大丈夫か？」

「全然、大丈夫じゃない。胸の上の絨毯が苦しい」

「お前じゃない、彼女だ」

先ほどから沈黙を守っているもう一人の存在にようやく気づいたのか、「あ、そうか」と梵人が間抜けな声を発する。

「あの、銀亀さん。いや、銀亀さんはマズいのか。銀亀……、ええと、何だったっけ？」

「三尉」

と梵地が助け船を出す。

「サンキュー。銀亀三尉、大丈夫ですか？」

しばらくの間が空いたのち、

「大丈夫だって」

という梵人の声がやかましい音楽の間から届いた。

それでも念のため、三秒を放つ。ふわりと浮き上がり、巻いた絨毯の下敷きになっている四人を見下ろす。まるで臨死体験みたいだと思いながらドア脇の三尉の身体に近づいた。隣に転がっている梵人に厚みがあるお陰で、絨毯の圧の大半を彼が引き受けている様子である。三兄弟と同じく、手首、足首をガムテープで巻かれ、肩から提げていた無線機は取り去られていた。

「おい、梵地」

意識を戻したのち、ほぼ真横にある梵地の頭に向かって、梵天は布越しにささやいた。

「これってマズいやつか？」

「テロリストに拉致されたかってこと？」

核心を衝くストレートな返答に思わず梵天は言葉を呑みこむ。

「運転席の様子は？」

梵地のささやきに、梵天はまたも旅立つ。運転手がいかにも緊張感が欠けた顔つきで、鼻をほじりながらハンドルを握っていること、助手席のサッカーチームのユニフォームを着ている男はずっとスマホをいじっていて、のぞいたところドラマらしきものを視聴中、日本人が転がっている後部の荷台スペースにいっさい関心を払っていないことを伝える。

「わからないね。ただの運搬役なのかも」

さらに様子を探ろうと意識を集中したとき、突然、車の床が跳ねた。反動を食らって、身体が一瞬浮き上がる。舗装道路から進路が外れたのか、横方向の振動も加わってきて、梵地の身体がぐいぐい隣から寄ってくる。とても三秒どころではない。膝を曲げて、尻を突き出し、何とか自分のスペースを確保するが、身体の上の絨毯がとにかく邪魔である。

乱暴な運転を囃《はや》したてるかのように、脳天気な歌声が車内を駆けめぐる。またひとつ大きな振動に身体が跳ねる。絨毯も連動して跳ね上がり、身体に厚みがある者から順に絨毯の着地を受け入れるようで、梵人がしきりに「う」と声を上げていた。

三十分以上、悪路のドライブは続いただろうか。イラクポップスの大音量と車体の振動とのコラボに加え、顔を袋で覆われた息苦しさのせいで、そろそろ意識がぼんやりとしかけた頃、ようやく車が停まった。

エンジンが切られ、音楽がストップしても、いまだ床面が揺れ、耳の底で何かが鳴っている感覚が消えなかった。布越しに何度も深呼吸するうち、少しずつ音楽と振動の気配が引いていく。

運転席と助手席のドアが開く音、男たちが外に出る音、早口で話す声――、それらが布袋の内側で、己の荒い呼吸音に混じって聞こえてきた。気分が悪いなどと言っている暇はなかった。眉間に意識を集め、ふわりと浮き上がり、そのまま一気に車外へ飛び出した。

完全な夜の闇が周囲を圧していた。

梵天たちを積んだワゴン車の、つけっ放しのヘッドライトだけがぽつんと明かりを発している。周囲には建物の影も、光も、まったく見当たらなかった。かすかな足音とともに、闇の向こうから唐突に男が一人近づいてきた。銃のような影がその手元に一瞬見えた――、そこで三秒は終了。まさか本物の銃じゃないよな、とふたたび集中を呼びこもうとしたとき、車のドアが勢いよくスライドする音が聞こえた。身体の上の絨毯がずりずりと移動していく。これでは集中は無理である。二本の重石が消え去っても、いきなり起き上がることなどできなかった。うめきながら身体を左右にずらし、固まった筋肉をほぐしていると、

「車から、降りる」

という日本語がいきなり降ってきた。

「誰だ、お前？　どこのどいつだよ。何で、そんな変なイントネーションで話すんだ？」

すぐさま梵人が反応するのを聞きながら、意識を集中させた。

開け放たれたドアの前に立つ男は、黒い目出し帽をかぶっていた。車内の天井の照明がかすかに顔を浮かび上がらせるが、空いた口と目の部分から見出せる情報は何もなかった。肩から斜めがけに提げているものは銃だった。砂漠用の白い迷彩が施されている。あちこちテーピングが巻かれ、明らかに使いこまれた様子がうかがえた。

「おい、やめろ――、梵人」

「だって、日本語通じるんなら、ちゃんと説明してもらわないといけないだろ」

「相手の言うとおりにするんだ」

「嫌だね。俺は結構、頭に来ているんだ」

「銃を持ってる。本物だ」

それきり梵人はおとなしくなった。

「降りろ、外で、立つ」

変わらずたどたどしい発音で男は命令する。ドアに接する位置で寝かされているのは銀亀三尉だ。梵天が漂っている前で、男は足のテープを素早くナイフで切り離したが、手の拘束と頭の布

袋はそのままに、三尉の腕を支え車の外へ導いた。そこにはいつの間にか、新たに四人の男が立っていた。どう見ても一般人の体格ではなかった。肩に固定した懐中電灯が、お互いの目出し帽と軍用ベスト、胸元の小銃を照らし出していた。

「お前、名前なんていうんだ？　何かのテロ組織なのか、これ？」

車から降ろされながら、梵人がひっきりなしに話しかけるが相手は何も返さない。

梵地が続き、ようやく最後に梵天が外に出る。

すっかり肌寒くなっている空気にさらされ、思わず身震いする。アラビア語のやり取りが聞こえている間に、目の前に立つ長身の弟の肩口に額をぶつけ、「何て？」と促した。

「もう済んだ、絨毯を車に戻して帰れ――」

弟の肩に寄りかかった姿勢のまま三秒を使った。梵地の言葉のとおり、絨毯を荷台に戻し、二人組は運転席と助手席に戻った。エンジンがかかり、イラクポップスが復活する。砂地をタイヤが踏みつける音とともに、陽気な歌声が暗闇の先へ遠ざかっていった。

じりじりと背中に汗が滲むのを感じた。カフェから車で運び去られてからも、心のどこかで、これはあのライオン女が仕組んだ茶番で、いずれ種明かしがあるはず、とあえて楽観的に構えていたところがあった。しかし、ワゴン車に乗っていた二人と異なり、この男たちにはどこにも遊びの部分がない。先ほどから無駄口どころか、互いに音を発さない。つまり、完全に訓練された人間だということだ。

「マズいぞ、これは」

弟の肩口に額を預けたまま、思わず声が漏れる。それに応じるように梵地の身体が揺れた。

「移動、だ」

ぐいと腕をつかまれ、弟から引き離された。二の腕に伝わる相手の手のひらの大きさと握力の強さに、梵天は袋の内側で顔をしかめる。

「こんなのかぶせられて、歩けるわけないだろ。オイ、これ外せよ。俺に触るなって」

梵人なりに相手を探ろうとしているのか、必要以上にぞんざいな声を上げても、誰も言葉を返さない。そのとき、

「ちょっと、待って――」

とそれまで沈黙を守っていた銀亀三尉の声が、ハッとするほどの強さをもって鼓膜を叩いた。

「電話でも無線でもいいから連絡させて。今ごろ隊は大騒ぎになってる」

布越しゆえにくぐもって聞こえるその声は、明らかに震えを帯びていた。

「せめて三人は――、彼らだけは返してあげて。まだ隊に入ったばかりで、何もわかっていない人たちです。人質にするなら私だけにして。その代わり三人は解放して。お願いします」

男に腕をつかまれ、動けないことをさいわいに三秒を使った。前方で、小さな影が身体を折り曲げ、袋をすっぽりとかぶせられたまま頭を下げていた。複数の懐中電灯の光輪が、視線代わりに彼女の背中を音もなく照らしている。

「進め」

という短い命令とともに、先を進む足音が聞こえてきた。

「おい、どこに、連れていくんだよ。日本語話せるなら、行き先を教えろよ」

返ってくる声は、もちろんない。

いきなり腕を引っ張られ、逃れようのない力に身体が前につんのめる。足の拘束は解かれているが、袋をかぶって歩いた経験などあるはずがない。しかし、お構いなしに先を急がされる。直線なのか、曲線なのか、自分の歩いたルートをまったく把握できぬまま、今度はいきなり腕を引かれ立ち止まらされた。

正面で、スライド式のドアが開く音がした。車のものよりも響きは重く、さらにスライド時間も長い。つまりドア幅がかなり広いということだ。

「上がれ」

どこに上がるのか考える間もなかった。腕をつかむ力が消えたと思ったら、背中を押された。一歩、前に踏み出すと、ブーツのつま先に何かが当たった。無意識のうちに片足を上げたとき、襟首をつかまれ強い力で引っ張られた。勢いのまま階段のようなものを上ると、ブーツの底が急に硬い地面を踏んだ。

「座れ」

身体の向きを乱暴に変えられたのち、どんと胸を突かれた。「わッ」と声を発してしまったが、真後ろにシートがあったらしく尻がすっぽりと収まる。自分が何かに座っていると気づいたときには、腰まわりをシートベルトのようなもので固定されていた。

突然、アラビア語で何かを叫ぶ声が聞こえた。

「出発だって」

真横からの声に、同じく座った姿勢の梵地が隣にいることを知った。

ドアが勢いよくスライドする音が聞こえる。続いて背中から、尻から、ブーツの底から先ほどのイラクポップスなど比ではない爆音が振動となって身体を叩き始める。

音にめげず意識を集中した。

ふわりと身体が浮いた。

梵天たち四人が一列のシートに座らされている。その正面には、通路を隔て向かい合うかたちで、目出し帽の男たちが三人一列のシートを埋めていた。全員、銃を胸の前に抱え、梵天たちを監視している。

窓がない横手のドアをすり抜け、外に出た。

漆黒の闇のなかで赤いランプが点灯していた。機体の上部に設置されたその光に照らされ、プロペラが回転している。

「ヘリコプターだ」

身体に帰還したのち、梵天はうめくように告げた。

爆音と振動から、自分たちが何に乗りこまされたのか、とうに承知していたのだろう。隣から梵地の返事はなかった。

*

人生で二度目の空を飛ぶ経験だった。

一度目はイラクへの飛行機。まさか二度目がヘリコプターになるとは。

同じ空を飛ぶ乗り物でも、飛行機とヘリコプターでは機内のやかましさが違う。常にプロペラ音が鼓膜を攻め立て、弟たちとささやき声だけを伝え合うなんて不可能である。必然、隣の梵地に話しかけることもできなければ、誰かがひとりごとを言っていたとしても、梵天の耳には届かない。

頭を覆う布袋のなかで孤独に呼吸を続けながら、不思議と恐怖は感じなかった。

完全に頭が混乱しているのか、それとも何もできぬというあきらめからか、それとも単にヘリコプター酔いで意識が澱《よど》みつつあるのか、むしろ自分のことよりも機体の揺れに合わせ、ときどき肩をぶつけてくる弟のことが気になってくる。

脳裏に蘇るのは、配属先が中央即応連隊に決まったのち、お盆の墓参り以来、ひと月ぶりに新たな任地で顔を合わせたときの梵地の表情だった。

「こいつ、よろこんでいやがる」

出会った瞬間、梵天はそう直感した。

梵人が日焼けした顔の下に不安や、戸惑い、憤慨を押し殺していたのとは対照的に、明らかに梵地はこの問答無用のイラク行きを歓迎していた。

中東への出発が一週間後に迫り、駐屯地の食堂でたまさか三人が揃って同じテーブルについたときのことだ。

「今さら言っても無駄だろうけどさ、あんな喧嘩好きで乱暴な連中ばかりがいるところ、俺は行きたくないよ。俺は平和主義者なんだ」

と梵人が海鮮丼を頬張りながら今回の派遣について言及するのを、

「それは違うでしょ」

と梵地が真顔で否定する場面があった。

てっきり平和主義者のところかと思いきや、梵地が指摘したのは「喧嘩好きで乱暴な連中」の部分だった。

「今の梵人の発言は、きっとアラブ世界やイスラム教へのイメージが根っこにあるんだろうけど、僕は彼らが乱暴で、いさかいばかり起こす人たちだと、十把一からげに扱われているのを見るたびに、残念で仕方がない気持ちになる。大学院にもアラブからの留学生の知り合いがいたけど、全員、とても穏やかな人柄だった。そもそも、イスラム教徒は穏やかな人が多い。いや、どんな宗教だって、その信者のほとんどは穏やかだよ。僕たちがむかし住んでいたアパートにいたアーメッドさんだって――、彼はバングラデシュ人だから、イスラム教徒だったはずだけど、とても穏やかというか、やわらかな感じだったじゃない。だいたい、イスラム教徒をひとつのイメージで捉えること自体、無理がある。だって、この先、二十二世紀に入ったら、イスラム教徒の数は世界の人口の三人に一人にまで増えて、キリスト教を超えて地球でもっとも大きな宗教になる予測すら出てるんだ。乱暴でどうしようもない宗教が、そんなたくさんの信仰を集められる？　それに、日本ではほとんど知られていないけど、世界の中心がヨーロッパに移る前、イスラム王朝こそが科学や医学、数学の分野で圧倒的なトップランナーだった。たとえば、アッバース朝はイスラム教以外の宗教に対しても寛容で、バグダッドの図書館ではギリシャ、ローマ、エジプトから伝わった古い医学、科学、哲学の文献がアラビア語に翻訳されて、熱心に研究されていた。それがやがてラテン語に翻訳されて、ヨーロッパに逆輸入するかたちで伝わっていくんだ。イスラムという仲介がなければ、プラトンやアリストテレスといった古代ギリシャの哲学や古典は消え去っていたかもしれない。イスラム世界から流れてきた知識と智恵を学んで、ヨーロッパの人々はかつて古代ギリシャの人間が自由に物事を捉え、表現していたことを再発見するんだよ。それが風穴となって、キリスト教に雁字《がんじ》搦《がら》めになっていた社会にルネッサンスが興るきっかけになるんだ――」

わさびが盛りつけられた海鮮丼用の小皿に醤油をたらし、いつまでもそれを箸の先でときながら、梵地は常ならぬ情熱的な口ぶりで言葉を続けた。

「僕は別にイスラム教徒でも何でもないけど、イスラム世界はやっぱり偉大だと思う。どうせ石油と砂漠しかない国だなんて、イラクを見下して言う人には、日本が平安時代の頃すでに、バグダッドが世界で一、二を争う大都会だったことを教えてあげたい。そもそも都市というものがはじめて生まれたのもイラクだからね。メソポタミア文明が生まれた場所、文字や六十進法や太陰暦――、それらすべてがイラクの地でシュメール人の手によって作られたものなんだ。海上自衛隊が毎週金曜日に必ずカレーを食べるのは、海上勤務が長くて曜日感覚をキープするためらしいけど、一週間が七日という習慣が生まれたのもメソポタミア、つまり五千年前のシュメール人の発明に乗って、海自の人たちは今も毎週カレーを食べているわけだよ。他にも、あ、そうだ――」

箸を置き、梵地は座学用のカバンから筆箱を取り出すと、さらにそこからネックレスのようなものを引っ張り出した。細い革紐に薄茶色の何かがぶらさがっている。

「何だ、それ」

海鮮丼をいったん置き、隣のひじきの小鉢を手に取りがてら梵天が訊ねる。

「ハンコだよ」

「ハンコ？　それの、どこがハンコなんだ。押すところに穴が空いてるぞ」

まるでちくわのように中心に空洞が穿《うが》たれ、そこに紐を通しているため、もしもこれがハンコなら、印面の中央にすでに大きな穴が空いていることになる。

梵地は長さ二センチほどの痩せた薄茶色のちくわ状のものを、親指と人差し指の間につまみ、目の高さに持ってきた。

「これは円筒印章って言うんだ。印章っていうのはハンコのこと。ハンコが生まれたのもメソポタミアの地なんだ。不思議だよね。シュメール人が発明したものなのに、イラクはもちろん、西アジアやエジプトにその習慣はかけらも残ってなくて、遠く離れた日本で今も根づいている」

「でも、それじゃ押せないだろ」

「表面を見てよ」

「表面？」

ひじきの小鉢を平らげ、隣の芋煮の小鉢に移ろうとする手を止め、梵天は顔の前に突き出されたミニちくわに焦点を定めた。何やら筒部分の表面があちこちへこみ、釘の先で引っ掻いたような跡が見える。

「日本で使うタイプのハンコをスタンプ印章と言うのに対し、こっちは円筒印章――、つまり、印面となる部分が異なるんだ」

何を言っているかわからぬという表情を向ける梵天の視線を受け、梵地はテーブル端のナプキン立てから数枚を引き出した。

「わかりにくいだろうけど」

とちくわの側面を、机に置いたナプキンの束の上にローラーのように転がした。

「何しろ、紙の発明よりもさらに二千年もむかしの話だからね。楔形《くさびがた》文字って聞いたことある？

当時は粘土を板状にして、そこに文字を書いていたんだ。ハンコもこうやって粘土の上に転がして使ったんだよ」

「つまり、その表面のへこみは模様ってことか？」

「うん、ちゃんと人の姿が細かく彫られている。これ、粘土だとくっきりと絵柄が出るんだけどね。たとえば、むかしは鍵がなかったから、粘土を鍵代わりにしたんだ。倉庫の扉と枠の境界部分に粘土を塗りつけるだろ？　そこへ、倉庫の責任者がこのハンコを押しつけて転がすんだ。もしも、泥棒が乾いた粘土を壊して、扉を開けたとしよう。また粘土を塗って誤魔化そうとしても、ハンコがなければ封が破られたことがバレちゃう。封泥《ふうでい》というやり方だけど、賢いよね。当時もこんなふうに、穴に紐を通して首にかけていたって言われている」

さっさと海鮮丼を食べ終えた梵人が、「これ、本物なのか？」と円筒印章の下のナプキンを一枚引き抜き、口元を拭った。

「まさか、ただの博物館のみやげ品だよ。もしも本物だったら、質が高いものだと、そうだね……四十万ドルなんて値段がついたこともある。四千万円ってところかな」

「このちくわが？」

思わず声を上げた梵天に、ちくわ？　と一瞬怪訝な表情を見せたのち、

「知らない人にはただの石ころでも、マニアにはたまらない価値があるんだ。天なら、わかるで

しょ？」

と梵地はちくわネックレスをふたたび筆箱に戻した。

わかるどころではなかった。ティラノサウルスの化石は頭骨だけで二億円、全身骨格が揃っていたら十億円の値がつく。興味がない相手にとってはただの石ころであっても、マニアや研究者にとってはお宝と化けるものが、どんなジャンルにでも存在するということだ。

「そのハンコは今も遺跡を掘ったら出てくるのか？」

もちろん、と梵地はようやく海鮮丼に小皿の醤油をまぶした。

「遺跡と言っても、都市がまるまる一個、砂漠に眠っているようなもんだからね。いくら掘っても終わらないよ。円筒印章ならどんなに小さくても数十万円で買い手がつくから、イラク戦争後の混乱で、各地の遺跡が深刻な盗掘の被害に遭ったとき、かなりこれが狙われたみたい。全然、知られていないけど前回のイラク派遣で、自衛隊が支援の一環でウルクの遺跡をぐるりとフェンスで囲ったんだ。おかげでウルクは盗掘を免れることができたらしい。すばらしい貢献だよ。あぁ、イラクに行くついでに遺跡の様子を確かめられたらなあ。日本で今のイラクの状況を知るのは難しくて——」

それから梵地は、メソポタミアだ、シュメールだ、楔形文字だ、粘土板だ、そこに書かれた神話がどうだ、と海鮮丼をかきこみながら延々と考古学トークを続けた。本人曰く、「最近、誰ともこういう話ができなくて」とのことだったが、彼自身、憧れの地に足を踏み入れる興奮を抑えきれなかったのだろう。たとえ、それがわけのわからぬ女の理不尽な要求の末にあるものだとしても。

ならば今、梵地はどんな気持ちでいるのか？

いきなり拉致され、顔は布袋で覆われ、ヘリコプターに押しこめられ、正面の席には銃を携えた目出し帽の連中だ。まさに梵人が口にした先入観そのままの状況に放りこまれている。それでも、梵地はこの地へのリスペクトの気持ちを損なわずにいられるのか――。

気流の影響か、急にヘリコプターが激しく揺れ始めた。「お、お、お」と思わず声が漏れる。手首を拘束されたまま、指先を股間に持っていき、イスのへりをつかんで身体を支えた。

ドンという下からの衝撃を食らったとき、梵天は本気でこのままヘリコプターが墜落するものと覚悟した。

爆発の衝撃を今か今かと全身を強張らせて待っていたら、突然、腕をつかまれた。

いつの間にか腹の前のシートベルトが解かれたようで、強引に立たされる。そのまま有無を言わさず歩かされた。

ドアがスライドする音が正面から聞こえる。

「ち、ちょっと、待てッ」

声を上げようとした瞬間、背中を押された。一歩目から足を踏み外し、身体がずり落ちる。しかし、落ちた先に受け止める人間がいたようで、両側から腕を支えられながら、ブーツの下に確かな地面の感触を覚えた。

いつの間にか、ヘリコプターが着陸し、梵天の身体は機外に降ろされたらしい。

とにかく爆音と爆風がすさまじく、頭を下げ、腕を引っ張られるままに走る。

不意に爆音が遠ざかり、風圧も消えた。ブーツが叩く音色が変わっている。コン、コンという硬質な感触からして、屋内に入ったのだろう。

それから、ずいぶん長い時間をかけて階段を下りた。さすがに階段を目隠しでスムーズに下りることはできず、何度も足元を踏み外しながらひたすら下り続け、階段が終わったと思ったら、今度は通路らしきところを進まされた。

ようやく腕を引っ張る圧が消えた。

両肩に手が添えられ、下方向に押さえつけられる。抗う気力もなく膝を曲げたら、シートのようなものに尻がフィットし、ぎしりと軋む音が聞こえた。

突然、光が視界に舞いこんだ。

上方からの強すぎる刺激に反射的に顔を背けたとき、布袋を取り払われたことに気づいた。

「グッナイ」

という粘っこい声が耳元で囁《ささや》いた。

遠ざかる複数の足音、ギギギィとひどく錆びついた響き、まぶたを持ち上げることができぬ間に、ドアの閉まる重い音が鼓膜を震わせた。

＊

立ったまま小用を足して、水を流すレバーはどこだと便器のまわりを探していたら、その気配を察したのか、

「上に鎖があるだろ」

という梵人の声が聞こえてきた。

視線を持ち上げると、確かに天井から錆びついた鎖が垂れている。それを引っ張ると、重い手応えとともに驚くほど豪快な勢いで水が便器を洗い流していった。

立てつけの悪いドアを開けて、洗面台の前に立った。ひびの入った鏡に、ひどく疲れた顔が映っている。蛇口をひねると、痰が絡んだような音ののちに、しゅわしゅわと水が噴き出してきた。見るからに赤く、錆がたっぷりと溶けこんでいる様子である。手を洗う気も起きず、梵天は無言で蛇口を閉めた。

「だいぶ古いぞ、ここ」

床に座りこんでいる梵人が気怠げに声を上げた。尻の下のタイルがあちこち割れているようで、そのかけらをつまんでは壁に向かって投げつけている。

広さ十畳ほどの部屋にはただパイプ椅子が四脚置かれ、うち二つに梵地と銀亀三尉がぐったりとした様子で腰かけている。

天井の照明は二本の蛍光灯をはめこむ造りだが、距離を空けて二組設置された照明はいずれも、一本だけ蛍光灯がはめこまれている。いかにも年季が入った天井のマス目のパネルを見上げながら、梵天は空いているパイプ椅子に腰を下ろした。

ハァという銀亀三尉の何度目か知れぬため息に、梵天は天井から顔を戻した。

「私……、今日は休暇だったの。ひさびさにのんびりしていたら、いきなり隊長に呼び出されて。広報班のほかの人たちは、シリア国境の前線部隊への視察で昨日から出払っていたから、私しか残っていなくて――」

前屈みの姿勢でペットボトルを握り締め、またひとつ長いため息をついた。

声の調子からも相当に気落ちしているのがうかがえるが、表情の詳細まではわからない。なぜなら、サングラスを着用しているからだ。カフェに入る前につけていたものだろう。頭の袋を取り去られたのち、梵天が照明のまぶしさにようやく慣れ、周囲を確かめたときにはすでに彼女はサングラス姿だった。さらには、彼女だけが手元の拘束を解かれていた。三兄弟がまだ目をしばしばさせている間に、三尉は男たちの手首のガムテープを順にちぎっていった。その際も、

「ごめんなさい、こんな目に遭わせて」

とそれぞれに謝罪の言葉を伝えることを忘れなかった。

個室トイレと洗面台が備わっている以外、何もない部屋だった。薄汚れた壁にはひとつの窓もなく、鉄扉だけが外との連絡口だった。その鉄扉の足元に、サンドイッチとミネラルウォーターのペットボトルが置かれていた。それに気づくや否や、全員が水に飛びついた。六本ごとにパッキングされたビニールを乱暴に破り、「毒入りかも」と言いつつ、梵人が真っ先に飲み干した。サンドイッチを食べ終え、ようやく気持ちが落ち着いたところで、各人が順番にトイレに向かい——、最後にトイレで用を済ませたのが梵天だったわけである。

銀亀三尉は二本目のペットボトルを飲み終え、それを地面に置くと、

「あなたたちって、何歳？」

と唐突な質問を投げかけてきた。

「二十七歳です」

三尉の正面に座る梵地が代表して答える。梵地の手元には、食べ終えたサンドイッチのビニー

ル包装が残っている。カラフルなアラビア文字が躍っている下で、幼稚園くらいの少年が笑ってサンドイッチを頬張る写真がプリントされている。「イラクでも、こんなの売ってるんだな」と梵人はものの十秒で食べ終えてしまったのち、

「階段を延々下ろされた感じじゃ、ここ、相当背の高いビルだよな？　ひょっとして、一階にコンビニがあるのかも」

とつぶやいていたが、パックのサンドイッチの具材はトマトとレタスで意外なほど新鮮だった。

年齢を訊ねたのち、三尉はしばし無言で手元を見つめていたが、

「私より、年上じゃない」

と声色にわずかに困惑の調子を添えて、面を上げた。

「何で三人揃って、ウチに入ろうと思ったの？」

と三兄弟にサングラスのレンズを向けた。

それは、と口を開こうとして、梵天は言葉を呑みこむ。これまで三つ子であることを知った隊員から同じ質問を受けるたびに、「借金取りから逃げてきた」とあながち嘘でもない答えを返してきた梵天だが、この場で披露すべきストーリーではないだろう。

「何か人には言えない悪いことでもしたの？　聞いたわよ。あなた、大学院にいたんでしょ？　幹部候補生になるならわかるけど、わざわざ二士からスタートするなんておかしくない？」

すべて正しい指摘をぶつけられ、さすがの梵地も硬い表情でサングラス越しの視線を受け止めている。さらに追及の言葉が投げかけられるかと思いきや、

「ま、いいわ、そんなこと」

と三尉は急に立ち上がった。

「寝るわよ。連中が出て行くとき、グッナイって言っていたでしょ。今日はもう何も起こらないんじゃないかな。体力を回復させましょう」

じゃ、と軽く手を挙げて、彼女は壁際に進むとその場に寝転んだ。腕を枕にして、三兄弟に背を向ける。

時計を確かめると午後十一時四十分を指していた。小隊長が宿営地のコンテナに現れてから、すでに五時間半以上が経っていた。

梵天は立ち上がり、銀亀三尉と反対側の壁に背中を預け、座りこんでいる梵人の隣にあぐらをかいた。続いて梵地もやってきて、

「外に見張りはいるの?」

と腰を下ろしがてら、低い声で耳打ちした。

「誰もいない」

と梵天は首を横に振る。トイレで用を済ますついでに三秒を使い、部屋の周囲はひととおり確認済みである。

「それで、どうするんだ?」

梵人が同じくささやき声で、床タイルの小さなかけらを天井に向かって放り投げる。

「出て行く」

「本気かよ。銃どころかヘリコプターまで持ってる連中だぞ」

「俺は決めた。こんなところに閉じこめられるのはゴメンだ」

決めたという言葉に、梵人は目を細め、手の内のかけらを脇に捨てた。わかった、とうなずき、ずりずりと尻を移動させて床に身体を伸ばす。空のペットボトルを首の下に置き、水色のUNキャップのつばを下ろし顔をいったん隠したが、

「何時に行動開始だ？」

とふたたびつばを持ち上げた。

マルゴーマルマル（午前五時）と短く伝え、梵天も末弟の隣に横になった。

「こんなところで川の字で寝ると思わなかった」

と梵地も寝転ぶ。

「あいつら、何者だ。話の内容でわかったことはないか？」

天井のパネルを眺めながら、梵天は梵地にささやいた。

「仲間同士の会話はいっさいなし。ただしアラビア語は下手だったね。車を運転していた二人組が、発音を聞き取れなくて、何度か聞き返していたから」

「日本語も下手くそだったぞ。最後のグッナイだけは、それっぽかった」

「英語がうまい人なんて、どこにでもいるよ。アラブ人でもなく、日本人でもない。わかるのはそれくらいかな――」

十分だ、思いきりやれる、とつぶやいて、梵天は目を閉じた。自衛隊に入り、特に鍛えられたのがどこでもすぐに寝る技術だ。隣の梵人はすでに寝息を立てている。ほんの数十秒後には、梵天も続いて眠りに入っていた。

＊

目覚ましをかけずとも、何かに呼びかけられたようにまぶたが開いた。腕時計を確かめると午前五時一分。身体を起こし、伸びをする。さすがに固い床面だと身体も痛い。

ペットボトルの水を飲んでから、音を立てぬよう鉄扉の前に進んだ。

目を閉じて、意識を集中させる。

すう、と鉄扉をすり抜ける。

扉にはいかにも頑丈そうな南京錠が外からかけられ、扉が面する通路は左右へと延びている。天井の照明は一本の蛍光灯しかはめこまれておらず、これは節電対策なのかと考えているうちに三秒が終わってしまった。

ふたたび三秒で探索を続ける。通路に沿って、左手にはこの部屋とまったく同じ間取りの部屋が並んでいた。人の姿は見当たらない。いったい、ここは何の建物なのか。何かの施設らしいが、その「何か」の部分をまったくうかがうことができない。

周辺のサーチを終え、ゆっくりとまぶたを開けると、

「おはようさん」

という声が耳に滑りこんできた。いつの間にか隣で梵人が目頭の目やにを拭っている。さらには梵地も首に手をあてながら近づいてくる。

梵天は顔を寄せろと手で招き、天井のマス目パネルを指差し、これからの計画を二人に伝えた。

「その前に、これ、外れるかな?」

と梵地は口ヒゲをつまみながら、天井を見上げた。

「やってみよう」

と梵天は梵地の肩を叩く。

「肩車だ」

「え、僕?」

「背が高いほうがいいだろ」

駐屯地の簡易ベッドと相性がよくなくて、腰の調子が今ひとつなんだよね、と言いつつ梵地が屈む。梵天がまたがり、頭をぽんと叩く。鉄扉に手を添え、梵地はふらふらと立ち上がった。

「お、ちょうどいい感じだ」

肩車された状態で梵天が手を伸ばすと、楽々、天井に触れることができた。

外れそう? という梵人の問いかけに、梵天が天井板を押しこみ、状態を探っていると、

「あなたたち、何してるの?」

という声が部屋に響いた。

梵天が首をねじると、銀亀三尉が上体を起こし、こちらを見上げていた。

おはようございます、と梵天があいさつするが三尉は返さない。

「何してるの?」

他の二人が口を開く気配がないので、仕方なく梵天が答えた。

「ここから、出ます」

出ますって、とつぶやいたきりあとが続かない彼女の目は当然驚いていた。さすがに寝るときはサングラスを外したようで、大きな目玉がぎょろりと剝かれたまま、梵天の顔を凝視している。

「ご心配なく。俺たちで何とかしますんで」

と梵人が発言した途端、

「あ、あなたたちに何とかできるはずないでしょ」

とすぐさま三倍ほどのテンションになって跳ね返ってきた。

慌てて梵天が唇に人差し指を当てると、ハッとした表情で三尉は口を閉じた。

「や、やめなさい。もし、連中が来て変なことしているのがバレたら――」

三尉が押し殺した声で再開するなり、

「あ、大丈夫です。連中がきたら俺たち、わかるんで」

と梵人がどこまでもぞんざいに遮る。

「わかる？　わかるって何を？　いきなり、撃たれたらどうするの？　あなたたち、今の状態を本当に理解できてる？　昨日は連れてこられたばかりだから言わなかったけど、今ごろ宿営地はパニックになってる。たぶん、誰も寝ないで対応に当たってる。日本にも私たちのことが伝わって、とんでもない騒ぎになってるはず――」

前半はまだ抑えていたが、後半、完全に地声に戻りかけたとき、自ら気づいたようで、ふたたび三尉は言葉を止めた。二度、三度と大きく息を吸いこんだのち、床に転がっていたペットボトルを手に取り、キャップを外した。

その合間に、三兄弟は素早く目線と言葉を交わす。

「梵人、いいからお前は黙ってろ」

「いや、俺はよかれと思って」

「早くやることやってくれないかな。結構、重いんだよ。で、そのパネル、持ち上がりそうなの？」

「駄目だ。そういう造りじゃない。でも、継ぎ目に沿って切り取れるかもしれない。おい梵人、ナイフを持ってないか」

「そんなの持ってるわけないだろ」

梵地も梵天の股の間で窮屈そうに首を横に振る。

「あの――、ナイフとか持っていませんよね？」

と首をねじり、梵天が高い位置から問いかけてみたところ、

「私は広報班よ」

と銀亀三尉は水に濡れた唇を袖で拭い、あからさまに怒気を含んだ目を向けてきた。

「電話も、無線も、ペンも、全部没収された。いい？　私たち、人質なの。あなたたちやっぱり、全然、この状況がわかってない――」

言葉の途中で、またもや何かに驚いたように目を見開いた。そのとき、ようやく梵天は了解した。これは銀亀三尉のクセなのだ。焦点を合わせた先に、常に驚いているような表情を向けてしまう目玉のクセなのだ。しかも、今は苛立ちも加わって、いよいよ目は剝かれ、尋常ではない迫力が視線の錐《きり》となって向かってくる。その眼差しから逃れがてら、梵天は天井に触れた。天井板は比較的やわらかい材質だが、さすがに爪ではどうにもならない。もしも天井に直接歯を立てで

もしたら、傷をつけられるかもしれないが――。

歯？

何かが頭の内側に接触して、短く火花を散らした。

反射的に胸ポケットを押さえる。連中にポケットを探られたかどうかを思い出す前に、固い感触にぶつかった。途端、安堵の気持ちが指先から身体じゅうへ広がった。他に優先すべきものが山ほどあると理解しているが、奪われず胸元に残っていたことが、何をおいてもうれしい。

「使えるかもしれないぞ」

胸ポケットから化石を取り出し、鏃《やじり》に似た先端を、パネルを囲む正方形の細い溝にあててみる。そのまま力をこめて突き刺すと、思いのほか相手はもろく、五ミリほど、みしりという音を立ててめりこんだ。さらに鋸歯のぶつぶつの部分を、そのまま糸ノコのように上下させると、予想以上に弱い材質だったようで、ぽろぽろと破片を落としながら切れ目が広がっていく。

「何してるの？　何なの、それ？」

銀亀三尉の声に、天井から視線を離さぬまま、

「恐竜の歯です」

と答えた。

「歯？」

「ティラノサウルスの歯の化石です」

しばらく間が空いた後、

「何でそんなもの、持ってるの……。どこかに落ちていたの？」

と困惑気味の声が聞こえた。

「まあ、そんなところです」

厚みがある歯を左右にずらし、隙間を作る。そこへ指をねじこみ、ぐいと引っ張ると、パネルの外周ラインに沿って、めりめりと切れ目が一気に広がった。ふらつき始める梵地に「もう少しだ」と励ましつつ、一辺三十センチの正方形パネルを二枚はがす。埃っぽい空気とともに、ダクトや配線が走る空間が顔を見せる。もちろん、身体をねじこめるくらいの隙間があるところを狙ってパネルを外している。

「ち、ちょっと、榎土二士――、何するつもり？」

急に近くなった声に首をねじると、梵地の真後ろまで銀亀三尉が迫っていた。

「ここから出ます」

「それ、本気で言ってるの？」

「本気です」

「全員でその天井裏を通って、どこかへ逃げ出すつもり？　でも、その先で行き止まりになっていたら？　私たちの重みで天井が抜けて、それでバレたら？　何かあやしいと勘づかれて、下から問答無用で撃たれたら？　そんな行き当たりばったりのこと、できるわけないでしょッ――」

安定を失いつつある梵地といっしょに梵天もふらつきながら、

「ちゃんとプランはあります」

と揺れた声とともに告げた。

「プラン？　外がどうなっているのかもわからないのにプラン？　降りなさい、榎土二士。これは命令です。あなたたちは、これから私の指示に従って動くこと。勝手な行動は許さない」

　相手の階級は三尉である。昨日会ったばかりでも、問答無用の上官である。梵天は握りしめていた化石を胸ポケットに収め、高い位置から「わかっています」とうなずいた。

「わかっているなら、早く――」

「この部屋を出て左手には、同じタイプの部屋が三つ続き、通路はその先で行き止まり。逆に右手に進むとフロア出口の扉がある。扉の向こうは階段。出口は天井裏まで壁で遮断されているので、階段を使うには扉を突破するしかない。扉の横にはカードリーダーが設置。カードリーダーにはテンキーもついているから暗証番号が必要。カードキーを奪うチャンスは連中がこの部屋に入ってきたとき。そこを狙って始末します。この天井裏を通ったら、隣の部屋まで行けるので、俺ひとりが隣の部屋に移動して待機。もしも、始末し損ねたときは挟み撃ちするかたちで何とかする――。そんな感じのプランです」

　梵天が素直に言うことを聞くと思ったのか、いったんは緩んだ三尉の表情が見る見るこわばっていく。ついには呆気に取られた顔で梵天を見上げるに至った。

「何で、そんなこと……、部屋の外のことがあなたにわかるのよ。それに連中を始末するって、誰が」

　あ、俺です、と梵人が三尉の隣で手を挙げる。

「あ、相手は銃を持ってるのよ？　あなたは何があるのよ」

「別に、何もないですけど」

「ねえ、頭おかしいの、あなたたち？」

ちょっと、そこから早く降りなさい、と三尉は梵地の襟首をつかみ、無理にでも引き降ろそうと実力行使に出た。

「苦、しい」

という梵地のうめきを聞いて、梵天は説得をあきらめた。天井パネルの開いた部分に手を突っこみ、パイプをつかむ。そのまま身体を持ち上げ、さらには膝を立てて、梵地の肩だか、頭だかを強引に踏み台にした。「痛い」と弟の悲鳴が聞こえる。誰かにブーツを一瞬つかまれたが、勢いを殺さず天井裏に身体をねじこんだ。

「梵人――、あとは頼むぞ」

オッケーという声が、「やめなさい、榎土二士ッ。戻ってきなさいッ」という小声なれど必死の呼びかけの合間に聞こえた。

ダクトと配線の隙間を縫って、梵天は芋虫のように這って進んだ。こんなところで匍匐前進の訓練が活きるとは思わなかった。

天井裏は当然の暗闇である。

そう言えば、三秒を使って土のなかの様子も確かめられるのは、光もないのにどういう理屈なのだろう、と今さら不思議に思いながら、光の届かぬ空間を抜け、梵天は隣の部屋へ向かった。

＊

午前七時きっかりに連中はやってきた。

予想どおり、階段と通路を接続する扉の前で立ち止まり、首から下げたカードキーをカードリーダーに通した。さらにテンキーに暗証番号を入力して扉を解錠する――。そこまで見届け、梵天は三秒から舞い戻った。

梵天の待機する場所は、弟たちがいる部屋の隣である。部屋の扉は開け放たれたままなので、もしも弟たちの部屋を素通りして、連中がふらりとこちらの部屋をのぞいたときは一巻の終わりだが、これも予想どおり、連中は階段からもっとも近い弟たちの部屋の前で足を止め、南京錠を開け始めた。

ただし、予想と反していることもある。

相手が四人もいた。

二人までならば梵人が何とかする。三人ならば、一人に梵天がしがみつくなりして時間稼ぎをする、という算段だった。しかし、四人は考えていなかった。さらには、梵天の予想では、部屋に夕食用のサンドイッチを置いてあったことから見て、朝食の差し入れがあるはずで、その受け渡しの隙をつこう――というプランだったが、食事を持参している様子は見られず、連中が代わりに持っているのは小銃だった。

困った、と思った。

だが、やるしかない。

弟たちの部屋の南京錠が外され、三人が銃を構える前で、一人が慎重に扉を開けた。四人とも、戦闘服に目出し帽という格好で、体格も百八十センチを超える屈強な男ばかりである。

ギギギィと錆びついた音が通路に響く。

この部屋含め、他の部屋もくまなく、トイレまで探索したが、パイプ椅子はもちろん、武器として使えそうなものは皆無だった。連中が隣の部屋に入ったときを狙って、最後尾の一人に飛びかかるしかない、と覚悟を決めたとき、どういう訳か、男たちが何かを叫ぶ声が聞こえた。さらには女性の悲鳴が轟く。

逡巡している暇はなかった。

覚悟を決め、通路に飛び出した。

しかし、すでに人影はない。開け放たれた扉と、床に落ちた南京錠が残されているだけである。

勢いのまま扉に駆け寄ろうとしたとき、部屋からいきなり人が現れた。

ギョッとして足を止めた梵天の前で、

「あ、天ニイ」

と相手が呑気に手を挙げた。

梵人だった。

南京錠を拾い上げ、「オウケー、外に出て」と部屋に向かって呼びかける。

間もなく梵地が、さらには銀亀三尉が現れた。

梵地は背中を丸め、蒼い顔をしている。銀亀三尉はサングラス姿に戻っていて、なぜか口元や首のあたりが濡れていた。

「だ、大丈夫か？」

「いやあ――、こんなうまくいくなんて。まんまと引っかかって、こっちが驚いた」

「引っかかった？」

「三尉に扉の前で倒れたフリをしてもらったんだ。一秒でも相手の注意を引くことができたらと思ったら、扉を開けるなり四人が慌てて三尉を助けようとするんだよ。俺と地ニイのことなんてまったく気にする様子がなくてさ。全員、こっちに背中を向けて屈むもんだから、何だかフェアじゃない気がしたな――」

で、相手はどうなったのか、と訊ねる前に梵天は部屋の中をのぞいた。四人の大男が顔から伏せるようにして床面に伸びている。さらには目出し帽をめくり上げられ、素顔を晒されていた。

「アラブ系、白人、黒人、最後はヒスパニック……かな?」

と梵地が解説する。

「身元がわかる持ち物は何もなし。無線や電話もなし。白人の彼、パイプ椅子で思いきり後頭部をやっちゃったけど、大丈夫かなあ……」

「お前も参戦したのか」

まだこわばりが解けていない表情で梵地はうなずき、

「これ、カードキー」

とホルダーケースに入ったものを差し出した。

「天がわざわざ隣の部屋に行く必要もなかったかも」

「いや、おかげでまわりを、このフロア以外も、じっくり調べることができた」

梵天はホルダーケースを受け取り、首からかけた。「銃はどうする?」という梵人の問いかけに、

「放っておくに決まってるだろ」

と即座に怖い顔で返す。

だよな、と梵人は男たちを残したまま扉を閉め、南京錠をかけた。

すぐさま通路の先、フロア出口に移動を開始する。途中、先ほど悲鳴を上げた張本人のはずなのに、なぜか弟たちが気にする様子もない銀亀三尉にそれとなく視線を向けると、

「あなたの弟たち――、加減というものを知らないでしょ」

とそれまで無言を保っていた三尉が低い声を発した。濡れているあごから首筋にかけてをハンカチで拭き取り、上着の第一ボタンを外した。内側にわずかにのぞいたTシャツは首まわりが赤く、まるで血のりが広がったような色むらだった。

「そ、それ、血ですか？　怪我は？」

「ただの錆よ。洗面台から出る水をかけただけ。連中をだまそうって話になったの。私がこのシャツ一枚で倒れたフリをしていたら、四人がいきなりのしかかってきたから、ちょっと声が出ちゃったかも――」

確かに洗面台で見た水は、手を洗うのが憚られるほど赤かった。胸元をハンカチで手早く拭い、「気持ち悪い」と顔をしかめつつ、三尉はボタンを閉めた。あの悲鳴は「ちょっと」どころではなかったが、それ以上触れず通路を進み、突き当たりの扉の前で四人は足を止めた。すぐさま梵天が扉の向こう側を三秒で確認する。

「大丈夫だ」

梵天はカードリーダーにカードキーを近づけ、続いてテンキーに「０４２８」と打ちこんだ。ピッという電子音ののち、解錠の音が響く。

「ま、待ちなさい――。どうして、あなたが番号を知ってるの」

背中からの指摘も聞こえないふりをして扉を開けると、そこは階段の踊り場だった。上下のフロアへつながる階段を前に、

「このまま一気に上るぞ」

と梵天は宣言した。

「え、下だろ？」

と梵人が驚いた声を上げる。

「いや、上だ」

「屋上に行ってどうするんだよ。ヘリコプターを奪うのか？　さすがにヘリは俺も操縦できないぞ」

「この建物はビルじゃない。その壁の向こうは土だ。このまま下りても、下のフロアで行き止まりだ」

「土……？　じゃあ、俺たちが下りてきたのは――」

「ここは地下施設だ。外に出るには階段を上り続けて、てっぺんまで行くしかない」

榎土三士、とすぐさま銀亀三尉の声が響いた。

「説明しなさい。扉を簡単に開けたり、下が行き止まりだと知っていたり――、おかしいでしょ。あなた、このフロアからまだ一歩も出てないのに」

抑えた声色の底に、めいっぱいの苛立ちが詰めこまれていた。当然、抱く疑問だろうが、いちいち説明している暇はない。そこへ梵人がぽんと肩を叩いてきた。助け船でも出してくれるのか

と思いきや、

「じゃ、俺が先頭で行くわ」

とさっさと階段を上り始めた。

駄目よ、待ちなさいッ、と三尉は声を殺して呼び止める。

「さっきはまぐれでうまくいっただけで、今度は無理に決まってる。相手は武装してるのよ。撃たれるわよ。死ぬわよ。もう少し様子を見ま――」

一段飛ばしで階段を進み、梵人の姿はあっという間に踊り場から見えなくなってしまった。

「梵地――、少し距離を置いてついてこい。三尉を頼むぞ」

このタイミングを逃さず、梵天も階段を上る。

踊り場で折り返し、ひとつ上のフロアに到着する。すでに上下のフロアは連中が現れる前に確認済みだ。ともに完全な無人だった。フロア自体にも使用の跡が見られず、通路の照明には蛍光灯の一本すら差しこまれていなかった。

極力、ブーツが床面を叩く音を抑えつつ、さらに上へ。次の踊り場に達し、ぐるりと身体の向きを変えたときだった。

いきなり、上段から男がずり落ちてきた。

慌てて、壁際に身体を寄せる。踊り場でいびつな格好とともに停止した男は、見るからに失神している様子である。そのとき、ぺちんと何かを叩く音に振り返った。上の踊り場で、ちょうど梵人が、ひとまわりは体格が大きい男のこめかみに拳を当てたところだった。途端、相手は膝から崩れ、くたっと倒れこもうとする寸前で、梵人がその襟元をつかむ。大男の首が反動でぐらりと揺れたあと、音を立てぬよう、梵人は静かに相手の上半身を床に着地させた。

「天ニイ、手伝ってくれ。ここ、丸見えなんだ」

梵天は階段を上り、うつ伏せで倒れている男の脇に手を回した。梵人は太い脚を担ぐ。銃を差したホルスターが腰のベルトに通してあるのを見下ろしながら、男の身体を滑らせるようにして、階段方向に引きずり下ろした。

そこへ梵地と銀亀三尉が忍び足で上ってきた。倒れている男二人を発見し、口を開けようとする三尉に、

「黙って」

と梵人は手のひらを向け、首を強く横に振った。

「いいか、これから階段を上る。三人は俺から離れず、ついてきてくれ。間隔を空けるな。途中、何があっても絶対に足を止めるな。何も見えない、聞こえないつもりで上るんだ」

こんな厳しい表情を見せる梵人はひさしぶりだった。

「行くぞ」

梵人はすぐさま行動を開始した。心の準備を整える間もなく梵天も続く。

隠れようとする素振りをまったく見せず、決して早足にならず、まるでオフィスビルの階段を移動しているかのように悠然と、梵人は階段を上っていった。ブーツが床面を叩く音すら消そうとしない。さすがに水色のＵＮキャップはかぶっていないが、上着はそのまま自衛隊のグリーンの迷彩柄戦闘服だ。左右の肩には、国連紋章と日の丸が入ったワッペンがそれぞれ縫いつけられている。ひと目で部外者と知れるだろう。何より顔が東洋人だ。しかし、梵人はいかにもこの施

設の一員であるかのように、何食わぬ顔で階段を上る。

踊り場に達したとき、一瞬だけ、梵天は顔を横に向けた。

階段と通路を隔てる扉はなく、そのまま通路に接続する先にブリーフィングルームのようなものが見えた。ある者は机で食事をして、ある者は談笑を、ある者はパソコンで作業中だった。誰も目出し帽をかぶっていない。そのとき、通路に面したドアが突然開き、男が出てきた。しかし、相手はタブレットをのぞきこんでこちらに気づかない。梵天たち一行との距離は、わずか二メートルかそこら、タブレット画面の色彩を確認できる位置にもかかわらず、男はそのまま通路を奥へと向かっていった。刈り上げの後頭部に、軍用ジャケットの内側に筋肉がみっちりと詰まった分厚い背中——、ひと目で現役の軍人とわかる後ろ姿が遠ざかるのを視界の隅で追いながら、梵天は階段を上った。

まったく生きた心地がしなかった。

これは偶然のすれちがいなのか、それとも計算済みの突破なのか。梵人に確認する気にもなれぬまま、機械的に太ももを持ち上げた。

それからしばらくの間、踊り場は定期的に現れるが接続するフロアがなく、階段を上るだけの時間が続いた。

およそ三フロア分ほど上ったところで、

「ここで待っていてくれ」

と梵人が三人を止めた。

すぐ済むから、と告げ、梵人は一段飛ばしでとんとんとんとんと階段を上り、すぐにその姿は見えなくなった。

軽快な足音がリズムよく頭上に響くのを追っていたら、「よう」という声が聞こえた。

複数の男が短く叫ぶ声がこだました。同時に、肉のかたまり同士がぶつかったような重い音、金属が何かを叩き「くわぁあああん」と反響する音、荒々しく床面を踏みならす音が重なり合い、ほんの十秒ほどですべてがぴたりと止んだ。

とん——とんとん、と今度はどこか引っかかったようなリズムで足音が下りてくる。

誰が下りてくるのか。

ぎゅうと肩をつかまれ振り返ると、血の気の引いた梵地の顔にぶつかった。弟の手を強く握り返し、正面に戻ったとき、

「いってェ」

と右の太ももあたりをさすり、足を引きずりながら梵人が現れた。

「お、おい、大丈夫か？　怪我は？」

と駆け寄る梵天に、

「ちょっと、しくじった。三人相手だと、さすがに全部よけるのはしんどいな。一発、蹴られた。丸太みたいに太い脚しやがって。俺さ、痛いの苦手なんだよね」

と片頬を引きつらせながら、梵人は上を指で示した。

「終点だ。扉がある。カードキーを読み取るやつだ。天ニイ、頼む」

今度は梵天が先頭になって階段を上った。

照明が急に明るくなったと思ったら、いきなり広い部屋に出た。上へと続く階段がないという

ことは、ここが最上階ということだ。床には大男三人が伸びていた。立派な口ヒゲを伸ばし、いずれもアラブ風の顔立ちをしている。誰も目出し帽をかぶっていない。

「これって、イラク軍の軍服じゃない……」

三人が纏う、砂漠用の迷彩を施した戦闘服を見下ろし、銀亀三尉がかすれた声を発したときだった。

天井に設置されたスピーカーから、けたたましいサイレンの音が鳴り響いた。

「気づかれたぞ」

と梵人が舌打ちする。

部屋に閉じこめた四人が起きたのか、いや、それよりも先ほどの踊り場で倒れている二人が見つかったのか。三秒で扉の向こうを確かめてから脱出したかったが、「早く、早く」と梵人に急かされるまま、首からかけたホルダーケースをカードリーダーに当てた。同じ数字で開くかどうかは賭けだったが、テンキーに四桁の数字を打ちこむと、無事、解錠される音が聞こえた。

「梵人、走れるか」

「走りたくなくても走る」

扉を開くなり、梵天は勢いよく飛び出した。

しかし、ほんの数歩進んだところで、足の動きが自然と止まった。

「え――」

唖然として、前方を見つめた。

左右を確かめてから、また正面に戻る。

そこには、何もなかった。

正面も、左も、右も、ひたすら砂漠が続いていた。何もかもが砂の一色に覆われ、はるか先まで建物ひとつ見当たらない。ところどころになだらかな丘が膨らむだけで、あとはとめどなく平坦な砂地が続いている。十二月のイラクの日の出は午前七時前。東の空の低いところに顔を出したばかりの太陽が、砂漠を白々と照らしていた。

背中からの足音が聞こえないことに気づき、振り返ると、梵地、梵人、銀亀三尉のいずれも口を開け、棒立ちしている。

彼らの背後に、たった今、脱出したばかりの建物が控えていた。

何の変哲もない、灰色の、コンクリート造りの小さな平屋だった。その平凡で牧歌的な眺めとはおよそ似つかわしくない、殺伐としたサイレンの音が、開け放したままの扉から漏れ聞こえてくる。

そのとき梵天は、砂とコンクリートしか存在しないはずの風景に、場違いな色が混じっていることに気づいた。

建物の上部、その色の在りかに磁場が発生したかのように、意識が引きつけられる。

「どうするんだよ、天ニイ。どこに逃げる？　全部、砂漠だぞ――」

呼びかけの途中で兄の様子に気づいた梵人が、その視線を追って首をねじる。

「嘘だろ……」

その声に誘われ、梵地と銀亀三尉も振り返った。

四人の注目をじゅうぶんに引きつけるのを待ってから、相手は組んでいた足をほどき、腰を上げた。全身を包む青を従えて、建物のへりまで歩を進めた。まるでそのタイミングを見計らっていたかのように、サイレンの音がピタリと止んだ。

太陽の光を浴びて、その長身が纏う青が異様なほど鮮やかに色を発していた。さらには首元を、手元を飾っている装身具が、いっせいに輝きを放ち始める。

「部屋まで迎えを送ったのに、ずいぶん時間がかかったのね。余計ないざこざでも起きたのかしら――。といっても、あなたたちがここに来るまでを待つのに比べたら、何でもないことだけど。今はもう十二月？　なら、九カ月も待ったことになる」

まっすぐ榎土三兄弟を見下ろしながら、あなたもたっぷりと待ったものね、と誰かに同意を求めるかのように声を放った。

先ほどまで腰かけていた大きなクッションのようなものが、急に膨らんだように見えた。それがゆっくりと移動してくる。最初は茶色のかたまりにしか見えなかったが、徐々にかたちを纏い、過去の記憶と勝手に照合を始める。

「誰だよ……、『少なくとも、ライオンは出てこない』とか言っていたのは」

力の抜けた梵人の声に、梵天はそれが宿営地を出たばかりのコーキ（高機動車）の中で己が発した言葉だったことを思い出す。

朝の澄みきった光を吸収し、そのたてがみは主人の装身具に負けぬほど黄金の輝きを纏い、豊かに波打っていた。頭《こうべ》を垂れた姿勢のまま、たてがみを主人の膝のあたりにこすりつける。そのまま、ぐるりと主人のまわりを一周したのち、同じく建物のへりからぬっと顔を出した。

見覚えのありすぎる組み合わせが完成したところで、女はまるで舞台に立つかのような優雅な

動きで右手を掲げ、

「ようこそ、メソポタミアの地へ――、ミスター・ボンテン、ボンチ、ボンド」

と白い歯を見せた。

ひょっとしたら同じ表情をしようとしていたのかもしれない。ライオンは歯茎を剥き出しにして、長い牙を存分に見せつけながら、荒々しいうなり声とともに、まぶしげに目を細めた。

第六章　女

イラクへの出発を三日後に控え、梵人《ぼんど》がふて腐れた表情そのままに、いったいあんな場所に行って何か楽しいことのひとつでも待っているのか、と投げやりな問いを梵天《ぼんてん》に投げかけたところ、

「知らん、梵地《ぼんち》に訊け」とけんもほろろに流されたので、

「向こうじゃ、恐竜の化石とか出ないのか？　砂漠だし、掘りやすそうじゃないか」

と話題を変えて訊ねてみたら、

「白亜紀の頃のアラビア半島は大陸棚として海の底に沈んでいたから、アンモナイトは出ても、恐竜の化石は出ない」

と己を鏡に映したようなふて腐れた表情で返された。

「ただし、アフリカ大陸をずっと西にモロッコまで行くと、化石がわんさか眠っている地層があるんだ。恐竜だけじゃない。三葉虫だって出る。三葉虫は外殻が硬いから、化石もまるで生きているようなリアルさで、見たら驚くぞ。モロッコにあるその地層はおもしろい名前でだな、一度聞いたら忘れられない――」

と聞きたくもない長講釈が始まりそうだったので、早々に話を切り上げ、その足で梵地のもと

へと向かった。そこで同じ質問を繰り出したのかというと、もちろん、そんな野暮はしない。イラクへの出発が日一日と近づくにつれ、見るからに生き生きとした顔つきを取り戻すとともに、似合わぬヒゲまで蓄え始めた次兄である。どうせシュメールがどうの、メソポタミアがこうのと、こちらもカタカナだらけの古くさい話を繰り広げてくるに決まっている。代わりに次兄には、京都にいる梵地ガールズたちが今回の中東派遣についてどう反応しているのかという質問を投げかけてみた。

「中東じゃなくて、西アジア」

とやんわり訂正されたのち、

「実は、みなさんとのお付き合いをいったん清算したんだ」

と梵地は驚くべき事実を告白した。

「それって、別れたってことか?」

「そういうことになるかな。ＰＫＯの派遣期間は半年が目処って言われてるけど、はっきりとしたところはわからないし、来年じゅうに大学に戻れるかどうかも何とも言えないから、僕のほうから関係は白紙にしてくださいって申し出たんだ――」

それほどまでにこのイラク行きに意気ごむものがあるのか、と予想を超えた前のめりぶりに戸惑うとともに、梵人は何とも言えぬ不公平感を抱いたものである。なぜって、これではライオン女に脅され嫌々自衛隊に入ったはずが、日々の鍛錬を経て無駄に健康になるわ、早寝・早食い・早風呂・早糞は身につけられるわ、憧れの国への訪問がいわば最短距離で叶うことになるわで、結果的に次兄にとっていいことずくめになるではないか。確かに、大切な年上女性たちとの関係を犠牲にしたとは言えるかもしれないが、そこは梵人にはいまいち伝わらない部分である。

二人の兄との意見交換を終えたのち、梵人は少なからず落ちこんだ。

いかに自分が、人生における「楽しみ」というものを何も育ててこなかったか、改めて思い知らされたからだ。オリンピックを目指し、試合に練習に心血を注いでいたときは毎日が楽しかった。そりゃ、そうである。あらゆる試合で勝ちまくっていたのだから当たり前だ。気分がいいに決まっている。問題はそれからだった。膝の大怪我と引き替えにオリンピックをあきらめた。自信満々に描き続けてきた一本道からコースアウトした途端、梵人は空っぽになってしまった。この十年間、ときどき打ちこむものができたとしても、それは単なる暇つぶしと呼ぶに相応しかった。格闘技にしても多少は真剣に学んだが、生活の手段として利用するようになって、楽しみとは遠く離れたものに変わってしまった。

それに対して二人の兄には、純粋な「楽しみ」がある。

もはや、楽しみを超えた「夢」と言っていい。

次兄はこれから向かう土地にダイレクトな憧れを持っている。

長兄には梵天山が待っている。

ネットオークションでも簡単に手に入る代物にホイホイと釣られ、今となってはあの山に望むものがあるのかさえあやしいが、少なくともデカいアンモナイトは埋まっていた。お宝発掘を夢見て、土と睨み合いを続ける楽しみがまだたっぷりと残っているのだ。

翻って、自分はどうだ。

イラクはもちろん、その後、日本に戻ったところで、これといってやるべきことなど何もない。

銀座の貴金属泥棒の分け前が残っているおかげで、働く必要すら当分なくなってしまった。

ひょっとしたら、と思うことがある。

このライオン女の一件は、本来どうしようもなく退屈な日々に浸っていたはずの梵人に大きな刺激を与え、確かな「張り合い」を与えているのではないか？

そんなことを考え始めると、ひどく空虚な気持ちになる。つまらない自分をこれでもかと思い知らされるようで、鬱屈の度合いをひとり深めていたら、中即連に配属されて以降、急に体重が増え始めた。一時は高校時代のベスト体重まであと四キロというところまで絞ったのに、あれよあれよという間に、あと十五キロというラインまで後退し、さらにイラクに到着してから、日々汗だくになって任務をこなしているにもかかわらず、じりじりと体重が増加し続け、四月の入隊時ほどではなくても、引き締まった体形の精鋭が揃う警備小隊のなかで、ひときわ目立つ締まりのない身体に戻ってしまった。

「榎土《えのきど》はそんなにここが気に入ったのか？　こっちに入って痩せた奴がほとんどなのに、お前くらいだぞ、膨らんだのは」

と上官から皮肉を言われても、まさか梵地ではあるまいに、ただ宿営地に閉じこもり、通行ゲートで番をするだけの生活が楽しいはずがない。年間降水量がたったの二百五十ミリ（日本でいったんゲリラ豪雨が降れば一時間で百ミリを優に超える）というカラカラの気候に身を置こうとも、その心の内側は乾燥とはとことん無縁、イラクに来てこのかた、湿りがちな気分をもて余すだけの、いっこうに冴えない日々を送っていた梵人だった——。

それが、どうだろう。

あれほどまで内側にこびりついていた負の感情が、この十二時間の経験できれいさっぱり洗い落とされてしまった。

カフェで否応なしに拉致され、ヘリコプターに放りこまれ、殺風景な部屋に監禁され、いったんは脱出を成功させたと思ったところへ女が登場、ついでにライオンまでおまけでついてきた——。

さらには外敵の襲来を察知し、巣穴から湧き出した兵隊アリの如く、開け放した平屋のドアから、銃を持った男たちが続々と現れた。男たちは素早く半円の陣形を取り、榎土三兄弟と銀亀《ぎんがめ》三尉に銃を突きつけた。よほど慌ただしい出動だったのか、目出し帽をかぶっている者もいれば、かぶっていない者もいた。防弾ベストを着こんでいる者もいれば、Tシャツ一枚だけという者もいる。Tシャツの袖口からのぞく、びっしりとタトゥーが彫りこまれた太い腕が、ぴたりと銃口をこちらに向け構えているのを見て、梵人は少し口を膨らませてから、ふうと肺に溜まった息をゆっくりと吐き出した。

左右から殺気だった眼差しが向けられるのを受け止めつつ、梵人は心の水底からひとつの感情があぶくとなってゆらゆらと上昇してくるのを抑えられなかった。

何だか楽しいぞ——。

我ながら、どうかしているとは思う。命の危険にダイレクトに晒されている状況を前に、指先は痺れ、顔からも血の気が引いている。本物の小銃を向けられると、勝手に身体が反るようにこわばってしまう感覚を知り、地下の格闘技大会や中国マフィアのボディガードなど、所詮「ごっこ」だったことを悟った。そのくせ、ゾクゾクとしたものが騒ぐのを止められないのだ。

「天ニイ、地ニイ。ちょっと俺、やってみるわ――」

とひとりごちて、梵人は尻ポケットにねじこんでいたUNキャップを引っこ抜いた。それをひょいと最も近い距離に立つ男に投げつける。水色の残像がくるくると宙を舞うのに釣られ、相手の銃の構えが一瞬乱れたとき、梵人はすでに一歩目を踏み出していた。

「やめなさい。ミスター・ボンド」

建物の上から、静かな女の声が響いた。

すでに梵人の予定ではこのまま駆け寄って三歩目で相手の銃口を握り、足元にそらすと同時に、こめかみに一撃、そのまま右隣の男の急所を蹴りつけ、さらに隣へ――というところまで展開が見えていたのだが、その動きを先回りするかのような言葉に思わず足の動きを止めた。

「何か、大きな勘違いをしているようね。私はあなたたちを朝食に招待しようと人を遣《や》ったの。さあ、建物の向こうに回りなさい。階段があるからここへ上ってらっしゃい」

それから女は英語で何かを伝えた。梵人たちを囲む男たちがいっせいに銃の構えを解く。まるでアリが巣へ帰るようにドアの向こうへ小走りで戻っていくなか、ドア脇にひとり、その場に立ち止まり動かずにいる男がいた。

砂漠に馴染むクリーム色の迷彩柄の上着を纏った、五十代半ばくらいの白人の男だった。銃は持っておらず、休めの姿勢で梵人たちに視線を向けている。背はそれほど高くはないが、短く刈りこんだ髪、太い首、横幅があるけれどなで肩、額に三本線で刻まれた横じわ、まっすぐ相手を捉える静かな眼差し――、見るからに長年鍛え上げた上官としての存在感をアピールしている。ただし、宿営地にいる梵人の上官たちとの違いは、ほとんど日に焼けていないことだった。短い髪の色はくすんだブロンドというやつなのだろうか。眉ははっきりとした金色で、朝日を浴びて、白い肌に張りついた部分が淡く光っていた。先ほどまで銃を向けていた連中のうち、素顔を晒していた男たち全員が無精ヒゲを伸ばしていたのに対し、この上官らしき人物は尻のように割れた逞しいあごまわりからもみあげにかけて、清潔感ある剃りたての気配を漂わせていた。鼻の下にもヒゲは見当たらない。広めに開いた戦闘服の襟には左右に星マークのバッジが輝き、いかにも上の階級に所属している出で立ちである。

建物のへりから、女がふたたび英語で言葉を発した。

男は軽くうなずき、ゆっくりとこちらへ近づいてくる。途中、砂地に落ちていたUNキャップを拾い上げ、無言で梵人に差し出した。「どうも」と梵人が受け取ると、ついてこいとばかりに首を傾け、建物の脇へと歩いていく。

どうする？　とようやく梵人は振り返り、兄たちと視線を交わした。

「このおっさんについていくか？　それとも、このまま走って逃げるか？」

梵人の問いに、長兄は左右を見回す。砂漠がどこまでも広がっている景色にまぶしげな視線を送ったのち、

「ついていくしかないだろうな」

と舌打ちとともに首を戻した。隣の梵地も蒼白い顔でうなずく。銀亀三尉は口元をきつく結びながら、サングラス越しに白人男の後ろ姿を追っていた。

梵人が先頭となり、男のあとに従った。

建物を回りこむと、階段が壁に張りつくようにして待っていた。ひとりが通るのがやっとの細

い階段である。白人男の尻を追いながら階段を上る途中ふと横を向くと、アルファベットの「H」のマークが目に飛びこんできた。ヘリポートだ。周囲に特別な施設はなく、ただ舗装したコンクリートが剝き出しになっているだけで、円とその内側の「H」マークの大半が砂に覆われていた。昨夜、あの場所にヘリコプターが降り立ち、階下の部屋まで引っ張っていかれたのだろう。

こちらからの眺めも、見渡す限りの砂漠である。こんな火星のような場所に、いったい何の目的でこの大がかりな地下施設を造ったのか。石油でも探っていたのか。床タイルや壁の傷み具合から見て、軽く築三十年は超えている物件だろう。いや、それよりも何よりも女だ。自衛隊に入隊してからの半年間、溜まりに溜まった膨大な量の「なぜ」に対する答えが、階段を上った先で梵人たちを待っている。

平屋であっても屋上と呼ぶのだろうか、階段を上りきると十五畳ほどの広さのスペースに出た。その真ん中に場違いなほど大きなテーブルが用意されていた。下から見上げたときはそれとわからなかったが、天幕がテーブルの上を覆い、日差しを遮っている。

テーブルの向こう側に、全身を青に包んだ女が立っていた。

「昨日は何時に到着するのかわからなかったから、粗末なものしか用意できなくて。あなたたち、きっとお腹が空いているでしょう」

女は英語に切り替え、砂漠用迷彩柄の男に何やら告げた。女がイスを引いて腰を下ろすと、男もテーブルを回りこみ、その隣の席に軽い会釈とともに座った。

「あなたたちも、どうぞ」

相手の誘いに乗るべきか否か、梵人たちが戸惑っている横から、

「さっきのライオン……、本物だった、よね」

という銀亀三尉のか細い声が聞こえた。

それに対し、女がなぜか三尉に対して英語で返した。何を言っているかわからないが、最後のあたり、少し笑いに近い声色が混じっている。

「今、何て？」

という梵天の問いに、

「僕たちが落ち着いて食べられないだろうから、ライオンは下に降りて待っている」

と梵地が通訳する。確かに、屋上に獣の姿は見当たらなかった。

「あなたたち、いつまで立ってるつもり？　座ってくれないと食事を始められないでしょ」

梵人たちの前には四脚のイスが横一列に並ぶかたちでセッティングされている。

三兄弟で視線を交わし合ったのち、ほとんど同時にイスを引いて腰を下ろした。

とにかく腹が減っていた。

もはや視界を占める食べ物の引力に抵抗することができなかった。テーブルの上には、パンの皿、オムレツとベーコンの皿、サラダの皿、デザートの皿と、やたら皿を並べた横に、小さめのオレンジジュースのグラス、細長いアイスコーヒーのグラス——という朝食セットが人数分用意されていた。表面に細かい水滴がついたアイスコーヒーのグラスから、手元の白い布ナプキン、フォークとナイフのセットへと梵人は視線を滑らせた。これをあのガタイのいい連中が準備したのだろうか？　それとも専属のウェイターがどこかに隠れているのか？

「あなたたちとまた、こうして再会できてとてもうれしい。きっと訊ねたいことがたくさんあるでしょうけど、まずは食べましょう。質問はそのあと。時間はたっぷり、それこそいくらでもあるのだから」

どうぞ召し上がれ、と女は両手でテーブルの料理を示した。

とにかく、喉が渇いていた。オレンジジュースのグラスを一気に飲み干し、さらに梵人は隣のアイスコーヒーを手に取った。宿営地のインスタントものとは違う、偉そうなくらいしっかりと口に残るコーヒーの苦みをストロー越しに味わいつつ、たった今言われたことをすべて忘れ、

「で、あんた、何で砂漠なのにそんな暑そうな毛皮着てるんだ？」

と正面の女に向かってさっそく質問をぶつけた。

＊

梵天山ではじめて出会ったときと寸分違《たが》わぬ格好と言っていいだろう。

鮮やかな青の毛皮コートの胸元からは褐色の肌がのぞき、首輪、イヤリング、髪留めはすべて金で統一。顔のメイクも目のまわりを隈取りといっていいくらい黒く塗りたくり、その真ん中から青い瞳が榎土三兄弟を捉えていた。梵天山に登場したときは、何やら仮装パーティーに向かう途中のような装いに感じられたが、上方向に盛りに盛った髪形も、木の葉が散ったようにあちこちのぞくゴールドの髪留めも、この砂漠の一軒家では違和感のない、むしろしっくりとくる取り合わせに見えるから不思議だった。

むしろ奇妙なのは、隣に着席する白人男である。キテレツ極まりない格好の女が横にいるにもかかわらず、何の関心も示さず、まだ誰も食事に手をつけていないことなどお構いなしに、先ほどからさっさとパンをちぎっては口に放りこみ、さほど嚙むことなく次はベーコンに取りかかっている。早食いの訓練を長年積んできたことは明らかで、黙々とあごを動かしつつ、すでに手はサラダ皿に向かっていた。

「これはね、毛皮じゃないの」

女は優雅に片手を持ち上げ、黄金のブレスレットの下に垂れる、青々とした毛並みを見せつけた。

「ラピスラズリで作った糸を加工して、コートに仕立てたもの。とても涼しいのよ。どんなに暑くても熱を防いでくれる。見た目とは違ってね。もちろん、寒さもしのげる」

そのまま伸ばした手でアイスコーヒーのグラスを取り上げ、ストローに口を近づけた。あごを引いて伏し目になった拍子に、長い睫毛がひときわよく目立つ。

「いただきましょう」

女はアイスコーヒーを戻すと、丸いパンをつかんだ。食事を始めた二人を前にして、取り残されたような空気が日本人チームの間に漂うなか、

「何だ、ラピスラズリって」

という梵天の低い声が聞こえた。

「青い石だろ。滅多に採れない宝石で、あれだよ、瑠璃《るり》のことだ」

と梵人が答えると、

「よく知ってるね」

と梵地が驚いた顔を向ける。

「ラーメン屋に置いてあった週刊誌の最後のページに、よく宣伝が載っていた。青いネックレスだかブレスレットだかを買ったら、開運パワーでモテモテになったり、大金持ちになったり、とにかくいいことだらけになるんだ」

「確かに、むかしからラピスラズリはパワーストーン扱いされている石だからね。メソポタミアの時代から、アフガニスタンで採掘されて、はるばるこの地まで交易で運ばれてきたんだよ。装飾品として、すでに五千年前から重宝されていた」

「でも、それは石だろ？　何で石が糸になるんだ？」

梵天の素朴な質問に、梵地も言葉に詰まる。

「もういいや、さっさと食べようぜ」

質問したのは自分のくせに、テーブルに並んだ皿を前にもはや我慢も限界だった。パンをひと口齧《かじ》るなり、それからはノンストップで食事に没頭した。ベーコンは肉厚、オムレツは半熟、サラダは新鮮。近所に隠れ家風レストランが潜んでいるのかというくらい、充実の味わいである。最後のデザート皿には、薄切りしたスイカと何やら焦げ茶色のものが載っていた。干からびているのか、潤っているのかよくわからない、光沢ある馬鹿デカいレーズンのようなものが二つ並んでいる。

「デーツだよ」

皿に鼻を近づけ、匂いを確かめる梵人に、梵地が教えてくれた。

「デーツ？」

「ナツメヤシの実。アラブでいちばんポピュラーなデザート」

へえ、と梵人はひとつをつまみ、「ゲンゴロウみたいな見た目だな」とつぶやきつつ、半分ほどを齧った。

「甘いな、うまいな」

まったりとしたイチジクの味に似ているといえば似ている。クセがあるが意外と後味はあっさりで、梵人は残りをすぐさま腹に収め、横の様子をのぞいた。梵人の隣から梵地、梵天と並び、最後に銀亀三尉という席順である。すっかり彼女の存在を忘れていたが、やはり空腹だったのか、三兄弟と同じスピードで朝食を平らげ、黙々とデーツを齧っていた。

食事を終え、アイスコーヒーも飲み終えた。自然、榎土三兄弟の視線は正面に集まる。

「お腹は膨らんだかしら？　デーツの味はいかが？　これは肉厚でとてもいいデーツ。味も上品で――」

「そんな話はいいから、早く質問タイムを始めろよ」

遠慮なく言葉を遮る梵人に、そうねと女は軽くうなずき、

「何から、話そうかしら」

と布ナプキンで口元を拭いたのち、対面する三兄弟に視線を置いた。

「最初から順に、全部に決まってるだろ」

感情を出すまいと努めても、自然と苛立ちが言葉の端に滲んでしまう。

「いいか。俺たちはな、ずっとお前の――」

梵人がさらに口を開こうとしたとき、

「これはどこからがあんたの計画だ？」

と梵天が鋭く機先を制した。

冷静な響きを保っているが、腕を組む長兄の眉間には深いしわが寄っている。

「あのカフェで待っていた男たちは、あんたの手先か？」

ああ、その話からね、と軽くうなずいたのち、

「手先ではないわね。正確な意味では」

と女は静かに首を横に振った。

「協力者というところかしら。彼らは何も知らない。ただ報酬を貰って仕事をしただけ。あの老人もそう」

老人？　と梵天が訝しげに声を上げる。

「あなたたちの前で、紅茶を落としたでしょ。あれでミスター・ボンドは注意を持っていかれた。グラス代の弁償と演技の手間賃はちゃんと払っておいたわよ」

いきなり名指しされても、梵人は一瞬、何のことかわからなかった。しかし、昨夜のカフェで、目の前でじいさんがお盆を派手に落としたことを言っていると気づいたとき、梵人は思わず女から向けられた視線を遮るように目を伏せた。

本能的に敗北を直感した。

何が負けなのか、頭がワンテンポ遅れてから整理していく。あのとき、梵人は老人の動きを先取りした。しかし、そのために紅茶グラスを満載したお盆が落ちることに意識を引きつけられ、

真後ろで頭にかぶせるための袋を用意している連中にいっさい気づかなかった。ワゴンに放りこまれたのち、「何のために、お前の三秒はある」と長兄からなじられたが、カフェに入ったときから自分はターゲットに定められ、狙いどおりいとも簡単に力を封じこめられていたのだ。

こりゃ、敵わない――。

梵人はあっさりと降参した。

先回りすることの圧倒的な強さを身をもって知っているだけに、己よりもさらに先回りする相手の出現を前に、一気に抵抗の意欲を削がれてしまった。それでもほんの少し残った反骨心に押され、梵人はデザート皿に手を伸ばした。そこに転がったデーツの種をつまみ、女に投げつけてやろうとしたら、

「そういうのはやめなさい、ミスター・ボンド。見苦しいわよ」

とやんわり止められた。

つまんだ種を皿に戻し、梵人は面を上げた。

言葉を発しなければ、完全に異国の人間がそこに座っていた。褐色の肌に、黒いアイメイク、長い睫毛の下から青い瞳が悠然とこちらを捉えている。異国といっても、地に足着いた生活感ある香りはいっさいしない。どこぞの別の時代を舞台にしたミュージカルに登場しそうな、浮世離れした雰囲気が放たれている。

間違いなかった。

この女は梵人の三秒の中身を正確に把握している。

梵天山での初対面のときもそれらしいことを匂わせていた。先ほど大勢から銃を突きつけられ

た際、ＵＮキャップを投げつけ、ひと暴れしてやろうとした彼を寸前で止めたのは決して偶然ではなかったのだ。

　これか、と思った。

　この心に膨らんでいく「何で」は、きっとこれまで梵人が打ち負かしてきた幾多の相手が等しく抱いたクエスチョン・マークなのだろう。手の内を読み切られ、その理由をつかめぬまま敗れ去る者の、理不尽さと不可解さが混ざり合った感情を今ごろになって梵人は忠実にトレースさせられている。

「何なんだよ……、お前」

　口の先を尖らせるのが、もはや精一杯の虚勢だった。

　背もたれに投げやりに背中を預けた梵人とは対照的に、梵天は上体を乗り出し、

「どうしてあんたは、俺たちがあのカフェに行くと知っていた？」

　と厳しさの増した声で問いを放った。

「それはもちろん、すべて私がオファーした話だから」

「オファー？　新聞社に俺たちの取材を申しこませたってことか？」

「新聞社もそうね。でも、もう少し範囲は広いかしら。もちろん、そこにはあなたたちの国も入っている」

「国？」

　何を言っているのだ、という表情とともに、梵天は眉間のしわをいっそう険しくする。

「準備が整い次第、あなたたちをここへ呼び寄せる予定だった。今年は雨季に入っても雨がほと

んど降らなくて、そのせいなのか季節外れの砂嵐がとても多い。あなたたちの宿営地があるエリアでは、これからしばらく砂嵐が激しくなるという予報が出ていた。だから、動いたの。砂嵐でヘリコプターが飛べなくなる前にね。おかげでこうして朝食の席を囲むことができた。準備の時間が少なかったから、多少は強引だったかもしれないけれど」

「多少？　どこが多少だ？　完全にテロリストのやり方だろ」

「結果的に見れば、これがお互いにとってベストなやり方だった。国連からあなたたちの宿営地に招待の車を送らせることもできたけど、その場合、間に挟む人間が増えてしまうでしょ？　このやり方だと、関係する人間の数も少ないし、あなたたちがいきなりいなくなっても誰も困らない」

「困らないだと？」

それまで抑えていた梵天の声が、ついに裏返った。

「ふざけるなッ。困るに決まってるだろ。俺たちがいなくなって、宿営地は今ごろ大騒ぎになっているぞッ」

「言ったでしょう。私がオファーを出して、それを受けた相手にはあなたたちの国も含まれるって。そうね、いっそ任務でここに来たと考えたら、便利じゃないかしら？」

と女はどこ吹く風といった顔で、イスを後方に下げ、悠然と足を組んだ。

「俺たちはＰＫＯ部隊として派遣されたんだ。袋を頭にかぶせられて、銃を突きつけられる任務なんかあるわけないだろ」

「もう忘れたの？　私はわざわざあなたたちの国まで出向いて、救いの手を差し伸べたのよ。私が気まぐれを起こしたら、あなたたちの未来なんて一瞬で——、こう」

女は手のひらを口元に持っていくと、フッと吹いて見せた。

「それは……、あくまで俺たちとあんたとの間の話だ。彼女には何の関係もない」

怒りを抑えた声とともに、梵天は隣に座る銀亀三尉の存在を伝える。

「ああ、そちらね」

まるで「今、気づいた」と言わんばかりの口調で女は三尉に視線を送った。

「あなたたち三人だけをあの宿営地から離脱させられたらよかったけど、あなたたちは何の役にも立たない新人。単独行動させたくても、その理由がない。新聞の取材はうまい口実だったでしょ？　宿営地を離れる際、誰かが同行するあなたたちのルールを踏まえて、こちらも対応した。ああ、心配はしないで。あなたたちと同様、彼女も特別な任務に就いたという話で決着はついている。間違ってもテロリストに拉致されたとか、任務の途中で急に行方不明になったとか、そういった騒ぎにはなっていないから。あなたたちには理解が難しい話でしょうけど、こういうときって案外、軍隊のほうが扱いやすいの。上からの命令が絶対だから。つまりミスター・ボンテン——、あなたたちがここに滞在することは、すでにあなたたちのボスの許可を得ている。だから、誰に遠慮することなく、ここにいてもいいってこと」

「ボスって俺たちの隊長のことか？　ハッ、冗談言うな。こんなイレギュラーな任務を絶対に許可するわけないだろ。だいたい、隊長も新聞の取材だと信じていたぞ。勝手に話がついているとか、出鱈目の質が雑なんだよ」

女は静かに首を横に振った。

「そんなところじゃなくて、もっと、もっと上のほうにいるボスのこと」

と右の人差し指をすっと突き立て、頭上の天幕に向けた。釣られて梵人が仰ぐと、蠅が一匹、天幕に翅《はね》をこすりつけるようにしてくるくると回っていた。

おい、と梵天がよりいっそう声を低くして呼びかけた。

「三尉だけでも宿営地に帰せ。今すぐにだ。用があるのは俺たちだろ？」

「それはできない相談ね。もしも彼女だけが戻ったら、何が起きたか報告するでしょ。それへの対応が重ねて必要になる。私には何のメリットもない話。彼女にはあなたたちと、ここでの時間をともにしてもらう」

そこから突然、女は英語を話し始めた。相手は隣の男ではなく、なぜか銀亀三尉である。

「何で、わざわざ英語で話す必要があるんだ？」

と梵人が隣の梵地に耳打ちするも、

「さあ、僕たちに言ったことと同じ内容だけど……。宿営地の自衛隊には、正式な任務で部隊から離脱するということで話がついているから心配は要らない――って」

と梵地も困惑の表情で女と三尉のやりとりを見守っている。

そう言えば、ライオンについて三尉が訊ねたときもこの光景を見た。女は銀亀三尉に一方的に英語で告げたのち、

「すべてが終わったら、あなたたちを宿営地まで送り届ける。もちろん、彼女もいっしょ」

とふたたび言葉を戻し、三兄弟に向き直った。

「すべて終わったらって、それ、どういう意味だ」

「私からの任務を完了すること。任務というよりも、お願いね」

「お願い?」

「あなたたちがいろいろな国の人から、泥棒の仕事を引き受けていたように、私からのお願いも引き受けてほしいの」

平然と泥棒という単語を持ち出すことに、梵人はひやりとして端に座る銀亀三尉の横顔をうかがったが、三尉はうつむいたまま、どういう訳か女の言葉をまったく聞いていない様子である。

「俺たちが引き受けたのは、あくまで相手が困っていたからだ。あんたとは違う」

「私も同じく、異国の地で困っている外国人よ。平等に扱ってほしいものね」

「異国? あんたはここの人間だろ?」

「これがこの国の服装に見える? 私のような格好の女性が他にも歩いている?」

本気のつもりかジョークのつもりか、女はゆるやかな笑みを口元に浮かべ、胸元の青い毛並みを指でつまんで見せた。

「見つけてほしいものがあるの。あなたたちじゃないと、見つけられないものよ。そのために、ずいぶん遠回りをして、あなたたちをこの場所まで呼び寄せたのだから」

いきなり核心に切りこむ発言に、梵人の身体が勝手にびくりと反応した。隣の兄たちも同時に息を呑んだのをはっきりと感じ取る。急に空気が研ぎ澄まされたものに変化し、それまで気にならなかった蠅の音がぶんぶんと頭上から降ってきた。

「俺たちは何の役にも立たない新人じゃなかったのか?」

と唇の端を歪め、梵人はフンと鼻を鳴らした。

「あなたたちのキャンプのなかではね。でも、ここではちがう。私はあなたたちの力を必要としている」

「見つけてほしいものって――、何だ」

と長兄が慎重に口を開いた。

組んだ足をほどき、女はイスの背もたれから上体を起こした。

姿勢を正し、梵天の目をまっすぐに捉えて告げた。

「層を探してほしいの」

「層？」

ええ、と女は深くうなずき、

「ヒトコブラクダ層を探して」

とその言葉を口にするのがうれしくてたまらないというように、はっきりと白い歯を見せつけ笑った。

＊

苦労して上ったばかりの階段を、ふたたび下りる。梵人たちを部屋まで先導した男は途中、無駄口のひとつも叩かなかったが、ただ「キンメリッジ」とだけは名乗った。

アラブ系の彫りが深い顔立ちだった。強いパーマをかけた長めの髪が躍る頭にサングラスを差しこみ、

「入れ」

と鉄扉の前に立ち、あごで促した。

「鍵、しない。呼びにくるまで、待て」

決して上手ではない日本語の発音に聞き覚えがある。昨夜、ワゴン車から降ろされ、ヘリコプターに乗る際、指示を伝えてきた相手かもしれない。

「また、このボロ部屋かよ。いったい、ここは何の施設なんだ？　イラクのどのへんだよ。それとも、ひょっとして、イラクじゃないのか？」

と梵人が訊ねても、男は何の反応も示さない。

「あの、このあたりで倒れていた人たちは……？」

と床を指差し、梵地が遠慮がちに声を発すると、

「運んだ」

と短く答えた。先ほど梵人たちが昏倒させた四人の兵士たちの姿は見当たらず、部屋の中央には何事もなかったかのようにパイプ椅子が四脚、整然と並べ直されている。

「だ、大丈夫だった？　怪我は？」

「こぶが、できた、くらいだ」

ドジを踏んだ仲間たちへ向けられたものなのか、男は小馬鹿にしたような笑みを口の端にのせ、最後に銀亀三尉が部屋に入るのを待って扉を閉めた。その後、確かに鍵をかけた様子はない。ただし、カードキーは返しているので、結局のところ階段フロアには出られないだろう。

「よかったよ。あの人たち、死んでなくて」

と梵地がホッとした様子で端のパイプ椅子に座ると、その隣に梵天が腰を下ろし、

「振り出しに戻る、だな」

と険しそうな表情を崩さずつぶやいた。

「でも、今のキンメリッジ——だったっけ？　銃を持っていなかったぞ。振り出しに戻ったけど、俺たち人質じゃなくて、お客に格上げされたってことじゃないのか？」

と梵人がさらに隣に座り、残った一脚を前にずらし、

「あの、銀亀さんもどうぞ」

と声をかけた。

ドア脇の壁にもたれかかるようにして、三尉は腕を組んでいた。サングラスをかけているため、表情を確かめることはできないが、口を横一文字に結び、部屋に入ってからも無言を貫いている。階段を下りてくる間はもちろん、朝食の最中から三尉がひと言も発していないことに梵人は気づいていた。だが、今は彼女よりも自分たちのことが先だった。当然、梵人も混乱の真っただ中にいる。二人の兄も同様だろう。こんな砂漠のど真ん中で、探し求めていた相手にいきなり出くわした。しかも、すべて用意された筋書きに従って、物事が進んでいると告げられた。榎土三兄弟にとっては、止まっていた時間が突如動き出し、勢いそのままに撥ね飛ばされたような状況である。

「座ってください。取りあえず、いったん落ち着くのがいいですって」

と半分は自分に伝える気持ちで、梵人は再度勧めた。

「はっ」

短く息を詰めるような、そんな音が三尉の口元から発せられた。壁から離れ、腕を組んだまま

榎土三兄弟のもとへ近づいてくる。

「え――」

思わず屁のような声が梵人の口から漏れ出たのは、これから起こることが残像となって視界に映し出されたからだった。

しかし、「そんなの起こるわけがない」という思いこみに負け、兄たちに知らせることができなかった。

すなわち、梵人が勧めたパイプ椅子の横を素通りした銀亀三尉は、梵地の正面で止まり、顔を上げた次兄の頬目がけ、いきなりビンタをお見舞いしたのである。

「ぎゃっ」

という次兄の情けない声に重ねるように、さらには梵天、梵人と、間髪容れずに派手な音とともに連続ビンタを炸裂させた。

「あ、あなたたち、よくも私たちをだまして――。自分たちがやったことわかってるのッ」

震える声で三尉は叫んだ。

三兄弟が揃って頬に手をあて、呆然と見上げる先で、サングラスの下にのぞく唇の端が細かく痙攣《けいれん》していた。

彼女は本気で怒っていた。

唇の震えが一気に全身に伝播し、また怒りの沸点を超えたのか、

「何もかも芝居だったのねッ」

と正面に座っている梵人に組みついてきた。

「ま、待って。ちょっと、わ、うわッ――」

襲いかかってくることがわかっていても、頭の切り替えができない。受け止めきれずバランスを崩したところへ、二人分の重さが加勢し、椅子ごと背後にひっくり返る。

「あ、あいつらとグルになって、私をこんなところまで連れてきて――。どこなのよ、ここは？　さっきの男にもわざとらしく訊ねて、今さら白々しい演技なんかしてるんじゃないッ」

ぺしぺしとやみくもに顔を叩かれ、やめて、痛いです、と悲鳴を上げる梵人の前から、銀亀三尉が遠ざかっていく。小柄な身体を背後から抱え上げ、「三尉ッ」を連呼しつつ、梵天が落ち着かせようとするが、逆に「離せ、クソスパイ」とブーツのかかとですねを蹴られ、「うぐ」とうめき声を上げてうずくまってしまった。

残るは梵地である。

すでに椅子から立ち上がり、さながら猛獣と対峙するかのように、長い腕を突っ張り、

「落ち着きましょう、取りあえず、落ち着きましょう」

と三尉に手のひらを向けるが、見るからに腰が引けている。

「何を話していたのよ」

「話していたって……？」

「さっきの食事のときに、決まってるでしょッ。わけのわからない言葉で、ずっと何を話していたの？」

これまでとは声質がまったく異なる、腹から発せられる敵意も剝き出しの怒声に押され、じりじりと梵地が後退《あとずさ》る。

「だいたい、いつからあなたたち、草をやってたの？　ウチに入る前から？　どうやって、今回の派遣隊に潜りこんだ？　昨日の出発前に、あなたたち三人のことをファイルで見たときから変だと思った。新人のくせにいきなり中即連に配属されて、三人揃って派遣だなんて、そんなのどう考えたっておかしい。あなたたちよりずっと優秀な隊員が大勢、派遣への参加を希望していたのに、その人たちを差し置いて、どうやって選ばれた？　他にもあなたの仲間がウチに入りこんでいるってこと？　榎士二士、答えなさいッ」

いよいよ高まるテンションに完全に気圧されつつも、

「あ、あの、草って何ですか？」

と梵地がたどたどしく訊ね返す。

「僕たち、タバコも吸わないし、大麻とか、そういうのとは無縁の生活――」

「とぼけないで。草ってのはあなたたちのこと、スパイって意味よッ。あなたたち、どこの草？　アメリカ？　イラク？　それともテロリスト？」

一気に距離を詰めようと足を踏み出した三尉から、へっぴり腰のまま梵地は思わぬ素早さで距離を取り、パイプ椅子を回りこむようにして梵人の背後まで逃げてきた。次兄をかばう格好で梵人が立ち上がり、代わって手のひらを三尉に向ける。

「銀亀さん、ここはいったん深呼吸、テイク・イット・イージィです――」

叩かれたついでに引っかかれたのか、ひりひりとする頬の痛みを我慢しながら、梵人は怒りのオーラが溢れ出している相手に呼びかけた。

「だいたい銀亀さん、俺たちの話、本当に聞いてました？　朝飯を食べているときも、ずっと黙っていましたけど――」

テイク・イット・イージィな状態とはほど遠い、「あん?」という殺気立った反応が返ってくる。お前は黙ってろ、と梵天がすぐさま押し殺した声を寄越してくるので、

「だって、ちゃんと話を聞いていたら、俺たちをスパイだなんて思うはずないだろ。誰が見たって友好度ゼロのブレックファーストだったぞ。おまけに天ニイは、あの女に銀亀さんを宿営地に帰せって談判してるんだ。感謝されこそすれ、草呼ばわりされるいわれはないだろ」

と梵人が反論するも、

「待ちなさい、榎土二士。勝手に話をつくらないで」

となおいっそう尖った声が部屋に響いた。

「聞くも何も、あなたたちだけで話して、私にわかるわけがないでしょ」

「いや、そこが変だというか、だって、隣に座っていたわけだし、いくらでも――」

榎土二士、と低い声が遮った。

「あなた、三人のなかでいちばん腹が立つ男ね」

サングラス越しであっても、限界まで溜めこんだ怒りが、視線の槍となって肌に刺さってくる。

「そんなに私のこと馬鹿にして楽しい? こんなところまでだまして連れてきて、まだいたぶりたい? あなたたちの狙いは何? 私を人質にすること? それとも別の目的?」

「目的は、ヒトコブラクダ層だとか、何とか」

「何ですって?」

だよな、天ニイ、と呼ぶが、助太刀はない。

「それを探してほしいって、言われたような」

だよな、地ニイ、と呼ぶが、こちらも返事がない。

「いい加減にしなさいッ」

不意に、がむしゃらに三尉が突っこんでくる残像が見えた。つまりは三秒後の未来である。

「困ったな」と思いながら、ひとまず身体をかわそうと対応を決めたとき、

「待ってください」

と背後から鋭い声が響いた。

振り返ると、ひどく真剣な次兄の表情にぶつかった。へっぴり腰ではなく、むしろ背筋をぴんと伸ばした姿勢で、その視線は梵人を追い越して銀亀三尉へと通じていた。

「ひょっとして三尉……、僕たちが話していた相手の言葉がわからなかったんじゃ？」

突進するための力を全身に漲《みなぎ》らせる寸前で、三尉は動きを止めた。

「だから——、さっきから、そう言っているでしょうがッ」

「それって、聞き取れなかったという意味ですよね」

「当たり前でしょ。私ができるのは英語だけなんだから」

「やっぱり……」

というつぶやきに、「え、どういうこと？」と梵人がふたたび振り返る。

「僕たちだけが、彼女の言葉を聞き取ることができた——」

梵人の目をのぞきこむようにして、梵地がささやき声で告げた。

「あのライオン女のことか？　まさか、そんなわけないだろ。ずっと向こうも日本語でしゃべっ

ていたぞ」

「そうじゃなかった。あの人の言葉は、僕たちにしか聞き取れないものだった。だから、三尉に話すときは英語で話していた」

「おいおい、地ニイ、大丈夫か?」

「三秒だよ。きっと僕の三秒が、天や梵人にも――」

いよいよ次兄が声を潜めたところへ、

「あなたたちがあの女と話していた言葉、あれは何語? もちろん英語じゃない。アラビア語でもなかった。聞いたことがない言葉。もう隠す必要なんかないでしょ。さっさと答えて、正体を現しなさいッ」

と鞭がしなるような鋭い声が重なった。

ええとですね、と梵地が似合わない口ヒゲの端をつまみながら言葉を探す。

「説明しても理解してもらえないかもしれませんけど、あの女性の言葉が三尉の耳にどう聞こえていたか、という部分は僕たちにはわからなくて――」

「わからない? 目の前で、ずっとあの女と同じ言葉でお互いしゃべり合っていたのに、わからない? どこまで馬鹿にしたら気が済むのッ」

拳を握りしめ、本気で怒りの言葉を吐き出す三尉の前で、

「え?」

という声が三つ重なった。梵人、梵地だけではなく、梵天までもが、驚いた表情で口を薄く開けている。

「な、何よ」

「今、お互いしゃべり合っていた——って、誰と誰が？」

すねを押さえ、しゃがんだままの梵天が三兄弟を代表して訊ねる。

「だから、あの女とあなたたち三人全員よ。ずっと、ぺらぺら、わけのわかんない言葉をしゃべっていたじゃない」

「え、俺も？」

思わず自分の鼻のあたりを指差した梵人に、銀亀三尉は嫌悪感もあらわに口を歪ませ、さらに二段、三段と声のトーンを跳ね上がらせた。

「何なの、あなたたち？　本当は三人揃って外国人なの？　知らないうちにネイティブの言葉を話していました、とでも言いたいわけ？　さっさと下手な芝居をやめて本当のこと話しなさいよ、このクソスパイ三兄弟がッ」

＊

張り詰めた空気が充満する部屋に、

「わかりました——。話します」

という梵天の声が響いた。

サングラス越しに注がれている視線を離さぬよう、梵天はすねをごしごしとさすって素早く立ち上がり、空いているパイプ椅子を引いた。

「三尉も座ってください。お願いします。俺たちはスパイじゃない。もちろん、テロリストのわけがない」

と勧めたのち、

「俺が全部話す。お前たちは――、出られるようなら外に行ってくれ」

と眉間に険しい表情を浮かべ、目でドアを示した。

余計なことは返さず、梵地と連れだって梵人はドアへと向かった。キンメリッジという男の言葉どおり鍵はかかっておらず、重い音とともに鉄扉が開いた。パイプ椅子の軋む音に振り返ると、梵天の正面二メートルの位置まで椅子を離してから、銀亀三尉がいかにも警戒する様子で腰を下ろすところだった。

扉は開け放しにして、廊下の壁際に梵地と並んで座った。壁に頭を預けながら、黙って長兄の説明とやらを盗み聞きした。どうやら梵天山で女に出くわしたところから始めるようで、相手に首根っこをつかまれた理由である、貴金属泥棒のくだりをどう伝えるのかと心配していたら、さすがは頼れる長兄である。わけがわからぬうちに自衛隊に入るように言われ、自分たちは申しこんでいないのに、いつの間にか自衛官候補生への入隊手続きが済んでいた、という話を持ち出すことで、

「そんなこと、あり得るわけないでしょ」

と相手の注意を一気に引きつけることに成功した。手続きに関する細かい質問を繰り出す三尉に、梵天が正直に答えているのを聞いていると、

「手続きの話で思い出したけど、僕たちってイラク入りの前に予防注射を済ませてないよね

――」

と梵地が急に耳打ちしてきた。

「予防注射？　俺はしたぞ」

「それって何本？」

「三本だったかな、いや、四本だったかな。地ニイは打ってないのか？」

「四本打ったよ。でも、本当は九種類十四本を打つんだ。間隔を空けて、五カ月かけて。メディックの隊員に教えてもらった」

「それじゃあ、宿営地のみんなはきっちり十四本打ってるってことか？」

「もちろんだよ」

嘘だろ、とつぶやいたきり、次が見つからない梵人に、

「まあ、大丈夫じゃない？　僕たちは先遣部隊として、あくまで宿営地を整備することが役目だから。宿営地外での活動はないし、病気になるチャンスなんて逆にないよ。それに十四本打っても、みんな風邪を引いてるからね」

と気休めにもならぬ言葉を送ってくる。

「でも、地ニイは外で仕事があるだろ」

「今のところ、清潔そうな場所ばかりでやってるよ」

「だよな。ここもどこかわからないけど、清潔そうには見えないけど、余裕だよな――」

次兄からの返事はない。何への不満なのか自分でもわからぬまま、フンと鼻を鳴らし、梵人は
二本蛍光灯を差しこむべきところを一本しかはめこんでいない、ケチくさい天井の照明を見上げ

た。中即連に配属され、わずか一カ月後にはイラクの土を踏んでいた榎土三兄弟である。ハナから十四本もの予防注射を打ちきれるスケジュールではなかったわけで、入隊時同様、手続きをすっ飛ばし、榎土三兄弟がイラクへの派遣部隊に強引に組みこまれたことは明らかだった。

「そういや、どうしてわかったんだ？　ライオン女が話していた言葉のことだよ。俺たちには聞き取れて、三尉には聞き取れない？　何だ、そりゃ」

「ああ、それね。彼女の言葉って、今まで梵人の耳にはどう聞こえていた？」

「どうって――、普通に聞いていたぞ」

「彼女、日本語がうますぎるとは思わなかった？」

「確かに……。俺たちと変わらないくらいだ」

「もしも、日本で生まれ育ったわけじゃないなら、どれほど訓練したとしても、滅多にあそこまでうまくなることはないよ。僕たちと同じイントネーションを、細かいところまで完璧に習得してる」

「うますぎることがおかしい、って言いたいのか？」

「僕の三秒も――、あんなふうに聞こえるんだ」

え？　とのどの奥から変な声が出た。

「こちらの集中の度合いにもよるけど、完璧にフィットしたときは、どんな国の言葉であっても、あのくらい滑らかな日本語になって耳に入ってくる。もっと早く気づくべきだった。でも、天も梵人も同じように隣で聞いていたから、わからなかった」

「ちょっと、待ってくれ――。あの女は俺たちとその、日本語じゃない、どこぞの外国語で、ずっと会話していたって言いたいわけか？」

ウンと梵地は静かにうなずく。

「だから、銀亀三尉に話すときは彼女、英語に切り替えていたんだ。三尉には聞き取れないとわかっていた、ってことだよ」

水面に大きな岩が放り投げられ、混乱の波紋が一気に広がっていくのを感じながら、

「いや、おかしいだろ」

と梵人はそれを留めようとするように宙に手を掲げた。

「百歩譲って、あの女が外国語を話していたとして、地ニイがそれを理解するのはわかる。でも、何で俺と天ニイも聞き取ることができたんだ？」

「わからない」

「聞き取るだけじゃないぞ。俺たち、女と同じ、どこぞの国の言葉でしゃべっていたらしいじゃないか。それは、地ニイの三秒とは関係ないわけだろ？」

「僕はずっとリスニング専門だよ。しゃべるほうにも同じ力があったなら、あんなに苦労してアラビア語を覚えない」

どういうことだよ、という梵人のつぶやきが力なく宙に漂う。朝食会場で経験した、行動を先回りされた感覚を蘇らせながら、

「あの女、梵天山に現れたときから、それらしいことを言っていたけど、俺たちのこと全部知ってるぞ。たぶん、俺たちの三秒のことも――」

と口にしたところで、ふと合点するものがあった。もしも相手が己よりもはるかに高い能力を

持つ場合、人は決してその能力の内訳を理解したり、全体を把握したりすることはできない。これまで梵人に打ち負かされた相手が、決してその真相にたどり着けなかったように、どれほど考えたところであの女のことは理解できない、そんな予感がした。つまり、あの女は梵人たちの三秒より、もっと大きな何かを隠し持っている——、のかもしれない。

「俺たちでもわけがわからない話を、どう天ニイは説明するんだ？　ああ、俺たちきっと、永遠にクソスパイ三兄弟呼ばわりだぞ」

と投げやりに言葉を放ったとき、廊下の突き当たりからオートロックの解錠音が響いた。揃って二人が顔を向けると、階段踊り場へと接続するドアが開き、先ほどのキンメリッジが姿を現した。

座っている梵人たちに気づき、

「出発、だ。ついてこい」

と指で合図を飛ばした。

「どこへ？　宿営地に帰してくれるのかよ」

梵人の問いかけを完全に無視し、男は開けた扉に背中を預け、腕を組んだ。

舌打ちとともに梵人は立ち上がり、部屋の中をのぞきこんだ。

「さっきのチリチリ頭の野郎が呼びにきたぞ。移動だってよ——。あれ？」

三尉の姿が見えない。長兄は無言でトイレを指差し、疲れた表情でパイプ椅子から腰を上げた。

「スパイじゃないって伝わったか？」

部屋を出るタイミングでささやくと、「わからん」と眉間にしわを寄せたまま長兄は廊下に出た。

「三秒のことは説明したのか?」

「できるわけないだろ。お前がやってくれ」

俺? 無理だよ、と梵人が首を横に振っていると、トイレから銀亀三尉が出てきた。床に転っていたペットボトルを拾い上げ、足元にこぼれようともお構いなしに、水で手を洗い、残りを一気に飲み干した。移動することを告げると、「さっきは、悪かったかも」とサングラスを向け、ほんの一瞬だけ、頭を下げた。まだ口元の表情は硬いが、怒りの気配はひとまず収まったようである。

「あ、俺なら全然平気です」

と梵人も頭を下げたついでに、

「でも、何でいきなり俺たちのこと、アメリカやイラクの草だって思ったんですか?」

と訊ねてみた。

「あなた、気づいてないの? 私たちを銃で囲んだ連中。アメリカ海兵隊よ。海兵隊だけじゃない。あなたが気絶させたなかには、イラク軍の制服を着ていた男もいた」

ああ、だから、と間抜けな声を上げる梵人に、

「今、はじめて榎土二士の言っていたことに納得できたかも。あなたたちみたいなボンクラが草の役割を果たすことなんて、到底無理だろうから」

と存分に険を含んだ言葉を放ち、三尉は足早に廊下へ出た。

ひょろりと突っ立っている梵地に、

「榎士二士、ごめんなさい」

と梵人のときとはずいぶん異なる態度で謝り、梵地も「ご心配なく」と応じて手打ちとなったところへ、ぎこちないイントネーションの声がかかった。先ほどはTシャツ姿にタトゥーが彫り込まれた日焼けした腕をさらしていたキンメリッジだが、砂漠用のクリーム色迷彩服に着替えている。

「どこへ行くんだ」

梵天の問いに答えず、キンメリッジはドアの先の階段踊り場へと進み、さっさと階段を上り始めた。この死んでいるかのような施設のなかで唯一稼働していたフロア――、通路の先に建設現場の仮設事務所のように机が並び、そこで男たちが作業したり、書類を見たり、食事したりしていた場所は、朝食の帰りの時点で、すでに通路の入口が毛布で目張りされていた。誰ともすれ違うことなく、人の気配すらまるで感じず、ただ自分たちのブーツだけが床を叩く硬質な音を聞きながら、一行はひたすら階段を上る。

「本当に、彼ら、海兵隊なんですか」

背後で梵地が銀亀三尉に小声で訊ねている。

「食事の席であなたたちの前に座っていた男も、そうよ」

「でも、そんなのあり得ないでしょう」

といっそう声を潜める次兄に、「そう、絶対にあり得ない」と三尉が同じトーンで返す。梵人は何があり得ないのかが、わからない。

そろそろ上り階段が終わろうとするあたりで、先頭のキンメリッジが振り返り、英語で話しか

けてきた。同じく英語で次兄が流暢に返事する。何度かやり取りを交わしたあと、

「ねえ、梵人」

とやけに緊張の気配を帯びた梵地の声が背中から聞こえてきた。

「気をつけろ、だって。さっき、梵人がやっつけた人たち、相当カリカリきてるみたい」

ああ、そういうこと、と面倒そうに梵人がつぶやいたとき、「おい」と前を進む梵天が振り返った。

「絶対に大人しくしておけよ」

深刻そうな表情で告げる長兄に、何でと訊ね返すまでもなく、その理由は明らかになった。

上り階段の終点を迎え、視界が開けたフロアに男たちが待ち構えていた。

いずれも梵人よりもひと回り、ふた回り大きな身体つきの連中ばかり、一見してわかる敵意の眼差しを向けてきている。先頭のキンメリッジがフロアの端、外へとつながるドアの前で足を止めたものだから、自然、梵人はぶ厚い胸板を向けている兵士連中の真ん前で立ち止まることになった。

小銃は携行していないが、全員、太もものホルスターには中身が収まっている。梵人の正面に立つ、髪は短く刈り揃えているがヒゲは伸ばし放題の、身長二メートル近い大男が、いかにもクセのある、早口の英語で何か告げた。

「お前たち、あのライオンを連れた女と話したのか?」

梵地が素早く通訳したのち、遠慮気味にそのまま「YES」と伝えた。

男は左右の兵士たちと視線を交わした。さらに振り返り、背後に詰める男たちに無言のサイン

を送る。

「あの女が話す言葉、わかるのか？」

今度はキンメリッジが訊ねてきた。

「ああ、嫌になるくらいわかるぞ。どういうわけか、俺たち男三人だけのようだけど」

と視線は前方からそらさず、梵人が代表して答えた。いつ争いが始まってもいいように神経を研ぎ澄ます。次の動きと同時に先に仕掛けるか、と目の前の大男と、その左右の三人への攻め方を組み立てたとき、キンメリッジが短く英語で言葉を放った。おそらく仲間に向け、梵人の回答を訳したのだろう。

部屋の緊張の密度が一気に増したように感じられた。

正面の大男が一歩前に進み出る。

相手の急所に視線を落とし、息を整えるが、なぜか三秒の感覚が訪れない。つまり、それは梵人が動くべき状況ではないことを意味している。妙に思って面を上げると、あごまわりいっぱいに、羊のようにごわごわとヒゲを拡散させている男が、口元に薄ら笑いを浮かべ見下ろしていた。

「ウェルカム」

腹の底から響く低い声が、ジャングルのようなヒゲの向こうから発せられた。

＊

「つまり、僕たちは『招かれるべき客人』だった、ということだね」

砂漠色に塗装された軍用トラックの荷台のシートに腰を下ろし、キンメリッジとの長いやり取りを終えた梵地の第一声はこうだった。

荷台を覆う幌はめくり上げられ、トラック後部からの眺めは存分に開放されている。そこにヘリポートや施設のてっぺんの平屋はとうに含まれていない。五十メートルほど離れて、巻き上がる砂煙の向こうに、もう一台の軍用トラックがついてくるのが見えるほかは、とめどのない砂漠——、宿営地の四方を囲む風景とまったく同じ乾燥しきった茶色の大地が、ひたすら続くのみである。

どこを目指しているのかまったくわからずとも、道というものが存在しないことだけは明らかで、幌を支える鉄製のバーをつかまないことには、右へ左へ間断なく揺れるトラックの振動にたやすく身体を持っていかれてしまう。

二列のシートが向かい合う荷台には七人が詰めこまれていた。いちばん奥に梵人、隣に梵天、その隣には銀亀三尉が座り、対面するシートには梵地とキンメリッジ、その隣に彼の仲間二人が着席していた。日本人四人がグリーンの迷彩服を纏っているのに対し、キンメリッジたちは砂漠用の迷彩服である。梵人たちは水色のUNキャップを着用しているが、キンメリッジたちは同じく砂漠用迷彩をあしらった、ふにゃふにゃとした布感のつばがぐるりと囲む帽子をかぶっていた。

「僕たちの到着を一週間、ずっと待っていたんだって。やることがなくて、死ぬほど退屈だったと言ってる。昨日はひさしぶりの仕事で、なまっていた身体をほぐせてよかったらしい。昨日のヘリコプターに乗るときに聞こえた日本語は、やっぱり彼だったみたい——」

どうやら、先ほどの「ウェルカム」は、彼らにとってようやく仕事にかかれることを意味する、本気の歓迎の言葉だったらしい。

「何だよ、俺が気絶させた奴らがカリカリきてるんじゃなかったのか？」

「日本人なんかにやられる奴は、海兵隊失格だって言ってる」

はん、と梵人は鼻で笑って、キンメリッジの彫りの深い、いかにもアラブ系の顔立ちを眺めた。梵地とは英語でやり取りをしていたが、もちろん日本語もわかっているはずで、梵人と視線が合うと、ほんの少し口の端を持ち上げ、ニヤリと笑った。まんまとお前たちをかついでやったぜ、くらいを伝えているのだろう。

「やっぱり、この連中は海兵隊なのか？」

「これがそのマークだってさ」

と梵地はキンメリッジの迷彩服の胸ポケットを指差した。しわと迷彩模様の間に紛れこみ、一見、黒い汚れか何かに間違えそうになるが、よくよく目を凝らすとプリントが施されている。

「これ、ワシか？　タカか？　何か持ってるぞ」

「ハクトウワシが地球と錨《いかり》を持っているのが、海兵隊の紋章だね。ハクトウワシはアメリカの国鳥だよ」

胸ポケットだけではなく帽子にも、同じデザインが正面に陣取っている。キンメリッジ以外の二人も胸と頭、同じ場所にワシの紋章を貼りつけていた。

「そうか。だから、このマークを見て――」

朝食前の騒動でも、この迷彩服や帽子を身につけていた連中がいた。それを見て銀亀三尉は相手の所属に気づいたのだろう、とひとり納得しながら、

「でも何で、この連中がここにいるのはあり得ないんだ？　こんな堂々とワシのマークを見せつけて、大勢でドライブ中だぞ」

　と新たに押し出されてきた疑問をぶつける。後続のトラックに至っては、荷台の乗客全員が海兵隊員だ。

「そこだよ。もしも街でこの格好を見られたら、とんでもないことになる」

「どうして」

「アメリカ軍は最近までイラク軍の基地に駐留していたけど、すでに撤退している。今回のＰＫＯのミッションにも参加していない。そもそも、アメリカ軍が撤退したことによる混乱を防ぐことが、このＰＫＯの目的でもあるからね。だから、こんなふうに活動しているのがイラクの人たちに見つかったら、とんでもない騒ぎになる。下手すりゃ、暴動が起きるかも」

　そういうものなのか、と長兄に顔を向けたら、同じくピンときていない様子だが、その隣で銀亀三尉が無言でうなずいていた。確かに、国連の紋章が正面にプリントされた、淡い水色のキャップをかぶっているからこそ、自衛隊がイラク国内で活動できるわけで、正式な手続きを踏まずに他国の軍隊が勝手に進駐していいはずがないことくらいは、さすがに梵人でも理解できる。

「でも、あの施設には、イラク軍の兵士もいたわけだろ？」

「イラク軍との共同作戦だと、事前に彼らは聞かされていたそうだよ。当然、表には出ない極秘任務だろうね。この車両もイラク軍のものだろうし」

　と梵地は幌のあちこちに穴が開いている、かなり年季が入った車内を見回す。運転席との仕切り板にはアラビア語のステッカーがべたべたと貼られていて、見るからに米軍仕様ではない。

「つまり、ここはイラク国内ってことか？」

とそれまで頭上の幌を支えるバーを握り、無言で上体を揺らしていた梵天が、おもむろに口を開いた。

「もちろん。でも、場所は教えられないって」

「連中がここに送りこまれた作戦って何だ？」

「中身はまだ彼らも教えられてないらしいよ。スタートからつまずいて、やることがないから、ただ毎日へリポートのまわりを走っていたんだってさ」

「この車がどこへ向かっているかも知らないのか？」

「それは、ベドウィンのところだと言っていた」

何だ、それ、ジーンズ作ってる会社か？　と梵人が口を挟むと、

「ベドウィンというのは砂漠に住む人々。つまり、遊牧民のことだよ」

と次兄は少しムッとした表情で答えた。

「と言っても、大学の発掘調査でお隣の国のヨルダンに行ったとき、ベドウィンはもう遊牧で暮らしていない、定住してラクダや羊を飼ってる、って現地の人に言われたけどね。ラクダに乗ってみやげ物を売りにきたベドウィンを見て、きっと、あいつは本当は金持ちで家に戻ったらトヨタに乗ってるんだ、なんて悪いことを言っていた。イラクはどうなんだろう——」

ガタガタとトラックが乱暴に揺れ、車体が軋む。身体の大小を問わず、誰もが頭上や身体の横の鉄柱をつかみ、下からの衝撃に踏ん張る。

「でも、そのベドウィンだってイラク人なんだろ？　いいのか？　万全の海兵隊ルックでお邪魔

しても」

皮肉たっぷりに梵人が指摘すると、

「ベドウィン、俺たちを、知らない」

とキンメリッジは首を横に振った。

「そんなことあり得るかよ。あれだけ、大きな戦争があって、イラクじゅうがたいへんなことになったんだぞ」

「ここのエリア、戦争がなかった。近くに、街もない。だから、アメリカを知らない」

「キンメリッジさん」

と梵天があちこちが錆びた頭上のバーをつかんだまま名を呼んだ。

「あんた、あの女が何者か、知ってるのか?」

「彼女は、ボスの、ボス」

と海兵隊員は簡潔に答えた。

「あの女はアメリカ人か?」

「ちがう」

「イラク人か?」

「イラク人も、あの女の言葉、わからない」

「俺たちは何のためにあの女に呼ばれたんだ?」

「これから、わかる」

もう終わりだとばかりに、キンメリッジが咳払いとともに話を切り上げようとしたとき、

「それって、危険なこと？」

と銀亀三尉が急に身を乗り出してきた。このトラックに乗車してから、はじめて発せられた言葉だった。

「危険？」

訝しげな顔を一瞬見せたのち、ノーノーと海兵隊員が首を横に振ったとき、車が大きく揺れた。やかましい振動音にまぎれ、

「聞くだけ」

と答えたように梵人の耳には聞こえた。

またガタガタンと大きく車が跳ねた。

「ギャッ」

油断していた梵地が運転席との仕切り板に頭をぶつけ、悲鳴を上げる。

コースアウトしたんじゃないか、というくらい激しく跳ねたのち、ようやく揺れが収まっても、車体は前方に向かって傾き続けている。

「谷を、下りて、いる」

キンメリッジの声が震える視界から聞こえてくる。

大丈夫か、地ニイ、と側頭部をさすっている次兄の太ももを叩いてから、梵人は隣に目を向けた。天井のバーをつかみ、踏ん張っている梵天の向こうで、銀亀三尉がぐらぐらと揺れていた。

背中側の幌のフレームをつかみ、これから待ち受けることへの緊張だろう、固く口元を結び、懸命に振動に抵抗しながら身体を支えていた。

第七章　男

「イラクは怖かったですか？」

　ふた月前、中即連にて、これからＰＫＯに派遣される隊員を集めての事前レクチャーが行われた。その場を仕切る担当教官は、ちょうど二十年前、サマワに派遣されたイラク復興業務支援隊の一員としてＰＫＯを経験していた。隊員からのストレートな質問を受けた教官は、「そうだなあ」と日に焼けた頰に手をあて、

「怖いと言えば怖かったが、あのときは他の国の連中には言えないくらい、俺たち、陣地の奥の奥に引っこんでいたからなあ……。俺たちが外を移動するときには、オランダ軍やオーストラリア軍が護衛につくんだ。何でだよ、ってオージーの連中が言ってた。そりゃ、そうだよな。向こうからすれば、お前たちも俺たちといっしょだろ、って思うわな。でも、すべてはむかしの話だ。今は時代が違う。お前たちは、自分で自分の身を守る必要がある。俺たちのときとは、怖さの質が違う。時代は変わったんだよ」

　と表情ひとつ変えずに告げた。

　その後、駐屯地の風呂場で、たまさか二人の弟に出くわしたとき、

「事前レクチャー、受けたか？　何だよ、あれ。次から次へとアルファベット三文字くらいの新しい連中が登場して、ややこしすぎるだろ。結局、スンニ派とシーア派、どっちが多いんだ？国ごとに違ってるから、何度聞いても、覚えられなかったぞ。天ニイもだろ？」

とぼやきながら頭から湯をかぶる梵人《ぼんど》に、

「一回じゃ、無理だよ。西アジアの歴史は特別に難解だからね。イラク戦争のあとに、アラブの春もあって、さらに複雑になってる。いろんな本を読んで、半年くらいすると全体が見えてくるよ」

とせっけんを丁寧に泡立てながら、梵地《ぼんち》が悠長なことを述べていたが、末弟の期待に反し、梵《ぼん》天《てん》は複雑極まりないイラクとその周辺諸国の勢力図の変遷を、不思議とすんなりと理解することができた。

つまりは、適応拡散なのである。

敵のいない生態系の空白に進出すると、生物が一気に多様化する現象を「適応拡散」と呼ぶ。この単語を、梵天は中学生の頃に読み漁った、恐竜にまつわる本のなかから学んだ。

たとえば、約二億五千二百万年前のペルム紀末の大絶滅。実に生命の九十パーセントが絶滅した。しかし、過酷な環境を生き延びた爬虫類がやがて恐竜へと進化し、空白地帯を埋める新たな覇者となった。

さらには、約六千六百万年前の白亜紀末の大絶滅。今度は圧倒的な陸の支配者だった恐竜が滅び、発生した空白を埋めたのは、われわれの先祖である哺乳類だった。そこから哺乳類は一気に多様な進化を遂げ、今に至る。

たまたま進化のタイミングに、空白が重なったのではない。競争相手が存在しない広大な空白が、進化を呼び寄せるのだ。

イラクとその周辺の混乱は、まさにこの適応拡散の人間バージョンと言えた。戦争により秩序が崩壊し、ぽっかりと力の空白が生まれる。そこに新たに乗りこんでくるのは人間の野心だ。恐竜しかり、哺乳類しかり、一度適応拡散した相手がいかに手強く、厄介なものに化けてしまうか。今回のPKO任務は「兵力引き離し」だ。その目的は、とにかく空白をつくらないことにある。空白を放置するから悪い連中が目覚める。ならば国連が先だって空白地帯を埋め、管理する――。独自の恐竜視点から捉えることで、派遣の意味を梵天は的確に理解した。

一方で、もちろん理解できないこともあった。

たとえば、「時代は変わった」という教官の言葉だ。

だが、それも今なら嫌というくらい理解できる。

片手は頭の上のバーを強く握りながら、もう片方の手で梵天は胸ポケットに触れた。そこに待つ感触は、もはや彼にとってのお守りだ。どこに連れていかれるのかわからぬ不安を打ち消すのはさすがに無理でも、絶対に帰らなくてはいけない場所があることを思い出させてくれる。

ひときわ大きく軍用トラックが揺れ、軽々と尻が浮かび上がり、容赦なく硬いシートに着地した。そろそろ本格的に尻の肉が痛み始めるのを感じながら、もう一度、胸ポケットのティラノサウルスの歯を指で確かめたら、なぜか宿営地の隊長の部屋で見た、机の隅に置かれた野球グローブの絵が蘇った。同じようなくすんだ黒色から連想したのか。グローブに収まったボールは汚れていた。隊長は宿営地のどこかでキャッチボールをしたのだろうか――。

それらの記憶がまだ二十四時間も経過していない、ほんの昨日の出来事だという事実が信じられなかった。

トラックの荷台から見える風景のなかに、たったの一度さえ、人工物を認めることはなかった。ただ、ひたすらに砂漠が広がるのみである。

いったい、どこまで自分たちは運ばれていくのか。

施設を出発しておよそ三十分後、梵天たちを乗せたトラックはようやくエンジンを切り、停止した。

＊

軍用トラックから降り立ったキンメリッジが、「出ろ」とあごで示した。

荷台から飛び降りるようにして砂地に立った梵天を、思いがけず強い風が迎えた。生ぬるいなかに、ちりちりと砂が混じる感触が周囲の地形を確かめずとも教えてくれていた。

トラックの破れた幌の布地が風を受けて、忙しそうに翻っている。後続のトラックも梵人たちの車両に横づけされ、海兵隊員が続々と荷台から降車した。風を嫌って目を細める三兄弟の隣で、サングラス姿の銀亀《ぎんがめ》三尉が渋そうな口元の表情を隠そうともせず、海兵隊員たちの様子を見つめていた。

「榎土《えのきど》二士――」

その声に対し、三兄弟が「はい」と三重奏で返事したのも致し方ない。何しろ、彼女は三尉。

階級が第一の組織において、昨日会ったばかりであっても、彼らにとって絶対の上官だ。

ねえ、と銀亀三尉は押し殺した声で腰に手を置いた。

「いちいち、三人でいっしょに返事しないでいいから」

いや、でも、俺たち、と梵人がすぐさま言い返そうとするのを制止し、

「じゃ、下の名前で呼んでください。そっちのほうがお互いわかりやすいので」

と梵天は逆に注文を出した。

「これが梵人、こっちが梵地、俺が梵天です」

一瞬の躊躇いがあったのち、わかったと彼女はうなずいた。

「梵人二士、お願いだから大人しくして、余計なことは口にしないで」

とさっそく名指しで釘を刺してから、

「あなたたちは、まだド新人だから。自分では決して判断しないで。必ず、私の指示命令に従うように。全員無事で宿営地に帰ること。それをいかなる場合も最優先とします。梵地二士はこれからも通訳を続けて。広報のくせに恥ずかしい話だけど、基本的な会話はできても、私はまだ細かい英語の表現は下手で――。梵天二士は何か気づいたら、私に知らせるように。あなたがいちばん三人のなかで頼りになりそうだから」

と厳しい口調で告げた。

隣のトラックの荷台からぬっと大男が姿を現した。施設でも見かけた、あごまわりにヒゲをめいっぱい蓄えたこの男が、海兵隊員のリーダーのようで、二メートル近い巨体に似合わぬ早口で、周囲に矢継ぎ早に指示を与える。指示を受けた隊員たちは、トラックから次々と荷物を下ろし始

める。全員、太ももに拳銃用のホルスターを装着しているが、それ以外に武器を持っている人間はいない。緊迫感はあるが、あくまで通常任務をこなす範囲内のそれに見える。

「ついて、こい」

振り返ると、キンメリッジが同乗していた男二人を従え、すでに歩き始めていた。誰もが大きなバックパックを背中に担ぎ、さらにサイズから見るに三十キロ近くの重さがありそうな麻袋を肩に載せている。

何だ、それ、とさっそく梵人が訊ねると、

「小麦粉」

といかにも踏ん張っている声色で、キンメリッジの背中が答えた。

彼らに従ってトラックの前方へと回ると、一気に視界が開けた。と言っても、すぐさま上りの丘陵が待っているため、先はまったく見通せない。

海兵隊員たちは丘陵へと進む。連中の足跡を踏むように、ゆるやかな勾配を登った。ぐっと足を踏みこんだあと、ブーツの裏面をかすかにやわらかな感触が追ってくる。一見、平坦な土のようで、その表面はきわめて細かな砂で覆われている。屈んでひとつまみしてみると、宿営地のそれと同じくパウダーのようにさらさらと指の間を通り抜けていった。あまりに微小な粒ゆえに、皮膚の表面にも砂の感触はほとんど残らない。

まるで呼び水ならぬ、呼び砂になったかのように、梵天は小学生のときに探検クラブの顧問の教師が披露してくれた話を思い出した。

「俺の大学時代の友達が、アメリカに留学していたんだ。向こうのバッドランド（荒れ地）じゃ、土から剝き出しの状態でトリケラトプスの骨が見えても、今日の目当ては違う恐竜だから放っておけ、と研究室の先生に言われて、無視して進むらしい。それくらい、あちこちに恐竜の化石が落ちてるそうだ」

言うまでもなく、日本では恐竜の化石ならば、足の小指のかけらが見つかっただけでも大ニュースになる。それを放っておけというのだから、すごいなアメリカは、と探検クラブのおさなき部員たちは強い衝撃を受けた。

アメリカのバッドランドもきっと砂漠なのだろうが、これくらい乾ききった環境なら、化石もそのままの姿で残るのかもしれない――。そんなことを頭の片隅で考えているうちに、さほど高くない丘陵のてっぺんに一行はたどり着いた。

「あ」

と隣で梵地が声を上げた。

何事かと、相変わらず強い風に頰を叩かれながら顔を上げた。

あ、と梵天の唇からも声が漏れた。

「オアシスだ――」

梵地の言葉のとおり、唐突に視界の中央に水が見えた。四方を覆い尽くす、荒涼とした色合いに染まった風景には場違いなくらい、澄んだ泉の水が空を映しこんでいた。イラクの地に足を踏み入れて二カ月。宿営地に籠もりきりだった梵天が、これほど大きな水の集合を見るのははじめてのことだった。

突如現れたオアシスを前にしても、海兵隊員たちは何ら感想を口にすることなく、さっさと丘陵を下っていく。

「こんな、絵に描いたようなやつがあるんだな」

小走りで斜面を降りながら、隣で梵人がつぶやいた言葉にまったく同感だった。砂漠にできた巨大な水たまりを囲んで、わしゃわしゃと低木が生い茂り、背の高い木はナツメヤシだろう。ぽつんと一本だけが生えている。茶色が圧倒的に支配する世界にいきなり割りこんできた緑に対し、違和感を覚えてしまうこと自体、いかに自分の目が砂漠の単調な風景に慣れてしまったかを教えてくれていた。

「家だ」

と梵地が指差した。

丘を下り、オアシスへと直行する海兵隊員たちが向かう先、ナツメヤシの手前に四角い建物がうずくまっていた。サイコロの下半分を土中に埋めたような、白っぽい角張った建物から、青い布地の日よけテントが張り出され、風を受けて波打っている。一行はテントの下で足を止めた。ようやく風の圧力から解放され、何度も目をしばたたかせながら、「日干しレンガだね」と梵地が建物の外壁を指差した。表面の塗装が剝げたところから、レンガを積んだ内側が露わになっていた。きっと単純に積み上げただけで、芯材など使っていないだろう。これまで十年以上、建物の解体仕事に携わってきただけに、こんなつくりじゃ、地震が来たら一発で終わりだろうな、とそんなことを連想してしまう梵天である。

テントの下に敷かれたマットに、キンメリッジは担いできた麻袋をどすんと落とした。次いで背中のバックパックを寝かせる。同行の二人も重たげな音を響かせて荷物を下ろすと、休む間もなく、キンメリッジに短い敬礼をして、来た道を駆け足で戻っていった。

「お前さ、何歳なの」

と梵人がぞんざいに問いかけた。

「二十、九歳」

肩に手を当てて回すキンメリッジの褐色の肌には、玉の汗が浮かんでいた。

「どこで日本語は勉強したんだ？」

「海兵隊に入る前、世界じゅう旅した。日本にも一年半いた」

「へえ、どこ？」

淡路島、と答え、キンメリッジはバックパックを引き起こし、中身をマットの上にあけていく。

「何だ、これ？」

「砂糖、塩、コーヒー、菓子」

砂糖か、塩か、白いものが詰まったビニール袋に、コーヒー豆のイラストが添えられた袋、ＣＡＮＤＹと書かれた袋をキンメリッジは次々と並べていく。何でわざわざこんなもの持ってきたんだ？　と小麦粉が詰まっていると思しき麻袋を手のひらで叩く梵人の後ろから、

「僕も発掘で同じようなものを持っていったことあったなあ」

と梵地が懐かしむような声を発した。

「人足の手伝いをしてもらう約束をした集落にお邪魔するときに、現地じゃなかなか手に入らないものを、おみやげがわりに持っていくんだよ。町から離れて完全に孤立した集落だと、特に小麦粉がありがたがられるんだ。マッチやタバコなんかもね」

へえ、と梵人はキャンディー袋を手に取り、

「ここには子どもがいるのか？」

と訊ねると、

「老人、だけだ」

とキンメリッジは隣のバックパックの開封に取りかかった。

そのとき、何の前触れもなく正面の建物のドアが開いた。

そこに立っていたのは、朝食会場でライオン女の隣に座っていた白人男だった。朝食会場での装いと同じ、砂漠用の迷彩服を着用している。背丈はほとんど梵天と変わらないが、年の功がそのままぶ厚さに代わったかのような、屈強な胸板を迷彩服越しにもうかがうことができた。なるほど、胸の部分に海兵隊のマークがプリントされている。男は淡い光を帯びた金色の眉毛の下で目を細め、値踏みするように梵天たち一行を頭から爪先までじっくりと観察したのち、おもむろに「カミン」と手で招いた。

どう行動すべきか顔を見合わせる三兄弟に、

「ボスといっしょに、入れ。話を聞くだけ」

と開封作業を続ける手を休めず、キンメリッジが促した。

「お前は？」

「俺は、聞いても、わからない」

となぜか皮肉っぽい笑みとともに首を横に振り、最後のバックパックを引き起こした。

行きましょう、と銀亀三尉は自ら、ドアを塞ぐように待ち受ける白人男の前に進み出て、英語

で自己紹介をした。朝食会場では、男と日本人チームとのコンタクトはなかった。三尉は改めて自分たちの身分、自衛隊員であることを伝え、さらに梵天、梵地、梵人の名前を順に紹介した。すでに承知の情報なのだろう、「triplets（三つ子）」と三尉が教えても、男は何ら驚いた様子を見せず、ただ三兄弟の顔を見比べただけで、

「プリンスバック」

と自らを名乗った。さらに何かを付け足し、梵地が「少佐だって」と耳打ちしてくれた。

朝食の場では見せなかった笑顔とともに、男は手を差し出した。どう対応するのかと銀亀三尉の横顔をのぞいたら、意外やこちらも笑みを浮かべ、相手に比べてはるかに小さな手を伸ばした。

しかし、手のひらを合わせた瞬間、三尉は一気に相手に詰め寄った。

「ふざけるなよッ」

しょっぱなは日本語だった。

それからは一方的に英語でまくしたてた。「まだ細かい英語の表現は下手で」と言っていたのは本当なのか、それとも謙遜だったのか。確かに途切れ途切れであっても、まったく臆する様子なく、ぶ厚い胸板の前から相手を見上げ、遠慮ない抗議の声をぶつけ続けた。なぜ「遠慮ない抗議」とわかるかというと、逐一、梵地が「早く帰せ」「お前たちは砂漠で野球でもやってろ」「どうせ自衛隊だと思ってナメてるだろ」と小声で同時通訳してくれたからである。

少佐は何も言い返さなかった。軍人というよりも、政治家のように張りついた笑顔を維持したまま、額に横じわを寄せ、金色の眉をわずかに持ち上げた。それだけの動作で、日本人と敵対する意志はなく、さらには「わかってくれ」というメッセージが何となく伝わってくるから不思議

だった。

「君たちを危険な目に遭わせることは決してない。ただ、君たちの助けがほしい。彼の言葉を教えてくれたら、それでいいんだ」

酒やけ声と同じように「戦場やけ」した声というのもあるのだろう。ひどくざらついた声色だった。通訳している梵地も意味がつかめないようで、戸惑いの調子を含みながら、少佐の言葉を伝えている。

少佐は静かに握手を解き、建物の中へと消えた。

バックパックの底から、タバコのカートンを取り出しているキンメリッジと目が合った。銀亀三尉の背中に視線を送り、「やるじゃないか、彼女」とばかりにニヤリと笑った。

「ごめんなさい、熱くなっちゃった」

と国連キャップのつばに手をあて、三尉はほうっと息を吐いた。梵地二士、今のは別に訳す必要なかったわよね、とサングラス越しに睨みつけてから、

「中に入ります」

と告げた。

「ブーツを、脱ぐ」

キンメリッジの声に従い、四人ともブーツを入口の脇に並べる。

「失礼します」

とよく通る声とともに一礼して、銀亀三尉が先頭でドアを潜った。彼女に続いて室内に一歩足を踏み入れるなり、常に鼻のまわりに漂っていた暑さの気配が消え去り、一気にひんやりとした

空気が梵天の頬に触れた。広さは二十畳近くあるだろう。長方形の間取りには必要最低限の家具だけが配置されていた。天井に照明はない。窓からの採光だけで、広い室内はやわらかな明るさを保っていた。床には敷物が広げられ、奥のコーナー部分の壁際に、建物のあるじらしき老人が座っていた。大きな四角いクッションを壁に立てかけ、そこにゆったりと背中を預け、敷物に直接腰を下ろしている。

コーナーを挟むようにプリンスバック少佐が、さらにもう一人、ジャケットを着た男がすでに着席していた。少佐はあぐらをかくことができないのか、股を広げた体育座りの姿勢で壁に背中を預け、「座ってくれ」と老人の前のあたりを指差した。

「お邪魔します」

と銀亀三尉が近づくと、片膝を立てた格好の老人がゆっくりと顔を上げた。

襟元のゆるりとしたベージュ色の民族衣装に、頭にはターバンのようなものを巻きつけ、口ヒゲに加え、あごまわりにはうねうねとカールのかかったヒゲをたっぷりと蓄えている。ただでさえ露出している顔の部分が狭いうえに、そこに褐色の肌が加わるため、いったい相手が何歳なのか、六十代なのか、それとも八十歳を超えているのか、まったく判断がつかなかった。衣の裾からのぞく裸足の足は骨張っていて、くるぶしがくっきりと浮かび上がっている。

室内の雰囲気に戸惑いながら日本人が腰を下ろすのを、老人は無言で見守っていた。老人の正面に三尉が正座し、その背後に三兄弟が一列に並ぶかたちであぐらをかいて座った。三尉がUNキャップを脱ぐのに合わせ、三兄弟もキャップを取る。さらに室内では失礼と思ったか、三尉がサングラスを外したとき、老人が不意に右手を持ち上げた。

その細い腕に沿って、衣が肘まで滑り落ちる。

それから、歌うように言葉を発した。

少なくとも、英語ではなかった。

アラビア語の滑らかでいて、舌がもつれ合ったような語感でもない。

一瞬、連想したのは、なぜか「能」だった。あの震えるような、朗々と言葉を連ねる調子で、老人は何度も同じフレーズを復唱しつつ、手のひらを広げては閉じる動作を繰り返した。

唐突なアクションに対し戸惑っている三尉の後ろで、

「地ニイ、これ何て言ってんだ？　アラビア語か？」

と梵人がささやいた。

ええと、アラビア語じゃないけど、と詰まり気味の返事に、

「わかるのか？」

と梵天は弟に顔を向けた。同じく三尉も振り返る。三方からの視線を一身に受け、梵地は困ったようにうなずいた。

「教えてちょうだい」

と三尉が促すが、ええと、それは、とどうにも言いにくい様子である。そこへ老人の歌うようなフレーズが重なり、

「訳しなさい、梵地二士」

と上官命令が下った。

観念したのか、梵地は敷物に視線を落とし、やたらと平坦な口調で、

「目が大きいね、お嬢さん。ぎょろぎょろ、ぎょろぎょろ、まるで朝のヘビみたいだ、ぎょろぎょろ、ぎょろぎょろ——」

と命令に応えた。

「何よ、私の目つきがヘビみたいに悪いってこと?」

いいえ、そういう意味では、単に目が大きいことを伝えたいだけだと、と梵地がしどろもどろになっている頭上から、

「YOU」

という声が降ってきた。

いつの間にか、プリンスバック少佐が立ち上がっていた。

胸を張り、いかにも上官然とした威厳を保っているが、何やら顔が赤い。明らかに興奮した様子で少佐は梵地に話しかけた。梵地がそれに返答し、先ほどの言葉を伝えたようで、「スネーク」「アイ」という単語が聞こえた。すると少佐は三尉の顔をのぞきこみ、どういうわけか、

「ワンダフォ——」

と腹から絞り出すようにつぶやいた。

少佐は振り返り、壁際に座っているもう一人のジャケットの男と視線を交わした。丸い顔つきで、頭がすっきりと禿げているアラブ系の男は信じられないものを見たと言わんばかりに、食い入るように梵地を見つめていたが、胸ポケットから手帳を取り出し、開いたページに何やら描き始めた。

一枚、手帳から破り、それを老人に見せた。

男の手元に視線を向けた途端、老人は「くわっ」と口を開いた。ほとんど歯が残っていない口の中と、しわが幾重にも寄った口のまわりを見て、はじめて梵天は老人が声を出さずに笑ったのだと理解した。痩せ細った五本の指を開き、また閉じて、老人は自分の目に人差し指を添えてから、最後にそれを銀亀三尉の目へと向け、また「くわっ」と笑った。

太い眉を八の字に寄せ、ジャケットの男は困惑を隠せないといった表情で少佐に紙を渡した。少佐はそれを確認したのち、梵地に差し出す。弟の手元に届いた紙をのぞきこむと、結構上手なタッチで目が大きく強調されたヘビの絵が描かれていた。

少佐は腰を屈め、梵地の肩に手を置いた。

あごを引き、やけに重々しい声でふた言、み言伝える。

「何て、言ってるんだ？」

まるで壁際に座るジャケット男の表情が乗り移ったかのように、眉を八の字に寄せ、梵地は梵天の顔を見返した。

「僕たち――、合格だって」

＊

アン、ビリバボッ。

アン、ビリバボッ。

何度目かというくらい壁際から放たれたつぶやきに対し、梵人が「いい加減、このおっさん、うるさいな」と文句を垂れ始め、すぐさま「あなたは黙ってて」と銀亀三尉が釘を刺し、その隣では、座る位置を変えた梵地が猫背気味の姿勢を保ち、目の前の老人の言葉にうなずいては区切りのいいところで日本語、さらに英語へと、続けてその内容を早口で告げていた。

聞いて、訳して、また聞いて。休む間もなく頭を使い続けなくてはならない通訳とは想像以上にたいへんなものなのだなと、はじめてまともに見る弟の仕事ぶりに感嘆しながら、梵天は頭に巻いた布が左右に揺れるのに合わせ、朗々と語られる老人の言葉を聞いている――というよりは見ている。

まず、質問はアラビア語で投げかけられる。それは梵地からのときもあるが、ほとんどは壁際のジャケット男から発せられるものだ。少佐が英語で伝えたことを、ジャケット男がアラビア語に訳して質問する。ただし、質問がスムーズに届くわけではなく、一度では老人がうなずかず、何度かジャケット男が言い換え、それでようやく意味が伝わることも多かった。老人は決してアラビア語に堪能というわけではなさそうで、特に話すほうはまったく駄目なのか、必ず例の能のようにおろおろとのどの奥を震わせる言葉で返答する。それを梵地が日本語と英語に訳し、またジャケット男が次の質問を投げかける――、これの繰り返しである。

どうも、この禿げ頭のジャケット男は、老人の言葉がいっさい理解できないらしい。はじめのうちは梵地の仕事ぶりがよほど驚きだったのか、梵地の訳を聞いたあとに、必ずといっていいくらい「アン、ビリバボッ」と太い眉を持ち上げ、目を見開いていたが、やりとりを重ねるうちに、次第に老人の語る話の中身へと関心が移行したようで、しばらくすると「アン、ビリバボッ」は影を潜め、ついには黙りこんで、あごからその高い鼻梁の先にかけて指を添えるようにして、老人の話に耳を傾けるに至った。

それは夢の話なのか、老人自身の子どもの頃の思い出なのか、それとも昔話のたぐいなのか。ひょっとして酔っているのか、それともこの場にいる全員をからかっているのか――。

梵天には老人が語る話の内容が、まったくと言っていいほど理解できなかった。それどころか、お経のようなその声を聞くうちに、朝から無理矢理持続させられていた緊張がほぐれてきたのか、いつしか舟を漕ぎ始めてしまう始末である。それでも、

「ヒトコブラクダ――」

という単語が唐突に飛び出したときは、ハッとして面を上げた。

ちょうど老人が人差し指を濃い睫毛に縁取られた目に添え、「自分は見た」と言わんばかりに、梵地に語りかけているところだった。

「巨大なヒトコブラクダ。山のように大きなヒトコブラクダ。雲のように大きなヒトコブラクダが一頭、浮かんでいた――」

老人はラクダだろうか、指を揃え、しきりに空中に曲線を描いてから、何かにぶら下がっていることを示すように両手で空気を絞った。

「私は空からロープをつかんでいた。目の前に山のような、雲のようなヒトコブラクダが浮かんでいた。でも、私の娘はまっさかさま。私はロープを登って、帰ってきた」

梵地の訳は、まるで絵本の一節を読み上げているかのようである。老人のリズムがうつり始めたのか、その声にも抑揚が増したせいで、余計にそう感じられる。

「おいおい、娘がまっさかさまって、死んでしまったのか?」

梵人のささやきに、梵地はうなずいてアラビア語の質問を投げかけた。老人は骨張った手を頭の高さまで持ち上げた。一転、それを床へ落とし、そこに待ち受けていたもう片方の手のひらに「ぺちん」と当てた。

「落ちた。娘は死んだ」

娘が死ぬのは一大事である。しかし、老人は何ら悲しそうな様子を見せることなく、衣からはみ出したくるぶしあたりをぽりぽりと掻いている。

「私は死ななかった。お父さんとお母さんにとても怒られた。それからは一度も私の娘をそんなふうに死なせたことはない」

そりゃ、そうだろう、と梵天の心の声に呼応するように、

「本当に大丈夫なのか、このじいさん？　ボケてないか？」

と梵人が遠慮ない指摘を送る。

「きっと、本当の娘じゃないよ」

と梵地が振り返る。

「どういうことだ？」

「つまり、たとえってことか？」

「さっきから、子どもの頃の話をしているっぽいし、私の娘と言っているけど、本当の娘だとちょっと変でしょ」

「じゃ、山のようにデカいヒトコブラクダも、何かの『たとえ』か？」

「それは、わからないよ」

「ひょっとして、あの女が言っていたヒトコブラクダ層――、とか何とかと関係ある話なのか？」

「それを今から訊くから、少し黙ってて」

煙たそうな視線を向けられ、わりぃ、と梵人はあぐらを組み直すが、梵地が老人に向き直るや、

「なあ、天二イ」とささやいてきた。

「キンメリッジが言っていた俺たちの仕事って、ひょっとして、これか？　エドウィンのじいさんの話を聞くだけだって、あいつ言っていたよな」

ベドウィンね、と銀亀三尉が静かに訂正する。

「こんなのが目的なら、俺たち、全然必要ないだろ」

確かに、この建物に入ってからというもの、梵地以外の榎土兄弟は完全に蚊帳の外、用なしの状態である。

「まさか、うちのスーパー通訳をエスコートするためだけに、俺たちはわざわざイラクまで連れてこられたのか？　自衛隊なんかに放りこまれ、やりたくもない訓練をずっと我慢してきたのか？　冗談じゃないぞ」

梵人の隣で、銀亀三尉が目を剝いている。驚いているわけではない。怒っているのだ。

「梵人二士、自衛隊なんかって、あなた――」

ちょうどそこへ、老人が歌うように言葉を発したため、それ以上追及することなく三尉は口を閉じた。

上官の手前、迂闊なことは言えないが、梵人の気持ちはとてもよくわかる。これですべてが済

むのなら、確かに肩すかしもいいところだ。

しかし——。

ここで、梵天は慎重に心で身構える。

これで終わりだなんて、話が簡単すぎやしないか？

相手はあの女だ。これまでも、ここで行き止まりと思う先に必ず次の扉が現れ、さらに厄介な展開に放りこまれる——、その繰り返しだった。キンメリッジは言っていた。あの女は「ボスのボス」だと。つまり、壁際で今も体育座りを維持しているプリンスバック少佐のさらにボスなのだ。こんな砂漠の僻地に、アメリカ海兵隊を同伴させて待ち構えているような女だ。その企みは、もっと深く、もっと大きく面倒なものである気がしてならない。

ん——？

そのとき、頭の隅で何かが小さく引っかかる感覚に、梵天は無意識のうちに眉間のしわを寄せた。違和感の源をたぐり寄せようとするが、なぜかティラノサウルスが咆《ほ》えている絵が思い浮かび、胸ポケットに収めている歯に自然と手が伸びたとき、

「ＯＫ」

とざらついた声が降ってきた。

いつの間にか、少佐が立ち上がっている。

「サンキュー」

と笑みを浮かべ、梵地に握手を求めた。

梵地が手を差し出し、少佐と握手を交わす向こうで、老人がしきりに口をぱくぱくとさせたか

と思うと、最後にすぼめる仕草をして見せた。それに対し、握手を終えた少佐が「あちらへ」とドアの方向を指で示すと、「くわっ」と例の声を発さぬ笑い方とともに老人は床に手をついた。

ゆっくりとした動作で腰を上げた老人は、とても小柄だった。体格に比べゆったりとした衣を纏い、首を折り曲げるようにして佇むその痩せた後ろ姿は、やはり八十歳を超えているだろう。いったんの休憩ということか、少佐は「座っていてくれ」というジェスチャーを梵地に送ったのち、先に出口へと向かった。少しだけ左の足を引きずるようにして、老人があとを追う。

「スモーキング」

と少佐は告げ、老人とともに外に出た。先ほどの仕草はタバコを求めるものだったようで、さっそくキンメリッジが持参したみやげ物の出番である。

それまで続けていた正座を崩し、足を揉んでいた銀亀三尉が立ち上がり、

「私、少佐と話してくる」

とぎこちない足取りで、開け放されたままのドアから出て行った。

「大丈夫か？　今度はつかみ合いの喧嘩にならないか？」

という末弟の言葉に、梵天はしばらく耳を澄ませたが、それらしき声は聞こえてこない。

「軍人の握手って、いつも無駄に痛いから嫌なんだよね」

と手のひらを振り、梵地が顔をしかめている。三十分近く、老人の話を聞いただろうか。腕時計の針は十時を過ぎたあたりを指していた。

「あの少佐、ロレックスをつけていたな」

とあぐらをかいた姿勢のまま、靴下の臭いを確かめながら、梵人がつぶやいた。

「聞いたことあるんだ。海兵隊の連中は時計に金をかける。どうしてかわかるか？」

くせぇ、と梵人は顔をしかめた。

「給料がいいからか？」

と梵天が答える。

「軍人だぜ、そんなに貰えないさ」

「じゃ、見栄っ張りだからか？」

ブブゥ、と梵人は笑った。

「海兵隊は世界中で任務があるから、トラブルに遭ったとき、一人でも基地なり拠点なりに帰ってこられるように、いい時計を身につけるんだってさ。現地で質に入れて現金に替えたり、役に立つものと交換できるだろ？」

「何で、そんなこと、お前が知ってるんだ？」

「地下格闘技大会で知り合った海兵隊くずれがいたんだよ。そいつはG－SHOCKだったけど、やっぱりいいのをはめてた」

妙な知識を披露したのち、末弟は大きく伸びをして、あくびで締めた。

室内に残されたのは、榎土三兄弟と壁際の禿げ頭のジャケット男である。

梵地が軽く男に会釈した。

おそろしく興味津々といった眼差しを梵地に向けているが、男はなぜか話しかけてこない。無言のまま、禿げ頭に手をあて、静かに壁に背を預けている。

イラク人ですか？　と梵地が英語で質問した。

男は頭のてっぺんを撫でつけ、困ったように眉を八の字に下げた。いったん口を開きかけたが、

「アイム、ソーリー」

と首を横に振り、謝った。

それからアラビア語で早口に並べ立てた。

梵地が通訳を始める。

「自分が何者なのか、答えることはできない。ただ、この家のあるじとは長い付き合いで……」

そこで言葉を止め、ドアの方向に目を遣り、何かを考えている様子だったが、静かな口調で再開した。

「二十四年前、私ははじめてここを訪れた。その後、戦争による中断があったから、この場所に来るのは二十年ぶりになる。でも、ここは何も変わっていない。彼も変わっていない。彼はむかしから、あんなふうだから。ひょっとしたら、百歳を超えているのかもしれない。それとも、二百歳を超えているのかもしれない――」

この家のあるじへの冗談ということなのだろう、男は薄く笑ってから、

「一週間前、私はここへ来た。彼らが――、アメリカ人たちが、私を捜し出したんだ。私がハサンの窓口だったことを調べてね。ああ、ハサンというのは、彼の名前だ」

と老人が座っていたあたりに視線を移動させ、長い睫毛を瞬きに合わせ上下させた。

「あのベースキャンプで働いていた仲間は、他にもいた。でも、私以外、誰も見つからなかったそうだ。みんな、どこかへ消えてしまった。あの戦争と、その後に続いたひどい混乱のなかで、バラバラになってしまったんだ。みんな、どうしているのだろう。私は仲間たちの無事を、ただ

祈ることしかできない――」

男は言葉を区切って、足元の敷物をじっと見つめた。急に祈りの言葉らしきものを詠じて、悲しげに太い眉を下げた。

「ベースキャンプって、ひょっとしてあの地下施設のことか？」

梵人の問いかけを、梵地が訳す。

男はうなずき、人差し指で下のほう、下のほうへと動きで示した。地下に深く、という意味のようだ。

「あれは軍の施設だった。あの場所を拠点に、探していたんだ。でも、私たちは見つけられなかった。そして、戦争が始まった。そのまま、誰もがハサンのことを忘れてしまった。私も完全に忘れていた。自分たちの生活を取り戻すために、必死だったんだ。先月、アメリカ人が訪ねてきた。アメリカ人と言っても、少佐のような白人じゃなくて、見た目は我々と同じ……、それでも、アメリカ人というやつさ。彼らは私に依頼した。ハサンに会わせてほしい、ハサンがいる場所まで案内してほしい、とね。彼らは何もかも調べていたよ。ベースキャンプの存在、ハサンの居場所、二十四年前に我々がはじめてハサンと出会って、この家の中に招いてもらうまでに一年以上かかったこと――、全部だ。彼らは私にハサンとの窓口になるよう求めた。わざわざ私を呼んだ彼らの判断は正しかった。ハサンは私を覚えていた。だから、ハサンは少佐をこの家に招き入れ、君たちもこうしてそこに座っている――」

男の言葉が静かに室内に響く。男のアラビア語は控えめで穏やかなトーンを保ちながら、梵天の耳にするりと入りこむ。異国の言葉であっても、知的で上品な響きというものは自然と声に備わるものなのだと、梵天ははじめて知った。

「二十年ぶりに、ベースキャンプを訪れて――、そこにアメリカの海兵隊がいたのには驚いたよ。しかも、軍の連中もいっしょだ。君たちはここまで何で来た？　ああ……、トラックか。ならば、その車両も、すべてイラク軍が協力している。信じられるか？　誰も知らないうちに海兵隊がこの国で活動して、それを軍がサポートしているなんて――。つまり、そういう話なんだよ、これは。最初から断ることなどできないとわかっていた。今の生活を守るために、私はアメリカ人の依頼を引き受けた。ベースキャンプでも、私は余計なことは口にしなかった。そうすれば、余計なことを聞かずに済む。それが……、そう、この国で生きるためには、とても大事なことなんだよ」

男は神経質そうに瞬きしたのち、憂いを含んだ大きな瞳をわずかに潤ませながら、ゆっくりと首を横に振った。

「ベースキャンプでアメリカ人から言語学者を紹介された。すぐに、彼らが何をしようとしているかわかった。私たちがさんざんやったことだからね。二十年以上前、それこそイラク国内はもちろん、トルコ、シリア、エジプトにまで手を延ばして、アラビア語を研究する、あらゆる権威に頼んでハサンの言葉を調べてもらった。実際にこの家に連れてきたこともあった。でも、駄目だった。どれだけベドウィンの部族の言葉に詳しい学者も、お手上げだった。そもそも、彼はベドウィンじゃなかったんだ――」

訳している当の梵地が、男の話に驚いたようで、「え、ベドウィンじゃないの？」と声を上げる。

「そう、彼がしゃべっている言葉はアラビア語じゃない。方言でもない。誰も知らない言語だ。学者たちの見解は、孤立した一部族の間にだけ伝わってきた言葉だろう、というものだった。でも、そんな話、この現代にあり得るか？　ここは砂漠だ。ジャングルじゃない。森のなかなら、人知れず生きることもできるかもしれないが、砂漠はすべての生き物が死に絶える場所だ。互いに助け合わないと生きていけない。実際に、ここにはベドウィンの文化がうかがえる。彼の服装や、この家のつくりからも、それは一目瞭然だ。しかも、かなり古い、今ではほとんど見られなくなった伝統的なスタイルだよ。ハサン自身もアラビア語が少しならわかる。古くから、ベドウィンとの交流はあったということだ。でも、それ以上のことになると何もわからない。ハサンという名前だって、本当の彼の名前じゃないんだ。彼は決して名乗らないからね。当時、周辺のベドウィンたちを調査したが、彼らはハサンを『水場の男』と呼ぶだけで、その他のことは何も知らなかった。彼らは遊牧の途中、オアシスに寄って水をもらい、宿の場所を借りる。その代わりに、生活の助けとなるものを置いていく。そうやって彼の親も、その親も生き延びてきたのだろう。実のところ、アメリカ人の依頼を受けはしたが、ハサンには会えないと思っていた。あれから二十年だ。おそろしい戦いが続いた。誰も彼の面倒なんか見ていないだろうし、彼自身もどこかへ移動しているだろう――、そう考えるのが自然だった。でも、ハサンはいた。相変わらずひとりで。何も変わっていなかった。彼と再会して改めて思い出したよ。自分が彼について何も知らなかったことをね。せいぜい知っていると言ったら、タバコとキャンディーが好きなこと……、それくらいだ」

自嘲気味な笑いとともに、男はあぐらを組む足の上下を大儀そうに交替させた。自分は何者か答えられない、と言う割にはやけに多弁である。ずっと、誰かに話を聞いてほしかったのかもしれない。ならば、チャンスは少佐が不在の今しかないと、

「おい、梵地」

と梵天は通訳を呼んだ。

「ここはいったいどこなんだ？　イラクのどのへんだ？　それを訊いてくれ」

わかった、と梵地がうなずく。謎めいた言葉を話す謎の老人の話よりも、自分たちの身の安全である。まずは、どこに連れてこられたかを知る必要がある。

梵地の問いかけを、男は首をわずかに傾けながら聞いた。質問者である梵天に、長い話の途中でもときどき見せた、神経質そうな眼差しを向け、

「君たちは、日本人か？」

と訊ね返してきた。

ＹＥＳと梵地が兄に代わってうなずくと、男はあごに指を添え、しばらく無言で考えこんでいたが、

「アイム、ソーリー」

とそこだけ英語になって、ふたたび首を横に振った。

「君たちは、ここがどこか知らない。それはつまり、知らないほうが安全という意味だ。そもそも、この場所に地名はない。地図にも載っていない。アメリカ人はこの場所を『フセイン・エリア』と呼んでいた。日本人よ、もちろんフセインのことは知っているだろう？」

フセイン？　何だったっけ、それ、と梵人が首をひねる。その様子を見て、男は少し怒ったよ

うに眉を持ち上げた。

「サダム・フセイン――、かつて、この国の支配者だった男だ。彼がハサンに目をつけ、あのベースキャンプを造った。つまり、君たちはサダム・フセインに連れられて、この砂漠の土地にやってきたんだよ」

*

あぐらをかいた股間のあたりで両手を揉みながら、何かを思い出しているのか、男は険しい顔を保って天井を見上げている。

「僕たちが五歳のときだったよね。9・11のテロ事件が起きたのは。その一年半後にイラク戦争が起きた――」

そう言って、梵地は彼らが生まれる前から、サダム・フセインがイラクの大統領を務めていたこと、三兄弟が六歳のときにフセインがアメリカとの戦争を始めたこと、十歳のときにフセインが処刑されたことなどを、年号を諳んじながら教えてくれた。何しろ相手が生きていたのは梵天が小学生のときである。当時もその名を聞いたことがあったような、なかったような、あやふやな記憶しか残っていないが、禿げ頭の男は「フセイン」と口にしただけでその表情の隅に、急に影が差すようになった。梵地が言うところの「死ぬまで独裁者だった」元大統領の影響が今も強く尾を引いていることがうかがい知れる。ならば、そんな人物の名を冠した「フセイン・エリア」とは何なのか、なぜ梵天たちがそのフセインに連れられてきたことになるのか、と当然の疑

問がくすぶるところへ、

「０４２８だ」

と男が天井から顔を戻し、唐突に告げた。

どこかで聞いた数字の列だなと梵天が思い出すより先に、

「ベースキャンプのカードキーを解錠するときの暗証番号だ」

となぜか男が正解を教えてくれた。

「二十年経っても、むかしのまま変わっていなかった。四月二十八日。サダム・フセインの誕生日だよ。趣味は悪いが、覚えやすいだろ？　その証拠に、今も忘れていない」

男は肩をすくめ、「やれやれ」と伝えて見せてから、

「そろそろ、君たちのことについても教えてくれないか。君たちは何者だ？　アメリカ人が連れてきた言語学者を、私はここに案内した。しかし、その日のうちに学者は自分の国に帰ってしまった。ハサンの言葉がまったく理解できず、帰りの車では泣きそうな顔をしていたよ。それから一週間、君たちの到着をずっと待っていたんだ。国連のキャップをかぶっていたが、君たちは軍人なのか？　それとも、学者なのか？」

とジャケットの襟元を引き、ぐっと眼差しを鋭くして訊ねた。

「僕たちは、ＰＫＯに従事している、ただの自衛隊員です。僕は――、ただの通訳です」

「なぜ、君はハサンの言葉がわかるんだ？　どんな著名な学者でも、これまで歯が立たなかった。あのベースキャンプに何人もが招かれ、ほとんど軟禁状態で調べさせられていたよ。私がここでひたすらハサンに何かをしゃべらせ、それを録音したものを持って帰るんだ。私も詳しくは知ら

ないが、彼らはハサンの操る言葉が、他のどの言語とも似ていないと口を揃えて主張したそうだ。結局、誰ひとりとして解明できなかった。それなのに、君はいとも容易《たやす》くハサンの話を聞くことができる。まさか、彼は日本語を話していたのか？　そうじゃないだろう？」

あれだけ「アン、ビリバボッ」を連発していたのも、二十四年前から失敗続きだったチャレンジを、どこの馬の骨ともわからぬ日本人がやってきて、あっさりと成功させてしまったから――、という事情ならば多少なりとも理解はできる。果たして、梵地がどう答えるのかと様子をうかがっていると、

「アイム、ソーリー」

と梵地は申し訳なさそうに首を横に振った。

「これは軍事機密です」

確かに榎土三兄弟にとっての唯一無二の軍事機密である。うまい具合にはぐらかすものだと梵天が密かに感心していると、「ハッ」と詰めていた息を吐き出し、男は己を納得させるように何度も小さくうなずいた。

「そうだ、知らないほうが安全であることが、世の中にはたくさんある。二十四年前、サダムはこの砂漠で何かを探し始めた。それが何か、私は知らない。ベースキャンプにいた人間も、誰も知らなかった。自分たちの安全のために、誰も『なぜ？』を口にしなかった。あの場所で働いていることは、家族にももちろん秘密だった。ただ、私たちはハサンに質問するよう命じられたんだ。『君が見た大きなヒトコブラクダはどこにいる？』とね」

先ほどまでこの家のあるじが背中を預けていた壁際のクッションを見つめ、男は禿げ頭を手で

撫でつけた。

「一週間前、この場所を訪れたとき、少佐は同じ質問をハサンに投げかけた。瞬時に理解したよ。彼もまたサダムと同じものを探している――、と。実は、私はずっと半信半疑だったんだ。そもそも、ハサンは答えを本当に知っているのか？　だって、そうだろう。誰も彼の言葉が理解できないのに、なぜ彼がそれを知っているとわかるんだ？　当然、アメリカ人の挑戦も、同じ結果に終わると内心思っていた。だから、君がヒトコブラクダの話を訳し始めたとき、私は心の底から驚いた。信じられない気持ちだったよ。ついに、サダムが求めていた答えが目の前に現れたんだ。君たち日本人をここに連れてきたのはサダムだったというのは、そういう意味だ。二十四年越しの彼の願いを、君たちはとうとう叶えたんだ」

それから人差し指を順に三兄弟に向け、男は静かに、

「アンビリィ、バボゥ」

とつぶやいた。

何やら話が急に大きくなってきた。梵地はいつの間にか正座の姿勢で男の話を聞いている。梵人も足裏を揉む手を止め、興味津々といった表情を隠せずにいるが、一方の梵天の脳裏には急速に悪い予感が漂い始めていた。言うまでもなく、頭の隅でちらつくのは、女が纏う青い毛皮のコートの残像だ。行き止まりと思う先に必ず次の扉が現れる――、これまでと同じ展開の気配をうっすらと感じ始めた矢先、

「梵地二十――」

と呼ぶ声が聞こえた。

首をねじると、ドアから銀亀三尉が顔をのぞかせ、手で招いている。

「少佐が呼んでるの。来てくれるかしら」

急いで梵地は立ち上がろうとするが、足に痺れが来ているのか、「いてて」とよろけながらドアへと向かう。

「俺たちも、行こうぜ」

と梵人が立ち上がる。気配を察して壁際のジャケット男も腰を上げたので、梵天も「おう」と尻を浮かせた。

外に出るなり、タバコの煙の臭いに迎えられた。

張り出した日よけテントの下で、老人に加え、少佐やキンメリッジまでもがタバコをふかしている。銀亀三尉は少し離れた風上に立ち、三兄弟がブーツを履き終えるのを待ってから、

「私たち、また移動するみたい。ダメもとでスマホを貸せと頼んだら、ここは電波が通じない、いっさいの通信ができない場所だとか理由を並べるの――」

と顔に戻したサングラスの位置を調整しながら、鼻じわを寄せた。

最後にドアから出てきたジャケット男は、革靴を履いてから、壁際に置かれた一見、傘立てのような壺の前に進んだ。高さ一メートルほどの、背が高い細身の壺の口に無造作に腕を突っこみ、ひょいと銀色の器を取り出した。器は水で満たされていた。それをぐいと飲み干すと、「お前たちもどうだ?」とばかりに器を掲げ、口元を拭った。

「中に貯めた水が素焼きの壺に染みこんで、その気化熱を利用して冷やすんだ。つまり、ウォータークーラーだね。西アジアじゃ、とてもポピュラーだよ」

とさっそく梵地が豆知識を披露する横から、「のど、渇いていたんだよな」と梵人が進み出て、男から器を受け取った。

「梵人二士、生水はやめたほうが――」

と銀亀三尉が注意を放ったときには、梵人はさっさと壺から水をすくい上げ、ごくりと飲み干してしまった。

「おお、結構冷えてる。天ニイ、地ニイも飲めよ」

じいさん、ごちそうさまです、と頭を下げる梵人に、老人はタバコをすぱすぱと吸いながらうなずいている。

「俺も、飲んだ。ここにペットボトルはない。飲んでおけ」

煙を細く吐き出し、キンメリッジが告げた。

どうすべきか、と梵天が梵地と顔を見合わせていると、

「いただきましょう。給水はこまめにやっておかないと」

と三尉の声が響いた。

梵人から器を受け取った三尉は壺をのぞきこみ、おっかなびっくりといった様子で手を差し入れた。いったん器を持ち上げると、心は慎重だが、のどの渇きがそれに勝っていることがうかがえる勢いで水を口に含み、「冷たい」とつぶやいた。

日本人チームが給水作業を続けるところへ少佐が近づき、梵地に何かを差し出した。その肉厚な手のひらには、小さな青い物体がのっている。「これを老人に」と目で伝えると、梵地は慌てて器を次の梵天に手渡し、

「円筒印章だ」

と驚いた顔でそれをつまみ上げた。聞き覚えのある響きに、イラク出発前に駐屯地の食堂で梵地が見せてくれた「ちくわ」のことかと記憶を蘇らせながら、梵天は壺の水を飲んだ。舌に触れた瞬間に「お、冷たい」と感じる砂漠の水は、ただひと言、うまかった。

「古代メソポタミアで使われていたハンコだよ。僕のは博物館のおみやげコーナーで売っていたプラスチック製だけど、ひょっとしたら、これ……、本物のラピスラズリじゃないのかな?」

老人は細い指の間につまんだ残り少ないタバコを口元へ運び、じっくりと吸いこんでから、うまそうに煙を吐き出している。梵地が指示どおり、円筒印章を手に前に進むと、老人は無造作にタバコの吸い殻を日よけテントの外に投げ捨て、「くわっ」と口を開いた。今度の「くわっ」は笑っているのではなく、驚いたがゆえの反応のようだった。

梵地から、やはり円柱の芯の部分が抜かれ、そこに紐が通されている円筒印章を受け取るなり、老人はそのまま目にはめこむのではないかというくらいの勢いで顔を近づけた。表面を回しながらぶつぶつとつぶやいていたが、急に視線を持ち上げ、「寄越せ」とばかりに老人は梵天に手を差し出した。

「え?」

梵天が持っているのは、水を飲み終えてからそのままのアルミ製の器である。

「水」

ほとんどうなりのような老人のつぶやきを、梵地が訳す。

急ぎ壺から水をすくい上げ、梵天は器を弟に渡した。運ばれてきた器の中に、老人はまさに青ちくわの姿をしている円筒印章を沈めた。引き上げたものを指の腹で拭い、空にかざして、ふたたび表面をとっくりと観察した。

水に濡れた青ちくわは、つやのある質感を一気に取り戻し、老人の指の間で鮮やかな色を発していた。老人は空いているほうの手を胸元に差しこみ、何やらネックレスのようなものを引き出した。そこには、まったく同じく青い石がペンダントとしてぶら下がっていた。まぎれもなく円筒印章である。ともに二センチほどの大きさの青い石を胸の前に並べ、老人はまたもや「くわっ」と顔じゅうの筋肉としわを使って破顔した。愉快でたまらない、といった表情で身体を左右に揺らしながら、

「これは、誰から渡された?」

と芯から日焼けしたように見える、褐色の顔の前に青ちくわを掲げた。

軽く咳払いしたのち、

「イナンナ」

と少佐はしわがれ声で答えた。

「くわっ」

今まででいちばんの勢いで、老人が開口した。さらに驚いたことに、

「イナンナ、イナンナ」

と少佐の発音そっくりに復唱したのち、ゆっくりと前に進んだ。

「え?」

梵天の正面で老人は足を止め、

「イナンナのしもべよ。これをイナンナのしるしとして、その目をイナンナのまなことせよ」

と戸惑う梵天に、手のひらの濡れた青ちくわを差し出した。

「くわっ」

と満足そうに口を開け、老人は踵を返した。キンメリッジに向かって寄越せ寄越せ、と子どものように手を伸ばす。タバコの箱をトントンと叩き、キンメリッジが一本抜き出すと、老人は思いのほか素早い動作でそれを奪い取り、ひょっとこのような構えで待つ口元へ持っていった。キンメリッジが火を点けると、老人はいかにも満足げにタバコを吸い、胸元の円筒印章は、もじゃもじゃのヒゲとともに、あっという間に、吐き出した煙に巻かれて見えなくなった。

＊

オアシスを見下ろす丘陵のへりにトラックが姿を現した。遠目にも左右に大きく揺れながら下りてくるトラックは、老人の家から二百メートルほど離れた場所でエンジンを停止。荷台から降り立ったキンメリッジが走って向かってくる。

「出発だ」

強いパーマがかかった少し長めの髪を揺らしながら、キンメリッジは梵天たちの前で足を止めた。さすが海兵隊と言うべきか、まったく息は乱れていない。少佐から命令を受け、トラックを呼びに向かうときも、丘陵のへりまで勢いを落とすことなく、駆け足でひとり来た道を戻っていった。その際、「そんなの、無線で呼べよ」と梵人が指摘しても、

「ここ、無線、通じない」

と渋そうな顔でキンメリッジは首を横に振った。電波が届かないと少佐が三尉に伝えた内容は嘘ではなかったらしい。もっとも、多少の地形の隆起はあれど、四方どこを見渡しても、ひたすら殺風景な砂漠の眺めが続くばかりで、電波を邪魔するようなものはどこにも見当たらない。

積み上げたみやげ物の小麦粉の麻袋を背もたれ代わりにしていた梵人が、よっこらせと尻を持ち上げる。続いて立ち上がった梵天が振り返ると、依然少佐とジャケット男が老人から話を聞いていた。もちろん通訳は梵地である。少佐が両手で地図を広げ、梵地が伝える言葉にうなずきながらジャケット男がペンでマーキングしている。

銀亀三尉は腕組みの姿勢で、壁にもたれかかっていた。サングラスをかけているため視線の行方は定かではないが、正面の少佐たちの話に耳を傾けているのだろう。

「トイレ、行ったか」

キンメリッジの問いかけに、

「そこらへんで適当に済ませた」

と梵人がオアシスのほうを指差す。

彼女は？　と三尉に視線を向け、キンメリッジが声を潜める。

「じいさんの家のトイレを借りていた」

と梵人が教えると、「グッド」と安心した表情でうなずいた。

「お前さ、ラクダ見た？」

腰に手をあて伸びをしながら、梵人がキンメリッジに質問した。

ラクダ？　と怪訝な顔を返す海兵隊員に、

「そこの茂みに小便に行ったら、水辺にいきなりラクダがいたんだ。こんなふうにあごを横にずらして、ずっと、もぐもぐやってた」

と上あごと下あごを器用に左右させて、ラクダの様子を真似して見せた。

「ラクダって、あんなにデカいんだな。コブが一個だから、ヒトコブラクダってやつか？　そう言えば、さっきからじいさん、ヒトコブラクダがどうとか言ってたけど、あのラクダのことじゃないのか——？」

キンメリッジはオアシスにちらりと視線を向けたが、返事をすることなく、少佐のもとへと向かった。

ラクダなら梵天も見た。老人とのやり取りのなかに、方角や距離を示す単語が頻出するようになり、ただでさえ英語、アラビア語、日本語の使い分けに苦労している弟の負担を減らしてやろうと、

「梵地、俺たちのことは放っておいていいぞ。あとで、まとめて教えてくれ。俺たち、トイレに行ってくるから」

と告げて、梵人とともに立ち小便に向かった。オアシスを囲む茂みで手早く用を済ませ、ついでに水辺の様子も観察してみようと近づいたら、いきなりそこにラクダが現れたのである。

「知っているか、天ニイ。ラクダって人に嚙みつくらしいぜ」

どこから仕入れた知識なのか、梵人はその正面に回りこみ、「おお、立派なあごだな。歯もデカい。これに嚙まれたら相当痛いぞ」とひとり顔をしかめた。

ラクダは悠然と座っていた。砂漠のオアシスの水辺にラクダが一頭、対岸にはナツメヤシ——、完全に絵はがきに使えそうな構図である。尻のほうから眺めると、器用に折り畳んだ後ろ足に豊かな尻尾の巻き毛が流れ落ち、背中にかけて山脈のように高々とコブが隆起していた。首をもたげ、始終あごを左右にずらし、じっと水面を眺めている。二人の存在にいっさい反応を示さない。まさか野生ではあるまい。老人の所有するラクダなのだろう。こんな放し飼いにして逃げないものなのか、と一瞬不思議に思ったが、水がここにしかないのなら、それが何よりの重い鎖となるのかもしれない。

「これってラクダ用かな?」

梵人が茂みを指差すのでのぞいてみると、鞍のような立体的な木組みに、ロープの束、さらにはカーペットを畳んだものが置かれていた。鮮やかな青色に染められた敷物をのぞきこみ、

「あのじいさん、青が好きだな」

と梵人がその端をつまみ上げていたが、確かにトイレから戻ってキンメリッジの帰還を待つ間、ぼんやりと仰いだ日よけテントの布地は青だった。胸元のペンダントも青だ。青といえば、あの女のコートも、ラピスラズリを糸にしたとか妙な説明つきの青一色だと思い返していたら、

「NO」

という鋭い声が突然、耳を撲《う》った。

何事かと首をねじると、壁際で依然腕組みの姿勢を保っている銀亀三尉に少佐が話しかけている。三尉が首を横に振り、それに対し少佐がふたたび言葉をかけると、

「NO」

と手のひらを相手に向け、三尉は逃げるようにこちらに大股で向かってきた。

「どうしたんですか」

と訊ねる梵天に、

「あいつ、ここであなたたちと別れて、自分といっしょに地下施設に戻れって言うの。そこであなたたちの帰りを待つべきだとか何とか――。そんなのあり得ないでしょう。私はあなたたちの上官よ。責任もって、すべてを見届ける義務がある。当たり前でしょ?」

と憤然として答えた。

困惑の表情を浮かべる少佐に、キンメリッジが「どうします、ボス?」という視線を投げかける。少佐は何か言い足りなそうな様子で三尉の後ろ姿を見つめていたが、これ以上声をかけるのをあきらめたのか、肩をすくめるポーズとともに「連れていけ」とあごで伝えた。

すぐさま、斜面の先に見えるトラックを指差し、「GO」とキンメリッジが号令を発した。

「おじゃましました」

と銀亀三尉が手を振ると、老人は両の手のひらを自分の目のあたりに持っていき、それから三尉を指差し「くわっ」と笑った。最後に「お前の目玉は大きい」と伝えたようである。その隣で、ジャケット男が遠慮気味に手を振っていた。少佐は手を後ろに組み、いかにも上官然とした見送りの姿勢を見せている。

到着時よりも、向かい風が強さを増している。顔じゅうにちりちりと砂粒の攻撃を受けながら、キンメリッジを追って日よけテントを出た。「これから、俺たちどこに行くんだ?」と梵天が訊ねると、「ハサンがヒトコブラクダを見たところ」と梵地が顔の前に腕のブロックを作りながら答えた。

「あんなの夢に決まってるじゃないか」

笑いながら顔を向けた梵人に、梵地は無言で前方のキンメリッジの手元を指差した。そこには先ほどまで少佐が広げていた地図が、折り畳まれた状態で収められている。

丘陵の先では、すでにエンジンをかけた状態でトラックが待機していた。梵天たちを地下施設から運んできた、砂漠色に塗装された軍用トラックである。

「乗れ」

と荷台の幌を叩き、キンメリッジ自身は前方へと回ろうとするのを、「待って」と銀亀三尉が呼び止めた。

「確認させて。私たちはこれから何をするの？　あのおじいさんの話を聞いたら、終わりだって、あなた、言ったわよね」

キンメリッジは手元の折り畳んだ地図を掲げ、

「仕事、増えた」

と簡潔に答えた。

「その男が、増やした」

と地図の先端で梵地の顔を示してから、助手席のドアを開け、素早く乗りこんだ。何だよあいつ、いちいち嫌みったらしい男だな、と梵人がぼやくのを聞きながら、梵天はトラックの後部に回った。

「あ」

荷台には、すでに先客がいた。二人の若い兵士と、あごまわりにヒゲをたっぷりと生やした大男が奥のシートに陣取り、仏頂面をこちらに向けている。

一瞬、動きを止めた梵天の脇を抜け、三尉が意外な身軽さで荷台へと上った。

「あの、銀亀三尉」

「何?」

と中腰の姿勢で身体をねじった三尉に、

「本当に、いいんですか」

と梵天は確認した。

「どういう意味?」

「俺たちなら大丈夫です。三人いたら何とかなります。だから、少佐といっしょに施設に戻ってくれてもいい――」

「梵天二士」

と冷たい調子で三尉は言葉を遮った。

「私に車から降りるべきだ、って言いたいの?」

もちろん、降りるべきだと思った。昨日、カフェで拉致されたところから今の今まで、この小柄な広報担当官には徹頭徹尾、関係のない話ばかりが繰り広げられている。すべての原因は榎土三兄弟にあることは明らかで、彼女が同行する理由はどこを探しても一ミリだって見つけられない。

「部下のあなたが、私に命令するつもり?」

「い、いえ、そういう意味じゃ――」

「梵天二士、二度と私に対して、そういう物言いはやめて。私には、あなたたちを守る義務と責任があります」

と荷台の上からぴしゃりと言い放ち、三尉は奥へと進んだ。

どんと背中を叩かれた。梵人が「どんまい」と口の動きだけで伝え、荷台へと上がる。今の言い方は上手くないねえ、と梵地にまでささやかれ、うるさいとその尻を小突いて荷台へと押し上げてから、最後にステップに足をかけた。

梵天が乗りこむのと同時に、トラックが動き出した。

後方へと遠ざかる景色の中央で、オアシスの水面が曇り空を映し出していた。青色の日よけテントの下で、老人にジャケット男、プリンスバック少佐が、まだ見送りに立っているのが小さく映った。

「この世で砂漠を楽しめる者は、ベドウィンと神々だけ――」

と隣に座る梵地がつぶやいた。

「何だ、それ？」

「アラビアのロレンスの言葉だよ。でも、間違いだね。正確には、ベドウィンと神々とハサンだけ――」

とオアシスに向かって振られた梵地の長い腕が、梵天の顔の前でゆらゆらと揺れた。

トラックが進路を変えると、オアシスは一瞬で視界から外れ、代わり映えのしない荒れた砂漠の風景と、幌を叩く強い風の音が車体を包んだ。荷台の奥では、銀亀三尉が海兵隊の兵士たちに自己紹介を始めている。ヒゲの大男は「triplets（三つ子）」という榎土三兄弟の説明にやはり驚く様子もなく、梵天たちの顔をひとつずつ確かめたのち、通路を隔て正面に座る二人の若い兵士を、「ノール」と「オルネク」と紹介した。最後に「マーストリヒト」と自分の胸の海兵隊マークを叩いた。

「この人、小隊長だって。マーストリヒトって、オランダの地名だよね？　オランダ系なのかな。身体も大きいし」

梵地の言葉に、梵天の眉間に勝手にしわが寄った。ノール、オルネク、マーストリヒト——と順につぶやく。何かが引っかかる。老人の家でも同じ違和感を嗅ぎ取った。なぜか、ティラノサウルスが首をねじって勇ましく咆えている姿が思い浮かぶ。どうやら、連中の名前に腑に落ちないものを感じるらしい。キンメリッジ、プリンスバック、ノール、オルネク、マーストリヒトとこれまで登場した名前を心で唱えながら片手をあごに持っていったとき、ちょうど肘の内側が胸ポケットの硬い感触にぶつかった。

「マーストリヒチアン——、白亜紀後期」

自然に口から言葉が漏れた。

え？　と梵地が顔を向ける。

「そうか。全部、地層がある場所の名前だ」

あごから胸ポケットへと指を移動させ、ティラノサウルスの歯の輪郭を確かめながら、ひとつずつ符合する名前を頭の中で読み上げる。

「キンメリッジ、プリンスバックはジュラ紀だ——」

「ジュラ紀？」

「恐竜が生きていたのは中生代――。中生代は三畳紀、ジュラ紀、白亜紀の三つに分けられる。ジュラ紀はさらに十一の地層時代に区分される。そのなかに、キンメリッジとプリンスバックという名前がある。同じくノールとオルネクは三畳紀からのピックアップだ。マーストリヒトは白亜紀から。どれも地層時代のもとになった地名だ。ティラノサウルスやトリケラトプスといった有名どころが多い時代が、恐竜がもっとも大型化した白亜紀後期、つまりマーストリヒチアンだった。この時代の最後に、巨大な隕石が落ちたことが原因で恐竜は絶滅して――」

まさにマーストリヒチアンの遺物をめいっぱい感じるべく、布越しにティラノサウルスの歯をぎゅっと握った。こうした裏を読み取ることに頭を使うのは、もともと苦手も苦手な性格だが、その奥に潜んでいるものへと一気に手を伸ばす。

「キンメリッジ、プリンスバック、マーストリヒト――、当然、どれも本名じゃない。そう、作戦のコードネームってやつだ。あの少佐が三畳紀の地層時代の名前を知っているとは思えないからな。じゃあ、誰によるネーミングだ？　あの女しかいない。俺がこうして気づくのも計算済み、いや、待ち構えていたんだろう。これはあの女からのメッセージだ。海兵隊員の名前からこのトラックの行き先まで、すべての状況をコントロールしているとアピールしたいんだ」

何だか急にすごいね天、と梵地がむやみに感心している正面で、梵人が膝をすっと寄せてきた。話を聞いていたのだろう、三尉が海兵隊員たちとやり取りを続けるのを横目に、

「じゃあ、ヒトコブラクダ層って何だ？」

とささやいた。

「層ってことは――、まず疑うべきは地層だ。この連中の名前も地層シリーズだからな。でも、ヒトコブラクダ層なんて名前は聞いたことがない。そもそも、あの女が口にした『層を探して』という言い方も少し変だ。ただ、変わった名前の地層なら世界にもある。モロッコのサハラ砂漠にあるケムケム層とかな。あそこはスピノサウルスや三葉虫のすばらしい化石が出るんだ。だから、ヒトコブラクダ層という名前の地層が――、たとえば地元の人間だけがそう呼ぶものがあっても、おかしくない」

「たぶん、ハサンは地層という知識自体を知らないと思うよ。地層の話なんて、一度も出てこなかったし」

と冷静な指摘を、梵地が挟む。

「でも、あのじいさんは、俺たちの前でヒトコブラクダの話をした。決して、偶然じゃない。二十四年前から、あの禿げ頭のおっさんは『君が見た大きなヒトコブラクダはどこにいる』と質問していたんだろ？　それと同じ質問を少佐も繰り返した。つまり、あのじいさんからヒトコブラクダの話を聞き出すことが、あの女の第一の目的で、こうしてトラックでどこかへ向かっているのが第二の目的ってことだ。このトラックの行き先に、ヒトコブラクダ層に関係する何かがある」

「おいおい、本気かよ、天ニイ。あのじいさんが見たのは、空に浮かぶ、雲のようにでっかいヒトコブラクダだぞ?」

ついでに「巨大なヒトコブラクダ。山のように大きなヒトコブラクダ。雲のように大きなヒトコブラクダが一頭、浮かんでいたァ」と節をつけて、梵人はハサンの言葉を復誦した。

どん、という衝撃とともに、ひとつ尻が大きく跳ね上がった。慌てて幌を支える鉄枠をつかみバランスを保つ。揺れに呼応して、荷台のあちこちから発せられる車体の軋みにまぎれて、

「どちらにしろ、このまま行けばわかるよ」

という悲鳴混じりの梵地の声が聞こえた。

老人が熱く語った巨大ヒトコブラクダは本当に空に浮かんでいるのか、否か。

このトラックが目指す先に答えが待っている。

＊

「いないぞ」

「いないね」

「だから、いるわけないだろ」

トラックの荷台から降り立ち、周囲をひととおり見回したのち、三兄弟が発した言葉である。

眼前に広がるのは、これまでと何ら変わらぬ砂漠の風景だった。巨大ラクダが浮いているどころか、地面を歩くラクダすら見当たらない。生き物はもちろん、動くものがひとつも存在しない、まさしく死の荒野である。

「風が強い」

と銀亀三尉がUNキャップをさらに目深にかぶり直す。風に飛ばされると踏んだか、梵人はすでにキャップを脱いで、ズボンの後ろポケットにねじこんでいる。

「ノール」と「オルネク」と命名された、白人とインド系ぽい若い三畳紀コンビが、トラックに積んでいた荷物を次々と外に運び出している。助手席の扉が開き、キンメリッジが渋そうな表情を引っさげ降りてきた。日本人チームの視線に気づくと、

「ここも、通信、届かない」

と首を横に振った。

GPSもダメなのか？　という梵人の問いかけに無言でうなずく。

「じゃ、何でここが目的地とわかるんだよ、目印なんてどこにもないだろ」

梵人の指摘どおり、周囲にはそれなりに地形の隆起はあっても、これまで通り過ぎた風景との違いはまったくうかがえない。

キンメリッジは荷物を下ろす二人に短く指示を与えたのち、

「向こう。ついてこい」

とトラックの反対側へ歩き始めた。そう言えば、ヒゲもじゃ男の姿が見えないな、と梵天が気づいたのも束の間、キンメリッジに従って車体を回りこんだ先に、その姿を認めた。十メートルほど離れた場所で、腰に手を当てながら突っ立っている。

近づいてくる足音に気づいた大男が振り返り、「見ろ」とキンメリッジにあごで誘《いざな》った。

ちょうど落差が一メートルほどの、低い崖となった地形のへりの部分に、一行は並ぶようにして足を止めた。

「元――オアシスだ」

吹き抜ける風の合間に、梵人のつぶやきが流されていった。確かに、正面の窪地に展開するも

のは、そう表現するしかないかたちを保っていた。

それは不思議な光景だった。

およそ、ハサンじいさんのところの十分の一くらいの小さなオアシスだった。ただし、水は涸《か》れていた。周辺の草木も枯れていた。まさしく「元オアシス」で、地面からまっすぐ育った木の幹が一本、大人の背丈ほどの高さで折れ、その先を失った状態でさびしげに佇んでいた。

奇妙なのは、水があったはずの場所がまるで煤《すす》をまき散らしたかのように黒かったことだ。干上がってひび割れた地面は、火事の跡地に砂をまぶしたようにまだらの紋様を描きながら、周囲の風景に同化せず、ただその部分だけがぽっかりと黒く浮き上がっていた。

「これ……、ビチュメンだよ。はじめて見た」

「ビチュメン？　何だ、そりゃ」

隣に立つ梵地に向かって、梵天は首をねじる。

「天然のアスファルトのことだよ。瀝青《れきせい》とも言うね。きっと、ここはむかし、水の底からビチュメンが湧き上がっていたんだ。まわりの草木が育つくらいだから、あまり量は出なかったのかもだけど。そのあと水が涸れて、こんなふうにビチュメンだけが残って――。ビチュメンの成分は石油だから、ほら、道路工事でアスファルト舗装をしている現場の臭いって石油っぽいでしょ？　ビチュメンは古代メソポタミア時代から、唯一存在した地下資源だったんだ。実物はドロドロ、ネバネバした形状で、シュメールの人たちはその価値に気づいて道を舗装したり、舟をコーティングしたり、レンガの間の接着剤に使っていた。今でも、イラクには天然のビチュメンが湧き出ることで有名な街があるし、県の名前そのものが『アスファルト』を意味するところだってあるくらい――」

　さすがとも言える梵地の説明を、キンメリッジがリアルタイムでマーストリヒトに訳して聞かせていた。ここでは小隊長のマーストリヒトがキンメリッジの上官になるようで、腕組みしながらときどきうなずいて、あごまわりの大量のヒゲをまさぐっている。ふと、自衛隊生活が始まった初日、理髪店の親父が「ヒゲがあるとガスマスクに隙間が生じる」と脅していた話を思い出したところへ、

「何で俺たちはここにいるんだ？」

　と脅された当人である末弟が、痺れを切らした様子で質問を放った。

「ここ、ラクダを見た場所だ」

　とキンメリッジは涸れたオアシスを指差した。

「見たって――、あのじいさんがか？」

「黒いオアシス――、ハサンが教えた場所、地図も、ここ」

「お前さ、あのじいさんのところで何を聞いていたんだよ。娘が落ちて死んだだの、ロープからぶら下がっただの――、俺はてっきり絶壁かどこかから、あのじいさんが落っこちて、ついでに頭を打って、それで妙な記憶を刷りこまれたのかと思っていたのに、何だよ、この平和な場所は。ただの小さい涸れオアシスがぽつんと残っているだけじゃないか。ここから落ちても、せいぜい足をくじくくらいだろ」

　両手を広げ、梵人はぐるりと三百六十度を眺め回した。

「どうなんだよ、天ニイ。ここがトラックの目的地だ。来てみてわかったものなんてあるか？

ヒトコブラクダ層とやらはどこだ？　雲のように大きなラクダは？　だいたい、地層ってのは、土の下にあるものだろ。浮いているもんじゃないよな」

ぶつぶつと末弟が文句を言い続けている横で、何かを見つけたのか、マーストリヒトが急に前方を指差した。キンメリッジにひと言、ふた言を告げ、へりから窪地へと巨体を引っさげジャンプした。キンメリッジもあとに続き、二人の海兵隊員は小走りで涸れたオアシスの真ん中を突っきっていった。

干からびたビチュメンの上を横断し、二人はオアシス対岸の、途中で折れたナツメヤシの手前で立ち止まった。なぜ幹だけを見て、ナツメヤシとわかるのか？　それは古代メソポタミアの時代から、この砂漠の地にはナツメヤシ以外の木がいっさい存在しなかったという驚きの事実を、物知り弟に教えこまれていたからだ。さらには石も存在しないらしい。では、どうやってむかしは家を建てたのかと梵天が訊ねると、「だから、粘土でレンガを作るんだよ。地面から無限に取れる。今も同じだよ」とどこか得意そうに教えてくれた。

「何してるのかしら」

と銀亀三尉が訝しげにつぶやく。

マーストリヒトとキンメリッジは、ナツメヤシの手前でしゃがみこみ、地面に手を伸ばしている。

「私、見てくる」

と三尉は崖からひょいと飛び降りた。広報と言うからには、身体を動かすのは専門ではないイメージがあったが、先ほどのトラックの荷台への移動といい、意外と三尉は身軽である。

上官に従って、榎土三兄弟も一メートルほどの崖から窪地に降り立った。梵天は一気に飛び降りたが、梵地は尻を地面に置き、慎重にずり落ちるように着地し、梵人は「こういうとき、まだ膝が怖いんだよな」と梵地に手を借りて、崖を斜めに走るようにして着地した。

銀亀三尉を先頭に、乾ききった黒い地面を横断する。

海兵隊員たちは屈んだ姿勢のまま、なぜかじりじりとナツメヤシから離れている。二人の背後に到着したとき、ナツメヤシの根元から何か細いものが続いていることに気がついた。

ロープだった。木の根元に結びつけられたのち一直線に続くロープを、海兵隊員たちは土の中から掘り出していた。日本人チームが左右に分かれ進路を譲った真ん中を、マーストリヒトとキンメリッジが後退していく。銀亀三尉が露出した土まみれの細めのロープに手を伸ばし、ぐいと持ち上げると、キンメリッジの手元で黒い土くれを弾き、新たなロープが勢いよく姿を現した。

ロープの露出はある地点でぴたりと止まった。ナツメヤシからおよそ十メートル、ビチュメンに覆われたオアシスのちょうど中心あたりで、ロープは地面に潜りこんだまま動かなくなった。

さっそくナイフを取り出し、キンメリッジが地面に突き立てる。マーストリヒトも同様にナイフを手に、乾いた黒土に交互にナイフを差しこんでかき出す。しかし、真下の方向へと続くロープは、なかなかその尻尾を現さない。

「天ニイ、ちょっと、のぞいてみろよ」

隣に立つ梵人のささやきに、わかったと声を出さずにうなずき、梵天は静かに三秒を使った。

ロープに沿って、土中へと降下してみて驚いた。

終わりが、見えない。

「あん？」

もう一度、試してみたが同じである。

「このロープ――、続いているぞ」

「続いてるって、ずっと埋まってるってことか？」

「かなり深い」

キンメリッジがナイフを持つ手を止め、

「どの、くらい」

と顔を上げた。

「十五メートル以上は続いている」

風が一段と強まったからか、キンメリッジが目を細めながら、マーストリヒトに何事か告げ、立ち上がった。これまでほとんど表情を変えることがなかった大男が、眉毛を上げて驚いた様子で梵天に視線を向ける。

「どうして、十五メートルだなんて数字が出てくるの」

銀亀三尉が当然の質問を投げかける隣で、マーストリヒトはのっそりと腰を上げた。一気に目の前に威圧感ある壁がそびえ立つ。キンメリッジと二人して、しばらく無言で中途半端にほじくり出した足元の土くれを見下ろしていたが、

「おい」

とキンメリッジが顔を向けた。

十五メートルの根拠を訊ねられると思いきや、

「あの女、どう思う?」

と唐突な問いをぶつけてきた。

「あの女?」

「ライオン、連れた女。青いコート、着た女」

梵天の目をまっすぐ捉え、キンメリッジは手にしていたナイフを腰からぶら下げたホルダーに収めた。

「そんなことは――、俺なんかより、お前のほうがよく知っているはずだろ。お前のボスのボスじゃないのか?」

質問の意図がわからず、梵天が突《つ》っ慳貪《けんどん》に返すと、

「俺たち、あの女としゃべらない。だから俺たち、あの女を、何も知らない」

とキンメリッジは首を横に振った。

「ボスが言っていた。あの女の言葉がわかる連中を、待っている。その連中が来たら、出発だと」

「俺たちも、あの女のことは何も知らないぞ。名前だって知らないからな――」

「イナンナ」

「え?」

「あの女の名前。ボスが言っていた。イナンナ」

「イナンナ? 彼女が? じゃあ、円筒印章を少佐に渡したのも?」

と梵地が裏返った声で割りこんできた。

えんとういん……？　とキンメリッジが眉間にしわを寄せるのを見て、あの青ちくわのことだろう、「ブルー・シリンダーシール」と梵地が訳し直すと、「ＹＥＳ、イナンナ」と返ってきた。ハサン老人が「イナンナ、イナンナ」とあの震える声で復唱していたときの、やけにうれしそうな表情が蘇る。さらに老人は、梵天に向かって「イナンナのしもべ」と呼びかけた。あの女の名前がイナンナというなら、これまでいいように振り回されてきた経緯を、皮肉なくらいにひと言でまとめていた。

「お前、あの女が言うこと、信じるか？」

ふたたびキンメリッジは妙な問いかけを発した。

「どういう意味だよ、それ」

「あの女、ウソをつくか？」

「ウソ？」

強い風に目を細めているせいか、キンメリッジの表情からはその真意をつかみきれない。ただ、隣に立つ大男が梵天に注いでいる眼差しから判断するに、これは真面目な質問らしい。

あの女はウソつきか？

即座に言える。答えはノーだ。むしろ憎たらしいくらいに、あの女の言うとおりに物事は動いている。どんな優秀な占い師でも、たとえば半年前の段階で、梵天がこうしてイラクの砂漠の真ん中で突っ立つ羽目になると予言することはできなかっただろう。あの女だけが山にリムジンで現れたときから、この未来を描ききっていた、はずだ。

「今のところ……、あの女は、ウソは言っていない。でも、まだウソかどうかわからないことも

――、ある」

言うまでもなく、あの女が榎土三兄弟と交わした約束のことだ。

キンメリッジはじっと梵天の目をのぞいていたが、マーストリヒトに口元を手で隠しながら何事か告げた。身体は大柄でも、実は慎重な性格ではないかと思わせる、意外に小さな目を何度か瞬《しばたた》かせ、小隊長は豊かなヒゲの先を無造作につまんだ。キンメリッジの話を聞きながら、マーストリヒトは足元のロープの下に巨大なブーツの先端を引っかけた。膝を持ち上げようとするが、やはりロープは地面に呑みこまれたままびくともしない。

「ボンテン」

ぎこちないイントネーションで、キンメリッジははじめて名前を呼んだ。

「これ、読め」

ズボンのポケットから、平らに押し潰されたビニール袋を取り出し、

「イナンナから。お前に」

とひょいと放った。

「何だよ」

と反射的に手を伸ばし、受け取った。ビニール越しに折り畳まれた新聞紙が見えた。日本語が書かれている。上下をひっくり返して、その見出しを捉えた瞬間、まるでその部分だけがズームアップしたかのように「ティラノサウルス」という文字が目に飛びこんできて、同時に獣脚類の野性的な咆哮が脳裏に響き渡った。

「もし、あの女が、ウソをつかないのなら――」

引きちぎるようにしてビニールを破り、中の新聞紙の切り抜きを取り出した。

「俺たちは、準備する」

キンメリッジの声など、何も耳に入ってこなかった。指に力を入れすぎたせいで紙に強いしわが入るのもお構いなしに、梵天はそこに書かれた最新ニュースに、食い入るようにして目を走らせた。

*

何が書いてあったんだよ、という梵人の問いかけに梵天が伝えた記事の要約とはつまり、

「ハドロサウルスが生きていた空間に、ティラノサウルスの仲間がいた証拠が発見された」

その一点に尽きる。

キンメリッジに渡された新聞紙の切り抜きには、あの梵天山と同じ層群でつながる場所から発掘された、ハドロサウルス科の恐竜化石に関する最新情報が記されていた。

日付は五日前。

見た目も指触りも本物の新聞紙だった。前脚の指の骨が発見されたというニュースから始まり、他の部位も発掘されたという第二報までは梵天も国内でチェック済みだった。ビニール袋に入っていた記事には、さらなる情報が記されていた。新たに発掘された部位は背骨であり、そこに何という ことか、ティラノサウルスの仲間と思しき恐竜の歯形が刻まれていたのだという。歯形を解析したところ、これまで国内で発見された肉食恐竜のサイズとして最大級であることが判明、

日本ではまだ確認されていない新たな大型肉食恐竜の痕跡である可能性が高い――、との発掘に携わった専門家のコメントまで紹介されていた。

「嚙んだ跡も、それは生痕化石という名の立派な化石なんだ」

干からびたビチュメンが敷き詰められたオアシスの上で突然、憑かれたように恐竜を語り始めた梵天を見て、

「何なの？　それ今、大事なこと？」

と銀亀三尉が明らかに非難めいた眼差しを送ってきたが、もちろん、梵天にとっては理屈を超えた大事中の大事である。

自然と指が胸ポケットに伸びる。

ポケットの内側に潜ませた化石が、大学教授によって「北米に生息する種の鋸歯」と鑑定されたとき、梵天はひとつの仮説を立ち上げた。

専門的すぎるゆえに、これまで弟たちにも話したことがない。

もしも、二人の弟がほんの少しでも恐竜について齧った経験があったなら、

「ティラノサウルスの化石を見つける」

という山を購入する際の梵天の説明に対し、すぐさま疑問の声を上げただろう。

理由は明快だ。

日本にティラノサウルスは存在しないからである。

たとえば、世界中に熊はいる。しかし、その仲間であるパンダは中国のごく一部にしか生息していない。どれだけ日本で野生のパンダを探しても、永遠に見つかることはないように、ティラ

ノサウルスに似た外見の肉食恐竜、すなわち獣脚類の化石なら、アロサウルス、タルボサウルス、カルカロドントサウルス——、と世界中から発見されているが、恐竜界で随一の人気者であるティラノサウルスそのものは、北米でしか発見されていないのである。

梵天山の斜面に特注品のつるはしの先端を振り下ろし、

「ティラノサウルスの仲間の化石を見つける」

と宣言するのなら、何の問題もない。これまで日本国内でも、ティラノサウルスの仲間である獣脚類の化石は多数、発見されているからだ。この場合の「ティラノサウルスの仲間」とは、ティラノサウルスよりも古い時代に繁栄した先祖、さらにそこから枝分かれした親類のような種を意味している。いわゆる、ティラノサウルス類と呼ばれる恐竜だ。

しかし、梵天の狙うものはそれではない。

ティラノサウルスそのものだ。

いや、正確には「ティラノサウルスよりも進化した何か」と表現すべきだろうか。

梵天が「仮説」の根っこを思いついたのは、中学生のときだった。

図書館から借りた恐竜に関する書籍のなかに、ティラノサウルスのルーツについて書かれたものがあった。それによると、ティラノサウルスの祖先は、もともとはアジアに生息していたのだという。まだ小型だったティラノサウルスの祖先は、当時は地続きだったベーリング海峡ならぬベーリング陸橋を渡り、はるばる北米までたどり着いた。この一億年近い移動の過程で巨大化し、白亜紀後期には史上もっとも進化した恐竜として、ティラノサウルスは生態系のトップに君臨する。されど時代はまさにマーストリヒチアン、巨大隕石の衝突による恐竜大絶滅の当事者として、王者は一転、悲劇の主人公となるのだ――。

実はアジア生まれだという、意外なティラノサウルスの歴史を知り、梵天は素朴な疑問を抱いた。

「なぜ、一方通行なのか？」

白亜紀当時の北米大陸は中央に海が存在し、東と西に大きく分断されていた。そのため、西からやってきたティラノサウルスは、東部に移動できず、ゆえに化石の発見は西部に集中している――、そこまでは納得できる。問題はその先だ。なぜ、行き止まりを前に移動が終了したと決めつけるのか？　相手はアジアからはるばる北米まで大旅行するような、移動狂いの連中だ。マラソンの折り返し地点のように、来たコースをまた戻ろうとする連中がいてもおかしくないじゃないか――。

決して奇をてらったアイディアではない、と中学生だった梵天は冷静に考えた。

そこからゆっくりと育ったのが、

「北米から戻ってきたティラノサウルスが日本にもいる」

という仮説である。

では、いかにしてこの仮説を証明するべきか？

答えはシンプルだ。

化石を発見したらよい。

ティラノサウルスと同等、もしくはそれ以上のサイズの化石が発見される。つまり、これまで肉食恐竜の最終進化形と考えられていたティラノサウルスから、さらなるバトンを渡され、北米からアジアに出戻ってきたと思しき化石が見つかったとき、この仮説の証明をスタートさせることができるはずだ。

いつか自分が掘り起こす予定の、今もどこかのマーストリヒチアンの地層に眠っている新たな王者の名前を、梵天は中学校の定期テストの余白に人知れず落書きした。

言うまでもなく、それは十五歳の夢想にすぎなかった。

それから十年以上が経ったある日、弟が松茸狩りのついでに石ころを拾ってきた。

ひと目見て、梵天はそれが肉食恐竜の歯だと直感した。大学教授に鑑定に出す際、弟には産地を伝えぬよう念を押した。先入観なしに判断を仰ぎたかったからだ。果たして教授の結論は、「標本が採取された地層の情報がない状況での判断になるが、北米に生息する種の鋸歯と推定して矛盾はないと考える」というものだった。「北米に生息する種」という表現を、梵天は嚙みしめた。教授は梵天の標本を、限りなくティラノサウルスそのものの歯だと判断したわけだ。

長らく眠っていた「仮説」を呼び覚ますには、十分すぎる刺激だった。

その後、やるべきことは明白だった。

二人の弟を貴金属泥棒に誘った。山を買い取り、工務店を辞めた。あとは己の持つ「三秒」をフルに使い、残りの骨格を探し出すだけ。歯のあるじの化石を土の下に見つけたとき、自動的に仮説の真偽が検証される――はずだった。

しかし、すべての状況は、女の登場を境にして一変した。

そもそも、教授がコメントした「北米に生息する種」という表現自体、危うさを十分にはらんだものだった。梵人がいつか「ハニー・トラップ」と憎まれ口を叩いたように、たとえばオークションサイトで買い求めた「本物」を梵地の足元に転がすだけで、同じ状況が発生してしまう。

何もかも計画どおりに進めていくあの女が、恐竜についてだけ自然の巡り合わせの力に頼っていると信じるほど、梵天も馬鹿ではない。探検クラブの顧問の教師はかつて言っていた。日本で恐竜の化石を掘り当てるのは、宝くじに当たるよりも難しいことだ、と。その後の発言を見ても、梵天と恐竜との関係を把握したうえで、あの女が様々な心理戦を仕掛けていることは明らかだった。つまり、あの女ははじめから「歯」の発見に絡んでいたと見るべきだ。

それでも——、ほとんどちぎれる寸前のか細い糸であると知っていても、六千六百万年前に絶滅した種の痕跡があの山には埋まっていると、その一部が自分の手元にあると梵天は信じたかった。そうでなければ重罪を犯して弟たちが協力してくれた、その意味自体が失われてしまう。

そこへ突如舞いこんだのが、この新聞記事である。

紙を裏返すと、いかにも地方紙らしく、地元中学の野球部の面々がメダルを首に下げ、市長と記念撮影をしている一枚が掲載されていた。砂漠で迷子になっている男に届けるためだけに、わざわざ紙面を偽造したとは思えなかった。ならば、このニュース、どう捉えるべきなのか——。

すべてを疑うべきなのだろう。しかし、悲しいかな、すでに梵天の脳裏ではハドロサウルスの肉厚な背中に、ティラノサウルスが勢いよく嚙みつき、背骨にまで傷を与えた歯が、やがてときを経て我が胸ポケットにたどり着いた——そんなおめでたいストーリーが躍動し始めている。

「大丈夫、天？　砂が目に入った？　何だか、こわい顔だけど」

とのぞきこむ梵地の声に我に返った。

さらに強まる風に手元の新聞紙を吹き飛ばされぬよう、丁寧に畳んでから、梵天は胸ポケットに歯の化石とともにしまいこんだ。

「大丈夫だ。まだ、仮説は生きている」

仮説？　と眉を寄せる梵地を置いて、銀亀三尉のあとを追った。すでに海兵隊員の姿は見当たらない。一メートルを超える崖をするすると器用によじ登り、先ほどまで立っていた場所に三尉は一番乗りを果たしていた。

「あれ――？」

と崖の上に立った三尉が妙な声を発した。

「ない」

梵天も崖をよじ登り、その隣に並ぶ。

何がないかは一目瞭然だった。

正面に停まっていたはずの軍用トラックが消えていた。梵地と梵人も窪地から帰還するなり、「車は？」と変化に気づいた。砂地に積み上げた荷物に、キンメリッジとマーストリヒトが網をかぶせていた。ノールとオルネクの三畳紀地層時代コンビが、手に黒いバンドのようなものをじゃらじゃらと垂らしながら、梵天たちに近づいてきた。

「何、これ」

各自に渡されたものを、梵地が訝しげに持ち上げる。

「ハーネスだな」

「ハーネス？」

「安全帯だ。高所で作業するときに使う。落ちないように、この金具にロープを結びつけるんだ」

と工務店時代の経験を語ってみるが、なぜ、ここでハーネスが必要なのかは梵天もわからない。

そこへキンメリッジがやってきて、

「それ、つけろ」

とぞんざいに命令した。

よく見るとキンメリッジや三畳紀コンビはすでにハーネスを装着している。さらには、海兵隊員たちは背中に大きなリュックサックを背負っていた。

「何のためだよ？」

と梵天が訊ねるも、

「つけ方、わかるか？」

とハナから話し合うつもりはなさそうである。

結局、一人ずつ両手を横に上げ、足は肩幅に開き、海兵隊員の助けを借りてハーネスを装着することになった。

「車はどこへ行った？　車がないと帰れないだろう」

と梵人が訊ねる。

「命令で、戻った」

「命令って、あの女か？」

「そうだ」

「ずっと訊きたかったんだ。何で、あの女はここに来ないんだ？」

キンメリッジは無言で股間に回したベルトを締め上げ、「ウェッ」と梵人が妙な声を上げた。

「さっきのハサンじいさんのところにも、なぜ来ない。そんなに知りたいことがあるなら、自分で話を訊きにきたらいいだろ？　この場所だって、ヘリを使ったら一瞬だ。俺たちにヒトコブラクダ層を探せとか頼む前に、自分が動けよ。俺たちみたいな愚図に頼むよりも、ずっと早く解決するぞ」

梵天のハーネスはマーストリヒトが装着を完了させた。最後のベルトを締めつけるとき、相手が力を入れた途端、身体が簡単に浮き上がった。今朝がたの地下からの脱出行で、この男に遭遇しなかったのはラッキーだった。いくら梵人でも、この大男を相手にしたら、無事では済まなかっただろう。

ハーネスにばかり気を取られていたが、海兵隊員たちの頭の装備も帽子からヘルメットに変わっている。完全に高所に向かう準備にいったい何のためかと思ったところへ、銀亀三尉がそっと梵地に耳打ちする声が聞こえた。

「この人たちが背中にしょってるやつ、パラシュートよ——」

まさか、と三尉に顔を向けたとき、

「こっちだ、ついてこい」

とキンメリッジが、ふたたび涸れたオアシスの広がる窪地へと飛び降りた。ノールとオルネクがそれに続く。仁王のようにマーストリヒトが背後に立ち「ＧＯ」と圧力をかけてくるので、仕方なく日本人チームも涸れオアシスへと降り立った。

自衛隊員と海兵隊員、計八人が足を止めたのは、ナツメヤシの根元から続くロープが地面に吸いこまれている場所だった。

「ボンテン」

とキンメリッジが手を差し出した。

その手のひらには、老人から渡されたのち、プリンスバック少佐に返した、あの青ちくわがのっていた。

「これを、首に」

「何でだよ」

「命令だ。イナンナの」

とキンメリッジは短く答えた。

「お前は、言った。あの女は、ウソをつかない。だから、俺たちも準備した」

長い睫毛の奥で瞳が静かに上下した。梵天が装着した全身のハーネスのことだと、視線で伝えたようである。

断る理由もないので、梵天は青ちくわを手に取った。首に、というジェスチャーに従って、それをペンダント代わりにする。

突然、背中でカチリという音がした。

驚いて振り返ると、いつの間にか背後にノールだかオルネクだかが立ち、ハーネス同士を勝手に接続させていた。同じく背後から断りなく接続された梵地が、

「わ、何?」

と驚いた声を上げる。

「ち、ちょっと、やめなさい。何するのッ」

と腕を振り上げる三尉に、キンメリッジが「落ち着いて、ギンガメ」と手のひらで抑える仕草を示した。

「安全の、ためだ」

眉間だけではなく、彫りの深い眼窩全体に影が差し、ひどく深刻な表情に映った。その雰囲気に押され、三尉はひとまず言葉を収め、代わりに背後に立った若い海兵隊員をサングラス越しに睨み上げた。

梵地の背後には、マーストリヒトが立っている。

ひとりだけ、輪から離れたところに梵人が移動していた。

「見えちゃってさ。急にキンメリッジが後ろに回ってくるなんて変だから、咄嗟に動いたんだよ」

どうやら、三秒が発動したらしい。

大丈夫だ、とキンメリッジはうなずいて、自分の前の位置へ梵人を手で招いた。

「何がどう、大丈夫なんだ？　お前たちの背中のそれ、パラシュートだろ。どう見ても、これはスカイダイビングするための準備だよな？　俺、一度やったことあるんだよ。でも、いっしょに飛んだインストラクターがハーネスをつなげたのは、飛び降りる寸前の飛行機の中だったぞ。気が早すぎないか？　飛行機が来る前に予行演習か？」

散々ぶつぶつ言いながらも、結局、梵人はキンメリッジの前に立ち、ハーネスの接続をふてくされた顔で受け入れた。

「ボンテン」

と梵人の肩越しに、キンメリッジが呼びかけた。

「もう一度、のぞく」

え？　と返した梵天に、キンメリッジは足元を指差した。

「このロープの下を、もう一度、のぞく」

こいつ、俺の「三秒」を知っている――。

カッと熱いものが首のあたりでわだかまって、頬からこめかみへと放散していくのを感じたが、それを必死で隠しながら、

「言っただろ。ロープがずっと続いているだけだぞ」

とできる限り平坦な調子で返した。

「それでも、いい――、やれ」

一瞬、キンメリッジの視線が揺れるのを、梵天は見逃さなかった。どういうわけかキンメリッジにも迷いがあるらしい。ひょっとしたら、命令と称して授けられた、あの女からの伝言を反芻しているだけで、キンメリッジ自身は内容に確信をもっているわけではないのかもしれない――。

梵天は弟たちと素早く目線を交わした。梵地が戸惑いの表情を浮かべているのに対し、梵人は何が起きるのか、かすかに期待するような笑みを口の端で遊ばせている。最後に上官を捉えたら、サングラスをかけているため表情はうかがえなかった。誰も有効な助言を与えてくれそうにない。

「Ｄｏ、ｉｔ――、ボンテン」

キンメリッジが強い調子で促した。

梵天は足元に視線を落とした。

乾ききったビチュメンが少しばかり掘り起こされ、その奥へと細いロープが潜りこんでいる。所詮、三秒で済む話だ。

「わかった」

とうなずき、梵天は集中した。

ふわりと身体が浮き上がる寸前に、胸元の青ちくわが風を受けて細かく揺れているのが見えた。そのまま地面をすり抜け、土中へと降下を開始する。暗い土に視界が覆われ、その中にロープが一本、下へと続いている様がくっきりと見える。さらに潜ろうとしたとき、いきなり、視界が開けた。まだ土中での三秒は終わっていないのに、周囲に明るさが回復し、「え」と梵天は声にならぬ声を発した。

どこかで、銀亀三尉の叫び声を聞いた気がした。

次の瞬間、強烈な風に煽られ、身体が吹っ飛ぶ感覚に襲われた。

嵐のように耳元を突っきる荒々しい風の音以外、何も聞こえなかった。全身を覆うすさまじい落下の感覚に、必死で焦点を定めようとするが、同じような茶色の風景がぐるぐると目の前で回るだけで、何が何やらさっぱりわからない。

ガクンといきなり衝撃が訪れ、身体じゅうが上に引っ張られた。尻のハーネスが容赦なく肛門をずり上げていく感覚に、梵天が顔をしかめたとき、歪んだ視界の向こうに何かが見えた。

いつの間にか、周囲の風の動きがゆるやかになっている。

ほとんど動かせぬ首を持ち上げ、目玉だけで何とか上方を確かめる。いつの間にか、緑のパラシュートがそこに広がっていた。

眼下に、ぐんぐんと砂漠が近づいてくる。

背後でもう一人が紐を引っ張り、うなり声を発しながら必死で調整している気配を感じながら、

「ぶつかる、ぶつかる」と梵天は叫んだ。

激突寸前でパラシュートはふわりと角度を変え、地面が消えて、空が見えた。

ブーツが何かに触れ、次のタイミングで尻に何かがぶつかり、横倒しになりつつ地面に身体が投げ出されるのを感じた。

何度もうめき声を発しながら回転し、バウンドし、やがて止まった。

梵天はゆっくりと目を開けた。

薄汚れた雲に覆われた空が見えた。背中の下で動くものの感触に、慌てて身体を動かそうとしたら、「WAIT!」と腕を押さえられた。カチッという金具の音とともに、身体が地面にずり落ちた。下からむくりと起き上がった人影が、手早くパラシュートの残骸をまとめていく。

おそるおそる身体を起こす。膝をついて立ち上がる。屈伸する。腕を回す。怪我はなさそうだった。ただし、ハーネスでずり上げられた肛門だけが痛む。

十メートル離れた場所に、別のパラシュートが萎《しお》れた状態で展開していた。倒れた人間のシルエットが布越しに隆起している。ノールだかオルネクだか若い海兵隊員が駆け寄り、布を引っ張った。

下から姿を現したのは銀亀三尉だった。

ハーネスをつなげた海兵隊員とセットになって、蒼白の表情で上体を起こそうとする姿に思わ

ず、

「銀亀さんッ」

と呼びかける。

ハッとして彼女は顔を向けた。

梵天の姿を認め、「ぼんて――」と声を発したところで急に言葉を止め、なぜかぽかんと口を開けている。

「ラクダ」

と唐突に梵天の後方を指差した。

ラクダ？　と反射的に振り返る。

「え――」

と声が漏れたきり、続かなかった。

霞がかかったような視界の先に、とてつもなく巨大な斜面がそびえ立っていた。いや、斜面と言うよりも、ほぼ垂直の絶壁と言うべきか。

砂地がしばらく続く様子から見て、梵天が立つ場所から一キロメートル以上は離れているだろう。先ほどまで立っていた涸れたオアシス跡からは、決して見えるはずのない風景だった。平坦な砂漠がどこまでも広がっていた場所に、ほとんど「生えた」くらいの唐突さで絶壁が隆起している。かつての仕事柄、高層建築を見上げたり、実際に上ったりした経験が豊富な梵天ゆえに、その高さをタワーマンションに置き換えて目測で弾き出すことができた。少なくとも六十階建て――、つまり、二百メートル以上の絶壁がそこに存在し、しかも左右に延々と連なっている。

呆然と正面を眺めるうちに、それが露頭——すなわち、表面に地層が剝き出しになっている状態だと気がついた。まるで幾層にも生地を仕込んだケーキをすとんとカットしたように、それぞれの地層が淡い色むらを描きながら、見事なグラデーションを成している。

露頭全体を巨大なキャンバスに見立てたかのように、ときに激しい曲線を描き、ときに波のように流れていく地層のラインを目で追ううちに、梵天は視界にゆっくりとひとつの像が立ち上ってくるのを感じた。

背中のコブはひとつ。

気づいたときには、視界を染める茶色の風景のなかに、まるで雲のような色むらによって描かれたラクダの姿を認めていた。地層の動きが自然の輪郭となって、巨大なヒトコブラクダを露頭のキャンバスに描き出している。そのサイズは、ゆうに高さにして百五十メートルを超えていた。

詰めていた息とともに、梵天はようやく言葉を吐き出した。

「ヒトコブラクダ層——」

第八章　層

完全に油断していた。

そもそも、兄弟間のアクションに対して、梵人《ぼんど》の三秒は発動しない。たとえば、梵天《ぼんてん》ハウスで鍋を囲みながら、長兄が目の前で盛大に湯飲みをひっくり返し、熱い茶がテーブルからこぼれ落ち、それがジーンズに染みて次兄が悲鳴とともに立ち上がろうとも、その動きを事前に予測することはできない。立ち上がった次兄がジーンズの布地をやみくもに叩き、その拍子に肘が梵人の横面を捉え、よほど角度が絶妙だったのか、梵人の奥歯が欠けることがあっても、それを回避することはできないのだ。

地下の格闘技大会で稼いでいたとき、一度も顔にパンチをもらったことがなかったにもかかわらず、梵地《ぼんち》のよろけ気味の肘打ちをよけられない。いかに己が三秒に頼りきっていたかを、改めて思い知らされた梵人だった。

ゆえに突然、足元の感覚が消える。煤けた大地に立っていたはずが空を猛烈な勢いで落下している——。この異常な状態への準備など、当然できていなかった。なぜなら、梵天が海兵隊員の依頼を受けて地面の底を探ろうとする間、つまり、兄たちが行動するのを眺める時間は、梵人にとって三秒のスイッチが自動的にオフになる、いわば休憩タイムであるからだ。

三秒の副作用として、「不意を衝かれる」経験が極端に減るため、驚くことに不慣れになる現象が挙げられる。それだけに滑空しているという事実に対し、梵人は仰天した。ほとんど漏らす寸前だった。声のひとつすら出なかった。もっともそれは、引きちぎらんばかりに頰の肉を叩く、落下に伴う風圧がものすごいからでもあったが。

頭上にパラシュートが開き、その反動で身体が強引に引っ張られたとき、ようやく「うげっ」と声が出た。さらには地面にほとんど衝突するような勢いで着地し、パラシュートの布にくるまって転がり続ける間、

「痛い、痛い、痛いッ」

と思う存分、叫び続けた。

ようやく回転が停止するも、身体じゅうに何かが巻きついて動きが取れない。砂地に顔を押しつけられ、視界も真っ暗である。

「早く、どけって。重いよ、お前」

と背中にのしかかるキンメリッジをヒステリックに怒鳴りつけていると、

「シャ、タァップ」

と上気した声が返ってきた。ハーネスの接続が解かれる感覚ののち、「動くな」と耳元で囁かれた。布が切り裂かれる音が聞こえ、背中にかかる圧力が消えるなり、梵人は弾かれたように上体を起こし、新鮮な空気を求めた。

卵の殻を破ったヒナさながらに、真っ二つに切り開かれたパラシュートの布から外に這い出し

た。四つん這いの姿勢で足に絡んだロープを振り払っていたら、使いこんだ手袋がぬっと視界に入りこんできた。

キンメリッジに手を引かれ、立ち上がった。

着地の際にあちこちをぶつけたようで太ももやら、肩やら、腕やらが痛い。それらをさする横で、キンメリッジが頭のヘルメットを取り、砂の上に放り投げた。長いため息をひとつ吐いて、顔に垂れた強いパーマのかかった髪をかき上げた。

「俺たち今、パラシュートで降りてきたよな……。でも、いつ飛行機に乗ったんだ？」

キンメリッジは無言で首を横に振り、裂けたパラシュートの回収を始めた。

「俺も、わからない」

パラシュートをぞんざいに折り畳み、さらにロープでぐるぐると巻いて、脇に抱えた。

「仲間、捜す」

海兵隊員の目は赤く充血し、かすかに潤んでいた。明らかにキンメリッジは動揺していた。確かに今は追及よりも、兄たちと銀亀《ぎんがめ》三尉を捜すほうが先である。梵人は舌打ちとともに、砂の上にひっくり返ったヘルメットを拾った。いったんは返そうとしたが、相手への親切が馬鹿らしくなり、急に気が変わって、自分の頭に載せた。少しサイズが小さかったが、頭に強引に押しこんでもキンメリッジは何も言わなかった。

梵人たちが立つ場所は、ちょうど窪地の底にあたる地点だった。周囲の風景は見えないが、地面の色合いや、手を叩いたときに散っていく細かい砂の感触から、依然、砂漠のど真ん中にいることは間違いなかった。パラシュートで着地したのち転がり続けた軌跡が、丘陵の傾斜に沿って足元まで続いていた。その跡をたどるようにして、二人は斜面を登った。みしりみしりとブーツが砂を踏みつける音が静かに響く。どんよりとした色に塗りたくられた曇り空を見上げたときに気がついた。ときに目を開けづらいほど吹きつけていた強風が、ぴたりとやんでいる。

「パラシュートを開いたとき、横風は強かったか？」

隣を進むキンメリッジが何のための質問かと訝しそうに眉を寄せたが、すぐに意図を理解したようで、

「風、なかった」

と首を横に振り、立ち止まって空を見上げた。

あの強風が一変、微風すら吹かないというのはどうにも不自然だが、砂嵐が来るよりははるかにマシである。そもそも、あんな悪天候のままではパラシュートもまともに開かなかっただろうし、着地もどうなったかわからない。

乾ききった砂にブーツの先端が突っこむたびに、薄い煙が巻き上がっては消えていく。足音が追ってこないことに気づき振り返ると、海兵隊員はまだ空を仰いでいた。

手のひらで庇を作り、熱心に雲を見つめている。

「どうかしたか」

「荷物、探す」

「荷物？」

とようやく首の位置を戻した。

「トラックから下ろした、荷物」

「お前が、あのヒゲもじゃの小隊長と網がけしていたやつか？」

ＹＥＳ、とキンメリッジは大股で梵人に並び、ひょいと頭のヘルメットを取り上げ、その勢いのまま追い越していった。相手のスピードに歩調を合わせようとするが、着地のときの痛みが残っているのか、どうも歩きにくいなと太ももをさすっていたら、不意に視界が開けた。

「へ」

と間抜けな声を上げてしまった。

正面に、巨大な山が見えた。

いや、山じゃない――。

山のようにそびえているのだが、そのまま途切れることなく左右にどこまでも連なっている。

あれ、あれ、とその頂のラインを目で追いながら、無意識のうちに「イグアスの滝」を思い浮かべていた。以前、南米を旅したとき、アルゼンチンの旅行代理店でポスターを見た。

「寿司桶みたいな滝だな」

というのが、その写真に抱いた第一印象だった。正月に集まったとき、榎土《えのきど》三兄弟は必ず手巻き寿司をする。三人で米五合を食べるので、むかしから梵天の部屋にはかなり直径のある寿司桶が常備されていた。その使いこんだ寿司桶をポスターの前で、自然と連想していた。

梵人が知る滝とは、蛇口をひねって水が流れ落ちるが如く、どちらかというと直線の帯を成すイメージだ。しかし、イグアスの滝は違った。たとえば浴槽に円形の寿司桶を沈め、周囲三百六十度から一斉に桶の内側に水が流れこむ様子に似た、見たことのない眺めだった。

ポスターには中央の滝壺にボートを浮かべ、四方から流れ落ちる瀑布を見上げる観光客の様子も写しだされていたのだが、まさに今の梵人がそのボートの乗客気分だった。ただ一点、大きく違うのは、言うまでもなく、視界には一滴の水、一点の緑すら存在せず、すべての色彩は茶オンリーで統一されているということだ。

首が回る限界まで視線を水平移動させてみたが、壁はどこまでも連なっていた。しかも、平らに切り取ったかのように頂の高さが一定だ。まさに寿司桶の中の米粒から見上げた桶のへりは、こんな眺めになるのかもしれない。あれは地層というやつなのだろうか。絶壁の断面がグラデーションとなって、水平方向の広がりをより強調していた。いつかイグアスの滝が涸れ果て、その落差を生んだ絶壁もろともに砂漠化したあかつきには、こんな風景になるのではないか――。

「ボンド」

急に名を呼ばれ、ハッとして顔を向けると、キンメリッジが前方を指差していた。

ちょうど梵人たちは斜面を登りきった場所に立っている。ここからなだらかな下り斜面へと続くその先に視線を向けると、砂地に黒いかたまりがぽつんと置かれ、その隣でひょろひょろとした細長い人影が手を振っていた。

「あ、地ニイッ」

思わず、梵人も手を振り返す。

「荷物、だ」

明らかにホッとした口調とともに、キンメリッジは斜面を駆け降りた。梵人もそれに続くが、やはりどこか走りづらい。キンメリッジを迎えるように、それまで荷物の山の一部だと思っていた影がぬっと立ち上がった。マーストリヒトである。野太い声がその巨体から発せられ、キンメリッジが腕を挙げてそれに応える。

「て、天は？　三尉は？」

　到着するなり、うわずった声で訊ねられた。

「いや、見ていない。地ニイも？」

　うん、まだ、と不安そうな表情を見せる次兄に、

「大丈夫だって。こいつら、パラシュートの操作、相当うまいぞ。高度は十分じゃなかったはずだ。気がつけば地面がすぐそこにあったからな。でも、何とか着地できた。海兵隊の腕を信じようぜ――」

　とその華奢な肩を叩いた。

　ヒゲもじゃの小隊長が突き出した拳に、同じく拳を合わせたのち、キンメリッジはすぐさま荷物を覆っていた網を取り去り、トランク型のいかにも頑丈そうなボックスを束ねるバンドを外す作業にかかった。どうやら、この荷物のかたまりもパラシュートつきで落下したようで、すでに取り外された傘とロープが脇に丸められている。

　海兵隊員がしゃがみこんで手早く荷物を分けていく向こう側には、ただ荒野と呼ぶべき砂漠が広がり、さらにその先の、まさに「立ち塞がる」という表現がふさわしい絶壁を、しばらく二人は無言になって望んだ。

「ここ、イラクだよな……？　ひょっとして、俺たち、別の国に連れてこられたか？」

「トルコのほうに向かえば山岳地帯に入るけど、こんなグランドキャニオンみたいな地形はどこにもないよ」

「あの絶壁、ほとんど垂直に切り立ってないか？　それがずっと続いているなんて――、本当に寿司桶だな」

「寿司桶？」

「飛行機に乗った記憶はないし、じゃあ、どこからスカイダイビングしたんだ？　あの崖のてっぺんからか？　でも、俺たち全員、涸れたオアシスに突っ立っていたよな？」

次兄も答えようがないのだろう、しばらく無言で、連続する断崖を眺めていたが、

「むかしからジェットコースターとか苦手なんだ……。死ぬかと思った」

と声を絞り出すようにつぶやいた。

「気づいたか、地ニイ？　風がない」

本当だ、と梵地は上空を仰いだ。結構なスピードで澱んだ色合いの雲が動いているが、依然、地表は微風すら感じられない完全な凪の状態に包まれている。

キンメリッジが立ち上がり、足元の荷物から取り出した双眼鏡を構えた。レンズを空へと向けていたが、急に興奮した声を上げ、早口で何か伝え始めた。

「あいつ、何て？」

「ロープが垂れ下がっている、とか言っているけど……」

その大きな手に収まると、まるでオペラグラスのように見える双眼鏡をのぞきこみ、マーストリヒトも同様に空を見上げている。キンメリッジの説明を受け、上空に眺めるべき場所を探している様子だったが、しばらくしてぴたりと動きを止めた。うなり声がヒゲの合間から漏れる。二人の海兵隊員が双眼鏡を揃って向ける先をたどるが、ただ雲が垂れこめるだけで、これといって

何も見当たらない。

首を戻すと、マーストリヒトが梵地に双眼鏡を差し出していた。もじゃもじゃのヒゲをつまみながら、空の一点を指差し、何事か説明する。双眼鏡をのぞき、次兄はレンズを向けるべき先を調整していたが、あるところで、

「え」

と短い声を発したきり、動かなくなってしまった。

「どうしたんだよ、地ニイ」

と声をかけても、返事がない。ただ、ぽかんと薄く口を開けている。

ようやく双眼鏡を離すなり、

「梵人も見て」

と蒼い顔を向けてきた。

さっさと何が見えたか教えろって、とぼやきながら双眼鏡を受け取る。あそこのあたりだよ、と真上よりも少しずれた場所を指差された。

梵人は双眼鏡を構えた。

「ただの雲しか、見えないぞ」

「細いから、よく見て」

「細い？」

そのとき、レンズ越しの視界を何かが横切った。

慌てて引き戻す。

視界の中央にそれを捉え直しても、しばらくの間、己が何を見ているのか理解できなかった。

「ロープ?」

見えているものを、率直に口にしてみた。

だよね、と隣から困惑の色がありありと伝わる声が返ってくる。

慎重に視野を持ち上げる。

空を覆う雲の一点から突然、ロープが垂れ下がっている。今度はそこから下方へ、宙に浮かんだロープをたどっていく。かなりの長さを経たのち、ロープはぷつりと切れていた。

「何だ……、あれ」

呆然としつつ、双眼鏡を離した。

「地ニイ?」

と横を向くが、誰もいない。

オーイという声に振り返ると二十メートルは離れた砂地を、すでに次兄と大男が移動していた。急ぎ彼らを追い、緩やかな丘陵の上り斜面の途中で合流する。

こちらが口を開く前に、

「さっきのロープの真下に向かうんだって」

と梵地が低い声で告げた。

もう一度、空を仰ぐ。とても肉眼でロープを確かめることなどできない。キンメリッジの視力は相当なものということだろう。

「あ、天だッ」

え？　と慌てて首を戻すと、背が高いぶん、ひとあし先に視界が開けた次兄がすでに走り出していた。

斜面を登りきった前方、いつの間にか移動していたキンメリッジと、二人の若い海兵隊員――、さらに梵天と銀亀三尉が何かを囲んで見下ろしている姿が見えた。

こちらに気がついた銀亀三尉が大きく手を挙げた。梵天も顔を向け、

「梵地ッ、梵人ッ」

と力強い声で名を呼ぶ。梵人も自然と笑顔になって「天ニイッ」と手を振った。

「梵地二士、梵人二士、大丈夫だった？　怪我はない？」

とサングラス姿の銀亀三尉が駆け寄る。

大丈夫です、と二人同時にうなずくと、「よかった」と三尉はかすれた声とともに、ほうっと大きく息を吐き出した。

全員が合流を果たしたところで、マーストリヒトが人数を確認する。「8」まで数え、「パーフェクト」と親指を立てた。

「無事だったか、天ニイ」

おうよ、と勢いよく肩を叩かれる。

「何を見ていたんだ？」

「あっちのノールって若いのが気づいたんだ。何か埋まっているって。ちょうど、そこへキンメリッジが現れて――、次はお前たちってわけだ」

しゃがみこんだキンメリッジが、砂に埋もれていたものを引っ張る。薄く全体を覆っていた砂

が取り払われ、下から鮮やかな青の敷物が現れた。敷物を引き上げると、その下に壊れた木組みが隠れていた。さらに木組みの下に埋もれているものをキンメリッジが引っこ抜いた。

「骨だ」

すぐさま梵天が反応した。

キンメリッジが掲げたものは、ごつごつとした白い物体だった。「頸椎かな」と梵天がつぶやく横で、若い海兵隊員がさらに砂をかき分けると、扁平な皿のようなものが顔を見せた。

「頭骨のてっぺんの部分だな」

見事、梵天の見立てどおり、ラグビーボールをひとまわり、いや、ふたまわりは大きくしたサイズの、先端の鼻の部分がやけに細長い頭蓋骨が掘り出された。

「デカいな。これが頸椎なら、かなり首がしっかりとした動物だ」

さすがの化石ハンターも骨のあるじの名前までは判別できないようで、キンメリッジが頭蓋骨の内部に詰まった砂を落とすのをのぞきこんでいるところへ、

「たぶん、ラクダの骨だよ。大学の研究室に同じものが飾ってあった。毎日、見ていたから、間違いないと思う」

と意外にも次兄から助け船が出された。

ラクダなら、先ほどオアシスの水辺でとっくりと観察したばかりである。しかし、あの終始眠たそうな大味な顔つきからは、到底連想することはできぬ骨のかたちだ。

ラクダかなあ、と心証をそのまま口にする梵人に、

「ほら、ラクダは目の位置が低いから、その穴がここにあるでしょ？　それに、この歯。草食動

物の歯だよ」

とあまりよい歯並びとは言えない、前歯の列を梵地は指でなぞった。乾ききった環境に置かれていたからか、頭蓋骨の表面は卵の殻のようにあちこちが割れている。脳天に空いた大きな穴のひとつに無造作に手袋の指を突っこみ、そこに引っかけてから、キンメリッジはマーストリヒトに頭蓋骨を渡した。

おい梵人、と急に肘で小突かれた。

「これって、俺たちが見たやつじゃないか？」

長兄が指差す先には、若い海兵隊員が持たされている、砂から引き上げたばかりの青い敷物があった。

「あ――」

確かにその幅といい、青の質感といい、オアシスでラクダの横に置かれていた敷物と瓜二つである。端をつまんで、持ち上げてみた。間違いなかった。厚みに加え、フェルト特有のもさもさとした重みのある感触も同じだ。

「てことは、この壊れているやつは――、鞍か？」

と梵人は砂から顔をのぞかせている折れた木組みを見下ろした。梵天が腰を屈め、砂を手でかき出す。とうに朽ちてしまっているが、尻を置く部分だろうか、湾曲した鞍の残骸が姿を現した。さらには下あごの骨も出てきた。前歯が一本二本と生えたのち、すこし間隔を空けて奥歯が連なっている。

「鞍をつけたラクダが、ここで死んだ」

とつぶやいて、長兄は骨をマーストリヒトに渡した。大きな手と手の間で、上下のあごの骨が合わさった。改めて完成形を前にしても、やはり、ラクダのイメージとはまったく合致しない。

「じゃあ、こいつはハサンじいさんのラクダなのか？　そこまではわからないか。でも、何でこんなところで死んでいるんだ？」

「ドン、落ちた」

え？　と梵人が顔を向けた先で、キンメリッジが鞍の固定に使っていたと思しき紐をずるずると砂から引き出した。

「これ、ハサンの娘、だ」

「娘って……、ラクダのことを言ってるのか？」

あ、そうか、と梵地が甲高い声とともにいきなり己の太ももを叩き、

「でも、私の娘はまっさかさま。私はロープを登って、帰ってきた」

と興奮気味につぶやいた。

「オアシスで聞いたハサンの言葉だよ。ああ、何で気づかなかったんだろう。『娘』というのは、ハサンの家族が飼っていた家畜ラクダのことだったんだ。きっと、僕たちと同じように落ちて、でもパラシュートがなかったから、ここで死んでしまった。でも、ハサンは――」

次兄の動きに釣られて、梵人は空を見上げた。何を探しているかに気づき、ストラップを肩にかけ、預かったままだった双眼鏡を急ぎ構える。

「どう？」

「ビンゴ、完全に真上だ」

と梵人は改めてあり得べからざる風景を確認した。

「ビンゴって、何が見えるの？」

銀亀三尉が訝しそうな声を上げる。

梵人は双眼鏡を下ろし、

「真上です、完全に俺たちの真上です。角度がないですけど、これで、見てください」

とストラップを外し、上官に差し出した。

何を見るの？　雲？　と戸惑う三尉に、「ロープが見えます」と真面目くさった顔で説明する。

「梵人二士、こんな状況で冗談やめて」

「冗談じゃないです」

双眼鏡を押しつけられた三尉は渋々という表情を隠そうとせず、サングラスを外して空を見上げた。

ロープが一本、空に忽然と浮かんでいる。

それが何を意味するのか。

梵人の旺盛な想像力は早くも一個のストーリーを組み立て始めている。すなわち、ハサンという名の男が、かつてラクダに乗り、あの涸れオアシスを訪れ、自分たちと同じように突然、落っこちた——。しかし、ハサンはロープにしがみついたおかげで間一髪セーフ。乗っていたラクダは、残念ながらまっさかさま。その後、家に帰ったハサンは家畜のラクダを失ったことを両親にたっぷり叱られ、ということは子どもの頃の記憶だったのか、その思い出深い昔話を、遠路はるばるやってきた日本人のスーパー通訳に語って聞かせた——。

「そんなわけないだろ」

思わず、声に出してしまった。これでは完全にアラビアンナイトの世界である。「なあ、地ニイ」と肉眼でロープを確かめようとしている次兄の肩に、わけもなく手を置いた。

「完全にボケ老人かもと疑っていたのに、何だか、ハサンじいさんが言っていたことを本当っぽく感じ始めている自分が嫌なんだが――、お次は何だったっけ？　ラクダか？　あのじいさん、何て言ってた？」

「巨大なヒトコブラクダ。山のように大きなヒトコブラクダ。雲のように大きなヒトコブラクダが一頭、浮かんでいた」

と老人の震えるような声色を律儀に真似しながら、梵地は正確に暗唱した。

「ヒトコブラクダなら、向こうだぞ」

え？　と梵地と梵人が揃って顔を向ける。

「あっちに、おそろしくデカいやつが浮いていた」

「梵天二士、こんな状況で冗談やめようぜ」

と梵人は笑って返そうとしたが、

「浮いていたわよ、本当に」

という声に笑みを引っこめた。

双眼鏡を構えたまま、「コブがひとつだったから、そう、ヒトコブラクダになるわね」と三尉は淡々とした声でつぶやいた。双眼鏡を外し、「真上」とだけ伝え、梵天に手渡した。

サングラスを額に持ち上げたまま、ひさしぶりにぎょろりとした目玉を向け、

「何なの、ここ?」

と口の端を歪めた。

もちろん、梵人も梵地も答えることなどできやしない。

「アガデ」

唐突に横から発せられた声に、いっせいに日本人全員の視線が向かった。

こちらも双眼鏡で上空を確認する作業から顔を戻し、

「ここは、アガデ。お前たちを、この場所に、連れてくることが、ボスの命令――。つまり、俺たちの、任務」

とキンメリッジは表情ひとつ変えずに告げた。

「オーケー、ギンガメ。ヒトコブラクダは、どこだ?」

*

昨日もとっくりとこれを眺めた覚えがある。

カラフルなアラビア文字と五歳くらいの子どもが笑っている写真がプリントされた、ビニール包装。

もっとも、まもなく日没を迎えるため、周囲は一気に夜の気配に包まれつつあり、プリントされた子どもの白い歯だけがやけにはっきりと浮かび上がって見える。

梵人はビニールを破り、取り出したハムチーズ・サンドイッチにかぶりついた。これで五個目。

すべて同じ具材、同じ包装のサンドイッチだ。

キンメリッジからはサンドイッチか、レーション（軍用非常食）のどちらかを選べ、と言われた。うまいのかよ、海兵隊のレーションは、と梵人が訊ねると、キンメリッジはあからさまに顔をしかめた。当然ながら海兵隊員含め、レーションを選択する人間はいなかった。

パラシュートで降下してきた荷物は整理を終え、三つのかたまりに分けられていた。そのうちのひとつ、いかにも頑丈そうな外見のボックスを開けると、中身はどれも食料品と飲料水だった。

地下施設の屋根テラスでの朝食から何も口にしていない。好きなだけ食べろ、というキンメリッジの言葉に、誰もがむさぼるような勢いで食事にとりかかった。といっても、レーション以外の選択肢はサンドイッチとサラミソーセージしかなかったわけだが、ボックスに四十個以上詰めこまれたサンドイッチは八人の手により、あっという間に奪い去られてしまった。

かぶりついたサラミソーセージの脂身で口のまわりをべとべとにしながら、梵人は断崖に描かれたヒトコブラクダの砂岩アートを思い起こす。もちろん、地層を構成する岩の呼び名を梵人が知るはずもなく、すべては梵天の講釈によるものだ。

キンメリッジたちが正確に測ったところ、あの寿司桶のへりのような絶壁は二百二十メートルの高さがあり、そこに描かれたヒトコブラクダは足元から頭まで実に百五十八メートルのサイズがあると判明した。

「ひょっとして、あれ、誰かが作ったものか？」

と正面に眺めながら梵人が発した質問に対し、

「偶然だ」

と長兄は即答した。

「でも、自然にできたものにしちゃ、うますぎないか？」

層を形成するグラデーションが織りなすラインが、左に顔を向けたヒトコブラクダのシルエットそっくりであることに加え、砂岩の濃淡はまるでその毛並みを表現しているようで、さらには黒っぽい縦方向の染みがそのまま陰影の代わりとなって、要は絶妙なへたうま具合で巨大ヒトコブラクダが描き出されている。

「あのラインは本物だ。地層の表面に何かを細工して作れるものじゃない」

と双眼鏡を目に当てながら、梵天は断言した。

いったい、このラクダをどう呼ぶべきか、と考えたとき、あの単語が自然と頭に浮かんだ。

「これが、女が言っていた『ヒトコブラクダ層』か？」

わからん、と梵天は無愛想に首を横に振った。

「天ニイは、これまでこんなの見たことあるか？」

「ない。ここまで立派な露頭自体、見たことがない」

「地ニイは？」

「僕も知らなかった。でも、こんなにもすごい光景、もっと有名でもいいよね。エアーズロックやグランドキャニオンと比べても遜色ないレベルだよ。だって、右も、左も、どこまでも続いて終わりが見えない」

「銀亀三尉は知っていましたか？」

イラクと地層のエキスパート、さらには自衛隊広報担当の意見は一致していた。目の前に展開している風景は、これまでどんな書物やネットや資料でも紹介されたことのないものだ——。

サラミソーセージを食べ終え、梵人は立ち上がった。

兄たちから少し離れた場所で、手にした二リットル入りペットボトルの中身を頭からかけようとしたとき、

「待て」

と鋭い声が響いた。

「あいつの説明を聞いてからだ。その水を無駄に使っていいかどうか、それから決めろ」

最後のサンドイッチを咀嚼している長兄が、眉間にしわを寄せ、険しい視線を向けていた。

風が強い日は、半日も警備で外に突っ立っていると砂が皮膚に貼りつき、指で触れるだけでじゃりじゃりとする。警備任務を終え、シャワーを浴びて砂を落とすときが、梵人が一日でもっとも至福を感じる時間だった。海外で放浪旅をするときも、寝る場所にはこだわらないが、シャワーに関してだけは、湯が出ることと水量があることをきっちり確認してから宿を決める梵人だ。ハサンのオアシスを出発したあたりから、さんざん強風に煽られ、耳の内側、鼻の穴まで砂まみれである。ようやく顔だけでも洗えると思いきや横やりが入った。

梵天の眼差しはすでにキンメリッジへと注がれている。ハサン老人のオアシスに向かうとき「キンメリッジさん」だったものが、今やあいつ呼ばわりされるに至ったわけで、その機嫌の悪そうな長兄の横顔に、梵人は素直に「わかった」とうなずき、ペットボトルのキャップを締め直し、元の位置に戻った。

「ここは、アガデ」

そう、いきなり地名を公表したキンメリッジに対し、当然ながら、梵天はその場での説明を求めた。しかし、キンメリッジはヒトコブラクダを見るのが先だと譲らない。二人が押し問答を続ける間に、マーストリヒトがラクダの場所を知っている若い海兵隊員を連れ、さっさと移動を始めてしまった。

「ヒトコブラクダを見たらだぞ」

と念を押し、まずはラクダを確認することになったのだが、絶壁に描かれたヒトコブラクダを彼方に望み、計測を終えたキンメリッジは、先ほどまでいた荷物のある場所に戻ってから話す、とあっさり前言を翻した。約束が違うだろと詰め寄る梵天に、

「腹、減った」

と海兵隊員は簡潔にその理由を告げた。

それに関しては、誰からも反対意見は出なかった。かくして一行は荷物の落下地点に帰還。ようやくの食事と相成ったわけである。

現在、すでに食事を終えたマーストリヒトは荷物のチェック、若い二人はトイレだろう、ともにトイレットペーパーのロールを持って斜面の向こうに消え、残されたキンメリッジは食後のタバコをふかしている。吸うか？　と縮れた長い髪をかき上げたついでに箱を差し出されたが、梵天は首を横に振り、

「海兵隊は、そんなオシャレな髪形で、何も言われないのか」

とずっと気になっていたことをぶつけてみた。

キンメリッジはぷかりと煙を吐いた。風がないため、顔のまわりでさんざん漂ってから散って

いった。

「街に出て、ひと目で、違う国の軍人と、わかる。そのほうが、危険」

と涼しげな目で答えた。

「街って、イラク国内のか?」

ＹＥＳとうなずき、今度は糸のように細く煙を吹き出した。

「観光でぶらぶら歩いているわけじゃないよな」

「観光、じゃない」

どうやら、梵人とは日頃から担当している任務の種類が違うらしい。もっとも、髪形をどうしようとも、ひと目でそれとわかる鍛え抜かれた軍人体形であるのだが。

「お前、アラビア語もできるのか?」

「こんな、見た目だ」

と彫りの深い褐色の顔に、どこか皮肉めいた笑みを浮かべた。

「無理矢理、覚えさせられた。まだ、日本語より、下手だ。でも、あれこれ、働かされる」

そう言えば、昨日、ヘリコプターに乗せられる前に、梵人たちを運んできたワゴン車の運転手たちと兵士とのやり取りについて、梵地が兵士のアラビア語が下手くそで、ネイティブの運転手たちが何度か聞き返していたと話していた。やはり、あのとき「働かされ」ていたのは、キンメリッジだったのだろう。

「お待たせ」

背後からの声に振り返ると、小柄な身体に似合わず、足元のビニール包装の数から四個目と推測できるサンドイッチを口に詰めこみ、銀亀三尉がペットボトルの水でごくりとのどへ流しこむところだった。

「ゆっくり、食べてください」

「そんな悠長にしていられないわよ――。いいわよ、キム。話してちょうだい」

誰のことかと思いきや、キンメリッジが「ＯＫ」とうなずき、タバコの吸い殻を砂に埋めこんだ。いつの間にか、キムという呼び名になったらしい。

「ボンチ」

とキンメリッジが手招きした。

「話が、難しいとき、頼む」

疲れが一気に来たのか、食事中、無言でサンドイッチを頬張っていた梵地が立ち上がり、キンメリッジのもとへと向かう。

「淡路島での勉強だけじゃ、ちょっと難しい感じ？」

銀亀三尉の言葉に、キンメリッジは一瞬怪訝な表情を見せたのち、どこかばつの悪そうな笑みを唇の端に浮かべ、すぐに視線を逸らした。

「どういう意味ですか、今の質問？」

と梵人は首をねじり、銀亀三尉にささやいた。

「海兵隊に入る前、旅行で淡路島をまわって日本語を勉強したとか、あなたに訊かれて答えていたけど、嘘ね。淡路島という設定を、今、ちょっと忘れてたと思う。彼、ちゃんとした日本語の教育を受けている。小隊長や若い二人のほうは本物の海兵隊員だろうけど、キムはどうかしら。

訓練してる人間であることは間違いないけど」

「それって、つまり……」

「情報部員。ただの海兵隊員がアラビア語と日本語をセットで習わないわよ」

端的な三尉の指摘に、ハハアと梵人はうなる。情報部員なんて映画のなかでしか、お目にかからないと思っていた。もっとも、同じくらい映画のなかでしか出会わないはずの、中国人マフィアの用心棒をしていた梵人ではあるが。

「変だなって思ってたの。ハサンのおじいさんのところに少佐が連れていったのは、キムだけだったでしょ？　普通は上官のほうを連れていくはずじゃない？」

確かに情報部員と考えると、マーストリヒトとキンメリッジから同じ部隊に所属する上官と部下という空気がさほど感じ取れない、どこか形式的に上官の任をマーストリヒトが担っているだけのような雰囲気が漂っていることにも納得がいく。実際にキンメリッジが行動を提案し、それをマーストリヒトが承認するシーンが多い。この食事のスケジュールにしても、キンメリッジがひとりで決めたようなものである。今もヒゲもじゃの小隊長は、完全に日が暮れるまでにやるべきことがあるのだろう。トイレから戻ってきた若い部下たちと荷物のチェックにかかりきりだ。されど、キンメリッジはそちらの進行を気にかける様子もなく、優雅にタバコをふかすばかり。互いに役割を分けて行動しているのは、よくよく考えると地下施設の部屋にキンメリッジがひとりで登場したときから始まっていた。

急に肩に手を置かれ、驚いて顔を向けると、隣に移動してきた長兄がどかりと腰を下ろした。

「いつでも、始めてくれていいぞ。こっちは、ずっと待っていたんだ」

さっそく鼻息も荒く口火を切ろうとするのを、銀亀三尉が「梵天二士、ここは私に任せて」と後ろから声をかける。

「それで、キム――。私たちをここに連れてくることが任務だって言ったけど、私たちは何をするために、ここに来たの？　ちゃんと、説明してちょうだい」

いかにも上官然とした落ち着いた口調で放たれた問いに、キンメリッジはあぐらをかいたまま姿勢を正した。

「違う、ギンガメ」

「違う？」

「ギンガメ、呼ばれていない。イナンナ、必要だったのは――、ボンテン、ボンチ、ボンド」

同じくらい落ち着いた、むしろ、さらに輪をかけて淡々とした声で、キンメリッジは三兄弟の顔を順に指差した。最後に、三尉に指の先を移し、ゆっくりと「違う」とばかりに左右に振った。

「少佐、戻れと言った。でも、ギンガメ、勝手についてきた」

はい？　という裏返り気味の声が背中に届く。

「勝手に？　勝手なのは、あなたたちでしょ？　私は彼らの上官よ。どうして上官が部下を放って別行動を取るのよ。どこの国にそんな無責任な上官がいるのよ？　あなたのところのケツアゴ少佐といっしょにしないでくれるッ」

ケツアゴ？　と小さな声で訊ねるキンメリッジに、律儀に隣に座る梵地が英語で説明する。

「Ｏｈ」と海兵隊員があごをさすりながらうなずいているのを見て、

「梵地二士、訳さないでいいッ」

と撃ち抜くような声が飛んだ。

「私たちはあなたたちの同盟国の人間よ？　指揮権がそちらにあるわけでもなければ、そもそも、アメリカ軍がここにいるのだっておかしい。それなのに、私たちを強引に拉致しておいて、何でそんな偉そうにできるのよ。私たちはあなたたちにとって何？　人質？　お客？　それとも犯罪者か何か？」

さらに声のトーンが跳ね上がり、勢いのままその場に立ち上がろうとするのを、「三尉、落ち着いて」と長兄が手を上げてなだめる。まるで似たシーンを、今朝も地下施設の部屋で見た気がする。

彼女の激昂もどこ吹く風といった様子で、キンメリッジはペットボトルの水を口に含み、軽くうがいをしてペッと横に吐き捨てた。

「アガデ――」

ヒトコブラクダ層を遠目に眺めながら発した謎の言葉を、ふたたび口にした。

「ハサンの家で、少佐から受けた命令――。イチ、黒いオアシスに、お前たち、連れていく。ニ、シリンダーシール、渡す」
一、二と数える途中の指を揃え、海兵隊員は長兄の胸元へ向けた。そこには今も、円筒印章なるものをペンダントにした、二センチそこらの青いちくわ状のものが吊るされている。
「サン、地面を、のぞかせる」

三本の指を揃え、それを地面に向けて、差しこむようなジェスチャーを見せたのち、その手でこめかみから頬へと垂れたウェービーな髪をかき上げた。

「続きは？」

と思わず梵人が声を上げる。

「ない」

フィニッシュ、と海兵隊員は答えた。

「四があるだろ。今の話のどこに、パラシュートが必要になるシーンがあるんだよ」

「イナンナが、ボスに言った。用意しないと、死ぬ、と。だから、俺たち、半年前から、訓練を始めた」

「半年前からって――、パラシュートのか？」

「そうだ」

「それって、つまり、俺たちがイラクに来ると、知っていたってことだよな？」

半年前といえば六月、榎土三兄弟は石走《いわばしり》での新隊員教育の真っ最中、梵人と同室だったミタ公がようやくブーツの磨き方を覚え、同じく十八歳が地元に置いてきた彼女との、わずか二カ月間の遠距離恋愛を終えた頃合いである。自衛隊がイラクに派遣されること自体、世間的にはまだ何も決まっていなかったはずだ。

「俺たちは、何も、教えられない。準備するだけ。お前たちのこと、知ったのは、昨日。イナンナの客を迎えにいけ――。ボスに命令された」

「その客が、自衛隊員ということは知っていたのかよ」

「お前たちが到着する、一時間前。そのとき、選ばれた理由が、わかった。日本語、話せる」

己の胸を親指で示し、やれやれという表情でキンメリッジは空を仰いだ。

「そう言えばキンメリッジ、お前が見ている先に――、今もロープが垂れているわけだよな」

相手が上に注意を向けたついでに、なぜかこれまで誰も面と向かってアメリカ人に訊こうとしなかった質問をストレートに梵人は口にした。

「あのとき、俺たちは全員で地面を見下ろしていたはずだ。それなのに、いきなり空を落下していた。途中からは、パラシュートのお世話だ――」

パラシュートで着地したとき、明らかにキンメリッジは混乱していた。梵人も同じく混乱していた。だが、あれから時間も経過し、腹ごしらえも済み、心の余裕も回復したはずだ。

「何が起きたんだ?」

率直な梵人の問いかけに対し、暗い色むらへと変化しつつある曇り空の一点を捉え、ロープが見えているのかいないのか、目を細めながら、

「俺も、わからない」

と海兵隊員は着地時とまったく同じ回答を口にした。

途端、「おいッ」と隣に座る長兄が上体を乗り出すのを、梵人が手で抑える。

「パラシュートをばっちり準備して、俺たちの背中に密着しておいて、その答えはないいんじゃないか? 何が起きるか知っていたから、リュックを背負っていたんだろ?」

「ボンテンに地面を、のぞかせろ。必要なとき、パラシュートを使え――。少佐から、命令されたこと、それだけ」

「ちょっと、何なのよ、その命令は。梵天二士に地面をのぞかせるって――、真面目に答えなさいッ」

これまで三尉の言葉に動じる様子を見せなかったキンメリッジが、はじめて驚いた表情とともに空から顔を戻した。「そうなのか？」という視線を隣の梵地に送る。もちろん、そこに含まれるのは、「彼女は知らないのか？」というクエスチョンだろう。それはすなわち、連中が長兄の能力を把握していることを改めて示していた。もっとも、長兄の事情を知っていようと知っていまいと、まともな命令じゃないのは間違いなく、

「天下の海兵隊が、よくそんな無茶苦茶な命令を出したな。地面をのぞいたら、パラシュートが必要になる？　信じるお前も、お前だぞ」

と梵人が唇の端をねじ曲げ、冷笑の気配も隠さずに訊ねたのに対し、キンメリッジも唇の端を同じくらい窮屈そうにねじ曲げた。

「俺は、信じなかった。マーストリヒトも――、たぶんボスも、信じて、いない。でも、ボス、あの女に、命令された。ボスは同じこと、俺たちに、命令する。だから、ボンテンに訊ねた。――あの女、ウソをつくか？」

元オアシスでのやり取りを思い出す。あの唐突な問いかけには、それこそ連中の知りたいことのすべてが含まれていたわけだ。

「あんなの答えにもならんだろう。俺たちはあの女の名前だって、知らなかったんだぞ」

と呆れ気味に返す梵天に、

「言葉、じゃない」

とキンメリッジが首を横に振った。

「お前たちの、顔」

「顔？」

「お前たち、あの女を、おそれていた。だから、信用した」

「おそれていた？　おいおい、おそれているんじゃない。あの女に振り回されてばかりで、心底、参っているんだよ」

とすぐさま抗議するも、キンメリッジはそれを無視して、

「だから、俺たち、準備した。車、ボスのところへ戻した。トラックに、パラシュート、無理」

とその滑稽なれど正しい判断を自らあざ笑うように、フンと鼻を鳴らした。

「要するにお前も、どうしていきなりパラシュート降下したのかは説明できない、ってことか？」

と梵天が厳しい声色のまま訊ねる。

「そうだ。俺も、わからない」

「じゃ、何でここが、アガデだったか？　名前を知っている？」

ああ、と今気づいたといった様子で、キンメリッジは胸ポケットから折り畳んだ紙を取り出した。

「向こうの荷物に、入ってた。少佐から。もしも、通信の電波、届かないとき、これを読め、と書いてある」

「読んだのか？」

「読んだ」

「ってことは――」

通信、ダメ、とキンメリッジはあっさりと認め、荷物のところにいるマーストリヒトに向かっ

て声を放った。薄闇の先で、大男が振り返る。ふた言、み言とやり取りを交わすと、ヒゲもじゃの小隊長は顔をしかめ、頭を大きく左右に振った。

「待って、キム――。まさか、少佐は私たちがここにいることを知らないの?」

海兵隊員は答えない。どうやら、上官との連絡はまだらしい。

「なら――、どうやって迎えが来るのよ。もちろん、少佐はここがどこかわかっているのよね?」

キンメリッジは三尉の顔を無言で見つめていたが、手元の四つ折りの紙をそのまま隣に座る梵地に向かってひょいと投げた。

長い足を抱え、体育座りしている次兄のブーツの横に紙が落ちる。取れ、と海兵隊員があごで示し、梵地が紙をつまんだ。

「読む、ボンチ」

梵地は紙を広げ、薄闇のなかで素早く目を走らせたが、

「これ……、ちょっと、違うと思う」

と明らかに困惑した表情で見返した。

「読む」

「いや、でも――」

「ボンチ」

相手の目を見つめ、キンメリッジは静かに促した。

次兄はふたたび手元に視線を落とし、無言で紙を見つめていたが、軽く咳払いをしてから、く

ぐもった声とともに口を開いた。

「もしも——、パラシュートを使って、無事着地できたのなら、そのエリアの名前は『アガデ』だ。古代メソポタミアの、古い都があった場所だ。しかし、残念ながら、これ以上、私から与えられる情報はない——」

そこで面を上げた梵地に、思わず「へ？」と梵人は声を発してしまった。

「それで、終わり？」

「いや、ある。ある、けど……」

「続けろ、梵地」

長兄からの言葉に梵地はうなずくも、ひどく訳しづらそうな様子は変わらぬまま、再開した。

「今後、必要なすべての情報は、日本人が持っている。アガデという場所については、私よりも日本人のほうがよく知っているだろう。これから先、君たちは常に、日本人をサポートして動くことを心がけるように。携行した備品を使用するかどうかは、現場での判断に委ねる。帰還の方法はイナンナと再会後、彼女が日本人に教えることになっている。それでは、幸運を祈る。P」

プリンスバックということかな、と最後に添えて、梵地は紙を四つ折りに戻し、身体を傾けて長い腕を伸ばした。海兵隊員は「サンクス」とそれを受け取り、胸ポケットに収めた。

「何だよ、その手紙——。日本人が必要なすべての情報を持っている、って出鱈目にもほどがあるだろ」

キンメリッジはこめかみに垂れた髪を耳の上に持っていき、淡々と質問を投げかけた。

「アガデ、とは何だ？　ボンチ」

だから、と梵人が割りこむ。

「いくら憧れの地、メソポタミアだからって、何でもかんでも地ニイが知っているはずないだろ？　あのヒトコブラクダの壁画アートを、地ニイは見たことがなかったんだぞ」

地ニイ、何とか言ってやれ、と呼びかけたが、なぜか次兄は背筋をぴんと伸ばした体育座りの格好のまま、やけに硬い表情を維持している。

「まさか、お前――、アガデという言葉を知っているのか？」

異変に気づいた梵天が声をひそめ訊ねる。

「いや、それは、その、知っていると言えば……」

「知っているのか？」

「違うんだ、でも――」

「でも、何だ」

「確かに、知ってはいるけど――、ここは誰も知らない場所、いや、知るはずのない場所なんだ」

「はっきりとわかるように話せ。知っていること、全部だ」

要領を得ない答えに、梵天が抑えきれぬ苛立ちをぶつける。梵地はうつむき、何度も頬を手でさすった。まだ整理がついていない考えをまとめようとしているかのようで、食事中やけに静かだったのは、すでに「アガデ」という名前について考えを巡らせていたからかもしれない、と梵人が気づいたとき、「わかった」とかすれた声が聞こえた。

「アガデとは――」

いったん大きく息を吸いこみ、それから一気に梵地は言葉を吐き出した。

＊

確かに、知っていることを全部話すように、との長兄からの要請はあったが、まさかそういう内容とは誰も予想しなかったため、片や話をいったん終え、ペットボトルの水を口に含む梵地、片やぽかんとした表情で彼を眺める梵天、梵人、さらには銀亀三尉。おそらくキンメリッジに至っては、次兄の話す内容の半分も理解できなかったはずで、すっかり暗闇に包まれた空を見上げ、

「ここが、伝説のアガデかあ」

と梵人は試しにつぶやいてみるが、本人にも実感などなければ、それに賛同する声もどこからも聞こえてこなかった。

「アガデというのは、古代メソポタミアにあった都の名前だよ。ウルやウルクやラガシュといった都市の名前は聞いたことあるよね？ そう、どれもメソポタミア文明を担った都市国家だ。人間がはじめて文字を作り、灌漑を行って農業技術を高め、まさに最初の文明を打ち立てたのが、このメソポタミアの地だったんだ。そうだね、ざっと今から五千五百年前の話かな。主役はシュメール人。彼らが粘土板に葦の先で書きこむ楔形文字を生みだし、粘土をこねた日干しレンガを積み上げて都市を築いた。その都市国家同士の緊張関係から、やがてそれらを統合した王朝へと国のかたちが推移していくわけだけど、ここにもうひとつのプレーヤーとして、アッカド人が登場するんだ。アッカド人はシュメール人とはまったく別の民族で、つまり、セム語族だね。この

アッカド人が、シュメール人が支配していた土地や都市をまるっとすべて呑みこむようなかたちで、さらに巨大な帝国を作る。その名もアッカド帝国。紀元前二千三百年ごろに誕生したこの帝国は、ペルシャ湾から地中海まで、広大な地域を領土にした。建国者の名前はサルゴン。彼が築いた人類史上最初の首都こそが『アガデ』だよ。当時、世界でもっとも巨大な都市だったことは間違いないけど、いまだにその遺跡は発見されていないんだ。だから――、そういう意味だよ。『アガデ』の名前なら、僕も知っている。メソポタミアについて学ぶ人間なら誰でも。でも、その場所を知る者はいない。これまでも、たくさんの考古学者たちがここぞというところを発掘して、都のありかを突き止めようとしたんだ。でも、誰も見つけることができなかった。つまり、その名のとおり、伝説の都なんだよ――」

聞いたこともないカタカナの名前が次から次へ登場しても、一度も舌を噛むことなく、実に滑らかな説明を次兄は披露したが、話を終えた後、梵人のつぶやきの他に誰も反応の声を上げないのは、アガデなる伝説の都とやらと自分たちとの関連性が何も見えてこないからである。

必然、次兄が己の言葉をさらに継ぐ格好で続きを始めるかたちになるも、

「もしも、ここがアガデだったら、もちろん、とんでもない大発見になるだろうけど――、ちょっと難しいんじゃないかなあ……」

と今度は一転、やけに歯切れが悪い。

どうしてだよ、という梵人の問いに、

「だって、あの『ヒトコブラクダ層』だよ？　今もバグダッド――、言うまでもなくイラクの首都だけど、街の真ん中をチグリス川が通っているように、古代メソポタミアの都市は必ず川沿い

に造られた。むかしも今と変わらず、雨は全然降らなかったから当然の選択だよね。だから、アガデが、チグリスかユーフラテスの流域にあったことは間違いない。『発見されていない』とは言ったけれども、このあたりじゃないか、という目星のようなものはついているんだ。シュメール人が築いた都市国家も、アッカド帝国の次に覇権を握った国の都も、あのバベルの塔があったことで有名なバビロンも、どれもバグダッドよりも南方向、つまりチグリス・ユーフラテスの下流域にあった。僕はイラクに来るのははじめてだけれど、これだけは言える。アガデがあるとしたら、そこはバグダッドよりも南側、チグリスかユーフラテスが近くにある砂漠地帯のどこかだ。そこから、あんなミニ・グランドキャニオンみたいな風景が見えることなんて——、あり得ないんだよ。もしも、あの風景がイラク国内にあるとするなら、バグダッドよりもずっと北側のトルコ寄り、つまり、川の上流に向かわないといけない。それでも、あんな地形はないと思うけど……、とにかく、ここがアガデだといきなり言われても、証明するものは何もない。そもそも、掘る以前の問題として、あの絶壁を見てしまった以上、この場所は違うとしか言いようがないよ——」

と控えめではあるが、確信を持った表情で梵地はジャッジを下した。普段の穏やかな語り口はそのままでも、言葉の端々に力強さと、知識に裏打ちされた自信が宿っていて、今まで知らなかった次兄の一面を垣間見た気分である。

「じゃあ、これから俺たち何をするんだ？　望み薄の場所でお宝発掘でもするのか？」

「もしも、アガデレベルの遺跡を発掘しようとしたら、十年単位の大作業になるよ」

きわめて現実的な指摘に、梵人も鼻白んで口を閉ざしたところへ、

「サンキュー、ボンチ」

とそれまでうつむいて話を聞いていたキンメリッジが面を上げた。

いつの間にか、小さな手のひらサイズの手帳を開き、そこに暗いなかでメモ書きしていたようで、

「今の、説明、むずかしい」

とペン先を、作業を続けている背後の同僚たちに向けた。

「ボンチ、確認」

裸眼でロープを見つけてしまうだけあって、よほど目がいいのか、白くぼうっと浮かんでいる手帳のページを見下ろし、

「アガデ、まだ、見つかっていない」

とペンでなぞりながら訊ねた。

「もし、見つかったというニュースが流れたら、間違いなく、二十一世紀最大の考古学的発見と言われるだろうね」

「イラクの、どこか。地面の下に、ある」

「地下といっても、四千年以上も前の遺跡だから、きっと何度も洪水にさらされて――。こっちの洪水は、とんでもない量の土が流されてくるからね。粘土層の下を二十メートル掘り進めて遺跡が出てくる、なんてこともあるんだ。それってつまり、六階建てのマンションが、流されてきた土に完全に埋もれてしまうイメージだよ。シュメール人が『ノアの大洪水』の原型と言える物語を編み出したのも、この地に住む人々の宿命を描いた――」

「ここ」

急に話の腰を折られた梵地が「え？」と声を上げる。

「ここ、アガデ」

「いや、だからね――」

「俺たち、地面すり抜けて、落ちた。今、俺たち、地下にいる。だから、ここがアガデ」

数秒の沈黙が、場を支配した。

落ち着いた声で、いかにも常識的な話であるかのように語られると、そうなのかも、と一瞬、引き寄せられてしまった梵人であるが、

「そんなわけないでしょ」

という銀亀三尉の冷静というよりも、ただただ冷たい声に我に返るのも早かった。

「正直に話しなさい、キム。あなた、ほかにも知っていることがあるんでしょう。少佐に何を聞かされたの？　私たちに協力してほしいなら、全部情報を出しなさい」

薄闇の向こうで、キンメリッジはあごに手を添えて、少し首を傾けていたが、

「見た」

と短く答えた。

「見た？　何をかしら」

「アガデ」

「やっぱり、お前、地ニイの言っていたこと何も理解してないだろ」

と梵人が笑いながら返したとき、

「パラシュートから、落ちるとき、見た」

とキンメリッジがどこまでも真面目な顔でうなずく。

「あんな、上も下もわからない状況だぞ。どこもかしこも茶色だらけで――」

「何を見たんだ？」

と隣に座る梵天から低い声が発せられた。

「街」

とキンメリッジは静かに答えた。

「かなり、大きかった。あれが、アガデ」

手にしたペンで、後ろにいる同僚たちの頭上に橋を架けるような動きを示し、「あっちの方角」と伝えた。丘陵がいくつか連なり、梵人たちがいる地点からはまったく見渡すことができない、ヒトコブラクダ層のあった場所とは反対の方向だ。

「ねえ、キム」

背後の銀亀三尉から、ため息が聞こえてきた。

「あなたが正直に話してくれないと、私たちも協力のしようがない」

梵人も海兵隊員の与太話に付き合うのがにわかに馬鹿馬鹿しく感じられ、

「悪い、ちょっと、トイレに行っていいか？　キム、紙を貸してくれよ」

と立ち上がろうとしたとき、

「俺も、見た」

とぼそりと放たれたつぶやきが、耳に滑りこんできた。

「え？」

と中腰の姿勢のまま、梵人は長兄を見下ろした。

「地面に立っていたはずが、いきなり落下が始まって、パラシュートが開いてガクンて来た。そのときだ。顔が正面を向いて――、俺も、遠くのほうに何かを見た気がする」

「何かって、何だよ」

「わからない。でも、今思い返すと、街だったような――。蜂の巣みたいなごみごみしたものが、地面にへばりついていた……ような」

「ねえ、いつまでそんな話、続けるつもり？　どうして、あなたたち、当たり前のように地面を潜って、その先に五千年前だかの都があるかどうか、なんて話ができるのよ」

「三尉、アガデは四千年前です」

「そんなの、どうでもいいッ」

梵地を一喝し、三尉は鼻から大きく息を吐き出した。

「現実逃避も、いい加減にしなさい。もっと、まともな話し合いをしましょう。今、考えるべきは何？　どうやって帰るのか、それだけでしょ？　だいたい、キム――、あなたたちの作戦の立て方は、どうなってるの？　通信手段も確立しないまま、こんな場所にパラシュートで突っこむなんて、海兵隊は何考えてるのよ」

「落ち着く、ギンガメ」

「あなたに言われたくないッ」

どれほど苛立ちをぶつけられても、キンメリッジは静かな口調を崩すことなく、

「通信、これから、試す」

と振り返って、マーストリヒトに何やら呼びかけた。相手の短い返事ののち、

「準備、できた」

と立ち上がった。

来い、と手招きして、キンメリッジは他の海兵隊員たちが作業している場所へと向かった。

積み直した荷物のケースをデスク代わりにして、ノールとオルネクの若い二人が青い光に顔を照らされながらノートパソコンをいじくっている。

「外からの電波、受け取るの、無理。でも、ここでは、大丈夫」

何が大丈夫なのか、梵人にはよくわからなかったが、急に甲高い、歯医者で聞くあのドリルの響きにも似た機械音が、正面の地面から湧き起こった。

「ドローン――」

と隣に立つ銀亀三尉がつぶやいた。

キンメリッジが懐中電灯で地面を照らした。そこにはかなり大きな、一メートル四方サイズのドローンが、「キーン」とプロペラ音を勢いよく発していた。

「こっち、だ」

とキンメリッジが懐中電灯で、パソコン画面をのぞいている海兵隊員に光の輪を移動させる。

一行はぞろぞろと若い二人の背後に移動した。

彼らの手元のノートパソコンには、赤外線映像と思しきものが映し出されていた。緑がかった画面中央でマーストリヒトが仁王立ちして、その目玉が二つ光っている。ドローンの前に彼がひ

とり残っているところから見て、これはドローンに設置されたカメラからの配信映像らしい。

「そのドローンとパソコンの間は、電波が通るってことね――」

と二人の若い海兵隊員の間から画面をのぞきこみ、三尉がつぶやいた。なるほど「ここでは、大丈夫」とはそういう意味かと梵人が合点したとき、

「通信用、ドローン。今から、飛ばす」

とキンメリッジが部下の肩を叩いた。いつの間にか、若い隊員の手にはゲーム機のコントローラーのようなものが握られている。

一気に、ドローンが上昇した。

と言っても、雲に覆われた漆黒の闇に向かって、甲高い機械音が離れていくのが聞こえるだけである。

「どこまで上がるの、これ」

という三尉の問いかけに、「1マイル」とキンメリッジが答え、「約千六百メートルです」と梵地が素早く換算する。

「そんなに高くまで？　なら、外部にも電波が届くかも――」

ただ白っぽい映像のみが流れるパソコン画面に向かって、三尉が期待をこめた言葉を投げかける。

「その前に、調べる」

「調べる？」

「空の、ロープ」

ああ、そうだった、と梵人は何も見えない暗い空を見上げる。すでに甲高い飛翔音はまったく聞こえてこない。

「キム、今の高さはどのくらい？」

「200ヤード」

「百八十メートルってところです。あ、映った」

梵地の声に、全員が画面をのぞきこむ。マーストリヒトもやってきて、パソコンの向こう側から、覆い被さるようにして画面を見下ろす。

果たして、割り箸のような線が一本、白く反射しながら画面を縦方向に渡っていた。

空に浮かんでいるカメラとは思えないほど、安定したアングルで割り箸を捉えながら、ゆっくりと近づいていく。

赤外線映像であっても、縄目が判別できる距離まで接近したところで、

「本当に……、ロープね」

という三尉のかすれた声が聞こえた。

カメラが高度を下げると、ロープの終点が映し出された。人の手が加わっていることを示す結び目がそこには作られていた。ロープは垂直に垂れ下がったまま、結び目も微動だにしていない。二百ヤードの高度でも、いっさい風は吹いていないらしい。

正面からのぞきこんでいたマーストリヒトが、その太い人差し指でもって「上げろ」と指示を出す。

操作役の隊員がうなずき、アングルが上昇する。

誰もが息を詰めて画面を注視した。

ついに、ロープの始発点が映し出される。

互いに肩をぶつけ合い、全員がノートパソコンに顔を近づけようとしたとき、いきなり画面全体が白く発光した。

同時に、ドンという音が降ってきた。

反射的に空を仰ぐと、まさに真上の位置で、雷が落ちる寸前の雲のように、空の一部が一瞬、光るのが見えた。

いったんは暗闇に戻ったのち、今度は赤い光がぽっと点った。

風に吹かれたろうそくのように赤い光が尾を引いて、斜め方向へ遠ざかるように降下していく。

さらには、あの甲高い飛翔音が、悲鳴のような響きとなって遅れて耳に届いた。

制御を失ったドローンが、炎に包まれながら落下していることは明らかだった。

「オーマイ、ガ……」

というコントローラーを握る若い海兵隊員のうめき声が聞こえた三秒後。

鈍い音を響かせて、ドローンが墜落した。

*

日の入りが午後五時であるならば、そのぶん日の出が早いのかというと、そこはイラクであっても真冬の太陽の動きに変わりはない。午前七時前になってようやく東の空が薄い紅色に染まり、太陽が登場する前触れを告げる。

午前五時きっかり、梵人は起床した。

もちろん、周囲は完全な闇である。

宿営地での毎日と同じ光景ゆえに、そこに不思議を感じることはないが、一点、どうにも腑に落ちないことがあった。

それは夜中にまったく寒さを感じなかったことだ。宿営地での最高気温は十二月でも三十度を超える日がある一方で、最低気温は十度を切る。砂漠の夜はひたすら寒い。もちろんコンテナでも毛布をかぶって寝る。宿営地で風邪っぴきの隊員が絶えないのも、この極端な寒暖差のためだ。

「砂漠で野宿かあ――」

パラシュートつきで落下した荷物群から取り出した海兵隊の寝袋を渡され、こいつは厳しい夜になりそうだ、と憂鬱な気分で中に潜りこんだ梵人だったが、疲れもたっぷり溜まっていたぶん、ものの数秒で眠りに落ちた。一度、夜中に目が覚めたときは、寝袋のジッパーを下ろし、迷彩服の上半身を砂の上に乗り出すようにして寝ていた。つまり、暑かったのである。

暗闇のなかで朝食をとった。

誰も気温の奇妙さについて、海兵隊のレーションが意外といける味であることについて、さらには宿営地を離れ、二度目の夜を過ごしたことについて口にしなかった。訓練中に空の薬莢《やっきょう》が一個紛失しただけで、隊を挙げて徹底的に捜索する組織が、四人もの隊員が消えた事実を前にどのように対応するのか。いくら楽観的な梵人であっても、そこに楽観的な顛末を予想することはできなかった。警備小隊の同僚や小隊長、さらにはヒゲのいかめしい隊長の顔を思い浮かべながら、目やにを取ろうと指を持っていったら、目のまわりのすべてがじゃりじゃりとしていた。ペットボトルの水を手のひらに溜め、目のまわりに塗りつけた。砂が溶けていく感触を確かめながら、迷彩服の袖でぐいと拭った。

「おい、梵人」

暗闇からの長兄の声に、見られたかと身体を硬くした梵人だったが、続く言葉は、

「お前、尻は痛くないか」

だった。

「痛むのか、尻」

うむ、という重い響きのあと、しばらく経って、

「尻というより、肛門が痛い。パラシュートが開いたときの反動で、ハーネスで思いきり、こう、ずり上げられるというか、無理矢理広げられるようになってだな――」

と湿った声が聞こえた。

「できたら、食事とは関係のないときに知りたかった情報かもしれない」

すまん、と暗闇が謝ってくる。

「お前は、痛むところ、ないか?」

「着地のときにだいぶ転がって、昨日は腕が痛かったけど、今はどうだろう……。少なくとも、尻は大丈夫だな。でも、便秘気味だ。昨夜、寝る前にがんばったけど、全然出なかった。天ニイは?」

「俺はそちらは快便だ」

「あなたたち――、全部、聞こえているから」

ぼそりと背後から声が届いた。

あ、すみません、と梵人が慌てて振り返るも、二、三メートル先に黒い影を何とか見分けられるだけである。

「別に、いいの。食事も終わっているから」

「三尉は、怪我はないですか」

「痛むところもないし、トイレのほうも問題なし。ご心配どうも」

どう返すべきなのか、梵人が困っていると、

「私――、外での任務ははじめてだった」

とどこかかすれを帯びた声が聞こえた。

「これまで、ずっと宿営地内での広報を担当していて、おととい、はじめて宿営地から外に出た。本来なら、もっと経験のある班長があなたたちに同行するはずだった。でも、班長含め、私以外の全班員が宿営地外での任務に就いていて――。もしも、私が担当じゃなかったら、こんなふうに拉致されなかったかもしれない。班長なら、事前に異状を察知することができたかもしれない。私の経験不足のせいで、あなたたちを危険な目に遭わせてしまって――」

最後のあたりは急に揺れる声になり、闇の向こうから、か細くため息をつく気配が伝わってきた。

「いえ、そんな――」

三尉はただ巻きこまれただけで、きっと上官が来ても結果は変わらなかった、そもそも、この

出来事は自分たちとあの女との因縁が招き寄せたもので、むしろ自分たちが何とかして三尉を宿営地に戻さなくてはならない――などと言ったら、きっと逆効果なのだろうな、と梵人が続きの言葉を呑みこむと、

「でも、心配しないで――。私があなたたちを守ります。必ず、責任をもって、宿営地に連れて帰るから」

とすぐさま毅然とした調子に戻り、「梵地二士」と次兄の名を呼んだ。

「はい」

今度は前方から、返事が聞こえてくる。

「何か、わかることあった？」

「何か――、ですか？」

唐突な質問に戸惑いの声が戻ってくる。

「あなたはアガデを知っていた。少佐からのメモには、必要な情報は日本人が知っていると書いてあったんでしょ？　これまで私たちが見たり、聞いたりしたなかに、あなただけがわかることがあったのかもしれない。ごめんなさい、知らなかったの。あなたのこと、ただの物知りな、中東オタクの通訳と思っていたら、梵天二士からあなたが大学から院まで、ずっと中東の歴史を勉強していると教えてもらって――」

中東じゃなくて西アジアです、という小声の訂正が闇の向こうから発せられたのち、

「ひとつ……だけ、あるような、ないような」

と歯切れの悪い返事が聞こえてきた。

「でも、関係ないことかも……」

「教えて、梵地二十。何でも、いいから」

ええと、とたっぷりと言い淀んだのち、

「イナンナ……です」

といかにも自信のなさそうな声で答えた。

「あの女の名前か」

と梵天が鋭く反応する。

「キンメリッジが教えてくれたとき、オヤと思ったんだよね。イナンナというのはシュメール神話に登場する女神の名前なんだ。ひょっとしたら、シュメールの神々のなかで、いちばん有名かもしれない。わざわざ、そんな名前を名乗ったのには、何か意味があったのかも――、そんなことを思って」

「ちょっと待って。あなたたち、日本で彼女とすでに会っているんじゃなかった？　そのときは、名乗らなかったの？」

「僕がはじめて会ったときは、相手はイラクの企業のＣＥＯを演じていて、ベントアンさんとまわりに呼ばれ……、あ」

と急に梵地は声を跳ね上げ、それきり黙ってしまった。

「どうした、地ニイ？」

「そうか……。アラブ人の名前のつけ方は複雑で、いくつかあるパターンのうちの一つに、自分の親の名前をくっつける、というのがあるんだよ。ベントというのは娘という意味で、ベント・

アンで『アンの娘』になる。アンというのは、シュメール文明の最高神、天を司る神様の名前なんだ。アンはイナンナの父神とされているから、『アンの娘』でベントアンと名乗ったのかも――」

暗闇から聞こえてきたアカデミックな推察に対し、

「何だ、それ」

「いちいち、めんどくさい女だな」

と梵天、梵人から同時に不愉快そうな感想の声が上がった。

「梵地二士、つまり、そのイナンナという名前がアガデと関係あるってこと？」

「シュメール人が築いた都市国家には、それぞれ都市神というかたちで祀るべき対象が置かれていました。たとえば、ニップルには大気の神エンリル、ウルには月の神シン、ウルクにはイナンナ――、それぞれの神殿に祀られる都市神がいました。アガデの都市神はまだわかっていませんが、少なくとも、彼女がシュメール神話のイナンナを意識していたのは間違いないです。ライオンまで用意していたので」

「ライオン？　あれも意味があるのか？」

と梵人が甲高い声で割りこんでくる。

「イナンナは神様の役割として、豊穣や、性愛や、戦闘といった分野を担っていた。特に戦いの女神としての側面が人気で、イナンナが描かれるときはライオンを従えていることが多い。むかしは西アジアにも、ライオンがいたんだよ。アフリカじゃなくて、インドからやってきた種がね。実際に二十世紀初頭まで、イランやイラクでインドライオンが生き残っていたという記録が残っている。もちろん、古代メソポタミアの時代にもいた。王様がライオン狩りをする様子を刻んだレリーフも発見されているよ。他にも――」

「まだあるのかよ」

「彼女のメイクや、髪飾りがシュメール人のそれに似ていたかな。目のまわりを黒くしていたところとか。あれは虫除けも兼ねて、アイシャドーとしてビチュメンを塗る古代の習慣だよ。髪飾りもウルで発掘された王族の副葬品にそっくりだったし、神話に登場するイナンナはラピスラズリで全身を飾っていた」

「だから、ラピスラズリのロングコートになるわけか？　何で石がコートになるのか、意味がわからんが」

とんだコスプレ女だな、と梵人は呆れの声を上げつつ、梵天山での登場時から、あまりに当たり前の顔で女が猛獣を引き連れているものだから、その光景を異常だとは感じても、「なぜライオンを連れているのか」という根本的な疑問を抱くまでには至らなかったことに気がついた。

「基本的なことで申し訳ないけど、梵地二士――」

と銀亀三尉が丁寧な口調で言葉を挟む。

「あなたの話題によく登場するシュメール人というのは結局何なの？　要はイラク人の祖先ということ？」

「違います」

と即座に次兄は否定した。

「イラク人の多くはアラブ人だから、セム語族になります。もっとも、アラブ人は民族と言うより、長い歴史を経て同じアラビア語を話すようになった集団と考えたほうが正確かもしれません。このあたりは日本人の感覚で考えると、難しいところです。ひとつの土地に、いつまでも同じ民族がいるわけじゃない。どこかから新しい民族が移動してくると、その都度、玉突きのようにどんどん住む場所が変わります。さらには互いに同化します。かつては、はるばるモンゴルから、チンギス・ハンの孫がバグダッドを攻めにやってきたこともあったくらいです。アラブ人も、イスラム教の預言者であるムハンマドが遠征を繰り返し、イスラム帝国の版図を広げることで、その勢力を拡大しました。シュメール人はムハンマドの時代から、ざっと四千年以上もむかしに、この地に住んでいた人々です。今のイラク人の祖先と言うには、かなり無理があります」

「じゃ、シュメール人はどこに行ってしまったの?」

「わかりません、消えてしまったので」

「消えた?」

「シュメール人はいったんはアッカド帝国の支配下に入りますが、帝国が崩壊したのち、ふたたびシュメール人による王朝を復活させます。でも、百年ほどで周辺からの異民族の侵入にさらされ、滅んでしまいます。それきり、シュメール人は歴史から姿を消します。彼らが発明した楔形文字は、その後も変わらず使われ続け、その神話も旧約聖書に取りこまれるほど人々に語り継がれますが、シュメール人自身が表舞台に登場することは、二度とありませんでした」

「それって、何だか恐竜みたいな話だな」

さすがは長兄、「ならでは」の切り口から感想をぶつけてくる。

「消えるといっても、恐竜みたいに種として絶滅したわけじゃないよ」

暗闇の向こうで、次兄がくすりと笑う。

「単にシュメール人が王として君臨する国が、その後、生まれなかっただけだよ。シュメール人自身はいくらでも生き延びたはず。ひょっとしたら、バグダッドのカフェに座っているおじいさんのDNAを検査したら、シュメール人のDNAがわずかに混じっている、なんてことも、あるかもしれない」

「つまり、鳥と恐竜の関係みたいなものか？　消えたティラノサウルスのDNAを、そこらへんを飛んでいる鳥も少しくらい共有しているかも、って話だろ？」

ううん、それはちょっとわからないな、と次兄は苦笑しつつも、

「確かに、シュメール人は恐竜と同じくらい、謎の多い民族かもしれない。彼らが用いたシュメール語は、周辺民族のどの言語とも似ていない、完全に孤立した言語だった。彼らの出自や由来に関しても、すべて不明。突然、メソポタミアの地に現れ、突然、人類最初の高度な文明を打ち立てて、突然、煙のように消えてしまった――、それがシュメール人だよ」

と器用に長兄に寄せるかたちで解説を続けた。

「連中が消えてしまった理由はわかっているのか？　恐竜は巨大隕石が落ちたのが絶滅の原因とはっきりわかっている。そこの部分に謎はない」

「あまり推測でものは言うべきじゃないけど、独自の言葉を操ることをやめて、周囲に同化してしまった、ってことだろうね。そのあたりは、今の感覚で考えてもわからないよ。アイデンティティを保つという概念自体が、なかったのかもしれない。たまたま、シュメール人は自分たちのことを記録する知恵と技術を持っていたけど、文字すら持たず、人知れず周辺に同化して、その

文化的特徴もろとも消えていった民族なんて、他にいくらでもいたはずだよ。何しろ、ここは世界でいちばん長い歴史を持つ地域だからね」

フウムと腑に落ちたような、落ちていないような長兄のうなり声とバトンタッチするように、

「梵地二士――、昨日のハサンのおじいさんの通訳をしていたときのことを、教えてくれるかしら」

と急に話題を変えて、銀亀三尉の声が戻ってきた。

「これまで、あなた以外にハサンのおじいさんの言葉を理解できた人はいたの？」

「それは、僕がはじめてかと」

「そう、おじいさんが言ってた？」

「彼はかなりクセの強い表現を使うので、正確には『私の声を聞く、ひとり目の耳がやっと来た』という感じですけど……」

「じゃあ、どうして彼がヒトコブラクダ層のヒントを持っていると、イナンナは知っていたの？」

梵人は身体をねじり、闇にぼんやりと溶けているシルエットに向かって、

「ええと、それはたぶん――、これは三尉が外に出ていたときに、あの『アン、ビリバボッ』の禿げ頭のジャケットおやじから聞いた話ですけど、サダム・フセインが生きていた時代から、ハサンが見た大きなラクダについて質問を続けていたとか何とか。だから、そのあたりから情報が漏れ伝わったんじゃないですか？　何しろ、二十四年も前からトライしているらしいですから」

と返した。うん、その話は黒いオアシスに向かう途中に梵地二士から聞いた、と三尉は先刻承

知の様子で、

「じゃあ、そのサダム・フセインは誰から聞いたの？」

と質問を重ねてきた。

「それは……」

サダム・フセインも、あのジャケット男も、ライオン・マダムも、海兵隊も、ハサンがヒトコブラクダについての情報を持っていることは知っていても、肝心の目撃場所は知らなかった。その理由は明らかだ。これまで誰もハサンの言葉を理解できなかったからである。ゆえに、ジャケット男は情報自体の信憑性を疑っていた。しかし、ハサンの言葉は正しかった。梵人自身が空に浮かぶ巨大なヒトコブラクダを見てしまった。

となると、新たな疑問が浮かび上がってくる。どうやって、連中はハサンが情報を持っているという情報を、少なくとも二十四年前に得ることができたのか？　しかも、ライオン・マダムはパラシュートの準備までさせていた。場所すら把握していないくせに、そこでパラシュートが必要になるということは知っていた。この順番のちぐはぐさは、どういうわけなのか。

「もう少し、あのイナンナという女について聞かせて――。私はあなたたちが会話する言葉が何も聞き取れなかったわけだけど、昨日の朝食の席で、彼女から直接『アガデを探して』とは言われなかったの？」

そうだった、そんな理屈の合わない話もあったなと、梵人が遠いむかしの出来事のように思い出す横で、

「あの場では、ヒトコブラクダ層を探して、とだけ――。『アガデ』という単語は、一度も出ま

せんでした」

と三人を代表して長兄が神妙な声で答える。

「アガデじゃなくても、どこかで会うという話は？」

「ありません」

「じゃあ、少佐からのメモはどういう意味だったの？」

「メモ、ですか？」

「帰還の方法はイナンナと再会後、彼女が日本人に教えることになっている――」

確かに、次兄が妙な内容を読み上げていたが、意味がわからず、梵人は完全に聞き流していた。

「俺はてっきり、朝飯のときに、女から任務を完了したら宿営地に送り届けると言われた、そのことかと――」

と長兄が己の解釈を披露する途中で、

「違うわね」

と鋭く三尉が遮った。

「その話なら、私も彼女から英語で説明された。でも、思い出して。あのメモは通信ができなかった場合についての指示よ。通信回線が確保できるならば、海兵隊が救援にくるはず。だから、あのメモの内容は当然、海兵隊が来ない場合の帰還方法を記したもの――、になるでしょ？」

「いや――、でも、その場合だと」

「そう、この場所でイナンナと再会して帰り方を教えてもらう、という意味になる。本当にあなたたち、彼女と合流する話は聞いてないの？」

またもや「草」の疑いをかけられたらたまらないとばかりに、

「俺たち、何も聞いてません」

と梵天は強い調子で否定した。

「じゃあ、あのメモはどういう意味になるわけ？」

誰も答えを返すことができず、沈黙が重なっていく。もっとも、二人の兄のことはおいて、梵人に関しては、これまでの経験から「あの女が言うことは、考えるだけ無駄」と早々にさじを投げてしまっているがゆえの沈黙である。

だが、これまでの付き合いを知らぬ上官に「考えても無駄ですよ」とストレートに進言したところで、納得してくれるとは思えないので、

「キンメリッジに訊いたら、食料と水もまだ五日分あるって話だから、その間に何とかなりますって」

とことさら明るく言葉を投げかけ、話題を変えようと試みたが返事はなかった。

様子をうかがおうと梵人がそっと顔を向けると、夜明けを前に、徐々に輪郭を浮かび上がらせつつある上官の小柄な影が、微動だにせずうずくまっていた。

何なのよ、これ、と影から暗い声が放たれた。

「アガデ？　シュメール？　イナンナ？　いったい、それが私たちとどんな関係があるの？　ここが本物のアガデだったとして、それが何？　わざわざ自衛隊と海兵隊をいいように使って、イレギュラーの限りを尽くして確かめないといけないようなこと？　誰も口にしないけど、あなたたちも気づいているはず。何かが、おかしい。あの空から垂れていたロープはもちろんだけど、

私たちがパラシュートで着地してから、ただの一度も風が吹いていない。これだけ空気が乾燥しているのに、夜中の寒暖差もなかった。砂漠なのにまるで砂漠じゃないみたい。ここは本当にイラクなの？」

見えもしないロープのありかを確かめるように梵人は空を仰いだ。夜の漆黒から透き通った暗さの青へと、少しずつ、色合いは変化しつつある。そのとき、不意に気がついた。パラシュート着地後、ただの一度も鳥の姿を見ていない。それどころか、鳴き声ひとつ耳にしていない。さらには砂漠ならどこにでもいるはずの蠅が、二度の食事の間、一匹すら顔に張りついてこなかった。

つまり、この場所で、梵人はまだ生物というものを見ていない。

＊

マルロクヨンマル。

午前六時四十分。

夜明けの時間に合わせたかのように、キンメリッジとマーストリヒトが帰ってきた。

梵人が起床したとき、すでに二人は出発していた。暗闇のなかで朝食のレーションを手配してくれたのは、ノールとオルネクの若い二人である。その後、彼らは昨夜と同じ場所で覆いを被り、光を漏らさないようにして、ノートパソコンでの作業に文字どおり「没頭」していた。

実のところ、梵人はいまだどちらがノールで、どちらがオルネクなのか、わかっていない。軍人にしては線が細い、態度も控えめ、おそらく二十歳そこらの若い二人がなぜ同行しているのか？　それこそマーストリヒトほどの身長はなくとも、屈強な体格の連中ならあの地下施設にゴロゴロいたのに――、と奇妙に感じていたが、ドローン操作や通信といった特殊技能を有するゆえに呼ばれたのだ、とようやくその選抜理由に思い至った。

どこか重たげな足取りで近づいてくるキンメリッジの姿を認めるなり、

「通信は回復した？」

という三尉の質問がしなる鞭のように出迎える。

ヘルメットを頭に装着した海兵隊員は気怠げに首を横に振り、

「これ、捜しに、いった」

と背中に担いだ袋を静かに砂の上に置いた。

袋の紐を解き、風呂敷のように布地を広げると、ひと目見て焦げているとわかる、ひしゃげた黒い物体が現れた。

「昨日の、ドローン」

見るも無惨にバラバラとなった機体の残骸を、すでに待ち構えていたノールとオルネクが手に取る。いちばん大きな残骸にペンライトの光を当て、二人して何やら話し合っていたが、急に手にしたものを布地の上に戻し、キンメリッジにひと言、ふた言伝えたのち、ノートパソコンへと戻ってしまった。

「通信機器は焼失、ハードディスクもダメだって――」

と梵地が小さな声で伝える。

これだけ黒焦げでひしゃげていたら仕方ないわな、と梵人が呑気にのぞきこんでいる横で、

「どうするのよ、これから」

という三尉の暗いつぶやきが聞こえた。

「心配、ない。ギンガメ」

「ごめんなさい。心配しか、ない、キム」

「ギンガメに、海兵隊の言葉、教える。靴下は二足、揃えろ――。だから、大丈夫」

何それ？　アメリカンジョークならわからないから、とどこまでも醒めた声で返す三尉に、キンメリッジはなぜかうなずいて見せ、先ほどから積み上げた荷物の向こう側で作業しているマーストリヒトに声をかけた。

急速に白みつつある空を背に、マーストリヒトは腕を掲げ、準備ができているということなのか、大きく手のひらを広げて見せた。

「行く、ぞ」

キンメリッジに従ってお仲間のもとへ進むと、そこにはまるで昨日を再現したかのような風景が待っていた。すなわち、マーストリヒトの足元にドローンが置かれている。ただし、昨夜のものに比べひとまわり小さく、砂漠仕様ということか、全体がクリーム色に覆われている。

「靴下は、二足――。海兵隊、必ず、スペア用意する」

キンメリッジは頭のヘルメットを外し、ウェーブのかかった髪の間に指を入れてほぐしながら、

「もう一度、試す」

と足元のドローンに視線を落とした。

ノールとオルネクの隣にキンメリッジ、その背後に日本人チームが陣取り、ドローンの前には

マーストリヒトが立つ――、昨日と同じ配置でミッション開始を待った。

午前七時を過ぎた空は、昨日と打って変わって雲ひとつない晴天である。朝の光がやわらかに、ところどころ土くれが隆起する地面を照らし出す。土くれに付き合って影が点々と宿る様は、何だか剃り残しが目立つおっさんのヒゲ面のようで、梵人が無意識のうちにヒゲが伸びてきた己の頬を撫でていたら、いきなりドローンの飛翔音が轟いた。

顔を向けると、すでにクリーム色の機体が、五メートルの上空で静止している。

マーストリヒトがドローンに向かって手を挙げた。

ノートパソコンの画面は、見上げる大男の姿を鮮明に映しだしている。もちろん、赤外線映像ではない。何度かズームインとズームアウトを繰り返す。マーストリヒトのヒゲに覆われた口がどんどんアップになり、少しだけ唇が動いた。すると、パソコンの横に置かれたスピーカーから、はっきりとしわがれた声が聞こえてきた。

「このドローン、偵察用。昨日のドローンに、マイク、ない。その代わり、このドローン、通信は、弱い」

キンメリッジの解説に重なるようにして、甲高い音を引き連れ、一気にドローンが空へと舞い上がった。

昨夜とは異なり、クリーム色の機体を視認できるため、そのままあごの角度を持ち上げていたら、

「あ、ロープだ」

という次兄の声に引き戻された。

ノートパソコンの画面には、わずかに薄青に染まり始めた空を背景に、垂れ下がったロープに一気に接近する様子が映し出されていた。

もはや、なぜそこにロープがあるのかという疑問をすっ飛ばし、

「また、近づくの？　大丈夫？　だいたい、昨日のやつがどうしていきなり燃えたのか、その理由はわかっているの？」

と心配そうに三尉がのぞきこむ。

キンメリッジがちらりと三尉に視線を送り、ノートパソコンに向き合っている部下に声をかける。画面の端に表示される小さな数字を指差し、ノールもしくはオルネクが何かを説明しているところへ、マーストリヒトがのっそりとやってきた。それをきっかけに、お互い冷静さを保ちつつ、これまでにない海兵隊員同士の言葉の応酬が始まった。

「何を言い合ってるんだ、地ニイ？」

「昨日のことについてだよ。データを解析したら、昨日のドローンが故障を起こしたのは、ちょうど二百二十メートルの高度だったらしい」

「その高さって――」

「そう、あの絶壁の高さとまったく同じ数値だって。故障の理由がまだわからないなら、これ以上、高度を上げるのは回避すべきだと若い二人が主張している」

キンメリッジがマーストリヒトに向かって何事か伝えると、小隊長はもじゃもじゃのヒゲの先をつまみながら、しばらく上空のドローンが浮かんでいるであろうあたりを仰いでいたが、ゆっくりと視線を戻し、「やれ」とばかりにヒゲから指を離してうなずいた。

「これ以上の高度は取らずに、周辺の様子を確認する。通信のほうはまだうまくいかないから、引き続き、信号を送り続ける――」

梵地の言葉が終わらないうちに、ノートパソコンの画面からロープが消えた。

いったん、ぼやけた画像を挟んだのち、ピントが復活するのと同時に、

「すごい」

という銀亀三尉の声が響いた。

「右も、左も――、ずっと続いている」

画面に映し出されたのは、朝の光に照らされ、遠方にそびえる絶壁だった。

カメラがゆっくりと視点を横移動させていくが、驚くべきことに、どこまでいっても絶壁が途切れる様子がない。

「寿司桶」

圧巻の風景を目の当たりにして、やはり梵人が思い浮かべたのは、この言葉だった。何しろ、巨大な寿司桶の中央から三百六十度を望むが如く、絶壁の高さが常に一定なのだ。まるで巨大な包丁でもって、露頭を真横に一直線にスライスしたかのような眺めだった。絶壁の頂上部分は、ひとところだけ突き出すでも、くぼみが生じるでもなく、どこまでも水平を保ち続けている。

「おい、あれ――。ラクダだぞ」

梵天が目の前にあった梵地の肩を叩き、その声に反応するかのように、カメラがふたたび至近距離のロープに焦点を合わせた。そこから、奥へとズームインを始める。露頭をキャンバスとして描かれた、高さ百五十八メートルのヒトコブラクダがゆっくりと近づいてくる。朝の太陽光を

受けて、連なる絶壁は白い輝きを照り返し、まだ万全の青を備えていない空との境界が曖昧なせいで、まるで巨大なヒトコブラクダが一頭、淡く浮かんでいるかのようである。

「ハサンのじいさん――、これを見たのかよ」

梵人はいつの間にか溜めていた息をほうっと吐き出した。

ヒトコブラクダからスタートさせてふたたびヒトコブラクダまで、ぐるりと三百六十度、カメラはアングルを一周させた。梵人が寿司桶を連想したのもあながちハズレではなかったようで、彼らが立つのは峡谷の底にあたる場所だった。砂地にできたアリジゴクの巣をすり鉢状、すなわち円錐形にたとえることがあるが、ドローンカメラが映し出す地形はまさに寿司桶状。何しろ、絶壁のそそり立つ角度が垂直だ。

「外周はほぼ完全な円形を保っていて、直径は二十キロメートルを少し超えるくらい、絶壁はどの部分も高さ二百二十メートルで一定している――だって」

と海兵隊員たちの会話を聞いた梵地の解説が耳に滑りこむ。

「梵地」

と長兄が低い声で呼びかけた。

「こんな場所、イラクにあるのか？」

「ないよ、あるわけがない」

と次兄は問いとほぼ同時に長い首を横に振った。

「ちょうど、彼らも言っている。照合を試みたけど、イラクの地図とマッチするところはないって」

梵人の目の前でキンメリッジがウェービーな前髪をかき上げ、急に画面に顔を近づけた。画面を指差し、興奮した様子で何かを告げる。

その勢いに押されるように、若い二人の隊員が手元の動きを忙しくする。

指示のすべてを聞き取れなくても、キンメリッジが何を訴えているのか、梵人でも容易に理解することができた。

少なくとも三度、海兵隊員は、

「アガデ」

という単語を口にした。

ちょうど太陽が顔を出し始めた方角をカメラは捉えていた。光の調整が難しく、画面全体が白くハレーションを起こしがちでも、その一点をしきりに指差し、キンメリッジは部下を急き立てる。梵人が双眼鏡でやっと視認できたロープを、裸眼で見つけてしまう男だ。その尋常ならざる視力を活かし、何かを画面内に発見したのかもしれない。

すでにドローンは高速で移動を始めている。

太陽を避けてカメラのアングルを下方へ向けたため、ところどころ勾配のある砂漠の風景が流れるように展開していく。相当スピードが出ているのだろう。ひときわ大きな丘をあっという間に越えたあたりで、ゆっくりとカメラアングルが上がっていく。

突然、ノールか、オルネクかが甲高い声を発した。それまでパソコンの向こう側からのぞいていたマーストリヒトが回りこんできて、八人全員が小さな画面に視線を集中させる。

「何、あれ」

日本人チームで、最初に変化に気づいたのは銀亀三尉だった。

「ウソ……だ」

次に声を上げたのは梵地だった。

その隣で梵天は腕を組み、声にならぬうめきのようなものを漏らしている。

一方、梵人は息を止めて、食い入るように画面を見つめていた。なぜなら、ドローンが機体の高度を上げて、全体の絵をカメラが捉えるに至っても、自分が何を見ているのかわからなかったからである。しかし、ふとした拍子にその境界に気づいたとき、

「街だ――」

と裏返った声を上げていた。

すべての光景が砂漠の色と同化しているため、しばらく自然物と人工物との見分けがつかなかったが、いったん錯覚から抜け出すことに成功するや否や、みっしりと肩を寄せ合う建物が、その間を網の目のように走る通路が、次々と浮かび上がってきた。

やがて上昇したドローンが街の全景を捉えたとき、

「まさか……あれ……ジッグラトだよ」

とノールとオルネクの間から、梵地がその長い腕を伸ばし、画面左上方を指差した。

次兄の声は、震えていた。

キンメリッジがうなずき、指示を出す。カメラがゆっくりと移動し、梵地が指差したものをアングルの中心へと持ってくる。

すべての建物がぎゅうぎゅう詰めに重なり合って映し出されるなかに、ひときわ目立つ、まる

でピラミッドのような形の、それでいて表面がやけにデコボコした建造物に梵人は見覚えがあった。見覚えどころか、おととい、梵天のコンテナで何度も手のなかで転がしたばかりだった。その外観は、榎土三兄弟の間でこれまで百回以上、戦いが交わされたお馴染みのボードゲーム「チグリス・ユーフラテス」において、終盤一気にポイントを稼ぎ、勝利を確かにするための必須アイテム――、あの「聖塔」の駒にとてもよく似ていた。いつか次兄が、牛乳をあまり注ぎこまない、梵人のフルーツグラノーラの食べ方を「ジッグラト派」と命名したことがあったが、砂漠色に染まるその姿は、まさに碗に落としこんだフルーツグラノーラの山から、彩りあるドライフルーツを取り除いたあとにそっくりだった。

「こんなの、あり得ない――」

口が乾ききっていたからか、それとも興奮ゆえか、途中から咳きこみ始めた次兄の背中を、

「落ち着け、地ニイ」と梵人が叩いていると、マーストリヒトがずいと横から上半身を乗り出し、ノートパソコンを覆い尽くすほど画面に顔を近づけた。

「ｂｌｕｅ、ｂｌｕｅ」

と何やら画面を指差して、ドスの利いた声で部下に連呼した。周囲を埋め尽くすのは高さのない平屋建てばかりゆえに、その真ん中に陣取るジッグラトとやらの偉容はいよいよ際立つ。ヒゲもじゃの小隊長からドローンの針路を変える指示があったのだろう、回りこむようにして、カメラは一気に「聖塔」へと接近していく。

「青」

ぽつりと、三尉がつぶやいた。

おそらく梵人を含め、画面をのぞきこむ榎土三兄弟全員も同時に気づいたはずだ。

しかし、誰も続けて声を上げることができなかった。

ジッグラトの頂上よりも高度があるところまでドローンは上昇し、その最上層とでも呼ぶべき空間を眼下に捉えた。そこに鮮やかな青が、涸れた色彩に支配された世界に抗うかのように存在を主張していた。

「何で……、あいつが、いるんだよ」

やっとのことで、梵人はのどの奥から声を送り出した。

ズームインの最中なのか、それともカメラごと接近しているのか、ノートパソコンの画面中央に、青に包まれた人の姿が拡大されていく。

あの女が立っていた。

ラピスラズリの糸でこしらえたという真っ青なコートを身に纏い、金色の髪飾りをその盛りに盛った髪のあちこちで輝かせながら、悠然とドローンのカメラを見上げている。

「イナンナ」

キンメリッジが発した声に応じるように、ゆっくりと画面の中央で女は右手を上げた。

コートの袖がするりと肘まで落ち、金の腕輪が太陽の光を鋭く反射させる。

優雅に指を折り畳み、カメラに向かって招き寄せるポーズを見せた。

誘われるようにカメラが基壇に立つ女に近づいていく。わずかに視線を持ち上げ、ドローンを見つめる女の上半身が画面の枠内に収まったとき、不意に画面から青が消えた。

画面下方から砂漠色の何かが跳ねるようにして現れ、女の前に立ち塞がったからである。

人に似た格好のそれは、手に長い棒のようなものを持っていた。

その上体がのけぞり、戻ってくる勢いで手にしたものを投げつけた。

手から離れる寸前、梵人は棒の先端に備えつけられた金色の切っ先を確かに見た。

画面が弾かれたように揺れ、一瞬だけ空を、さらにひっくり返って長い階段らしきものを映し出したのち、ぷつりと映像が途切れた。

それきり、真っ黒になってしまった画面を前に、ノールとオルネクが互いに怒鳴り合っていたが、しばらくして画面がふたたび点灯し、そこに映像ではなく文字列ばかりが流れるのを見て、ひとりはコントローラーを動かす手を止め、もうひとりは力なくつぶやいた。

梵地がかすれた声でそれを訳した。

「ドローンは、撃墜された」


（下巻に続く）

本書は「小説幻冬」二〇一七年一一月号〜二〇一八年五月号、二〇一八年八月号〜二〇一八年一〇月号、二〇一九年四月号〜二〇二一年三月号に掲載したものに、加筆・修正を加え二分冊したものです。

*

この作品はフィクションです。実在の個人・組織とはいっさい関係ありません。また、本書にはさまざまな架空の設定と実際の出来事との組み合わせが登場します。執筆開始時には実際の出来事になるはずだったものが、架空の設定になってしまった部分もあります。それもまた創作の醍醐味であり、あえて修正せず、世に出すことにしました。（著者）

〈著者紹介〉
万城目 学　1976年大阪府生まれ。京都大学法学部卒業。2006年にボイルドエッグズ新人賞を受賞した『鴨川ホルモー』でデビュー。他の小説作品に『鹿男あをによし』『プリンセス・トヨトミ』『かのこちゃんとマドレーヌ夫人』『偉大なる、しゅららぼん』『とっぴんぱらりの風太郎』『悟浄出立』『バベル九朔』『パーマネント神喜劇』など、エッセイ作品に『べらぼうくん』などがある。

ヒトコブラクダ層ぜっと（上）
2021年6月25日 第1刷発行

著　者　万城目 学
発行人　見城 徹
編集人　菊地朱雅子
編集者　有馬大樹

GENTOSHA

発行所　株式会社 幻冬舎
〒151-0051 東京都渋谷区千駄ヶ谷4-9-7

電話:03(5411)6211(編集)
03(5411)6222(営業)
振替:00120-8-767643
印刷・製本所:株式会社 光邦

検印廃止

ISBN978-4-344-03799-1 C0093
幻冬舎ホームページアドレス　https://www.gentosha.co.jp/

この本に関するご意見・ご感想をメールでお寄せいただく場合は、
comment@gentosha.co.jpまで。

下巻予告

謎の砂漠エリアに降り立った三つ子に
次々と降りかかる大ピンチの嵐。
突如、襲ってきた連中は何者なのか。
なぜ、奴らはこうも
戦闘意欲が旺盛なのか。
そして、ここはどこなのか。

榎土三兄弟、いざ行動開始
と思いきや、アクシデント発生！
絶体絶命の状況に陥った彼らが直面する
衝撃の真実とは？

果たして、
彼らは無事生還できるのか。
三つ子の運命はいかに!?